La librairie disparue

EVIE WOODS

La librairie disparue

ROMAN

Traduit de l'anglais
par Rosa Bachir

J'AI LU

TITRE ORIGINAL
The Lost Bookshop

ÉDITEUR ORIGINAL
HarperCollins Publishers, Grande-Bretagne

À tous les amoureux des livres

Prologue

Par une journée d'hiver froide et pluvieuse, les rues de Dublin n'étaient pas l'endroit idéal pour qu'un jeune garçon y flâne, sauf si ce garçon avait le nez collé à la vitre de la plus fascinante des librairies. Les lumières scintillantes et les couvertures de livre colorées l'attiraient, promesses d'aventures et d'évasion. La vitrine était pleine d'objets divers et de bibelots ; des montgolfières miniatures qui atteignaient presque le plafond, des boîtes à musique avec des oiseaux mécaniques, des manèges qui tournaient en carillonnant. À l'intérieur, la libraire l'aperçut et lui fit signe d'entrer. Il secoua la tête et rougit légèrement.

— Je vais être en retard à l'école, articula-t-il à travers la vitre.

Elle acquiesça et sourit. Elle semblait assez sympathique.

— Juste une minute, dit-il, ayant résisté à l'envie d'entrer pendant trois secondes en tout.

— Va pour une minute.

Installée derrière le comptoir, elle poursuivit sa tâche, qui consistait à sortir des livres d'un grand carton. Elle jeta un coup d'œil à sa chemise sortie de son pantalon, à sa tignasse qui n'avait pas vu un peigne depuis un moment et à ses chaussettes dépareillées. Elle sourit discrètement. La Librairie d'Opaline attirait les petits garçons et les petites filles comme un aimant.

— En quelle classe es-tu ?

— En CM1, à St Ignatius, répondit-il, tendant le cou pour observer les avions de bois suspendus au plafond voûté.

— Et ça te plaît, l'école ?

En guise de réponse, il ricana.

Elle le laissa feuilleter un vieux livre de magie, mais bientôt, il s'approcha de sa caisse et se mit à examiner les lettres et les enveloppes posées sur le comptoir.

— Tu peux m'aider si tu veux. Je suis en train d'envoyer des invitations pour le lancement d'un livre.

Il haussa les épaules, puis se mit à l'imiter : il plia les lettres, avec un peu trop d'enthousiasme, avant de les glisser dans les enveloppes. Il faisait tant d'efforts qu'il plissait le nez, ce qui modifiait la constellation de taches de rousseur qui s'étalait sur ses joues.

— Qu'est-ce que ça veut dire, « Opaline » ? demanda-t-il en détachant les syllabes de ce dernier mot.

— Opaline est un prénom.

— C'est votre prénom ?

— Non, moi je m'appelle Martha.

Elle constata que cette explication ne le satisfaisait pas.

— Je peux te raconter une histoire à son sujet, si tu veux ? Elle n'aimait pas beaucoup l'école, elle non plus. Ou les règles.

— Ou obéir aux ordres ? suggéra-t-il.

— Oh, elle avait particulièrement horreur de ça, approuva-t-elle avec un sourire entendu. Pendant que tu finis de mettre ces lettres dans les enveloppes, je vais nous faire du thé. Une bonne histoire commence toujours par une tasse de thé.

1

Opaline

Londres, 1921

Je passai les doigts sur le dos du livre, laissant les reliefs de la couverture guider ma peau vers quelque chose de tangible ; quelque chose à quoi je croyais davantage qu'à la fiction qui était en train de se jouer devant moi. J'avais vingt et un ans et ma mère avait décidé qu'il était temps pour moi de me marier. Mon frère, Lyndon, m'avait hélas dégotté un crétin qui venait d'hériter de l'entreprise de sa famille ; une société qui importait une chose ou une autre d'un pays lointain. J'écoutais à peine.

— Il n'y a que deux possibilités pour une femme de ton âge, déclara ma mère, posant sa tasse et sa soucoupe sur la table à côté de son fauteuil. L'une est de se marier, et l'autre est de trouver un poste en rapport avec son rang.

— Son rang ? répétai-je, incrédule.

Tandis que j'observais le salon, à la peinture écaillée et aux rideaux défraîchis, je ne pus qu'admirer la vanité de ma mère. Elle s'était mariée en dessous de sa condition et s'était toujours évertuée à le rappeler à mon père, au cas où il l'aurait oublié.

— Êtes-vous obligée de faire cela maintenant ? pesta Lyndon tandis que Mme Barrett, notre domestique, balayait les cendres du foyer.

— Madame a demandé un feu, répondit-elle d'un ton dépourvu du moindre respect.

Elle était à notre service d'aussi loin que je me souvienne, et n'acceptait que les ordres venant de ma mère. Elle traitait les autres membres de la famille comme de vulgaires imposteurs.

— Le fait est que tu dois te marier, renchérit Lyndon tandis qu'il traversait la pièce en s'appuyant lourdement sur sa canne.

Tout le côté droit de son corps avait été déformé par des éclats d'obus pendant la bataille des Flandres, et le frère que j'avais connu, de vingt ans mon aîné, était enterré quelque part dans ce champ de Belgique. Les horreurs qu'il avait dans les yeux m'effrayaient et, bien que je n'aime pas l'admettre, j'avais désormais peur de lui.

— C'est un bon parti. La pension de Père suffit à peine pour permettre à Mère de tenir la maison. Il est temps que tu sortes la tête de tes livres et que tu affrontes la réalité.

Je m'accrochai encore plus fort à mon livre. Une première édition américaine rare des *Hauts de Hurlevent*, un cadeau de mon père, qu'il m'avait offert en même temps qu'il m'avait transmis son amour profond de la lecture. Comme si c'était un talisman, j'avais pris entre mes mains l'ouvrage recouvert de tissu, dont le dos portait des mots trompeurs, dorés à chaud : « par l'auteur de *Jane Eyre* ». Nous l'avions trouvé totalement par hasard, dans un marché aux puces à Camden (un secret que nous ne pouvions avouer à Mère). Je découvrirais plus tard que l'éditeur anglais d'Emily Brontë avait permis cette erreur d'attribution afin de profiter du succès commercial de *Jane Eyre*, l'œuvre de sa sœur Charlotte. L'ouvrage n'était pas en parfait état ; les bords en tissu étaient usés et la quatrième de couverture présentait une entaille en forme de V. Les pages se détachaient car les fils qui les reliaient les unes aux autres s'effilochaient sous l'effet du temps et de l'usure. Mais pour moi, toutes ces caractéristiques, ainsi que l'odeur de tabac du papier, étaient comme une machine à remonter le temps. Les graines de mon avenir avaient peut-être été semées à cette époque. Un livre n'est jamais ce qu'il paraît. Je crois que mon père avait espéré que mon amour des livres me pousserait à m'intéresser à mes études, mais au contraire, il n'avait fait que nourrir ma détestation des salles de classe. J'avais tendance à me réfugier dans mon imagination si bien que, chaque soir, je rentrais de l'école en courant et demandais à mon père de me faire la lecture. C'était un fonctionnaire, un honnête homme, qui adorait s'instruire. Il avait coutume de dire que les livres étaient davantage que de simples mots couchés sur le papier ; c'étaient des portails vers d'autres lieux, d'autres existences. J'étais tombée amoureuse des livres et des vastes mondes qu'ils renfermaient, et cela, je le devais entièrement à mon père.

— Si tu penches la tête, m'avait-il glissé un jour, tu pourras entendre les vieux livres te murmurer leurs secrets.

J'avais alors pris un livre ancien sur l'étagère, à la reliure en cuir de veau et aux pages colorées par le temps. Après l'avoir collé contre mon oreille, j'avais fermé les yeux, imaginant pouvoir entendre les secrets importants que l'auteur essayait de me révéler. Mais je n'avais rien entendu. Du moins, je n'avais pas entendu de mots.

— Alors ? avait demandé mon père.

J'avais patienté, laissant le son emplir mes oreilles.

— J'entends la mer !

C'était comme si j'avais un coquillage contre mon oreille, comme si l'air tourbillonnait entre les pages du livre. Mon père avait souri et posé la main sur ma joue.

— Est-ce qu'ils respirent, papa ? avais-je demandé.

— Oui, les histoires respirent.

Lorsqu'il avait fini par succomber à la grippe espagnole en 1918, j'étais restée à son chevet toute la nuit, en tenant sa main froide, et je lui avais lu son histoire préférée. *David Copperfield*, de Charles Dickens. Un peu bêtement, j'avais cru que les mots le ramèneraient à la vie.

— Je refuse d'épouser un homme que je n'ai jamais rencontré, uniquement pour contribuer aux finances de la famille. Toute cette histoire est ridicule !

Mme Barrett fit tomber la balayette, et le son du métal heurtant le marbre froissa les traits de mon frère. Il exécrait tous les bruits forts.

— Sortez d'ici tout de suite ! tonna-t-il.

La pauvre femme avait les genoux fragiles et ce ne fut qu'après trois vaines tentatives qu'elle parvint à se relever et à quitter la pièce. Comment elle réussit à se retenir de claquer la porte, je ne le saurai jamais.

Je repris mon plaidoyer :

— Si je suis un tel fardeau pour vous deux, je vais déménager, tout simplement.

— Et où diable crois-tu pouvoir aller ? Tu n'as pas d'argent, fit valoir ma mère.

Désormais dans la soixantaine, elle avait toujours appelé mon arrivée dans la famille « une petite surprise », ce qui aurait pu sembler charmant si je n'avais pas connu son aversion pour les surprises. Grandir avec des gens beaucoup plus âgés ne faisait que renforcer mon besoin de me libérer et d'explorer le monde moderne.

— J'ai des amies, insistai-je. Je pourrais trouver un emploi.

Ma mère poussa un cri strident.

— Maudite sois-tu, espèce de gamine ingrate ! gronda Lyndon, me saisissant le poignet au moment où je me levais de ma chaise.

— Tu me fais mal, protestai-je.

— Je te ferai bien plus mal si tu refuses d'obéir.

Je tentai de dégager mon bras, mais mon frère me tenait fermement. Je regardai ma mère, mais elle étudiait intensément les motifs du tapis sur le sol.

— Je vois, dis-je.

Je venais enfin de comprendre que Lyndon était l'homme de la maison, et que c'était lui qui commandait désormais.

— Très bien, conclus-je, mais il s'accrochait toujours à mon poignet et je sentais son souffle âcre sur mon visage. J'ai dit : très bien.

Soutenant son regard, je tentai de nouveau de me libérer.

— Je vais rencontrer mon prétendant.

— Tu vas l'épouser, assena-t-il, puis il relâcha lentement son étreinte.

Je lissai le bas de ma robe et glissai mon livre sous mon bras.

— Bien. La question est donc réglée, déclara Lyndon, dont le regard froid fixait un point derrière moi. J'inviterai Austin à dîner ce soir, et nous pourrons tout organiser.

— Oui, mon frère, répondis-je.

Sur ces mots, je quittai la pièce pour monter dans ma chambre.

*
**

Je fouillai dans le tiroir supérieur de la coiffeuse et dénichai une cigarette que j'avais dérobée dans le stock de Mme Barrett, dans la cuisine. Je l'allumai après avoir ouvert la fenêtre, puis je tirai une longue bouffée, telle une femme fatale de cinéma. M'asseyant devant ma coiffeuse, je posai la cigarette sur une vieille coquille d'huître que j'avais ramassée sur la plage l'été précédent, au cours de vacances insouciantes en compagnie de ma meilleure amie, Jane, avant qu'elle se marie elle-même. Bien que les femmes aient désormais le droit de vote, un bon mariage était toujours considéré comme leur seule option.

Observant mon reflet dans le miroir, j'effleurai ma nuque à l'endroit où mes cheveux se terminaient. Mère avait failli s'évanouir lorsqu'elle avait découvert ce que j'avais fait de ma longue chevelure bouclée.

— Je ne suis plus une petite fille, avais-je argué.

Mais le pensais-je vraiment ? Il fallait que je sois une femme moderne. Que je prenne des risques. Toutefois, sans argent, comment pourrais-je accomplir quoi que ce soit sans obéir à mes aînés ? Ce fut alors que les paroles de mon père me revinrent à l'esprit… « Les livres sont comme des portails. » Je jetai un coup d'œil à ma bibliothèque et tirai une autre longue bouffée de tabac.

— Que ferait Nellie Bly à ma place ? me demandai-je, comme je le faisais souvent.

Pour moi, cette femme était l'incarnation de la bravoure – une Américaine, une pionnière du journalisme qui, inspirée par le livre de Jules Verne, avait fait le tour du monde en à peine soixante-douze jours, six heures et onze minutes. Selon elle, une énergie mise en œuvre et dirigée correctement pouvait faire des miracles. Si j'étais un garçon, je pourrais annoncer mon intention de faire le tour de l'Europe avant de me marier. J'avais très envie de découvrir des cultures différentes. J'avais vingt et un ans, et je n'avais rien fait. Rien vu. J'observai une fois de plus mes livres, et je pris ma décision avant même d'avoir fini ma cigarette.

***

— Combien pouvez-vous m'en offrir ?

Je regardai M. Turton examiner mes exemplaires reliés des *Hauts de Hurlevent* et de *Notre-Dame de Paris*.

C'était le propriétaire d'une boutique étouffante, qui n'était en réalité qu'un très long couloir sans fenêtre. La fumée de sa pipe rendait l'air piquant et mes yeux commencèrent à s'embuer.

— Deux livres, et c'est généreux.

— Oh, non, il me faut beaucoup plus que ça.

Il aperçut le *David Copperfield* de mon père et, avant que je puisse l'en empêcher, il se mit à le feuilleter.

— Celui-là n'est pas à vendre. Il a... une valeur sentimentale.

— Ah, voilà qui est intéressant. Cette édition est connue comme « l'édition de lecture », car Dickens l'utilisait pour ses lectures publiques.

Son nez bulbeux et ses yeux minuscules lui donnaient l'air d'un blaireau, ou d'une taupe. Il renifla l'ouvrage précieux comme s'il s'agissait d'une truffe.

— Oui, je suis au courant, répliquai-je, tentant d'arracher le livre de ses mains avides.

Il poursuivit son évaluation, comme s'il le présentait déjà lors d'une vente aux enchères.

— Somptueuse reliure en cuir de veau rouge verni. Une très belle édition ; motifs complexes dorés à chaud sur le dos ; tranches entièrement dorées ; pages de garde en papier marbré d'origine.

— C'est mon père qui m'a offert cet ouvrage. Il n'est pas à vendre.

Par-dessus le bord de ses lunettes, il me jaugea.

— Mademoiselle… ?

— Mademoiselle Carlisle.

— Mademoiselle Carlisle, c'est l'un des exemplaires les mieux conservés de cette édition que j'aie jamais eu entre les mains.

— Et illustré par Hablot K. Browne. Son nom de plume, Phiz, y est inscrit, ajoutai-je avec fierté.

— Je peux vous en proposer quinze livres.

Le monde devint tout à coup silencieux, comme c'est souvent le cas juste avant une décision qui change le cours d'une vie. Un chemin menait à la liberté, à l'inconnu. L'autre chemin menait à une cage dorée.

— Vingt livres, monsieur Turton, et je vous le cède.

Il plissa les yeux et ses lèvres trahirent un sourire réticent. Je savais qu'il paierait ce prix, tout comme je savais que je consacrerais ma vie à récupérer ce livre. Lorsqu'il eut le dos tourné, je remis mon exemplaire des *Hauts de Hurlevent* dans ma poche et je disparus.

Et c'est ainsi que ma carrière de marchande de livres débuta.

2

Martha

Dublin, neuf mois plus tôt…

Lorsque j'étais arrivée pour la première fois devant la maison géorgienne en brique rouge sur Ha'penny Lane, par une soirée froide et sombre, avec ma veste ruisselante de pluie, je n'avais pas prévu de rester. Au téléphone, la femme m'avait semblé peu amicale, mais je n'avais nulle part où aller et très peu d'argent. Mon voyage jusqu'à Dublin avait commencé une semaine plus tôt, à l'autre bout du pays, à un arrêt de bus isolé juste à la sortie du village. J'ignore combien de temps j'étais restée assise là, s'il faisait froid ou chaud, ou si des voitures étaient passées devant moi. Tous mes sens étaient alors émoussés par un besoin irrésistible – partir. Comme je ne voyais pas de mon œil droit, je ne remarquai pas tout de suite le bus quand il finit par s'arrêter. Mon corps entier était engourdi, mais lorsque je sautai du muret, mes côtes protestèrent. Cependant, je refusai de laisser mes pensées aller sur ce terrain. Pour l'instant. Même quand le chauffeur descendit pour m'aider à porter ma valise et qu'il me regarda comme si je m'étais enfuie d'un asile, je ne laissai pas mes pensées aller sur ce terrain.

— Vous allez où ? demanda-t-il.

N'importe où, du moment que c'est loin d'ici.

— Dublin, répondis-je.

Dublin était suffisamment loin. Je regardais la campagne défiler derrière ma vitre. Je détestais ces foutus champs, ces villages avec une seule école, une seule église et une douzaine de pubs. Je détestais cette grisaille, qui m'oppressait. Je m'étais sans doute assoupie car je me réveillai en sursaut, croyant qu'il était de nouveau sur moi – mes mains protégeant mon visage. Je ne savais pas quoi protéger. Il était trop rapide. Et quand il avait trouvé le tison, tout m'avait abandonnée. Tout. Tous les espoirs que j'avais nourris. Des espoirs naïfs, et stupides. J'avais appris une leçon à cet instant ; on est seul en ce bas monde. Personne ne viendra vous sauver. Les gens ne changent pas soudainement, ils ne vous disent pas qu'ils sont désolés et ils ne commencent pas à vous traiter avec respect. Ils sont un amas de souffrance et de douleur, et ils s'en prennent à qui ils peuvent. Il fallait donc que je me sauve moi-même.

*
**

— Juste un café et un sandwich au fromage grillé, s'il vous plaît, dis-je au serveur, choisissant le plat le moins cher du menu.

Je n'avais pas eu de chance sur Internet, alors je pris un journal local et je commençai à chercher un emploi. Après avoir passé une semaine dans une auberge de jeunesse, j'étais déjà à court d'argent. Ce fut alors que je vis l'annonce : *Employée de maison. Logée sur place.* Je composai le numéro. Dès le lendemain, je me retrouvai sur le perron d'une maison très imposante, et je frappai contre la porte noire laquée. Mme Bowden (elle m'avait demandé de l'appeler ainsi) ne ressemblait à personne. Tel un personnage de série télévisée historique, elle portait un boa à plumes et des boucles d'oreilles en diamants. Après seulement cinq minutes, elle m'avait déjà régalée d'anecdotes sur ses années au Théâtre royal de Dublin, durant lesquelles elle avait dansé avec les Royalettes et joué dans de vieilles pièces dont je n'avais jamais entendu parler.

— Les gens disent que je suis excentrique, mais moi je les trouve rasoir, alors tout est relatif. Comment vous appelez-vous, déjà ?

— Martha, répétai-je pour la troisième fois, et je la suivis dans l'escalier menant au sous-sol.

Elle tenait une canne et, bien qu'elle s'en serve de manière ostentatoire, elle paraissait assez agile. Je supposais qu'elle était octogénaire, mais il était difficile de lui donner un âge – c'était une actrice qui avait choisi un personnage pour être figée dans le temps.

— La précédente jeune femme était très heureuse ici, glissa-t-elle sur un ton qui m'avertit que je devrais l'être aussi.

Il faisait si sombre que je ne distinguais rien hormis la petite fenêtre proche du plafond, derrière laquelle je voyais passer les pieds des gens au niveau de la rue. Avec sa canne, Mme Bowden appuya sur un interrupteur et, après un instant d'aveuglement dû à la grosse ampoule de la suspension, j'avisai un lit à une place dans le coin, et une armoire contre le mur opposé. Près de la porte se trouvait une kitchenette et, juste à côté, une autre porte menait à une minuscule salle de douche. Le linoléum était gondolé sur les bords, tout comme le papier peint, pourtant j'éprouvai immédiatement un sentiment de sécurité. J'étais ici chez moi. Je pouvais considérer cet espace comme le mien. Je pouvais fermer la porte sans avoir à craindre que quelqu'un ne l'enfonce.

— Alors ? demanda Mme Bowden, le sourcil arqué.

— C'est charmant, répondis-je.

— Évidemment. Je vous l'avais bien dit.

— Donc, vous m'engagez ?

Elle plissa les yeux, détaillant mon apparence chiffonnée. Je remerciai Dieu qu'elle ait la vue probablement mauvaise, car elle n'eut pas l'air de remarquer mon visage abîmé, ou en tout cas, si elle l'avait remarqué, cela ne la découragea pas.

— Oui, je suppose, capitula-t-elle. Mais ne vous emballez pas, je vous embauche uniquement par défaut. Personne d'autre ne s'est présenté. Incroyable, non ? C'est le problème avec votre génération. Les gens ne sont absolument pas disposés à effectuer une vraie journée de travail. De nos jours, il n'y en a que pour « tic-tic-toc » et pour l'argent facile.

Elle continua de parler tandis qu'elle s'éloignait et montait l'escalier. Je m'assis avec prudence sur le lit et écoutai les ressorts grincer comme un accordéon cassé sous l'effet de mon poids. Un détail sans importance. Car ici, personne ne me retrouverait. Je réglai le réveil sur 7 heures. Apparemment, ma nouvelle patronne attendait « une expérience culinaire raffinée » dans la matinée, et je devais concocter un petit déjeuner digne d'un restaurant étoilé avec ce qui se trouvait dans le réfrigérateur. J'y songerais plus tard. Je plongeai dans un sommeil paisible sans même retirer mes vêtements humides ni baisser le store.

⁂

Je me redressai sur le lit à la minute où je me réveillai. Pourquoi faisait-il si clair ? Où étais-je ? Et pourquoi mon alarme sonnait-elle ? Mon esprit répondit lentement à ces questions, une par une, et je jetai un coup d'œil à mon vieux jean et à mon pull ample. Je ne savais pas exactement à quoi ressemblait la tenue d'une employée de maison, mais ce n'était sans doute pas à la mienne. J'ouvris ma valise et j'en sortis une longue robe-pull. Je me rappelais à peine l'avoir emportée, mais une partie de mon cerveau avait sans doute pensé à prendre des choses que je n'aurais pas besoin de repasser. Je retirai prestement mon haut. Je venais de baisser la fermeture éclair de mon jean quand je vis la partie inférieure de deux jambes d'homme marcher devant ma fenêtre, sur le côté de la maison. Je retins mon souffle jusqu'à ce que je voie les bottines, en daim marron, avec des lacets. Ce n'étaient pas *ses* bottines. Je les suivis du regard, tenant mon pull contre mon soutien-gorge, tandis qu'elles faisaient les cent pas et traçaient des demi-cercles. Mais qu'est-ce que cet homme fabriquait ? Je sentis ma colère monter. Non sans effort, je réussis à ouvrir la fenêtre et je passai la tête à l'extérieur, les bras appuyés sur le rebord.

— Monsieur ?

Pas de réponse. Je m'éclaircis bruyamment la voix. Toujours rien.

— Je peux vous aider ?

— J'en doute fort.

Je fus surprise d'entendre un accent anglais. J'avais commencé à croire que ces pieds n'étaient pas reliés à un corps. Je ne voyais toujours pas le visage de l'inconnu, mais j'arrivais déjà à cerner des bribes de sa personne. Depuis toujours, je « lisais » les gens, bien que cela m'ait attiré des ennuis parfois. Cet homme cherchait quelque chose, et il semblait distrait et contrarié.

— Qu'est-ce que vous faites ici ? demandai-je, continuant ma conversation avec ses mollets.

— Je ne crois pas que ça vous regarde. Et vous, qu'est-ce que vous faites ici ?

— *J'habite* ici ! m'exclamai-je, regrettant de ne pas avoir baissé le store la veille. Donc allez faire votre numéro de voyeur à la Benny Hill un peu plus loin.

Ma voix tremblait légèrement. Je ne me sentais pas d'attaque pour une confrontation avec un parfait étranger, mais je tenais à préserver mon intimité. J'entendis ses bottines gratter le sol. La seconde suivante, il était accroupi et son visage était face à moi. Un visage qui n'allait pas vraiment avec sa voix, tranchante à vous couper le doigt. Ses yeux bruns étaient chaleureux. Ou étaient-ils verts ? Noisette, peut-être. Ses cheveux ne cessaient de lui retomber sur le front. Mais son expression était celle d'un homme au fort esprit de contradiction.

— Ai-je bien entendu « Benny Hill » ? demanda-t-il, manifestement amusé. Vous venez des années 1980 ?

Je ne savais pas ce que je détestais le plus : que l'on m'ignore, ou que l'on se moque de moi. Hélas, le sourire de l'inconnu était communicatif, et révéla quelques dents imparfaites, ce qui, selon moi, était le résultat d'une brève passion pour le sport. Le football, sans doute. En bloquant un penalty, il avait reçu le ballon en pleine figure. Je souris, mais je me ressaisis aussitôt.

— Écoutez, si vous n'arrêtez pas de m'espionner, j'appelle la police.

Il leva les mains en signe de reddition.

— Je suis désolé. Je m'appelle Henry, dit-il en me tendant la main.

Je la fixai du regard et il la retira, l'air contrit.

— Je ne regardais pas par votre fenêtre, je vous assure. Je... je cherche quelque chose.

Une histoire plausible, pensai-je.

— Qu'est-ce que vous avez perdu ?

— Hum... (Il observa le terrain vague situé entre la maison de Mme Bowden et celle de ses voisins en ébouriffant avec ses mains ses cheveux déjà décoiffés.) Je ne l'ai pas exactement perdu...

Je levai les yeux au ciel. C'était bien un voyeur. Ou quelque chose dans le genre. Un pervers ! Voilà. J'allais le lui dire quand il lâcha des mots qui me surprirent :

— Des restes ! Je cherche les restes de...

— Oh, Seigneur, quelqu'un est mort ici ? Je le savais, je savais qu'il y avait des ondes étranges dans cette maison ! Je l'ai senti dès mon arrivée...

— Non, non ! Mon Dieu, non. Pas ce genre de restes. Des vestiges, je voulais dire.

Il baissa la tête pour croiser mon regard.

— Écoutez, je sais que ça peut paraître louche, mais je vous le promets, ce n'est rien de méchant, c'est juste difficile à expliquer.

Pendant un instant, nous gardâmes le silence. Lui, accroupi près du mur de pignon, moi, à moitié accrochée à la fenêtre, debout sur une chaise de cuisine. Puis j'entendis une cloche.

— Qu'est-ce que c'était, ce bruit ? demanda-t-il, tentant de jeter un coup d'œil à l'intérieur.

Je balayai la pièce du regard et je remarquai une cloche ancienne reliée à un fil qui montait jusqu'au plafond. Apparemment, j'étais dans une version bien réelle de *Downton Abbey*. Je me retournai vers lui. Henry.

— Rendez-moi service. Quoi que vous cherchiez, allez le chercher ailleurs, assenai-je.

Sur quoi, je lui claquai la fenêtre au nez.

3

Henry

Je sirotais une pinte de Guinness dans le même pub que la veille et que l'avant-veille. J'avais même mon tabouret préféré maintenant, niché dans un coin. *Tainted Love* était diffusé en fond sonore et je battais la mesure du bout de ma chaussure contre le bois du bar.

« *Sometimes I feel I've got to – TAP TAP – run away, I've got to – TAP TAP.* »

J'étais en train de relire mes notes de la veille :

Durant votre vie, vous passerez six mois à chercher vos objets égarés. Une compagnie d'assurances a effectué un sondage, qui suggérait qu'une personne égare en moyenne jusqu'à neuf objets par jour, ce qui signifie que, lorsque nous arrivons à l'âge de soixante ans, nous avons perdu jusqu'à deux cent mille choses. Pour ce qui concerne les livres, combien de livres de poche, de manuscrits, de brouillons écrits à la main ont été perdus ou oubliés au cours de l'histoire ? Le nombre est infini. Combien de bibliothèques oubliées demeurent cachées, comme la bibliothèque de Dunhuang, au bord du désert de Gobi, scellée durant un millier d'années et découverte, de manière tout à fait accidentelle, par un moine taoïste qui avait fait tomber un mur en s'y appuyant pour fumer sa cigarette ? Derrière ce mur, il a découvert une montagne de documents anciens, empilés sur près de trois mètres, contenant des textes dans dix-sept langues différentes. Qui peut dire combien de trésors n'ont pas encore été redécouverts, ou quelles œuvres disparues attendent d'être mises au jour ?

Du moins, c'était ce dont je m'étais souvenu pendant que je passais une nuit de plus dans un bed and breakfast que je n'avais pas les moyens de m'offrir et que je prenais des notes dans mon journal à propos de la librairie qui n'existait pas. Avait-elle jamais existé ? Mon seul indice était une lettre, adressée par l'un des plus prospères collectionneurs de livres rares à la propriétaire de ladite librairie, une certaine Mlle Opaline Gray, et dans laquelle il évoquait un manuscrit perdu. Et où avais-je trouvé une lettre aussi inhabituelle ? Dans le seul endroit au monde où les possibilités deviennent réalité : dans une salle des ventes. J'avais passé des années à courir après la découverte unique, immense, qui me permettrait de me faire un nom dans le monde des livres rares, et je n'avais jamais été aussi près du but.

J'aurais dû reprendre l'avion pour l'Angleterre depuis plusieurs jours. J'avalai une autre gorgée du « truc noir », le nom que les gens d'ici donnaient à la Guinness. La motivation peut prendre différentes formes, et ma motivation pour rester en Irlande était d'éviter de passer pour un raté fini. Tout le monde s'attendait à ce que j'échoue – y compris moi. Si personne ne vous prend au sérieux, comment pouvez-vous espérer y parvenir vous-même ? Je rejetais la faute sur mon père, et cela sans aucun scrupule. Mon tout premier souvenir de lui était celui d'une trahison. Il m'avait ordonné de me lever et de « faire un spectacle » avec mon nouveau jouet, un microphone. C'était sans doute le jour de Noël, et il avait invité quelques amis. J'avais interprété quelques chansons, Dieu sait lesquelles, mais tout ce que je me rappelais, c'étaient ses rires – ils ressemblaient presque à des grognements de loup quand il était vraiment ivre. Les autres s'étaient esclaffés avec lui. Les joues me brûlaient tellement que j'avais à peine remarqué le liquide chaud qui coulait le long de mes jambes.

— Il s'est pissé dessus ! s'était exclamé mon père, tombant de sa chaise tant il riait.

Je n'arrive pas à me remémorer ce qui s'est passé ensuite. Ma mère était sans doute venue à ma rescousse, mais à partir de ce jour, on m'avait considéré comme un pleurnicheur trop sensible. Pour ne rien arranger, ma sœur Lucinda était sortie du ventre de ma mère déjà prête à en découdre. Mon père la respectait.

À vrai dire, elle nous intimidait tous un peu. Par conséquent, mon statut d'avorton de la portée était devenu un fait établi.

Jusqu'à ce que je trouve la lettre de Rosenbach.

Soudain, j'étais devenu un homme promis à un grand destin, comme si toutes ces années passées à m'enfermer dans les bibliothèques, à me priver de réserves vitales de vitamine D, allaient enfin être justifiées. Je passais tant de temps à lire dans la bibliothèque de ma ville que tout le monde croyait que j'y travaillais, et j'avais fini par le croire aussi. Mon aveuglement avait atteint un tel niveau que j'expliquais même aux autres employés comment accomplir leurs tâches. Quand ma mère l'avait appris, elle était entrée dans une colère noire.

— Tout l'argent que j'ai dépensé pour tes frais universitaires ! Tu n'as pas passé un seul examen, Henry !

Certes, mais j'avais utilisé cet argent pour suivre des cours à la London Rare Books School, donc cela n'avait pas servi à rien. J'avais un métier, même si personne à part moi ne considérait l'amour extrême des vieux livres comme un métier.

Cependant, je n'avais jamais suivi une piste comme celle-ci… J'étais loin d'être Indiana Jones ; Lucinda m'avait dit un jour que j'étais aussi aventureux qu'un godet. Eh bien, qui était le godet, maintenant, hein ? Je me mis à rire, la bière m'étant manifestement montée à la tête. J'avais passé des semaines à arpenter Ha'penny Lane, en quête d'un indice, quel qu'il soit, d'un signe que la librairie avait existé un jour. D'une trace sombre, comme celle laissée sur le tapis lorsqu'on déplace le canapé. Mais j'avais fait chou blanc.

Jusqu'à cette fille.

D'où sortait-elle ? Elle m'avait fixé avec les yeux bleus les plus perçants que j'aie jamais vus. J'avais soutenu son regard. Elle avait l'air fâchée. Non, elle paraissait effrayée, rectifiai-je. Elle avait une peau très pâle, mais ses joues rondes avaient un éclat rosé. Elle n'avait pas réussi à cacher un vilain coquard sous sa longue frange décolorée. Résultat, elle ressemblait à un ange qui traversait une mauvaise passe. J'aurais voulu lui parler plus longtemps, mais qu'aurais-je pu lui dire ? *Vous n'auriez pas vu une librairie disparue ? Est-il possible que votre maison l'ait avalée ? Vous êtes libre pour le dîner ?* Quand elle avait refermé la fenêtre avec force et qu'elle s'était détournée, en tenant son pull contre sa poitrine, j'avais remarqué un grand tatouage sur toute la surface de son dos. Non pas un dessin en tant que tel, mais des lignes et des lignes d'un texte écrit en tout petit, comme dans les manuscrits de la mer Morte.

Nous n'avions discuté que quelques instants, mais j'étais certain qu'elle était la femme la plus captivante que j'aie jamais rencontrée. Hélas, elle avait eu la même réaction que la plupart des femmes qui croisaient mon chemin : elle m'avait aussitôt pris en grippe. Néanmoins, peut-être savait-elle quelque chose à propos de la librairie, alors il me faudrait aller chercher au fond de moi la moindre once de charme que je pourrais trouver, afin de gagner son soutien.

*
**

Deux heures plus tard, j'étais de retour au bed and breakfast. Je me trouvais dans un couloir étroit, qui paraissait encore plus étroit à cause du papier peint à vous rendre claustrophobe et des portraits encadrés d'au moins cinq papes. Les fleurs orange semblaient me toiser d'un air mauvais, et la moquette marron aux motifs sinueux ne valait guère mieux.

— Vous êtes revenu pour prendre le thé, mon chou ?

Avec ses bigoudis dans les cheveux, Nora avait l'allure d'une vieille femme de ménage anglaise, mais elle avait un accent dublinois à couper au couteau. Le bras replié, elle tenait nonchalamment sa cigarette. On aurait dit que rien ne pouvait la surprendre. J'enviais les gens comme elle. Si une explosion nucléaire se produisait à cette seconde et que des bâtiments s'effondraient autour de nous, Nora serait sans doute toujours là, sa cigarette à la main, en train de se demander qui faisait un tel boucan ; ensuite elle irait faire frire quelques œufs pour accompagner le thé.

— Non merci, Nora. J'ai pris une tourte et des frites au pub.

Je n'avais jamais rencontré quelqu'un qui s'intéresse autant à mon alimentation, et la plupart de mes conversations avec Nora se terminaient par une inquiétude autour de mon poids – qui n'était en général pas assez élevé à son goût.

— Ah, tant mieux, ça va vous remplumer un peu, répondit-elle avec un signe de tête approbateur. Et vous prendrez le petit déjeuner irlandais complet demain, ajouta-t-elle sur un ton sans réplique.

Je hochai poliment la tête puis je montai l'escalier pour rejoindre ma chambre, aux rideaux à froufrous et au couvre-lit satiné. Malgré la décoration, j'avais tout de suite eu l'impression d'être chez moi dans cette maison. Je n'étais pas vraiment chez moi, évidemment. Mais ici, on se sentait à l'aise. Peut-être parce que Nora vous donnait l'impression qu'elle vous connaissait depuis des années. Comme si vous étiez un membre de sa famille, qui était constituée, d'après ce que j'avais pu observer, de trois Jack Russell et d'un mari prénommé Barry qui restait prudemment en retrait. « Il vit dans cet abri », m'avait-elle expliqué en me faisant visiter, le soir de mon arrivée, la salle de bains commune aux éléments vert pomme. Des coups de marteau contre du bois avaient résonné dans l'arrière-cour. « Si seulement je pouvais le convaincre de dormir là-bas », avait-elle glissé avec un soupir indulgent.

— Au fait, vous avez reçu une lettre, annonça-t-elle, et elle sortit une enveloppe de la poche avant de son tablier. Du conseil municipal. Ça a l'air officiel. Je ne l'ai pas lue, s'empressa-t-elle d'ajouter, confirmant ainsi le contraire.

4

Opaline

Tandis que les passerelles se soulevaient et que les mouchoirs flottaient au vent, je fus envahie par un mélange d'excitation et d'appréhension. Puisque j'avais passé une nuit blanche et fraîche dans un train postal à destination de Douvres, j'avais eu d'innombrables heures pour remettre en question la sagesse de ma décision, à savoir m'enfuir en France. Il me restait juste assez de temps pour envoyer un télégramme à Jane, et je regrettais amèrement de ne pas avoir eu l'occasion de dire au revoir en bonne et due forme à la seule personne qui me manquerait. J'ignorais ce qui m'attendait, mais j'étais parfaitement consciente de ce que je laissais derrière moi. Ma mère serait sans nul doute bouleversée par mon départ, peut-être pas parce qu'elle avait perdu sa fille, mais à cause des commérages et du déshonneur qui allaient s'abattre sur notre famille. J'entachais la réputation de mon frère et de ma mère, mais je n'avais pas le choix. C'était leur fierté ou mon avenir, et je ne pouvais pas, je ne voulais pas me sacrifier sur l'autel de leurs attentes. J'avais fait suffisamment d'études pour être capable de me débrouiller, ou du moins je le pensais, mais j'allais bientôt me rendre compte que l'école de la vie était bien plus rude.

Debout sur le pont, je posai ma valise à mes pieds et je scrutai l'horizon. Beaucoup de mes compagnons de voyage s'étaient déjà installés sur des fauteuils inclinables afin d'éviter le mal de mer, mais pas moi. Je m'accrochai à la rambarde et je commençai à imaginer toutes les aventures qui m'attendaient, sans me demander une seule seconde comment j'allais survivre seule dans un pays étranger. Une agitation attira mon attention et, avant que je m'en rende compte, quelqu'un filait avec ma valise. Je me mis à crier, mais ma voix se perdit dans le vent et, tandis que le fuyard courait, je trébuchai sur le bois lisse du pont. Vif comme l'éclair, un autre homme me dépassa, courut le long de la passerelle et attrapa le voleur – un jeune garçon de douze ans tout au plus. Il le ramena par la peau du cou, tenant ma valise de son autre main, et d'une voix au fort accent, il me demanda ce que je souhaitais faire.

— Je, eh bien…, balbutiai-je, ce qui m'embarrassa.

Cet incident m'avait fait un choc.

— Je vais le dénoncer au capitaine du bateau, si mademoiselle le désire, déclara l'inconnu, un brin théâtral.

Je remarquai sa stature. Il mesurait plus d'un mètre quatre-vingts et ses traits étaient frappants. Cheveux noirs, yeux bruns et peau mate. Il était terriblement séduisant.

— Mademoiselle ? répéta-t-il, et son petit sourire fit briller ses yeux.

— Euh, oui, oui, bien sûr.

Je me tournai vers l'enfant, qui ressemblait soudain à un agneau persécuté.

— Et que va-t-il lui arriver ? m'enquis-je en reprenant ma valise.

— Il sera débarqué et conduit directement en prison, je suppose, répondit l'homme d'un ton plutôt détaché.

— Oh.

— C'est à vous seule de décider, mademoiselle.

— Eh bien, j'ai récupéré mes affaires à présent, donc je suppose qu'il n'y a pas de mal. Et tu ne recommenceras pas, n'est-ce pas ? demandai-je au garçon, remarquant qu'il ne portait pas de chaussures et que ses vêtements étaient bien trop petits pour lui.

Il secoua la tête avec véhémence et, tel un animal sauvage, disparut dans la foule dès que l'homme eut desserré son emprise.

— Mademoiselle est trop généreuse, commenta ce dernier en regardant l'enfant s'échapper. Permettez-moi de me présenter ; je me nomme Armand Hassan, dit-il en s'inclinant légèrement.

Son nom semblait si exotique, si mystérieux... Et il lui donnait instantanément de l'attrait. M. Hassan portait de beaux habits, mais avec une élégance décontractée, comme s'il ne pouvait pas s'empêcher d'être bien mis, quoi qu'il porte. Cependant, il y avait quelque chose de dangereux et de secret dans son regard qui éveilla ma méfiance.

— Mademoiselle Opaline Carlisle, répondis-je, tendant la main.

Je me rendis compte que je venais de révéler mon vrai nom à un parfait étranger. Il fallait que j'affûte mon esprit, et vite.

— *Enchanté**[1], mademoiselle Carlisle, et, si je puis me permettre, vous portez un prénom superbe ! J'espère avoir l'occasion de le prononcer. Souvent.

Il porta mes mains gantées à ses lèvres et je crus sentir la chaleur de son souffle à travers l'étoffe. Je détournai rapidement les yeux en espérant que mes joues ne s'étaient pas empourprées. À peine avais-je quitté les côtes de l'Angleterre que, déjà, je succombais au charme d'un accent étranger, comme une ingénue. Je devais me ressaisir.

— Eh bien, merci beaucoup, monsieur Hassan, mais il faut que je vous laisse, déclarai-je, et je m'avisai un peu tard que j'étais à bord d'un bateau et que je n'avais aucune obligation urgente.

Son regard pétilla. Sans doute M. Hassan se disait-il qu'on m'avait appris à ne pas parler aux inconnus.

---

1. Les mots en italique suivis d'un astérisque sont en français dans le texte.

— Si vous le permettez, mademoiselle, un conseil avant que vous ne partiez : vous êtes une charmante jeune femme, et vous devriez vous montrer très prudente à l'avenir. Une représentante du beau sexe qui voyage seule sur le continent est toujours la proie des hommes sans scrupules.

Je repris contenance, mettant les épaules en arrière et levant le menton.

— Monsieur Hassan, bien que vous parliez manifestement l'anglais avec aisance, vous avez d'énormes lacunes en ce qui concerne les femmes anglaises. Nous sommes tout à fait capables de veiller sur nous-mêmes, je vous remercie.

Sur ces mots, je fermai mon manteau et marchai d'un pas décidé face au vent, manquant de perdre mon chapeau mais le retenant d'une main à la dernière minute.

— Quelle arrogance, marmonnai-je.

J'étais déterminée à ne pas me laisser charmer – en aucun cas.

*
**

La façade de l'hôtel Petit Lafayette semblait tout à fait élégante, mais comme avec les livres, il ne fallait pas se fier aux apparences. Je fus conduite dans une cage d'escalier qui tournait autour d'une cour intérieure, offrant à chaque logement une sorte de balcon qui surplombait les entrailles grises et ternes du bâtiment. Mon moral baissa encore quand l'employé ouvrit la porte de ma *chambre**. Je n'avais jamais eu l'occasion de visiter une cellule de couvent, mais j'imaginais que j'avais devant moi l'équivalent : une pièce étroite, dépourvue de fenêtre, et un lit tout aussi étroit, qui semblait peu confortable.

— Non, non, dis-je en secouant la tête.

— *Non* ?* répéta l'employé, imperturbable.

— Non, je crains que ce ne soit hors de question.

Comme je n'obtins aucune réaction, je développai mon idée.

— Votre chambre, articulai-je d'une voix plus forte et plus lente (sans quoi, comment pourrait-il comprendre ma détresse ?), ressemble à une cellule de moine ! J'aimerais – *je voudrais une chambre plus grande. Avec une fenêtre* !*

Dix minutes plus tard, et pour le double du prix, je me retrouvai dans une chambre de taille modeste mais avec un lit légèrement plus grand. C'était évident, je devais aiguiser mes talents de négociatrice, mais lorsque j'ouvris la haute fenêtre et que je découvris la vue, je mis toutes mes récriminations de côté… Là, devant moi, les toits de Paris s'étalaient, baignés dans la lumière dorée du soir. Pourtant, je demeurais terrifiée par ce que j'avais fait. Un désir, et la réalisation de ce désir, pouvait provoquer des pensées étonnamment contradictoires. Malgré tout, j'étais bien décidée à réussir. Et cela, sans verser une seule larme.

Ma première journée à Paris était venteuse mais radieuse, et je tenais fermement le petit plan que j'avais acheté à un vendeur ambulant. Paris était aussi superbe et inspirante que je l'avais espéré ; les rues étaient plus belles les unes que les autres. Les bâtiments de pierre aux hautes fenêtres élégantes et aux toits de zinc semblaient d'un chic immaculé dans la douce lumière du jour. Tandis que je marchais le long du quai de la Tournelle, je tombai sur une rangée de marchands de livres, ou de *bouquinistes**, comme je l'apprendrais plus tard, qui vendaient toutes sortes de livres, en français et en anglais, mais aussi des magazines, des journaux, et même des affiches et des cartes postales anciennes. Je m'arrêtai pour jeter un coup d'œil, m'émerveillant devant les grandes boîtes de métal vertes qui contenaient des trésors, accrochées aux parapets le long des berges de la Seine. On aurait dit des wagons de trains arrivés à l'aube, ouvrant leurs portes aux lecteurs jusqu'à la tombée de la nuit.

Là, au bord du fleuve, sous un soleil éclatant, perdue dans un monde plein de livres et d'accents étrangers, j'étais au paradis. Et soudain, je le repérai : *Histoires extraordinaires*. C'était une traduction en deux volumes des nouvelles d'Edgar Allan Poe par Charles Baudelaire, à la reliure bleu céruléen. J'ouvris le premier tome et constatai qu'il s'agissait de la première édition, publiée par Michel Lévy Frères, Paris, 1856-1857. Mon père était un grand admirateur de M. Poe, et moi aussi, j'appréciais *Le Cœur révélateur* et *La Chute de la maison Usher*. C'était un signe, pensai-je. Je demandai le prix du livre, mon français approximatif trahissant immédiatement mon statut d'étrangère. Il me sembla que c'était cent francs de trop, et après bien des gestes (le commerçant retourna ses poches comme pour indiquer que je le détroussais), nous nous mîmes d'accord sur un tarif. Je me sentis grisée par mon imprudence, moi qui dépensais le peu d'argent qui me restait pour acheter des livres, une fois de plus. Tandis que le vendeur emballait les volumes dans du papier kraft et les entourait de ficelle, j'entendis une voix familière appeler mon nom.

— Monsieur Hassan, dis-je.

Je fus surprise lorsque, cette fois encore, il me fit un baisemain. Je rougis aussitôt et le commerçant eut un sourire en coin. Puis M. Hassan et lui entamèrent une conversation en français que je n'étais pas capable de suivre, mais bien vite, le sujet me parut évident.

— Je vois que vous avez acheté mon Baudelaire, me dit Hassan avec un sourire malicieux.

— Que voulez-vous dire ?

— J'avais demandé à mon ami de me mettre cette traduction de côté, mais je constate qu'il vous l'a vendue… pour un prix bien plus élevé.

Le sous-entendu ne m'échappa guère : j'étais une jeune femme stupide qu'on avait prise pour un pigeon. Je choisis d'ignorer son commentaire.

— Eh bien, dans ce cas, ce n'est pas votre Baudelaire mais le mien, repartis-je, saisissant mon paquet et reprenant la direction de mon hôtel.

— Au moins, laissez-moi vous inviter à dîner ce soir, pour vous féliciter de votre excellente transaction, plaida-t-il, ses longues enjambées lui permettant de me rattraper rapidement.

— Non, merci, je ne peux pas accepter une invitation aussi peu convenable. Nous sommes des inconnus l'un pour l'autre.

— Aïe ! lâcha-t-il, et il plaqua d'un geste théâtral le poing contre son cœur, comme s'il venait de recevoir un coup de poignard. Mais nous nous connaissons, et il me semble que vous êtes seule à Paris...

— Je ne suis pas seule, affirmai-je, sur la défensive. Je suis ici avec ma... tante.

— Ah, je vois, répondit-il, hochant la tête et admettant presque sa défaite. Au cas où vous changeriez d'avis, mademoiselle Opaline, ajouta-t-il en me tendant sa carte. Je n'oublierai pas cet affront aisément, mais, heureusement pour vous, je ne suis pas rancunier.

Touchant le bord de son chapeau, il disparut dans une ruelle et je restai là, furieuse. C'était un homme exaspérant, pompeux et arrogant. Et je le détestais. Pourtant, je glissai sa carte dans ma poche au lieu de la jeter dans la Seine.

Ce soir-là, j'écrivis une carte postale achetée chez le vendeur de livres à ma petite Jane. Je savais qu'elle garderait le secret sur mes pérégrinations. Jane était une femme que l'on pouvait entendre rire avant même de la voir. Elle adorait la vie au grand air, ce que Mère trouvait « peu féminin ». Elle me manquait terriblement, mais lui écrire effaçait la distance entre nous, pour un court instant au moins. Je m'efforçai d'adopter un ton joyeux tandis que je noircissais la carte de déclarations terminées par des points d'exclamation. *Paris est magnifique !* Pas très original, mais tant pis. Je me disais qu'un jour, elle pourrait venir me rendre visite si je devais rester ici. Lorsque je comptai l'argent qui me restait, je n'étais plus si sûre de ça. Il fallait que je trouve un emploi. Je décidai de me rendre à la bibliothèque le lendemain pour voir ce que je pourrais trouver.

Alors que je me déshabillais avant de me coucher, je sortis de ma poche la carte que M. Hassan m'avait donnée.

ARMAND HASSAN
ANTIQUAIRE
14, RUE MOLIÈRE
CASABLANCA
MAROC

Donc, M. Hassan était un marchand de livres originaire du Maroc. Cela expliquait sa beauté exotique, si on aimait ce style, et j'étais déterminée à ce que ce ne soit pas mon cas. Les livres sentimentaux que je lisais regorgeaient d'histoires de jeunes femmes tombant sous le charme de séducteurs tels que lui. Je rangeai la carte, dans ma valise cette fois. Alors que j'aurais dû la déchirer et la jeter à la poubelle.

5

Martha

Jamais je n'aurais imaginé que je travaillerais comme employée de maison pour une femme « d'un certain âge » qui avait la folie des grandeurs. Mais je me répétais que c'était une étape, en attendant que je reprenne pied. Quoi que cela veuille dire. Après quelques jours, je m'installai dans une certaine routine. Je me rendis compte que c'était exactement ce dont j'avais besoin, puisque j'étais encore en état de choc. Contrairement à ce qu'on voit dans les films, on n'abandonne pas son foyer, son mariage et tous ses repères pour commencer aussitôt une nouvelle vie. Il y a un stade où on se contente de respirer – comme un homme en train de se noyer qui s'accroche à un rocher. On sait qu'on est en vie, on peut bouger, et même parler, mais il nous manque quelque chose.

J'effectuais donc mes tâches. Je me réveillais chaque matin, je préparais le petit déjeuner de Mme Bowden (un œuf dur et des muffins accompagnés d'une marmelade épaisse). Après avoir débarrassé la table, je faisais son lit, je rangeais sa chambre pendant qu'elle s'habillait, puis j'allumais un feu au rez-de-chaussée. La maison était ancienne et froide – Mme Bowden avait refusé de faire installer le chauffage central ; selon elle, les tuyaux auraient abîmé l'esthétique de la maison. Elle avait des opinions très arrêtées sur tout, ce qui, franchement, me déconcertait. Principalement parce que je ne me rappelais pas avoir jamais eu une opinion sur quoi que ce soit. Dans ma famille, seules les opinions de mon père comptaient. Ma mère ne parlait jamais. De nos jours, les gens diraient qu'elle était non verbale, mais quand j'étais enfant, les gens de mon village l'affublaient de noms moins polis.

Pour sa part, Mme Bowden lisait les journaux à haute voix, contredisant chaque tribune et discourant sur ce qu'elle ferait si elle était aux commandes. Je l'ignorais la majeure partie du temps, continuant à aspirer les tapis ou à faire la lessive. Ce n'était pas une femme méchante, mais elle n'était pas non plus amicale, ce qui m'allait très bien. Je prenais mon dîner dans ma petite chambre du sous-sol chaque soir, en général des toasts accompagnés de haricots à la tomate, et j'avais pris l'habitude de marcher le long de la rivière dans la soirée, quand les employés étaient rentrés chez eux et que la ville était calme. Du moins, plus calme.

J'avais l'impression que j'étais en train de dégeler après un long hiver. Chaque jour, je sentais mes muscles se détendre un peu plus, et quand j'allais faire les courses au supermarché, je me retournais rarement pour voir s'il me suivait. Jusqu'au jour où Eileen, Mme Bowden, décida de succomber à « la ruine du XXe siècle » et commande un téléviseur. Ce jour-là, je préparais son déjeuner dans la cuisine (saumon poché et pommes de terre grelots). Quand j'apportai le repas dans le salon et que je vis un homme franchir la porte d'entrée, je lâchai le plateau et me figeai net.

— Oh, désolé, madame, j'ai frappé mais la porte était ouverte, dit-il, visiblement mortifié, tandis qu'il se débattait avec le lourd carton.

Je continuai de le dévisager, en essayant de me fier à ce que je voyais. *Ce n'est pas lui*, me répétai-je en silence, *ce n'est pas lui*. Je me ressaisis aussi vite que possible et me mis à ramasser les débris sur le sol. Mes mains tremblaient tellement que le livreur m'offrit son aide. Je ne pouvais même pas le regarder dans les yeux tant j'étais embarrassée.

Le lendemain matin, Mme Bowden me demanda de dépoussiérer son bureau, une petite pièce au premier étage qui donnait sur la rue. Le papier peint fleuri était superbe et un secrétaire était placé à côté de la fenêtre. Les autres murs étaient bordés d'étagères remplies de livres, comme dans une bibliothèque.

— Il est temps de procéder à un bon nettoyage de printemps, annonça-t-elle.

Elle me donna pour instruction de dépoussiérer chaque livre, un par un, avec un chiffon humide.

— Non, pas trop humide ! m'avertit-elle.

Elle me fournit un chiffon sec pour absorber toute humidité résiduelle.

Au début, la mission me parut écrasante, néanmoins je mis bientôt au point une méthode pour me faciliter la tâche. Je m'occupais d'une étagère à la fois. Je déposais tous les livres sur un vieux drap étalé sur le sol. Je glissais un coussin sous mes genoux, puis j'essuyais soigneusement chaque ouvrage. Certains étaient très vieux et menaçaient de se désintégrer entre mes mains. D'autres étaient écrits dans des langues étrangères que je ne comprenais pas. *Mme Bowden est sans doute très instruite*, pensai-je, envieuse. Les livres et moi, cela faisait deux. Non, ce n'était pas tout à fait exact. En fait, ils me rendaient nerveuse. Et ça ne datait pas d'aujourd'hui. D'aussi loin que je me souvienne, j'avais eu ce genre de réaction face à eux. C'était presque comme s'ils me menaçaient. Je préférais lire les gens. Car ils étaient plus faciles à comprendre que les livres. Ma mère m'avait appris à lire l'histoire d'une personne sans qu'elle ait à prononcer le moindre mot.

Je l'avais fait avec Mme Bowden : je savais qu'elle avait peur de devenir sénile, et que c'était pour cette raison qu'elle était si fâchée contre le monde. Je savais que ma mère portait en elle une douleur pour laquelle elle n'avait pas de mots. Et je savais que l'Anglais devant ma fenêtre était amoureux d'une femme prénommée Isabelle. Pendant très longtemps, j'avais supposé que tout le monde pouvait lire les gens comme je le faisais, mais quand mes amis m'en avaient voulu d'avoir découvert leurs secrets, j'avais fini par comprendre que c'était un cadeau qui n'appartenait qu'à moi. Un don, ou une malédiction. La vraie malédiction, c'était d'avoir perdu la capacité à lire mon mari après être tombée amoureuse de lui. On dit que l'amour rend aveugle, et c'était particulièrement vrai dans mon cas. Par conséquent, je n'avais pas vu la violence arriver. Mais maintenant que j'y songeais, lui non plus, sinon je l'aurais senti. Qu'est-ce qui l'avait fait changer ? Était-ce moi ? Avais-je fait quelque chose de mal ?

Sa pique préférée consistait à me hurler : « Tu te crois exceptionnelle, hein ! »

Et il avait raison. Je croyais être exceptionnelle. Non pas par vanité, mais parce que je croyais être promise à quelque chose de plus grand sur cette terre. Comme lorsque vous pensez que votre chemin mènera, d'une manière ou d'une autre, à mieux, parce que vous êtes doué dans un domaine ou qu'un destin vous attend. Eh bien, ça ne lui plaisait pas. Ça ne plaisait à personne, en vérité. Alors, j'avais appris à cacher ces pensées. Je les avais si bien dissimulées que j'avais oublié leur existence. Car désormais, je ne pensais pas mériter mieux que cela : un visage abîmé, un mariage brisé, un travail consistant à nettoyer la belle maison de quelqu'un d'autre. Je savais que je ne méritais pas mieux, mais quelque part au fond de moi, j'espérais encore. C'était cela qui me rendait malheureuse : l'espoir. Je comprenais maintenant qu'il fallait que je renonce à l'un ou à l'autre : au bonheur, ou à l'espoir.

6

Henry

— Le problème, c'est que le 11, Ha'penny Lane est... eh bien, ici, dit M. Dunne, désignant la bande de terre en friche située entre le numéro 10 et le numéro 12. Ou plutôt, il *n'est pas* ici. Ici, c'est l'endroit où il n'est pas, ajouta-t-il, masquant un rire moqueur par un bon toussotement.

Employé du bureau de l'urbanisme, il avait accepté à contrecœur d'effectuer une visite du site après que je l'avais harcelé de coups de fil durant des semaines.

— D'accord, dis-je. (Il semblait attendre que j'ajoute quelque chose.) Mais vous avez vu les cartes que je vous ai envoyées, celles localisant la librairie précisément ici ?

— Oui, j'ai vu la carte, monsieur Field, mais comme je vous l'ai expliqué au téléphone, il n'y a pas de documents officiels faisant mention d'un bâtiment sur ce site. En dehors de celui-ci, dit-il, désignant d'un geste la maison voisine.

— Mais c'est le numéro 12.

— Exactement. Il n'y a pas de numéro 11.

— C'est aujourd'hui une maison, mais ça ne veut pas dire que ce n'était pas auparavant une boutique. Je parle du rez-de-chaussée.

Cette idée commençait à me plaire. Je ne connaissais rien aux bâtiments historiques, mais les gens tenaient sûrement des commerces dans leur maison, autrefois.

— Quand bien même, ça ne change rien au fait qu'il n'y a pas de numéro 11, répondit M. Dunne, qui semblait se désintéresser de la question. Avez-vous essayé d'interroger les résidents ?

— Je vous demande pardon ?

Un camion descendait lentement la rue, et nous dûmes crier pour nous entendre.

— Ils pourraient savoir des choses sur le passé de cette zone ! rugit-il.

— Un passé dans lequel des bâtiments disparaissent ? rétorquai-je.

M. Dunne me regarda comme si quelque chose clochait chez moi et recula, au cas où ce serait contagieux.

— C'est une sorte de caméra cachée ? (M. Dunne consulta sa montre.) Je suis déjà en retard pour mon prochain rendez-vous, alors je vais devoir vous laisser, déclara-t-il en agitant ses clés de voiture de manière théâtrale. Bonne chance pour (il désigna l'espace entre les deux maisons) toute cette histoire.

Oui, j'ai saisi le message, pensai-je. *Je dois me débrouiller seul.* J'étais l'idiot qui était venu jusqu'en Irlande pour retrouver une librairie qui n'existait pas.

M. Dunne s'en alla. Quant à moi, j'étais incapable de bouger. J'observai la façade du numéro 12, puis celle du numéro 10, et retour. J'ignorais depuis combien de temps j'étais là quand je vis la porte du numéro 12 s'ouvrir. C'était elle. L'ange déchu. Elle sortit de la maison, l'air aussi désabusée que l'autre jour quand elle avait passé la tête par sa fenêtre. Elle avait quelque chose de spécial. Ou peut-être le pensais-je uniquement parce que je voyais en elle une autre âme perdue, à la recherche de quelque chose qui aurait dû être là, et qui ne l'était pas.

— Excusez-moi ! Je me demandais si vous pouviez m'accorder un moment, mademoiselle ?

Elle se figea puis se tourna vers moi. Son regard semblait indiquer qu'elle me le ferait regretter toute ma vie si les mots qui allaient sortir de ma bouche ne valaient pas le temps qu'elle m'accordait.

— Qu'est-ce que vous voulez ?

— Je… Eh bien…

Brillant. Dix sur dix. Elle se remit à marcher d'un pas rapide.

— Je peux vous offrir un café ? Je pourrais tout vous raconter sur…

— Je peux m'offrir mon propre café, merci.

— Écoutez, je ne suis pas un détraqué…

— C'est exactement ce qu'un détraqué dirait.

J'avais du mal à trouver les mots qui la pousseraient à se retourner. En désespoir de cause, j'optai pour l'honnêteté.

— J'ai besoin de votre aide !

Elle s'arrêta, baissa la tête et réfléchit un instant, comme si elle pesait le pour et le contre.

— Il y a un café là-bas, finit-elle par répondre, et elle me montra une étroite rue pavée au-delà d'une vieille arche.

Tout en la suivant, je me présentai à nouveau. *Henry. Henry Field*. Exactement de cette manière, comme si j'étais un membre clé du MI5.

Elle ne me dit pas son nom. *Elle ferait un bien meilleur espion*, pensai-je.

*
**

— Donc, vous avez trouvé une vieille lettre qui mentionne un livre dont personne n'a jamais entendu parler, caché dans une librairie qui n'existe pas.

— C'est à peu près ça, approuvai-je.

J'avalai une gorgée de café, me créant sans le vouloir une moustache en mousse de lait. Être honnête était plutôt libérateur. Pendant très longtemps, j'avais caché mes indices, de peur que quelqu'un d'autre ne retrouve le manuscrit perdu, mais je savais que cette fille, Martha (elle m'avait finalement révélé son prénom, mais pas son nom), n'aurait pas les connaissances ou l'intérêt nécessaires pour me voler ma découverte.

— Vous avez pensé à consulter un psy ?

— Ah !

Je ne m'étais pas attendu à ce qu'elle soit si drôle, car jusqu'ici elle arborait un air très sérieux. Elle portait du maquillage, qui permettait de recouvrir ses bleus, mais elle grimaçait encore à cause d'une coupure à la lèvre quand elle buvait son thé. Me comportant en gentleman, je fis comme si je n'avais rien remarqué.

— Je sais qu'elle existait, j'ai l'adresse sur la lettre à en-tête, même si la mairie n'en a aucune trace.

— Et comment pourrais-je vous aider, selon vous ? Je ne suis là que depuis quelques jours. Je ne connais pas du tout cette ville.

— Oh, j'avais supposé que si. Vous n'êtes pas la propriétaire du numéro 12 ?

Soudain, elle se fendit d'un rire chaleureux, mais tout aussi vite, elle reprit son air pincé.

— C'est Mme Bowden qui est la propriétaire du numéro 12. Je travaille pour elle.

— Ah, je vois, vous êtes une sorte d'assistante ?

Elle ne répondit pas tout de suite, et je regrettai aussitôt d'avoir été indiscret. Mais pourquoi m'en faire ? J'avais posé une question anodine.

— Je suis son employée de maison.

— Oh.

« Oh » ? Tu n'as rien trouvé de mieux à répondre, idiot ?

— Bon, merci pour le thé. Je ferais mieux d'y aller.

Elle était déjà debout et se dirigeait vers la sortie quand je réagis enfin.

— Peut-être qu'on pourrait remettre ça ? lançai-je.

Mais elle ne se retourna pas. Elle se contenta de me faire un signe de la main et retourna dans la rue animée.

7

Opaline

Paris, 1921

Le lendemain, je sortis de bonne heure, et je me renseignai chaque fois que je voyais un panneau indiquant *offre d'emploi**. Il devint rapidement évident que personne ne voulait engager une jeune femme anglaise au français approximatif, sans compétences à proprement parler, et sans aucune expérience dans le commerce. La naïveté de mon plan, ou plutôt mon absence de plan, m'emplit d'un sentiment de panique. J'errai sans but dans la rue, espérant aveuglément un signe. Je me laissai entraîner par des gens qui savaient où ils allaient et je traversai la Seine, en empruntant le superbe Pont-Neuf. Je levai les yeux vers la flèche de la cathédrale Notre-Dame, qui me fit penser à Esmeralda et à Victor Hugo. Plongeant la main dans ma sacoche, je la posai sur le Baudelaire. Le simple fait de sentir le livre sous mes doigts me calma. Je ne pouvais pas l'expliquer, pas même à moi-même, mais les livres me procuraient un sentiment inébranlable de stabilité et de solidité. Puisque les mots survivaient, je survivrais aussi, d'une manière ou d'une autre.

Tandis que je marchais dans les rues mouillées de pluie, sur le point de renoncer, je passai devant une librairie appelée « Shakespeare and Company ». Il y avait quelque chose de rassurant dans ce nom. L'entrée était entravée par des cartons, et j'aperçus à l'intérieur deux femmes qui se disputaient pour savoir où ranger les choses. Elles parlaient anglais, et bien que l'une ait un accent américain, l'autre était indéniablement française.

Dans la vitrine lumineuse, un assortiment de livres était exposé – un arc-en-ciel de reliures en cuir de veau colorées, de gravures sur bois et de couvertures captivantes. Le mélange familier d'excitation et de curiosité que j'éprouvais toujours face à la vitrine d'une librairie provoqua des picotements sur ma peau. *N'achète rien*, m'avisai-je tout en tendant le cou pour jeter un coup d'œil à l'intérieur.

— Donnez-moi un coup de main, vous voulez bien ? lança la plus petite des deux femmes.

Elle portait une veste et une jupe en tweed, et ressemblait à un chef scout – quelqu'un à qui on obéissait sans broncher.

Je saisis plutôt maladroitement l'autre côté du grand carton qu'elle portait, et qui pesait aussi lourd qu'un éléphanteau.

— Les risques du métier, glissa-t-elle, amusée de m'entendre souffler comme un bœuf.

— Je ne suis pas très musclée, je le crains, répondis-je.

— Ai-je cru déceler un accent anglais ?

Je hochai la tête et me présentai.

— Je m'appelle Sylvia. Sylvia Beach, répondit-elle en m'offrant une ferme poignée de main. Eh bien, vous êtes au bon endroit. Nous vendons des romans en anglais.

— Vous voulez dire que cette librairie est à vous ? demandai-je un peu bêtement.

Car c'était tout simplement la première fois que je voyais une librairie tenue par une femme.

— Oui, ainsi que toutes les dettes qui vont avec ! railla-t-elle.

Son rire, qui ressemblait à un aboiement, était communicatif. Je me surpris à rire aussi, même si je n'étais pas sûre d'avoir compris sa plaisanterie.

— Je suppose que vous n'embauchez pas ? lâchai-je sans détour, en espérant ne pas paraître trop désespérée.

Mlle Beach s'appuya contre des cartons, l'air songeuse.

— Est-ce que j'embauche ? demanda-t-elle de manière rhétorique.

— Vous avez déjà travaillé dans une librairie ? demanda l'autre femme qui venait de revenir à l'avant de la boutique.

— Je vous présente Mlle Monnier, qui possède la librairie d'en face, dit Mlle Beach.

Contrairement à Sylvia, Mlle Monnier m'observa d'un air soupçonneux, et je sus d'instinct qu'elle me jugeait défaillante.

— Pas vraiment, confessai-je.

Elles échangèrent un regard. Peut-être avaient-elles déjà vu cela : une jeune fille naïve désireuse de vivre son rêve parisien.

— J'ai payé mon voyage jusqu'ici en vendant une première édition d'un Dickens et, tenez, regardez, dis-je, sortant le Baudelaire de ma sacoche. Je l'ai acheté à l'un des bouquinistes des quais de Seine.

Mlle Beach prit soigneusement le livre entre ses mains, l'ouvrant doucement et vérifiant chaque page.

— Il est important de compter toutes les pages, expliqua-t-elle calmement. Plus l'édition est ancienne, plus vous avez de chances qu'il en manque.

— Vraiment ?

— Oui, nous appelons la période précédant les années 1800 la période « presse à main », quand le papier avait bien plus de valeur qu'aujourd'hui. Les gens arrachaient les pages des livres pour leur propre usage. Eh bien, c'est une belle trouvaille. Félicitations.

— Merci, dis-je, reprenant mon ouvrage.

— Vous avez l'œil pour repérer la qualité, et une jeune femme capable d'échanger des livres contre un voyage jusqu'au continent a manifestement le sens des affaires. Si je vous engageais comme apprentie et que je vous enseignais ce que je sais sur les livres ?

Je la remerciai avec effusion mais elle leva la main pour m'interrompre.

— Je ne peux pas vous payer grand-chose, et les journées seront peut-être longues, mais vous apprendrez beaucoup et vous entrerez en contact avec des gens importants.

— Oh, mademoiselle Beach ! m'exclamai-je. Je n'ai pas l'habitude d'être à court de mots, c'est peut-être la première fois que cela m'arrive.

— Tant mieux. Je ne supporte pas le sentimentalisme. Bon, vous pouvez commencer par nous aider à déballer ces livraisons.

— Je commence tout de suite ?

— Eh bien, y a-t-il meilleur moment que le moment présent ? répliqua-t-elle de ce ton franc et direct sur lequel je compterais beaucoup à l'avenir, plus que je ne l'aurais jamais imaginé.

***

Shakespeare and Company était un lieu fascinant. La boutique elle-même avait l'ambiance chaleureuse et calme de toutes les librairies, avec ses étagères de bois sombre polies par les années et cette odeur très reconnaissable de papier et de cuir. Sylvia, qui n'avait que quelques années de plus que moi, était un peu la mère poule d'une famille d'artistes et d'écrivains bohèmes. Elle leur offrait un refuge, une bibliothèque de prêt, un cercle littéraire, un bureau de poste et (espérait-elle) une maison d'édition. Elle s'était liée d'amitié avec un écrivain irlandais nommé Joyce, qui parlait avec tant de passion de son œuvre qu'elle comptait publier son premier roman, *Ulysse*. Elle prenait un très grand risque, et l'œuvre était si avant-gardiste que l'auteur craignait qu'elle ne soit interdite à jamais. Pour ne rien arranger, le manuscrit était trois fois plus long qu'un roman moyen, par conséquent, le coût de l'impression serait astronomique.

Lors de mon tout premier jour, je me comportai sans doute comme un enfant à qui on aurait donné les clés d'un magasin de jouets. Mon attention était attirée de tous côtés, par des livres de toutes époques, quels que soient leur sujet ou leur reliure. Je ne pouvais m'empêcher de m'interroger. À qui avaient-ils appartenu autrefois ? D'où venaient-ils ? Quel était leur parfum ?

— Vous ne me servirez à rien si vous persistez à vous comporter comme une cliente, Opaline, déclara Sylvia d'un ton sec.

Les jours suivants, je m'efforçai de ne pas me laisser distraire chaque fois que je tombais sur un livre intéressant, ce qui arrivait souvent.

Sylvia était bien décidée à m'apprendre le métier de A à Z. Je transportais les livres, je les rangeais avec soin, et je servais les clients du mieux que je le pouvais. Quand les journées étaient plus calmes, pendant que je dépoussiérais les étagères ou les ouvrages eux-mêmes, Sylvia m'expliquait les détails du métier de marchande de livres rares.

— Un vieux livre n'est pas nécessairement rare, Opaline. Un livre devient rare quand il est à la fois difficile à trouver *et* très recherché. Et il n'y a pas que les livres qui ont de la valeur pour les collectionneurs ; il y a aussi les manuscrits, les épreuves, les gravures, les archives – même les lettres. Surtout les lettres. Tout ce qui peut nourrir l'insatiable curiosité que suscitent les grands esprits.

J'avais sans doute l'air sceptique car elle s'interrompit dans sa tâche un instant et se tourna vers moi.

— Vous n'êtes pas convaincue ?

— C'est simplement que je ne vois pas pourquoi quelqu'un voudrait collectionner les lettres de quelqu'un d'autre. Comment être sûr qu'elles sont authentiques ?

— Très bonne question, nous allons faire de vous un fin limier littéraire. Quel est votre auteur préféré ? demanda-t-elle.

— Facile. Emily Brontë.

— D'accord. Eh bien, y a-t-il quoi que ce soit que vous vouliez savoir sur Mlle Brontë, en dehors du fait qu'elle menait une vie tranquille dans les landes ?

Je réfléchis un instant. J'avais beaucoup de questions. Était-elle tombée amoureuse un jour ? Était-elle heureuse ou triste ?

— Ce que je me suis toujours demandé, je veux dire, la question qui m'a toujours taraudée est de savoir si, oui ou non, elle avait commencé à écrire un second roman avant sa mort, et si oui, ce qu'il est advenu de ce roman.

— Eh bien, voilà. Maintenant, vous avez la question dont vous pouvez commencer à chercher la réponse.

8

Martha

— Eh bien, c'était *humiliant*, marmonnai-je au moment où j'entrais dans la maison.

— De quoi parlez-vous ? lança Mme Bowden, ce qui me fit sursauter.

Elle se tenait devant le petit salon, une cigarette à la main, une lueur malicieuse dans le regard.

— Oh, de rien, je ne m'étais pas rendu compte que je parlais à voix haute, éludai-je en retirant ma veste.

— Eh bien, vous avez le visage rouge comme une pivoine et je m'ennuie, alors racontez-moi tout.

Elle me saisit par les épaules et m'emmena dans le salon, comme si j'étais une invitée.

— Je... j'ai juste, il y a un type qui...

— Un homme, il fallait le dire plus tôt !

Elle éclata de rire et ses yeux s'écarquillèrent de plaisir. Ouvrant les rideaux, elle passa la rue en revue.

— Où est-il ?

— Nulle part. Il est parti. Ça n'a pas d'importance. Vous avez besoin de quelque chose avant que je commence à préparer le dîner ?

— C'est l'heure de l'apéritif, Martha, et je n'ai toujours pas de verre à la main, déclara-t-elle avec cet accent guindé qu'elle prenait quand elle avait de la compagnie.

— Il est 3 heures de l'après-midi, soulignai-je sans masquer la réprobation dans ma voix.

— Exactement, répondit-elle.

J'allai donc à la cuisine pour lui « préparer un martini », quoi que cela veuille dire.

Tandis que je cherchais parmi les bouteilles celle qui portait le nom de Martini, mon esprit dériva jusqu'à mon ancienne vie. Mes parents n'avaient pas cherché à me contacter, mais il fallait dire qu'ils ignoraient où je me trouvais. Quand bien même ils l'auraient su, ils n'auraient sans doute pas pris la peine de venir me voir. Je les embarrassais. Ma mère avait pour habitude de croiser les bras et de regarder par la fenêtre chaque fois que j'essayais de parler de Shane. Je supposais qu'elle avait honte de moi – non pas parce que j'avais épousé un homme violent, mais parce que je ne l'avais pas écoutée quand elle m'avait mise en garde contre lui. Mon père se comportait déjà comme si je n'existais pas, alors la vie n'avait sans doute pas beaucoup changé pour lui. Sauf peut-être au pub – il y avait forcément des commérages. Il détestait sûrement ça. Cette pensée fit naître un sourire vengeur sur mes lèvres. Voilà ce qu'ils avaient fait de moi. Tous. J'étais tellement plongée dans mes souvenirs que j'avais oublié ce que j'étais censée faire. Je n'avais toujours pas trouvé de Martini, alors je me contentai de verser une mesure de gin dans un verre et d'y ajouter une tranche de citron. J'avalai la boisson d'un trait et je servis une seconde dose pour Mme Bowden.

— J'arrive ! répondis-je après qu'elle eut crié mon nom.

Je posai brusquement le verre sur la table à côté d'elle.

— Alors, cet homme, il était séduisant ?

Oui.

— Ce n'était pas ce genre de discussion, il était à la recherche d'une ancienne librairie qui se trouvait ici autrefois. Je ne crois pas qu'il avait toute sa tête, si vous voyez ce que je veux dire.

— Une librairie ? demanda-t-elle. (Ses yeux brillaient, sans doute à cause du gin.) Comme c'est amusant.

— Vous trouvez ?

Je pris son cendrier et le vidai dans la cheminée.

— Je vais vous raconter une petite histoire, commença-t-elle, et elle croisa les chevilles sur son repose-pied. Quand j'étais la reine de Ha'penny Lane, pendant les années 1980… Ah, nous donnions de sacrées fêtes, à l'époque. C'était avec mon troisième mari, Vladimir. Un mathématicien russe. On pourrait penser qu'il était barbant, mais c'était tout le contraire ! Il servait la meilleure des vodkas et le meilleur des caviars. Des gens de tous horizons venaient à nos soirées.

Je sortis une lavette de ma poche et me mis à essuyer la poussière invisible sur le manteau de la cheminée. À mon arrivée dans cette maison, je portais très peu d'intérêt aux histoires de Mme Bowden, mais maintenant, j'étais curieuse. Nous étions peut-être en train de nous adoucir, toutes les deux. Nous n'avions rien en commun, mais nous commencions à prendre conscience que nous n'étions pas en si mauvaise compagnie, finalement.

— Quoi qu'il en soit, un soir, en plein été, ou était-ce en plein hiver ? Peu importe... Non, c'était en hiver. Il y avait du givre sur le trottoir, je m'en souviens. L'une des invitées est arrivée en retard, l'air très secouée. Pendant qu'elle se réchauffait le postérieur près du feu, elle nous a raconté que, après être sortie du taxi, elle s'était dirigée vers ce qu'elle avait pris pour notre maison. Mais quand elle est entrée, elle s'est rendu compte qu'il s'agissait d'une librairie – une petite boutique à l'ancienne, pleine de vieux livres et de bibelots charmants. Elle est donc ressortie, et lorsqu'elle s'est retournée, pouf ! la librairie avait disparu, et à sa place il y avait bel et bien ma porte d'entrée. Bien sûr, nous avons tous pensé qu'elle avait pris de la drogue – tellement de gens en prenaient à l'époque. Mais n'est-ce pas drôle que cela se produise à nouveau ?

Un frisson me parcourut. Je n'aimais pas les histoires de fantômes, et celle-ci commençait à en devenir une.

— Eh bien, ce n'est pas exactement la même chose. Il a juste dit qu'il cherchait une librairie.

Qu'avait-il dit, précisément ? Que cette maison était sans doute adjacente à la librairie, ou quelque chose comme ça. Je secouai la tête avec vigueur et me levai pour aller préparer le dîner de Mme Bowden. Quand Henry m'avait demandé de l'aide, cela m'avait rappelé la personne que j'étais autrefois – ouverte, généreuse. J'aurais sans doute dû lui raconter cette histoire ; cela l'aurait peut-être aidé dans sa quête, ou au moins, cela lui aurait fourni un indice. Mais apparemment, aider les gens n'apportait que des ennuis et des regrets de nos jours. Voilà pourquoi je décidai de garder le silence et de laisser mon store baissé.

C'est drôle comme les gens se plaignent de l'ennui. Je mourais d'envie d'avoir une journée ennuyeuse quand je vivais avec Shane et avec ses sautes d'humeur. Une journée où la pire chose à laquelle on puisse s'attendre serait qu'il ne se passe pas grand-chose. Mais maintenant que j'avais une telle journée devant moi, je ne savais pas vraiment quoi en faire. Mes tâches routinières me prenaient de moins en moins de temps à mesure que je m'habituais à les effectuer, et j'avais désormais des heures de liberté les après-midi. Mme Bowden, qui n'était pas du genre à prendre des pincettes, faisait autant d'allusions que possible à mes vêtements « peu inspirants » et « déprimants ». « C'est l'uniforme des invisibles ! » me réprimandait-elle en plaçant une main devant ses yeux.

J'observai mon jean et mon pull dans le grand miroir de la salle de bains et je fronçai les sourcils. Ils m'avaient l'air corrects. Peut-être un peu vieux. J'étudiai ensuite mon visage. L'hématome avait diminué et était presque invisible à présent. On aurait presque pu croire qu'il n'avait jamais été là. Mais ensuite les images surgirent dans mon esprit, comme un train lancé à vive allure : je me revis acculée dans un coin, le dos contre les placards de la cuisine, en train de lui hurler d'arrêter. Je plaquai la paume contre le mur pour garder l'équilibre. Le secret était de ne pas se souvenir ; de ne pas laisser la peur vous rattraper. De toujours regarder devant soi, de s'occuper.

Je jetai un nouveau coup d'œil à ma tenue et je revis cette petite ville, les voisins curieux, les policiers qui ne bougeaient pas le petit doigt. Soudain, j'éprouvai l'envie de brûler tout ce que je possédais qui provenait de cet endroit. Il était temps. Avec mon salaire dans une petite enveloppe (payé en espèces – « Inutile de déranger le percepteur », me disait Mme Bowden), je me rendis sur O'Connell Street et entrai chez Primark. Il y avait des jeans à foison. Ma patronne me ferait porter une tenue de soubrette si je revenais avec des jeans supplémentaires. Décidant de commencer par de nouveaux sous-vêtements, je choisis un soutien-gorge et une culotte en coton. C'était étrange d'avoir du temps pour moi, de l'argent en poche et personne d'autre à satisfaire que moi-même. Je me sentis presque coupable quand je regardai autour de moi. C'était la mi-journée, et j'étais là, à me comporter comme… quoi ? Comme une femme libre, supposai-je. Et tout à coup, j'éprouvai une sensation que je n'avais pas éprouvée depuis longtemps. C'était comme si mon cœur souriait. Alors je passai au rayon chaussures et sélectionnai une paire de ballerines noires. Après quoi, je repérai un pantacourt noir et je le suspendis sur mon bras pour l'emporter dans une cabine d'essayage. Je trouvai un chemisier blanc qui avait l'air assez formel et j'achetai même un bandeau, rouge à pois blancs ! J'étais si fière de moi et de mon œil aiguisé que je jetai la prudence aux orties et pris un nouveau sac à dos, pour pouvoir me débarrasser du sac de sport que je traînais depuis le lycée. Après avoir enfilé tous les vêtements, je glissai mes vieux habits dans le sac de sport. J'emportai les étiquettes à la caisse, comme dans les films, et je ressentis un frisson à l'idée de commencer ma nouvelle vie ici même.

Je jetai mes vieilles affaires dans une poubelle à l'extérieur du magasin puis je me promenai dans la ville. Après avoir acheté un café à emporter et un donut, j'allai flâner dans le parc St Stephen's Green. Il faisait doux, et je pris conscience que je me sentais bien plus légère. Je marchais les bras ballants, et non serrés autour de ma poitrine comme ils l'étaient autrefois en permanence – toujours en alerte. Je regardai les cygnes sur l'étang qui picoraient le pain que les gens leur lançaient, et j'entendis des battements d'ailes quand une nuée de pigeons fut délogée de son perchoir. C'était comme si j'étais sortie du coma, pensai-je, car maintenant tout me paraissait plus clair, plus lumineux. Un vieil espoir se ralluma au creux de mon ventre tandis que j'observais des étudiants de toutes nationalités assis sur l'herbe ; ils discutaient sans doute de choses intelligentes. Peut-être parlaient-ils seulement des fêtes auxquelles ils allaient, en tout cas, c'était une vie à laquelle je n'avais jamais goûté, et la faim en moi était presque insupportable. Je fis une chose dont je ne me serais jamais crue capable : je m'arrêtai à la bibliothèque sur le trajet de retour. Mon courage faillit m'abandonner sur le seuil quand je me souvins que je n'étais pas entrée dans une bibliothèque depuis l'enfance et qu'à l'époque il s'agissait d'une bibliothèque itinérante. J'étais face à un bâtiment immense et plein de monde, dont la porte à tambour était très empruntée. J'aperçus mon reflet dans la vitre, celui d'une femme nouvelle dans de nouveaux vêtements, et je pris une grande inspiration.

Une fois à l'intérieur, je me sentis perdue. Les gens avaient le nez dans leurs livres et semblaient savoir ce qu'ils faisaient. Il y avait très peu de bruit mais, mon Dieu, on pouvait *entendre* à quel point tout le monde était intelligent. C'était terrifiant. Je remarquai une femme d'un certain âge au bureau d'accueil et je lui demandai des renseignements sur les formalités pour entrer à l'université.

— Formation pour adultes ? demanda-t-elle.

— Je suppose, oui.

Sans un mot de plus, elle se leva et prit quelques dépliants sur un présentoir en plexiglas situé derrière elle.

— Vous y trouverez tout ce qu'il vous faut.

Ce fut tout. Elle était déjà passée à la personne suivante, et je fus soulagée d'avoir obtenu ce pour quoi j'étais venue sans me ridiculiser. J'avisai alors un livre dont j'avais beaucoup entendu parler : *Normal People* de Sally Rooney. J'adorais le titre, et pour la première fois depuis une éternité, je me dis que ce livre pourrait parler à une personne telle que moi. Une personne qui avait l'impression d'être tout sauf normale. Je le saisis et m'apprêtai à le glisser dans mon sac à dos.

— Eeeeexcusez-moi ! s'exclama la bibliothécaire.

Je me figeai comme si je venais d'être arrêtée par les vigiles, l'air très coupable.

— Il me faut votre carte de bibliothèque si vous voulez le prendre, déclara l'employée d'une voix inutilement forte étant donné que nous nous trouvions dans le bâtiment le plus calme d'Irlande.

Je sentis mes joues s'empourprer. Je ne savais pas quoi faire.

— Carte de bibliothèque ? répéta-t-elle, la main tendue.

— Euh, je n'en ai pas, marmonnai-je, à présent consciente que tout le monde me regardait.

Voilà où cela menait, de vouloir sortir de sa condition.

— Dans ce cas, vous devrez remplir ce formulaire, dit-elle en soupirant, comme si ma visite avait retardé le cours de sa vie d'au moins dix ans.

Je décelai de la frustration dans son langage corporel : les mouvements rapides de son poignet, la tension de son cou. Je vis qu'elle avait été danseuse dans sa jeunesse, mais il avait dû se passer quelque chose, comme une blessure, et maintenant, elle était ici. Et elle détestait chaque minute.

— Je vais le laisser, alors, dis-je, reposant le livre sur le comptoir.

Je ne m'étais jamais sentie aussi stupide. Je ne savais même pas comment emprunter un livre dans une bibliothèque – alors comment pourrais-je réussir à entrer à l'université ? Je fourrai les brochures dans mon sac et je m'apprêtais à sortir quand je l'aperçus.

Henry.

9

Henry

— Tout va bien ?

J'avais entendu du bruit et j'avais été très surpris de voir Martha. Elle avait toujours son air rebelle, et elle semblait avoir un différend avec la bibliothécaire. Ayant moi-même passé beaucoup de temps dans les bibliothèques, j'avais tendance à être du côté du personnel, mais pas aujourd'hui.

— Oui, ça va, merci, répondit-elle.

Elle remonta un peu trop vigoureusement son sac sur son épaule, et la bretelle se déchira. Tout le contenu du sac se retrouva sur le sol.

— Oh, laissez-moi faire, offris-je en me penchant pour l'aider.

— Ça va, je peux me débrouiller, murmura-t-elle. Je venais de l'acheter, ajouta-t-elle, l'air triste.

Je ne savais pas vraiment quoi dire pour lui remonter le moral.

— Qui achète à bas prix achète deux fois, déclarai-je, comme pour prouver que j'étais maître dans l'art de mettre les pieds dans le plat.

Elle leva les yeux au ciel. Je ramassai les brochures, la laissant se charger de ses effets personnels.

— Ah, vous envisagez d'aller à l'université ? Super, commentai-je en examinant les dépliants.

— Vous le pensez vraiment ? demanda-t-elle.

— Oui, bien sûr. Surtout à votre âge, je trouve que c'est... (Lorsqu'elle se leva et tendit la main pour que je lui rende ses documents, je vis son expression.) Oh. Vous étiez sarcastique.

Ces derniers mots l'avaient peut-être fait sourire, mais de manière fugace.

— Mes excuses, dis-je. Ça ne me regarde pas. Vous avez raison.

Elle poussa un grand soupir.

— Non, désolée. C'est juste que tout est un peu...

— Pourriez-vous baisser la voix, s'il vous plaît ? chuchota fortement la bibliothécaire. Les gens essaient de lire.

— Laissez-moi une seconde pour récupérer mes affaires, dis-je à Martha en lui faisant signe de ne pas bouger, comme si elle était une voiture au frein à main défectueux.

Une fois dehors, elle eut l'air bien plus joyeuse, mais elle était encore sur ses gardes avec moi, ce qui était compréhensible.

— Alors, vous recherchez toujours votre manuscrit disparu ?

Je savais que cette quête pourrait changer ma vie, mais d'après le ton de Martha, il était évident qu'elle ne la considérait pas comme si importante.

— Oui, plus que jamais. Pour tout vous dire, je suis tombé sur un vieux catalogue, publié par Opaline dans les années 1920. Il est tout à fait fascinant...

— Opaline ? C'est un très beau prénom, commenta-t-elle, et, bêtement, je me réjouis d'avoir suscité le sourire qui se peignit sur son visage.

— Oui, ce n'est pas commun, n'est-ce pas ?

— Et qu'est-il arrivé à Opaline ?

Nous passâmes sous une arche de pierre qui menait à une sorte de jardin secret situé en plein cœur de la ville, orné de statues de marbre et d'une fontaine, et désert à cette heure.

— Eh bien, c'est ce que j'essaie de découvrir. J'espère que le catalogue me donnera des indices sur ce qu'il est advenu de la librairie.

Et aussi du manuscrit – le véritable objet de mon intérêt. J'allais me faire un nom, puis je rentrerais à Londres, couronné de succès, et je prouverais à Isabelle que m'épouser n'était pas « un dernier recours », comme elle l'avait formulé un jour.

Martha sortit une canette de Coca de son grand sac et appuya fortement sur le dessus pour empêcher le liquide de jaillir.

— Vous voulez vous asseoir une minute ? suggéra-t-elle, désignant un banc face à un parterre de fleurs en piteux état. Je ne suis pas vraiment pressée de rentrer. Il s'avère que quand on est une employée de maison logée sur place, ça veut dire qu'on est disponible vingt-quatre heures sur vingt-quatre, sept jours sur sept.

J'étais ravi. Apparemment, sa première impression à mon sujet s'était quelque peu estompée. Je compris soudain pourquoi la compagnie de Martha comptait tant pour moi. C'était parce que je me sentais seul. Vivre en loup solitaire m'avait toujours parfaitement convenu, mais ici, j'avais le sentiment d'être un étranger.

— Alors, d'où vous vient cette obsession ? demanda-t-elle.

— Cette obsession ?

— Pour le manuscrit ?

— Je n'appellerais pas ça une obsession.

— Oh, vous aviez l'air assez obsédé l'autre jour, quand vous marchiez devant ma fenêtre.

— Ah, c'est vrai. Je suppose que je l'étais un peu. Je rédige un projet de recherche pour une thèse de doctorat qui porte sur les manuscrits disparus, et j'y explique pourquoi ils nous fascinent tant.

— Ah, ils nous fascinent ? fit-elle en fronçant le nez avant d'avaler une bonne gorgée de soda.

— Allons, vous comprenez sûrement leur attrait, non ? Prenez Harper Lee, par exemple. Pendant toutes ces années, on a supposé qu'elle avait écrit un seul roman.

Elle m'observa d'un air soupçonneux.

— *Ne tirez pas sur l'oiseau moqueur*, précisai-je pour dissiper toute confusion.

— Ah, oui.

S'ensuivit un silence gêné, durant lequel je pris conscience qu'être un expert en livres rares et en manuscrits disparus pouvait parfois paraître ennuyeux.

— Évidemment, il y a aussi le second roman de Sylvia Plath, *Double Exposure*, qui s'est mystérieusement volatilisé après sa mort.

— Qui ça ?

— Vous ne lisez pas beaucoup, hein ?

Elle risqua un regard vers moi, et je vis un mélange de dépit et de souffrance dans ses yeux. J'avais vraiment le chic pour la perturber.

— Bon, laissez-moi vous raconter l'histoire de Walter Benjamin. C'était un écrivain, un intellectuel, un vrai génie. Il s'avère que c'était aussi un Juif qui vivait dans le Paris occupé par les nazis. Il n'avait pas les bons papiers d'identité, alors il a dû aller vers le sud avec d'autres réfugiés et traverser les Pyrénées pour rejoindre l'Espagne.

— C'est terrible, fit-elle en se tournant pour me faire face.

— Mais une chose ralentissait ce périlleux voyage : une lourde valise noire, qui contenait son manuscrit. Benjamin a affirmé à un camarade de route que ces écrits avaient plus de valeur que sa propre vie.

Martha avait le visage très animé, comme si elle prenait part à ce voyage elle-même.

— Qu'est-ce qui lui est arrivé ?

— Eh bien, quand Benjamin est parvenu à la frontière, les autorités espagnoles l'ont informé qu'il allait devoir retourner en France. Il savait que, s'il repartait, c'était la mort assurée, alors, cette nuit-là, il a avalé un flacon de morphine.

— Seigneur !

— Comme vous dites.

— Et le manuscrit ? Il l'avait confié à quelqu'un ?

— Après son suicide, il n'y avait plus aucune trace de la valise noire. Le manuscrit n'a jamais été retrouvé.

Elle secoua la tête et sembla au bord des larmes. Et voilà, elle venait d'attraper le même virus que moi. L'amour unilatéral pour ce qui aurait pu être, sans ces tours cruels que jouait le destin. J'avais raconté exactement la même histoire à Isabelle, et elle m'avait simplement répondu qu'elle n'avait jamais passé de vacances agréables en Espagne.

— Donc, pour ce qu'on en sait, quelqu'un aurait pu le publier sous son propre nom ?

— Hum, je ne sais pas quel scénario est le pire. Que cette œuvre soit perdue pour toujours, ou qu'elle ait été volée.

Je comptais développer cette idée dans mon texte quand je rentrerais chez moi.

— Il y a tant d'autres histoires comme celle-ci – des rumeurs sur des livres cachés, des brouillons oubliés dans des boîtes à chaussures ou des romans brûlés par la famille de l'auteur. L'épouse du pauvre Hemingway transportait un de ses romans dans une mallette qu'on lui a volée dans une gare à Paris !

Paris. Paris. La génération perdue. Je me demandais si…

— Qu'y a-t-il ? questionna-t-elle, comme si elle sentait que des pensées se formaient dans mon esprit.

— Oh, ce n'est peut-être rien. Je me demandais juste si Opaline avait passé du temps à Paris.

Elle sortit son téléphone, ce qui me parut assez impoli, mais on ne peut pas capter l'attention de quelqu'un très longtemps.

— C'est elle ?

— Quoi ?

Elle me mit son téléphone sous le nez, pour me montrer une photo en noir et blanc illustrant une vieille coupure de presse.

— Qui est-ce ? Comment avez-vous fait ?

— Eh bien, monsieur le professeur, j'ai tapé les mots « Opaline », « livres » et « Paris » sur Google, et voilà ce que j'ai trouvé.

J'étudiai le cliché de plus près. Je n'en croyais pas mes yeux.

— C'est Ernest Hemingway !

Elle afficha un sourire énigmatique, sans croiser mon regard. Je lus la légende sous le cliché : « Sylvia Beach, propriétaire de Shakespeare and Company, et son assistante, Opaline Carlisle. » Elle était là ; c'était une jeune femme aux cheveux bruns coupés court, perchée sur une échelle, un livre à la main, avec Hemingway à ses pieds.

— Carlisle ? Mon Dieu, mais c'est énorme !

— Pas de quoi.

— Oh bon sang, oui, bien sûr, merci !

Je voulus la serrer dans mes bras mais elle recula en sursautant et je perçus aussitôt sa réprobation.

— Désolé, c'est juste que... Vous n'imaginez pas à quel point c'est important.

— Je crois que si, répliqua-t-elle, puis elle reprit son téléphone et empoigna son sac. Bon, il vaut mieux que j'y aille.

10

Opaline

Paris, 1921

Les semaines devinrent rapidement des mois et, sans vraiment que je m'en rende compte, je commençai à me sentir chez moi à Paris. J'étais devenue une pièce de la petite famille en patchwork de Sylvia, et mon poste chez Shakespeare and Company était désormais permanent, ou en tout cas, on ne m'avait pas dit qu'il ne l'était pas. Je louais une chambre en demi-pension près de la librairie. Les week-ends, parce que je m'étais enfin autorisée à succomber à son charme, je retrouvais Armand. Il me faisait découvrir des endroits que je ne connaissais pas, comme les puces de Saint-Ouen, où des chiffonniers qui fouillaient de nuit les poubelles de Paris vendaient leur marchandise. Il les appelait *les pêcheurs de lune**, ce qui me faisait sourire, car je savais que j'étais prise dans les filets d'Armand, et que plus je luttais, plus son emprise sur mon cœur se resserrait. Jane, dans les lettres qu'elle m'envoyait, encourageait cette idylle : « À quoi bon s'enfuir en France si ce n'est pas pour prendre un amant ! »

C'était une belle matinée de la fin de l'été, et la ville était plus calme, les habitants s'étant retirés à la campagne. Je travaillais avec application dans la librairie, rangeant les livres récemment arrivés. Sylvia était dans l'arrière-boutique avec un écrivain américain, Ernest Hemingway. Ils prenaient le thé et discutaient d'une soirée littéraire qu'ils préparaient. M. Hemingway était terriblement séduisant, et tout le monde était captivé par son magnétisme intense, mais il y avait quelque chose de malveillant chez lui. Bien entendu, il adorait Sylvia, dont le respect avait plus de valeur que celui de n'importe quel critique. Malgré tout, sans que je puisse l'expliquer, je n'aimais pas me retrouver seule dans la même pièce que lui.

Alors que j'étais montée sur l'échelle pour ranger des livres en hauteur, je le surpris en train de m'observer.

— Oui ? fis-je.

Je le regardai droit dans les yeux, espérant qu'il serait gêné et détournerait la tête. Cela ne fonctionna pas.

— Vous devriez être prudente, jeune fille.

Jeune fille. Sérieusement ?

— Et pourquoi cela ?

— Tous les écrivains sont des cannibales par nature.

Je ne savais pas vraiment où il voulait en venir, mais ça ne me semblait guère appétissant.

— Ce qui veut dire ?

— Ce qui veut dire que si vous continuez de remuer votre joli cul ici, vous pourriez bien vous retrouver dans un de mes livres, railla-t-il.

Il sourit, s'amusant ouvertement de mon agacement. Franchement, les écrivains pouvaient être de tels égoïstes !

Pendant que je descendais lentement de l'échelle, Sylvia et un autre homme, un journaliste, entrèrent dans la boutique. Vif comme l'éclair, l'homme sortit un appareil photo de son étui et faillit nous aveugler tous les trois avec son flash.

— Et voilà, ça paraîtra dans notre prochaine édition, annonça-t-il.

Les deux hommes s'en allèrent tout en discutant des doigts contusionnés d'Hemingway, ce dernier expliquant s'être blessé en défendant Joyce pendant une bagarre entre ivrognes.

— Pour qui travaille-t-il ? demandai-je, inquiète à l'idée que ma photo paraisse dans un journal.

— *Cosmopolitan*, ils publient l'une des nouvelles d'Ernest.

J'étais sur l'échelle, pensai-je. Je n'étais sans doute même pas dans le champ. De plus, Lyndon ne lisait probablement pas *Cosmopolitan*. *Aucune raison d'être inquiète*, me dis-je, et je faillis y croire.

J'avais décidé de faire une visite surprise à Armand. Pour rejoindre son appartement, je passai devant Les Deux Magots, un café à la mode fréquenté par des écrivains et des artistes. Son auvent vert foncé s'étendait au-dessus du trottoir, et un balcon en fer forgé délicat entourait le premier étage, telle une pièce de dentelle. J'aperçus mon reflet dans une vitre, et l'espace d'un instant, je crus voir Armand. Je m'arrêtai et me rendis compte que c'était bien lui, assis sur une banquette de cuir, à côté d'une femme à la cascade de boucles châtain clair. Ils étaient très près l'un de l'autre, et Armand semblait lui chuchoter quelque chose à l'oreille, quelque chose qui requérait qu'il écarte ses cheveux du bout des doigts. Un choc me traversa comme un éclair. J'ignorais si Armand l'avait senti, en tout cas, il leva les yeux et vit que je l'observais. Étrangement, ce fut moi qui me sentis gênée, et je m'éloignai sans même regarder où j'allais. Après quelques secondes, je l'entendis crier mon nom, mais je ne me retournai pas.

— S'il vous plaît, Opaline ! supplia-t-il, et lorsqu'il m'eut rattrapée, il me saisit par le bras.

— Laissez-moi tranquille.

— Mais il faut que je vous explique.

Je ne voulais pas écouter son explication. Ce serait un mensonge, ou pire, la vérité, or je n'étais pas sûre de pouvoir la supporter.

— Christine, c'est une vieille amie à moi.

J'avais envie de me boucher les oreilles comme une enfant. Entendre le prénom de cette femme ne faisait qu'empirer les choses. Armand ne pouvait pas le savoir, mais j'étais tombée amoureuse de lui comme on tombe dans un escalier, et cela faisait tout aussi mal. J'avais soupçonné qu'il me briserait le cœur ; pourtant, cela ne m'avait pas préparée à cette dure réalité.

— Armand, je vous en prie, épargnez-moi l'indignité de cette conversation.

On aurait dit qu'un nuage était passé sur son visage. Il m'étudia, l'air sérieux.

— Vous avez raison, bien sûr. Je vous ai humiliée et je le regrette. Mais vous devez me croire, je n'avais jamais eu pour personne des sentiments aussi profonds que ceux que j'éprouve pour vous.

— Vous me prenez peut-être pour une sorte d'ingénue, mais je sais reconnaître un cliché éculé.

Je dégageai mon bras et m'éloignai.

— C'est la vérité ! lança-t-il. Vous croyez que c'est facile pour un homme d'avouer ses sentiments ?

Je fis volte-face et lui décochai un regard dédaigneux.

— C'est difficile à expliquer dans une langue qui n'est pas la mienne, ajouta-t-il.

— Faites de votre mieux.

— Ce que je ressens pour vous, c'est merveilleux, mais c'est aussi un problème. Cela me rend vulnérable et je ne suis pas habitué à ça. Alors je flirte avec d'autres femmes pour prouver… quelque chose. Je ne sais pas quoi.

— Ça n'a pas de sens.

— Dit comme ça, non. Mais dans mon esprit, j'avais l'impression de garder le contrôle.

Je ne savais pas comment réagir. C'était une si piètre excuse qu'elle était sans doute vraie.

— Quand vous nous avez vus ensemble, j'étais en train de rompre avec elle.

Je détournai les yeux, essayant de protéger mes émotions de son regard. J'avais ma fierté, après tout. Me disait-il simplement ce que j'avais envie d'entendre ? Le cœur ne reconnaît pas les faits bruts. Il voit de l'espoir dans l'impossible, de l'amour là où il n'y a peut-être que du désir. Il agit sans rime ni raison. Les bras d'Armand m'entouraient à présent. Je restai immobile tandis qu'il continuait de me souffler ses mots doux, affirmant que j'étais la seule qui comptait pour lui désormais.

— Acceptez-vous de venir avec moi ? Nous pourrons mieux discuter dans mon appartement.

Bien sûr que j'allais le suivre. Avec lui, j'avais envie de jouer à faire semblant.

Il vivait dans un quartier appelé Montmartre. Nous passâmes sous les dômes blancs et luisants du Sacré-Cœur, qui veillait sur la ville, et empruntâmes une rue pavée pour rejoindre une petite place très animée. La place du Tertre ressemblait à une carte postale – des immeubles élégants aux volets de bois s'élevaient au-dessus de restaurants et de cafés, et des artistes se partageaient le périmètre, serrés les uns contre les autres, pour vendre leur production. Armand inséra sa clé dans la serrure d'une porte bleue et nous montâmes l'escalier jusqu'au second étage.

Une fois dans l'appartement, aucun de nous deux ne sut vraiment quoi faire. Il y avait une petite table et deux chaises, face à la haute fenêtre qui donnait sur la place, et Armand me fit signe de m'asseoir.

— Je vais nous faire du thé.

Il revint avec un plateau argenté sur lequel étaient posés une théière ancienne aux motifs délicats ainsi que de petits verres ornés d'écritures dorées, qui semblaient être de l'arabe. Cependant, ce fut le parfum de la menthe douce qui me surprit le plus.

— Avez-vous déjà goûté à un thé marocain ? demanda-t-il.

Je fis un signe de tête négatif et je l'observai soulever le couvercle de la théière et remuer avec une cuillère une grande quantité de feuilles épaisses plongées dans l'eau chaude. Puis il effectua un rituel consistant à servir le thé dans les verres en levant la théière à une hauteur insensée. Mes yeux s'écarquillèrent tandis qu'il éloignait de plus en plus la théière du verre posé sur le plateau en s'efforçant de ne pas rire.

— C'est la façon traditionnelle, dit-il simplement, puis il me donna le verre.

Je soufflai sur le thé à la couleur dorée et laissai les arômes exotiques taquiner mes sens.

Des musiciens avaient commencé à jouer sur la place, une musique *gitane**, avec une guitare rythmique et un violon virtuose. Elle emplissait les espaces que nos mots ne pouvaient pas atteindre. Je cherchai où poser les yeux : le tapis de soie sur le sol, les étranges pantoufles en cuir près de la porte qui se terminaient en pointe, la petite table de bois incrustée de motifs mauresques. Enfin, je reportai mon attention sur Armand, et je me rendis compte qu'il m'avait fixée tout ce temps. Sans me quitter des yeux, il se leva, reprit mon verre et le posa sur le plateau à côté du sien. Saisissant ma main, il m'aida à me lever, et je me retrouvai si près de lui que je pus respirer son souffle. Il pencha la tête, et mes lèvres s'entrouvrirent d'elles-mêmes. Je sentis sa langue chaude dans ma bouche, et ma seule pensée fut que j'en voulais davantage. Nous nous rapprochâmes encore, et j'eus la sensation que je ne serais jamais assez près, sauf si…

— Opaline, murmura-t-il d'une voix rauque, brisant le fil de mes pensées.

— Oui ?

— Dites-moi si vous souhaitez rester ou partir, déclara-t-il avec un grand soupir. Car je n'aurai pas la galanterie de vous reposer la question, je le crains.

Mon esprit avait cessé toute activité. Pour la première fois de ma vie, c'était ma sensualité qui l'emportait.

— Je veux rester.

La chambre étroite était juste assez grande pour le lit en laiton. La brise qui soufflait par la fenêtre ouverte soulevait le rideau transparent. Il faisait presque noir ; seule une petite bougie brillait faiblement sur le coin d'une table.

Pendant toutes mes années d'adolescence, je m'étais tant inquiétée de ne pas savoir comment faire ! Si seulement j'avais compris qu'il n'y avait pas à « savoir ». C'était uniquement une question d'instinct. Son corps était doré par la lumière de la chandelle, et la sueur sur sa peau était pour moi un aphrodisiaque.

— Tu as eu mal ? demanda-t-il.

— Juste un peu, répondis-je.

La douleur est le prix du plaisir, j'avais lu cela quelque part. Je n'étais plus vierge. Cette pensée m'alarma un instant, puis laissa place au sentiment puissant d'avoir franchi une étape. Nous restâmes allongés des heures à discuter. Il était tard quand il me raccompagna chez moi. J'espérais rentrer discrètement dans ma chambre sans que ma logeuse me voie.

Il n'y avait pas de lumière, à l'exception de celle des rayons de lune qui filtrait par les hautes fenêtres. Chaque craquement sur les marches de l'escalier était comme un coup de canon, et je me mordillai la lèvre en priant pour que personne ne m'entende. Après être entrée dans ma chambre, je fermai la porte à clé et me laissai tomber sur le lit. Dans le miroir de la coiffeuse, je voyais mon reflet, auquel le clair de lune donnait un air fantomatique. Je saisis mon oreiller et le serrai contre moi. Ce fut à cet instant que je l'aperçus. La canne de mon frère, à côté de la porte.

11

Martha

Cet après-midi-là, je commençai par récurer les toilettes. Mme Bowden avait invité quelques vieilles amies de son ancien théâtre pour le dîner, ou le souper, comme elle l'appelait, et elle tenait à ce que la maison soit « étincelante ». Il y avait chez elle une certaine nervosité que je n'avais pas encore vue. Elle était toujours un peu tatillonne, mais aujourd'hui, rien ne semblait lui convenir. Elle était revenue du salon de coiffure d'une humeur noire, en affirmant qu'ils avaient fait exprès de resserrer excessivement ses boucles afin qu'elle ait l'air plus vieille, et je l'avais laissée devant sa coiffeuse à se brosser furieusement les cheveux, créant ainsi des frisottis mousseux.

— Martha ! hurla-t-elle d'une voix stridente.

Je lâchai aussitôt la brosse à récurer, m'attendant à trouver Mme Bowden effondrée sur le sol de sa chambre.

— Qu'y a-t-il ? demandai-je, essoufflée.

Elle était encore assise devant sa coiffeuse, vêtue d'un slip couleur chair et d'une robe de chambre en soie. Mon regard fut attiré vers son cou et sa poitrine, où sa peau était plissée et marbrée comme celle d'une dinde de Noël. Je me souvins qu'une vieille religieuse à l'école avait coutume de dire qu'on ne pouvait pas faire un sac en soie avec l'oreille d'une truie, et je compris enfin ce qu'elle entendait par là.

— Il me manque une boucle d'oreille en perle !

Ses yeux m'accusaient ouvertement.

Je jetai un regard vers l'enchevêtrement de bijoux sortis de leur boîte et étalés sur la surface de la coiffeuse, puis j'observai Mme Bowden. Elle avait une boucle à une oreille et l'autre dans la main.

— Elle est dans votre main, madame, dis-je platement.

— Je sais qu'elle est dans ma main, espèce d'idiote, c'est l'autre que je cherche !

Je pris une grande inspiration. Si je n'avais pas besoin d'argent à ce point, je lui aurais volontiers dit où elle pouvait se fourrer l'autre.

— Elle est à votre oreille.

Elle tendit la main, ne sentant rien d'autre que de la chair molle.

— Votre autre oreille.

Je m'adossai au cadre de la porte. J'avais tout mon temps.

Elle sentit la perle froide sous ses doigts et afficha ce que l'on aurait presque pu décrire comme un regard de honte si on ne la connaissait pas. Mais Mme Bowden avait trop de fierté pour ça.

— Eh bien, puisque vous êtes là, vous pouvez m'aider à m'habiller. N'oubliez pas, le traiteur arrive à 16 heures, alors faites en sorte de donner un coup de main à ses employés. Et avez-vous sorti l'argenterie pour lui donner un coup de chiffon supplémentaire ?

Pas d'excuses pour m'avoir traitée en substance de voleuse ; non pas que j'en aie attendu. Je pris sa robe sur le cintre (une robe de soirée à sequins argentée qui aurait pu appartenir à Liberace) et me penchai pour qu'elle s'appuie contre mon corps, comme si j'étais un cheval, pendant qu'elle entrait dans le vêtement. Je sentis le tremblement de ses bras vibrer à travers moi. Elle avait une langue bien pendue et un esprit vif, mais son corps l'abandonnait. Je ressentis un peu de compassion pour elle à cette pensée. C'était étrange de la voir ainsi. Elle donnait toujours l'impression d'être trop fabuleuse pour se soucier de son âge. Peut-être était-elle une actrice talentueuse, finalement. Eileen Bowden était comme tout le monde. Effrayée.

Après un débat sur ce que je devrais porter pour la soirée, au cours duquel elle sortit une véritable tenue de bonne, j'enfilai mon nouveau chemisier et une jupe crayon noire qu'elle avait dans sa garde-robe. C'était sans doute la pièce la plus terne qu'elle possédait. Elle était trop grande pour moi, alors j'empruntai aussi une large ceinture rouge, assortie à mon bandeau à pois, et Mme Bowden fut suffisamment satisfaite pour me laisser accueillir les invitées. Comme je m'y attendais, trois femmes en âge d'être retraitées se tenaient sur le pas de la porte, en train de cancaner et de plastronner comme de vieilles poules. Elles m'accordèrent à peine un regard lorsqu'elles passèrent devant moi dans un tourbillon de plumes et de bruit. Je secouai la tête et souris. Quand je repensais à toutes ces journées, assise dans ma cuisine sombre, à regarder les champs qui n'offraient rien d'autre que l'éventuel aperçu d'un lièvre ou les couleurs vives d'un faisan avant qu'un fermier ne l'abatte, je me souvenais qu'il était alors difficile d'imaginer que des gens vivaient ainsi. S'amuser. Bien manger. Faire appel à un traiteur. C'était un autre monde.

Je restai là, un sourire figé sur le visage, faisant office de portemanteau humain. Qui portait encore de la fourrure ? Enfin, il fut temps de servir le repas et j'accomplis mes tâches comme quelqu'un qui a travaillé comme domestique toute sa vie – une silhouette invisible. Je remarquai alors que quelqu'un était réellement invisible. Mme Bowden. Sa place à table était inoccupée. Les femmes mangeaient, échangeaient des potins et riaient aux dépens d'autres gens. Elles ne semblaient pas avoir remarqué son absence.

— Mme Bowden reviendra-t-elle avant le dessert ? demandai-je, un peu incertaine.

— Je ne pense pas, répondit une femme dont le cou était d'une telle circonférence qu'elle courait le risque d'être étouffée par ses perles, qu'elle touchait à cet instant-là.

Elles échangèrent des regards appuyés, puis, de manière assez impolie selon moi, elles se mirent à rire. Était-ce déjà arrivé auparavant ? Que Mme Bowden ne se montre pas à sa propre soirée ?

— Et où vous a-t-elle dénichée ? demanda une autre invitée, vêtue d'une robe noire moulante qui menaçait de tomber de ses maigres épaules.

Occupée à débarrasser la table, je me figeai, pensant à toutes les choses que j'aimerais dire. *Sous la semelle de sa chaussure !* Où, à son avis ?

— Elle a mis une annonce dans le journal pour trouver une employée de maison, et j'ai postulé.

— On n'est jamais au bout de ses surprises. À quoi pourrait bien lui servir une employée de maison ? questionna la troisième femme.

C'était à l'évidence la meneuse du groupe. Elle était alanguie comme un chat et fumait un fin cigare.

— Je devrais me trouver une gentille fille de la campagne, moi aussi. Elles sont moins susceptibles de courir après leurs rêves ou après je ne sais quoi. Elles savent où est leur intérêt, affirma-t-elle, parlant comme si je n'étais même pas là.

Je faillis faire tomber le plateau. J'avais l'habitude que les gens me regardent de haut, mais là, on aurait pu jurer que j'étais Cendrillon.

— En fait, je travaille ici pour payer mes études à l'université.

— Vraiment ? s'étonna la dame aux perles. Et qu'est-ce que vous étudiez ?

Ce que j'étudiais ? Pourquoi avais-je ouvert la bouche ! Je commençai à avoir les mains moites. Je décidai de faire comme si je n'avais pas entendu la question.

— Je vous apporterai du brandy dans le salon quand vous aurez terminé.

Je bouillonnais de colère et de honte. Cette femme savait que je n'étais pas assez douée pour faire quelque chose de ma vie. Elles le savaient toutes les trois. J'avais tout gâché, je n'avais fait que de mauvais choix, et j'avais atterri ici, à faire des courbettes devant ces vieilles mamies prétentieuses. Mais je ne pouvais rien y faire. Cette maison était mon foyer maintenant. Je ne pouvais pas m'en aller sans avoir un plan. J'aurais aimé pouvoir le faire, mais la honte que j'éprouvais à être une victime me faisait toujours trébucher. Elle était toujours là, comme une marque au fer rouge. Je laissai les dames jouer aux cartes et s'enivrer à mort.

Je rejoignis mon petit appartement au sous-sol et je retirai ma tenue avant de prendre une longue douche chaude. Enveloppée dans une serviette, je m'allongeai sur mon lit et j'avisai sur la table de la cuisine les brochures de la bibliothèque portant sur la formation continue. Elles me semblaient inutiles à présent. La bouffée d'énergie que j'avais eue plus tôt s'était totalement évaporée. Quelles femmes détestables !

Pas étonnant que Mme Bowden leur ait posé un lapin. Avec des amies comme ça, pas besoin d'ennemies. Un sentiment monta de quelque part au fond de moi – j'avais juste envie que quelqu'un me prenne dans ses bras. Cela me manquait. La seule personne à laquelle j'avais parlé depuis mon arrivée à Dublin (à part mon agaçante patronne), c'était Henry. Il ne le savait pas mais il était pour moi ce qui se rapprochait le plus d'un ami. Et je ne pouvais pas compter sur lui parce qu'il ne vivait même pas ici. Il s'en irait dès qu'il aurait retrouvé son manuscrit, ou quoi qu'il cherche.

Pourquoi étais-je en train de penser à lui, d'ailleurs ? Je me sentais coupable, ou en tout cas j'avais l'impression que c'était mal de penser à un homme après tout ce que je venais de traverser. Mais Henry était aux antipodes de Shane ; aux antipodes de tous les hommes que je connaissais. La façon dont il m'avait raconté l'histoire de l'écrivain franchissant la frontière avec sa lourde valise, sa passion pour le sauvetage de choses perdues ou égarées, tout cela était très touchant. Et même si je ne voulais pas me l'avouer, il était vraiment séduisant. Parfois, quand il me regardait avec ses yeux noisette, j'avais du mal à reprendre mon souffle. Mais ensuite, je me demandais ce qu'il pourrait bien trouver à une femme comme moi ? Tout ce qui l'intéressait, c'était la librairie. Rien de plus.

Je me tournai sur le côté et je serrai mon oreiller. Je découvris alors les fissures sur le mur. Étaient-elles là depuis toujours ? Je les aurais sûrement remarquées. Trois lignes crochues d'épaisseur variable apparaissaient derrière l'armoire et s'étalaient comme de minuscules vignes qui grimpaient sur le mur bleu. Je restai là, allongée, à les observer. Comment avais-je pu ne pas les voir avant ? Et que se passait-il derrière l'armoire ? Je me levai et passai les doigts sur les fissures. Elles semblaient assez profondes et solides, comme si elles étaient là depuis un moment. J'essayai de déplacer l'armoire, mais elle était ancienne et pesait une tonne. L'espace d'une seconde, j'entendis une respiration ; la respiration de quelqu'un d'autre. Je me retournai. Personne. Je me demandai s'il était possible de lire les endroits, de la même manière que je pouvais lire les gens. Cette idée me fit frissonner. Peut-être valait-il mieux que je ne sache pas ce qui s'était passé ici. Je murmurai le prénom *Opaline* contre les murs. Rien. Je secouai la tête, songeant que j'étais ridicule, et j'enfilai ma tenue pour dormir.

*
**

Je me réveillai au milieu de la nuit, avec une autre ligne de l'histoire dans ma tête. Telle une notification dans ma boîte de réception, elles venaient parfois à moi de cette façon, murmurées dans mon subconscient. Je n'avais aucune explication à ce phénomène. Je savais seulement que je devais m'accrocher à ces phrases. Coucher les mots sur le papier ne suffisait pas. Alors le lendemain, j'avais l'habitude d'aller au salon de tatouage du coin et de les faire graver sur mon dos. C'était une histoire qui semblait n'avoir ni début ni fin, mais chaque fois que je sentais qu'une nouvelle ligne était arrivée, je la faisais tatouer sur ma peau à la suite des autres, et je me sentais instantanément mieux. Personne n'était au courant, pas même Shane. C'était un petit acte de rébellion. Quelque chose qui n'était qu'à moi. J'avais réussi à cacher cette étrange histoire au monde, mais plus elle s'allongeait, plus j'avais besoin de savoir ce qu'elle signifiait, et d'où elle provenait.

Sachant que j'aurais du mal à me rendormir, je montai l'escalier sur la pointe des pieds afin de voir quel genre de pagaille les dames avaient laissé. Je ne voulais pas que Mme Bowden me passe un savon dans la matinée, alors autant faire le ménage pendant que j'étais réveillée. J'entrai dans la salle à manger et j'allumai la lumière. Je n'en crus pas mes yeux – la pièce était parfaitement en ordre, et rien n'avait été déplacé. Je révisai rapidement mon opinion sur les amies de Mme Bowden et je concédai que des personnes qui nettoient leur propre bazar ne peuvent pas être si méchantes. Je ne les avais même pas entendues partir. Un rapide trajet jusqu'à la cuisine me confirma qu'elles avaient même lavé et séché toutes leurs assiettes et tous leurs verres ; il ne restait pas même une cuillère à café à nettoyer. C'était comme si cette soirée n'avait jamais eu lieu.

12

Henry

J'avais envisagé de sonner à la porte, mais cela aurait été moins drôle. Je m'accroupis et frappai à la fenêtre du sous-sol du numéro 12, Ha'penny Lane. J'avais passé les derniers jours à rechercher dans les archives en ligne et les vieux journaux des informations sur Opaline Carlisle, sans succès. J'avais besoin de faire une pause, et c'était l'excuse que j'étais en train de me donner quand mes pieds me conduisirent jusqu'à sa porte. Ou plutôt jusqu'à sa fenêtre. Après quelques minutes, le store se releva brusquement et je me retrouvai face à une Martha très fâchée, à la mine fatiguée.

— Mais qu'est-ce que c'est ? couina-t-elle une fois qu'elle eut ouvert la fenêtre.

— Un peu trop tôt ?

— Il est 7 heures du matin, donc oui, je dirais que c'est un peu trop tôt.

— Oh. Mes excuses. Je me demandais si vous vouliez vous joindre à moi pour une petite excursion.

— Maintenant ?

Ce qui m'avait paru une bonne idée la veille, pendant que je ne trouvais pas le sommeil, avait maintenant perdu de son lustre. Je connaissais à peine cette fille et je venais de tambouriner contre sa vitre.

— Euh, eh bien, quand vous serez disponible.

Elle jeta un coup d'œil à ses vêtements et afficha de nouveau cet air, celui qui donnait l'impression qu'elle calculait rapidement une équation impossible dans son esprit.

— Il faut que je prépare le petit déjeuner de Mme Bowden et que je fasse un peu de ménage, mais je pourrais être libre à 11 heures, ça irait ?

— Parfait ! lançai-je avec un peu trop d'enthousiasme.

J'avais oublié à quel point cela pouvait être angoissant de demander à une personne si elle voulait passer du temps avec vous. Lorsqu'on est jeune, se faire de nouveaux amis est fréquent. Mais quand on prend de l'âge, on a l'impression qu'il y a bien plus en jeu – être rejeté est beaucoup plus difficile à supporter.

— Je vous enverrai les détails par texto.

— Vous n'avez pas mon numéro.

— En effet, c'était un moyen détourné pour vous inviter à me le donner, Martha. Aidez-moi un peu !

Un silence embarrassé s'ensuivit, qu'elle sembla un peu trop apprécier.

— Est-ce que… vous allez me le donner ?

— Ça se pourrait, dit-elle en souriant.

Était-elle en train de flirter avec moi ? J'en avais l'impression, mais il était difficile d'en être certain puisque l'essentiel de son langage corporel était en mode défensif.

— Donnez, dit-elle, tendant la main pour que je lui confie mon téléphone, et elle tapa rapidement son numéro. Maintenant, il faut que j'y aille.

Après quoi, elle ferma la fenêtre et baissa le store.

*
**

On aurait dit une scène d'une de ces comédies romantiques que ma mère regardait. Je laissai mon pouce planer au-dessus de la touche « Envoyer », jusqu'à ce que je me souvienne d'une astuce que ma sœur employait souvent. Compter à rebours de cinq à un, ensuite, se lancer. Je touchai légèrement l'écran, et mon téléphone émit un son. Mon message était maintenant horodaté.

Retrouvez-moi chez Pen Corner.

Je trouvais que mon message avait un côté mystérieux… mais je changeai d'avis lorsque je reçus la réponse de Martha.

Qui est-ce ?

C'est Henry. Le type qui n'est pas un détraqué.

Oh, ce Henry-là. Où se trouve Pen Corner ?

Venez simplement au croisement
de College Green et de Trinity Street.
Vous verrez

Le seul établissement qui pouvait rivaliser avec une librairie ou une bibliothèque, selon moi, était une bonne papeterie. Pen Corner, cependant, était une sorte de terre sacrée pour ce qui concernait les stylos, ces modestes instruments d'écriture. Bien en vue au coin de la rue, le bâtiment édouardien était doté d'une tour, avec à son sommet une horloge qui m'indiqua que j'étais en avance, malgré moi. Les lettres noir et or de l'enseigne ainsi que les vitraux en mosaïque semblaient promettre une atmosphère digne d'une bibliothèque feutrée. Je me dis que j'allais attendre Martha à l'extérieur, mais ma volonté céda au bout de deux minutes. Je remarquai un stylo Montblanc dans la vitrine qui réclamait que je l'examine de plus près.

Une fois à l'intérieur, je sentis mes épaules se détendre et mon nez détecta une odeur typique de papier, de cuir et d'encre. Dans des vitrines en verre étaient exposées des rangées de stylos Parker et Cross ainsi que des plumes de calligraphie, tels des bijoux onéreux. Derrière le comptoir se trouvaient des sacoches de cuir qui évoquaient le roman perdu d'Hemingway. Avait-il été conservé dans une sacoche pareille à celles-ci ? C'était ce que tous les étudiants en licence de littérature supposaient quand ils flânaient sur le campus avec une réplique exacte suspendue à leur épaule.

Deux ou trois autres clients circulaient dans la boutique et, quand je me retournai pour tâcher de trouver le Montblanc, je vis Martha, dans l'embrasure de la porte, l'air incertaine.

— Martha, vous avez pu venir.

Eh bien, on ne pouvait pas dire que je manquais les occasions de souligner l'évidence.

Elle se contenta de sourire et laissa la porte se fermer lentement derrière elle.

— Qu'est-ce qu'on fait ici ?

— Une existentialiste. Je le savais.

Elle me lança un regard interrogateur.

— Juste un trait d'humour, pas de quoi vous inquiéter.

Bon sang, pourquoi est-ce que je parlais comme un foutu détraqué ? On aurait dit que j'avais perdu toute capacité à parler comme un être humain normal.

— Puis-je vous aider, monsieur ? demanda une voix derrière le comptoir.

— Oui ! Je veux dire, oui, s'il vous plaît. Je regardais le Montblanc dans la vitrine.

— Ah, Le Petit Prince, dit-il, devinant mon choix.

Le signe d'un excellent vendeur.

— Pourquoi m'avez-vous fait venir ici ? demanda Martha lorsqu'il fut hors de portée de voix.

— C'est magnifique, n'est-ce pas ? Bien que ce ne soit pas l'endroit en question – je veux dire, nous irons dans un autre endroit après celui-ci.

— Bien.

Mais elle semblait mal à l'aise.

— Voilà, monsieur. L'édition Le Petit Prince de la série Meisterstück.

Il était magnifique. Un corps de couleur bordeaux avec une minuscule étoile d'or sur le capuchon.

— Comme vous pouvez le voir, une citation du livre y est gravée.

Je la lus à haute voix.

— « *On ne voit bien qu'avec le cœur**. »

— Vous parlez français ? demanda-t-elle.

— Juste un peu. J'ai travaillé dans un gîte du sud de la France le temps d'un été.

— D'accord, dit-elle, et elle écarquilla les yeux avant de fixer ses pieds.

Lorsque je lui traduisis la citation, je vis que les mots la frappèrent d'une manière que je n'avais pas prévue. Tout comme au parc, quand je lui avais raconté l'histoire des manuscrits perdus, elle était vraiment touchée. Je m'étais habitué aux sourires indulgents et aux hochements de tête des « laïcs » quand j'évoquais ma passion, mais Martha semblait réellement intéressée. Je luttai contre l'instinct de bomber fièrement le torse. Peu importait ce qu'on pouvait me dire, citer Antoine de Saint-Exupéry était impressionnant dans n'importe quelle langue.

— Est-ce que je vous l'emballe ? demanda l'employé, interrompant le moment.

— Hum, oui. Combien coûte-t-il ?

— Sept cent quatre-vingt-dix-neuf euros TTC.

Je déglutis. J'avais voulu impressionner Martha, et maintenant, j'étais acculé. Je ne savais pas comment m'en sortir et, au bout du compte, je prétendis que c'était un cadeau que je m'offrirais en guise de récompense une fois que j'aurais fini de rédiger mon projet de thèse. Il m'observa avec le regard vide d'un commerçant qui savait que je ne reviendrais jamais.

— Mais vous savez quoi, je vais prendre un de ces carnets en moleskine ! lançai-je.

Je supposais que cela allait effacer cet épisode entier de la mémoire de tout le monde. Sauf de la mienne.

13

Opaline

Paris, 1921

Je me relevai aussitôt, je rangeai tous mes livres et mes autres affaires dans mon sac et je filai dans l'escalier. Si je pouvais aller jusqu'à la librairie, Sylvia saurait quoi faire, comment m'aider. Je refusai d'un signe de la main le petit déjeuner que Mme Rousseau me proposa et je poussai la porte de l'immeuble. Malheureusement, ce fut pour me retrouver face à mon frère, qui m'attendait. Il n'était pas seul.

— La voilà, dit-il, une nouvelle canne noire à la main. Vous voyez, Bingley, elle est submergée par l'émotion.

Je restai là, bouche bée, comme une idiote, essayant d'assimiler la situation. J'observai mon frère, qui avait l'air triomphant et détendu, et ce M. Bingley qui semblait enthousiaste et portait un gros bouquet de fleurs.

— Eh bien, ne restez pas là sans rien faire, mon ami, donnez-lui ces maudites fleurs avant qu'elles ne fanent !

— Mademoiselle Carlisle, je suis ravi de pouvoir faire enfin votre connaissance, déclara l'homme en me tendant le bouquet.

Je continuai de garder le silence, mais je serrai fermement la poignée de mon sac en me demandant si je pourrais courir plus vite qu'eux.

— Ne t'inquiète pas, ma sœur, ce bon vieux Bingley ne t'en veut pas de lui avoir posé un lapin la dernière fois que vous deviez vous rencontrer. Les deux tourtereaux se retrouvent enfin.

Je n'arrivais pas à reconnaître le ton de sa voix. Ce n'était pas mon frère qui parlait mais un imposteur. Au charme infini.

— Comment m'as-tu retrouvée ? finis-je par demander.

— Comment, à ton avis ? Ta chère amie Jane a trouvé une photo de toi dans un magazine, et son mari n'était que trop heureux de la montrer à ta fière famille.

Comme j'ai été imprudente, songeai-je. Lyndon lut sans doute mes pensées sur mon visage.

— Oh, je t'en prie, dit-il en me saisissant fermement par le bras. Après tout, nous sommes des hommes du monde. Nous comprenons que tu aies eu besoin de déployer tes ailes avant le mariage. De faire un dernier tour de piste. N'est-ce pas, Bingley ?

— En effet, en effet, approuva celui-ci, m'observant de la tête aux pieds comme si j'étais son prochain repas.

Il était grand, rougeaud, avec un nez crochu et un crâne dégarni. Tous deux sentaient le brandy, ce qui expliquait leur comportement excessif. Tout semblait terriblement anormal – la présence de mon frère et de son acolyte ici, dans *mon* Paris. Je remarquai à peine qu'ils me guidaient vers un hôtel.

— Où allons-nous ? demandai-je. Il faut que j'aille travailler.

— Travailler ! Nous avons une socialiste parmi nous, Bingley ! continua mon frère de cette étrange voix joviale qui ne lui allait pas. (C'était comme si le Grand Méchant Loup parlait au Petit Chaperon rouge.) Bien entendu, je devrais vous appeler lord Bingley, ajouta-t-il, nous laissant passer tous les deux devant lui pour entrer dans un hall majestueux.

— Tout cela est très bien..., commençai-je.

Mais une fois de plus, Lyndon m'interrompit en poursuivant son monologue bouillonnant.

— Champagne, il faut que nous fêtions ça !

Il fit signe à un serveur en train d'apporter des cafés à un couple d'un certain âge. Je remarquai que l'arrogance de mon frère l'offensait, mais il se contenta de hocher la tête et vint nous installer à une table en nous tirant des chaises.

— Je vais réserver une chambre à ma sœur pour ce soir, annonça Lyndon, montrant d'un geste la réception. Il faut respecter la tradition et tout le reste. Vous aurez bien assez de temps pour apprendre à mieux vous connaître après le mariage.

Le mariage ? Il ne suggérait tout de même pas que j'épouse cet inconnu ? Bien entendu, je ne souhaitais pas faire de scène devant tant de gens mais, quand il se retourna, je lui dis à voix basse :

— Lyndon, est-ce que tu as totalement perdu l'esprit ?

— Je t'expliquerai tout quand nous serons montés, répondit-il, et il me poussa presque pour que je me rasseye sur mon siège.

Seule avec lord Bingley, je fis la muette du mieux que je le pus. Il me demanda si j'avais apprécié mon séjour à Paris et je me contentai de hocher la tête et d'étirer mes lèvres dans un semblant de sourire. Le serveur revint et posa un seau à glace sur la petite table à côté de nous. Il déboucha doucement la bouteille et versa une toute petite quantité de champagne dans le verre de Bingley. Naturellement, ce dernier dut le goûter d'abord et toute cette comédie me fit hurler d'impatience en mon for intérieur. *Servez-nous ce fichu truc*, avais-je envie de dire. J'avais besoin d'un remontant.

Bingley fit tinter son verre contre le mien et porta un toast à notre avenir. Je souris de nouveau, songeant que notre avenir durerait le temps qu'il me faudrait pour échapper aux griffes de mon frère. Je jetai un coup d'œil vers Lyndon, qui discutait encore avec le réceptionniste. Mon esprit fonctionnait à toute vitesse – je pourrais peut-être faire en sorte que mon frère et Bingley s'enivrent pour m'éclipser sans qu'ils me voient.

— C'est un sacré personnage, votre frère.

— En effet.

— Nous avons servi ensemble dans l'armée, vous savez.

— Oh ?

— Un homme d'une rare conviction.

— Vraiment ?

— Eh bien, oui, mademoiselle Carlisle. Opaline. Je peux vous appeler Opaline ?

Vous le pouvez, en effet, songeai-je en me demandant combien de temps encore je devrais supporter cette mascarade. Je pensai soudain que Sylvia se moquerait de cette politesse forcée que j'observais à tout prix. Si seulement j'étais une Américaine !

— On en apprend beaucoup sur le caractère de quelqu'un dans les tranchées. Il faut prendre des décisions impopulaires.

Je savais à quoi il faisait référence. C'était un sujet de discorde entre Lyndon et mon père.

— Oui, je sais que mon frère a tué un de ses hommes pour lâcheté, dis-je, ne pouvant plus maintenir mon sourire factice en place.

Cette seule pensée m'écœurait – tuer ses propres hommes, uniquement parce que leur peur avait pris le dessus.

— *Un* de ses hommes ? Oh, c'était au moins dix fois plus, rectifia-t-il sur un ton presque fier. Voyez-vous, on doit faire un exemple quand on dirige des hommes.

— Un exemple ?

— Ça lui a valu un surnom : le Faucheur, révéla-t-il en écarquillant les yeux.

Je sentis un frisson de peur courir le long de mon dos.

Au même moment, Lyndon revint, une clé à la main.

— Allons t'installer, décréta-t-il en me tirant par le bras.

Je sentis que je devais obéir, jusqu'à ce que je trouve le bon moment pour m'enfuir. Nous entrâmes dans l'ascenseur avant que le liftier referme la grille de fer et appuie sur une touche afin que nous montions. Personne ne dit un mot et je fixai mes chaussures. Je remarquai un accroc dans les bas que je portais déjà la veille. Armand. Mon cœur se serra comme une lettre d'amour froissée et jetée à la poubelle. Je me sentis soudain très lasse. J'avais envie d'être dans l'environnement réconfortant de Shakespeare and Company, de travailler avec Sylvia, de classer les livres, d'accueillir les clients.

— *Troisième étage**, annonça le garçon d'ascenseur avant de nous ouvrir la grille.

Tandis que nous foulions la moquette du couloir, bordé de chaque côté de hautes plantes, je m'efforçais de rassembler mes pensées, en vain.

— Nous y voilà, dit Lyndon. Je t'ai réservé la chambre à côté de la nôtre.

J'entrai, m'apprêtant à poser mon sac sur le lit, mais je retrouvai mes esprits et je me retournai pour sortir.

— Je ne peux pas rester ici, Lyndon.

Il se tenait dans l'embrasure de la porte, me bloquant le passage.

— Tu feras ce que je t'ordonne, petite sœur.

D'un mouvement que je n'avais pas vu venir, il me repoussa si durement contre le mur que je me cognai le front et m'effondrai sur le sol, étourdie.

Tandis que j'étais là, immobile, il sortit et referma calmement la porte derrière lui.

⁂

J'ignore combien de temps j'étais restée sur le sol, les bras autour des genoux. Cela aurait aussi bien pu être vingt minutes que deux heures.

— *Ménage* !* cria un employé.

Je n'avais aucune énergie pour répondre, mais les coups sur la porte étaient incessants.

— *S'il vous plaît* ?*

Je me levai et déverrouillai la porte.

— Mais que diable... ?

C'était Armand.

Il entra dans la pièce et empoigna mon sac ainsi que mon manteau.

— Viens vite.

— Mais où... comment ?

— Je t'expliquerai plus tard, *dépêche-toi** !

Il me prit par la main et se dirigea vers la porte.

Nous courûmes dans le couloir, dans la direction opposée à celle par laquelle j'étais arrivée, pour rejoindre un escalier de service. N'ayant pas le temps de réfléchir, je me contentai de prier en silence pour qu'on ne nous rattrape pas. Armand tenait fermement ma main, et une fois au rez-de-chaussée, nous empruntâmes le couloir de service et débarquâmes en courant dans la cuisine, où les chefs cuisiniers eurent à peine le temps de nous hurler dessus avant que nous ne sortions par une porte donnant sur l'extérieur. Nous filâmes dans la ruelle et par plusieurs rues pavées, Armand se faufilant à travers les raccourcis de la ville comme un gamin des rues. Nous courûmes devant des vendeurs ambulants de fleurs et de fruits, sous des ponts, puis sur un grand boulevard que je reconnus. Nous nous dirigions vers Shakespeare and Company.

— Attends, attends ! fis-je d'une voix essoufflée. Juste… un instant, dis-je, m'agrippant à un réverbère pour me soutenir.

Armand lâcha enfin ma main, qu'il avait serrée tout ce temps. Aussitôt, je ressentis un manque et, tandis que j'observais son visage, ses yeux bruns qui passaient la rue en revue, la soirée de la veille me revint à l'esprit, de manière vivace.

— Il sait pour la librairie, l'informai-je. C'est le premier endroit où il me cherchera.

— Sylvia veut te voir, elle a un plan.

— Tu lui as parlé ?

— Ce matin, je suis allé chez toi…, commença-t-il d'un ton hésitant. J'étais impatient de te revoir. (Un bref sourire éclaira son visage.) C'est à ce moment-là que je les ai vus t'emmener, alors je vous ai suivis.

— Mais comment savais-tu dans quelle chambre je me trouvais ?

— Je ne le savais pas, répondit-il en secouant la tête. J'ai frappé à toutes les portes.

— Oh.

Je fus quelque peu surprise.

— Maintenant, il faut qu'on se dépêche.

Sylvia attendait mon arrivée devant l'entrée de service. Elle me donna une brève et ferme accolade, puis me tendit une clé.

— Une de mes amies possède une maison en dehors de Paris, près de Tours. Vous pourrez y rester jusqu'à ce que…

— Vous ne comprenez pas, il faut que je quitte le pays. De façon permanente. Ce que j'ai fait, fuir ce mariage…

— Ce mariage ? répéta Armand.

J'ouvris la bouche pour lui expliquer mais je découvris que je n'avais pas la force de le faire.

— Comment va tout le monde à Stratford-upon-Odéon aujourd'hui ? demanda M. Joyce avec son humour décalé, passant la tête par l'ouverture de la porte.

Je sentis mon cœur tressauter – il était sans doute entré par l'avant de la librairie sans qu'aucun de nous le remarque.

— Nous n'avons pas le temps de vous expliquer, Jimmy. Opaline doit quitter le pays immédiatement, annonça Sylvia.

Après un clin d'œil suggestif en direction d'Armand, Joyce suggéra sur un ton désinvolte une évacuation rapide vers Dublin.

— Mais vous ne faites que vous plaindre de votre pays, souligna Armand.

C'était tout à fait vrai. Nous l'avions tous entendu souligner le manque de culture de l'Irlande et son incapacité à reconnaître son génie.

— Certes, mais je suis un écrivain. Un artiste. Je suis obligé de maudire ma patrie. Mais, dit-il, s'appuyant contre le mur et allumant une cigarette, je crois que l'Irlande vous conviendrait à merveille.

Je réfléchis à cette suggestion. Nous parlions la même langue. Fichtre, l'Irlande avait fait partie du Royaume-Uni jusqu'à cette histoire de traité.

— Maintenant que j'y pense, ajouta Joyce en claquant des doigts, j'ai un ami là-bas qui possède une boutique de souvenirs. Un gentleman comme il n'en existe plus beaucoup, M. Fitzpatrick. Si vous venez de ma part, il vous donnera sûrement un travail, et il pourrait même vous dégotter un logement.

— Ça semble un peu compliqué, objectai-je.

— Qu'y a-t-il d'autre comme option ? demanda Sylvia.

Et l'affaire fut conclue. Joyce écrivit rapidement le nom et l'adresse de la boutique, tout en promettant d'envoyer un télégramme à son ami pour le prévenir de mon arrivée.

Ce qu'il voulait dire en réalité, c'était qu'il demanderait à Sylvia de s'en charger.

Tout se perdit dans un brouillard de larmes après cela. J'avais l'impression de me briser en mille morceaux et que personne ne viendrait me recoller.

— Allons, allons, ça ne sert à rien de se mettre dans des états pareils, dit Sylvia en me donnant une enveloppe contenant l'adresse et mon salaire. Vous êtes une grande fille, avec un cerveau, deux bras forts pour porter des livres et deux jambes solides pour vous conduire où vous devez aller.

— Et qu'allez-vous faire si mon frère vient ici pour me chercher ? demandai-je.

— Eh bien, je lui vendrai un livre, bien sûr !

***

Armand m'emmena au port et me procura un billet pour la traversée. Tandis que nous attendions tous les deux le moment où j'embarquerais, il retira la chaîne qu'il avait autour de son cou. Le pendentif en or, en forme de main, étincelait dans la lumière du soleil.

— On appelle ça une *hamsa*, expliqua-t-il. Dans ma culture, nous croyons qu'elle offre à celui ou celle qui la porte une protection contre le mauvais œil.

— Comme une amulette ?

— *Exactement**. Tant que tu la porteras, tu seras toujours en sécurité.

Il était temps pour moi de partir.

— Tu as mon adresse – c'est la façon la plus sûre de communiquer avec Sylvia. Ton frère ne sait rien de moi.

Je hochai la tête. Je ne m'étais pas rendu compte que je pleurais. Je sentais maintenant mes larmes sécher sur mes joues, ou peut-être était-ce l'air marin qui avait provoqué leur évaporation. Armand me prit dans ses bras chauds une dernière fois. Il n'y avait plus rien à dire. Il traversa la rue et ne se retourna pas. Je sentis mon cœur sombrer rapidement, comme une ancre dans une mer insondable.

14

Martha

Je ne comprenais pas du tout pourquoi il avait tenu à m'emmener dans une boutique pleine de stylos que je n'avais pas les moyens de m'offrir. Et qu'était au juste un critérium ? Un panneau devant la boutique indiquait qu'il y en avait en stock, mais je ne pouvais pas me résoudre à poser la question, de peur de passer pour une parfaite idiote. Je me souviens que quelqu'un a dit un jour qu'il vaut mieux se taire et avoir l'air stupide plutôt que d'ouvrir la bouche et de dissiper tous les doutes. Ou quelque chose de ce genre, en tout cas. Henry, en revanche, n'avait pas de tels soucis.

— Ah, les bâtiments de l'ancien Parlement, dit-il, montrant un grand édifice couleur crème qui semblait tout droit venu de la Rome antique. Superbe architecture, style palladien, je crois.

Il disait ce genre de chose simplement, sans détour, comme si c'était parfaitement normal. Il n'était même pas d'ici et il en savait plus sur ce pays que moi. Je m'en tins à ma règle, hocher la tête d'un air approbateur, tout en n'ayant aucune idée de ce dont il parlait.

— Où est-ce qu'on va au juste ? Il faut que je rentre à temps pour... (j'allais dire : *pour préparer le dîner de madame*, mais cela semblait trop ordinaire et sans intérêt comparé à ce qu'il faisait) pour travailler sur mon dossier d'inscription à l'université.

— Fantastique ! Alors nous allons exactement au bon endroit.

J'étais contente de pouvoir me changer les idées. Mon dos me piquait encore après le nouveau tatouage que j'avais fait faire la veille pour ajouter les dernières phrases aux précédentes. Cela me faisait du bien de sentir l'aiguille sur ma peau, comme si donner aux mots une permanence était une sorte de libération, mais cela faisait un mal de chien ensuite.

Nous traversâmes la route, passâmes une sorte de portail puis une porte voûtée géante dans laquelle se découpait une plus petite porte. Comprenant soudain qu'il m'emmenait à Trinity College, je me cabrai tel un cheval effrayé.

— Je ne peux pas entrer là-dedans !

— Pourquoi pas ?

— Parce que... je ne sais pas, il ne faut pas être inscrit ou quelque chose dans le genre ?

Il me regarda comme si j'étais une demeurée.

— Mon Dieu, vous avez raison. Je n'avais pas pensé à ça. Et si on se fait arrêter par la police ?

— Je n'étais jamais venue ici, avouai-je, heurtant d'autres gens tandis que je tournais sur moi-même pour étudier la vue.

Les pavés, polis au fil des siècles, ressemblaient à un décor de film historique.

— Ah non ? Je croyais que si. C'est là que je passe la majeure partie de mon temps depuis mon arrivée – c'est mieux que de traîner au bed and breakfast.

Imaginez un peu : déambuler dans ce lieu simplement par ennui. Henry évoluait dans un monde totalement différent du mien, c'était certain. Il savait qu'il était ici à sa place, sans aucun doute. Je m'efforçai d'ignorer la jalousie qui me noua le ventre.

— Plus loin, c'est la bibliothèque Glucksman, l'institut des données cartographiques. J'ai essayé d'y trouver une carte sur laquelle figurerait la librairie, mais sans succès jusqu'ici.

— Il y a un institut des données cartographiques ? (J'étais soufflée. Tout cela existait et je n'en savais rien.) C'est comme dans ce film… *Narnia* !

— Vous voulez parler des livres de C.S. Lewis.

Je l'avais fait – j'avais confirmé à voix haute que j'étais une idiote.

— Exactement, c'est ce que je voulais dire. C'est exactement comme dans ses livres.

Il y avait même un réverbère.

— Je suppose que oui, d'une certaine manière. La bibliothèque contient un demi-million de cartes et d'atlas – un petit labyrinthe avec des gardiens au sous-sol veillant sur des cartes aériennes, des cartes qui conservent la trace des lieux au cas où on se perdrait... Cela dit, je n'ai toujours pas retrouvé ma librairie.

— Votre librairie ? fis-je en haussant un sourcil.

— Oui, eh bien, nous ne cherchons pas de cartes aujourd'hui, nous allons là-bas.

Il montra un panneau indiquant « Livre de Kells ». Il y avait une file de gens devant nous, essentiellement des touristes venus voir un livre très ancien et très connu. Je frissonnai – pour moi, les seules choses encore plus intimidantes que les livres étaient les livres très, très anciens. Qui sait quel genre de savoir ils contenaient, quel pouvoir ils pouvaient exercer ? Cela pouvait paraître insensé, mais avec Henry j'avais l'impression qu'un minuscule couloir s'était ouvert en moi et je me surpris à penser : *Ça ne ferait peut-être pas de mal de jeter un coup d'œil ?*

— Je sais ce que vous pensez : qui s'intéresse au Nouveau Testament ? J'ai raison ?

Non, il n'avait pas raison, ce n'était pas ce que je pensais. Mon esprit était revenu à mon premier rendez-vous galant avec Shane (qui ne serait pas considéré comme un rendez-vous galant aujourd'hui, manifestement). Nous étions allés au cinéma pour voir un film consacré à un pilote de course, puis nous étions rentrés chez lui avec une bouteille de vin, et nous avions couché ensemble sur son lit à une place.

— Je ne suis pas très religieuse, dis-je.

— Attendez, vous verrez.

Il était très enthousiaste à l'idée de voir de vieilles pages d'un manuscrit, écrit par des moines il y avait des siècles. Je ne comprenais pas, mais ça me plaisait bien. Henry me plaisait bien. Mais je savais que son cœur était ailleurs et, à l'évidence, explorer ces délices littéraires avant de retourner à la vraie vie n'était qu'un petit détour amusant pour lui. Être à ses côtés était doux-amer, et la sensation qui m'envahit faillit m'anéantir – la sensation d'entrevoir une vie que j'aurais pu avoir.

*
**

Henry avait raison. Une fois à l'intérieur, j'oubliai tout le reste. Dans l'obscurité de la pièce, la lumière dirigée sur les pages les illuminait comme des feuilles d'or. J'avais le sentiment de voir quelque chose d'important, quelque chose qui dépassait ma compréhension mais qui pourtant résonnait dans mon âme.

— Il a été écrit en 800 après J.-C. par des moines de Colomba, sur l'île d'Iona, en Écosse.

Bouche bée, je suivis les gens devant moi, qui regardaient les manuscrits à travers les vitrines.

— Comment a-t-il survécu tout ce temps ? murmurai-je.

Un sourire passa de son regard à ses lèvres.

— Vous devenez accro, hein ?

Je levai les yeux au plafond en guise de réponse, mais il n'avait pas tort. Bien sûr, j'avais vu des reproductions du Livre de Kells dans les livres et même sur des serviettes, mais en le voyant en vrai, avec ses dessins complexes et son texte manuscrit, il était difficile de ne pas se laisser happer par son histoire.

— Il a été volé en 1007 à Kells par des Vikings. Ils ont retiré tout l'or qu'ils pouvaient sur la couverture et ils ont laissé ce qu'ils pensaient être un manuscrit sans valeur sous une couche d'herbe.

Je ne pus m'empêcher de m'interroger sur la vie des gens qui avaient écrit le texte, entièrement en latin. Néanmoins, je n'avais pas le temps de réfléchir car les foules ne cessaient d'affluer. Nous nous apprêtions à entrer dans la Long Room.

J'ignore ce que j'attendais, en tout cas, j'eus la chair de poule en la découvrant. C'était comme une cathédrale de livres ; des galeries de bois s'élevaient du sol jusqu'au plafond, emplies d'ouvrages à la reliure de cuir. Je n'avais jamais rien vu de tel. Nous arpentions le couloir central, des bustes de marbre bordant notre chemin ; des philosophes dont les noms m'étaient vaguement familiers, mais je n'aurais pas su dire pour quelles œuvres ils étaient connus. Lorsqu'on était entouré de tout ce savoir, il était difficile de ne pas penser que, quel que soit le temps qu'on passerait à étudier, on ne posséderait jamais une once de la connaissance contenue dans cette salle.

— Impressionnant, vous ne trouvez pas ? lança-t-il.

Je n'avais pas remarqué qu'il observait ma réaction.

Je me tournai vers lui sans prêter attention aux foules qui nous poussaient vers l'avant.

— Pour quelle raison m'avez-vous emmenée ici, en fait ?

Il marqua un temps, glissa les mains dans ses poches et leva les yeux vers les mezzanines les plus hautes, où des conservateurs aux gants blancs travaillaient.

— Je voulais vous montrer que tout est possible.

Il s'écarta du chemin d'un groupe d'étudiants américains qui passa bruyamment devant nous. Puis il recula un peu pour se rapprocher de moi, de sorte que je pus sentir son souffle sur ma peau.

— L'autre jour à la bibliothèque, je voyais que vous auriez aimé vous y sentir à votre place. Et je voulais juste vous montrer que vous l'êtes.

Je n'entendais plus les gens tout autour et je remarquais à peine qu'ils passaient devant nous. Personne ne m'avait jamais comprise comme Henry venait de le faire. Et même si quelqu'un m'avait cernée, il n'aurait certainement pas fait quoi que ce soit pour essayer de m'aider. Les mots me manquaient et j'avais la gorge nouée par une tristesse que je ne m'étais jamais autorisée à ressentir. Henry passa la main dans ses cheveux, qui lui barraient immanquablement les yeux quand il baissait la tête, comme à cet instant.

— Ça vous dirait de prendre une bière quelque part ?

Je hochai la tête et je souris tandis qu'il s'effaçait pour me laisser passer devant lui.

⁂

Dans une petite rue, il avait trouvé un pub qui semblait n'avoir pas changé de décoration depuis un siècle : tout en bois sombre, avec des couches et des couches de vernis polies par les années, et de petites alcôves éclairées par des lustres en verre qui descendaient bas. Il n'y avait que quelques habitués, installés au bar, et nous prîmes place dans une alcôve qui était même dotée d'une petite porte, si on souhaitait une intimité complète. Nous la laissâmes ouverte et commandâmes deux pintes de Guinness et deux hachis. Dehors, une pluie fine s'était mise à tomber et pendant que les gouttes frappaient les vitres et, que les passants déployaient leurs parapluies, je ressentis en moi une chaleur que je n'avais pas connue depuis bien longtemps. Lorsque nous fûmes servis, nous prîmes chacun une bouchée de hachis. C'était si bon que nous gémîmes de satisfaction. Je commençais à me sentir plus à l'aise avec Henry, même si, parfois, j'avais encore le souffle coupé quand il me regardait dans les yeux.

— Alors, d'où vous vient votre passion pour les vieux livres ? demandai-je, désireuse d'en savoir plus sur lui.

Il prit une grande gorgée de bière, comme pour gagner du temps.

— Quand j'étais enfant, mon père m'emmenait souvent dans les vide-greniers. De gros événements, dans des vieux champs au milieu de nulle part. Rétrospectivement, je pense qu'on lui imposait de me garder pour la journée, et c'était soit ça, soit le pub. Comme tout le monde, on se garait et on passait la journée à inspecter ce qui était en général des vieilleries. Il appelait ça une chasse au trésor, pour essayer de susciter mon intérêt. Et c'était vrai, parfois, on trouvait des choses assez extraordinaires. Il aimait les vieux souvenirs de guerre – les médailles, ce genre de choses – mais moi, je m'en tenais toujours à mes livres.

Il saisit sa fourchette et continua à manger son hachis, mais je voyais bien que quelque chose le perturbait. Je ne sais pas comment j'avais pu manquer cela – j'étais sans doute trop éblouie par sa vie en apparence parfaite. Il s'était passé quelque chose avec son père. Ils ne se parlaient plus depuis des années. Je ne voulais pas poser trop de questions, et j'avais appris que parfois, si on laissait aux gens assez d'espace, ils finissaient par vous dire les mots qui les rongeaient de l'intérieur.

— Il doit être très fier de vous maintenant, vous êtes un spécialiste chevronné.

Il m'adressa un regard que je n'avais encore jamais vu chez lui. C'était un regard empreint de peine et de colère. Il avala une autre longue gorgée de bière, tenant sa chope jusqu'à ce qu'il la termine, et appela le serveur pour commander une autre tournée.

Je ne dis pas un mot et je me concentrai entièrement sur mon repas. Puis j'allai faire un tour aux toilettes et, à mon retour, l'atmosphère avait changé. Je voyais qu'Henry était navré d'être d'humeur morose et j'eus envie de poser la main sur la sienne, de lui assurer que ce n'était pas grave. Je savais ce que c'était. Les gens qu'on aimait pouvaient vous faire du mal, et on n'y pouvait rien.

— Quand j'avais quinze ans, j'ai trouvé un vieil exemplaire du *Seigneur des anneaux* dans un magasin de livres d'occasion. À l'époque, j'étais déjà un revendeur.

J'émis un son incrédule. D'après mon expérience, un revendeur âgé de quinze ans vendait tout autre chose que des livres. Je hochai la tête pour lui enjoindre de continuer et j'entamai ma seconde pinte. Je n'avais pas vu les films mais je savais qu'ils étaient tirés d'une série de livres.

— J'avais appris la valeur des éditions rares et je savais ce que les collectionneurs étaient prêts à payer pour les acquérir. C'était une source d'argent de poche bien pratique et un moyen facile d'en gagner. Je parcourais les marchés, les magasins caritatifs, pour repérer des livres dont les vendeurs ne connaissaient pas la vraie valeur, ensuite je les revendais aux marchands d'antiquités plus haut de gamme. J'avais besoin de cet argent supplémentaire à cette époque. L'alcoolisme de mon père s'était aggravé et l'ambiance n'était pas géniale à la maison.

Il parcourut la pièce du regard, mais je sentais qu'il voulait poursuivre.

— Quoi qu'il en soit, quand je l'ai ramené chez moi, je l'ai regardé de près et, cachée dans le revers de la jaquette, j'ai trouvé une lettre.

Je me penchai, attirée dans son monde fait de chasses au trésor littéraires.

— Elle était datée de 1967, l'adresse était à Oxford, et le nom signé en bas était J.R.R. Tolkien.

— Waouh.

— Comme vous dites. Waouh. C'était un message écrit à la main, adressé à une petite fille qui lui avait sans doute envoyé une lettre de fan. Je n'en revenais pas et, à l'époque, je ne savais pas du tout comment la faire authentifier. Alors j'ai demandé à mon père s'il connaissait quelqu'un, et c'est la dernière fois que j'ai vu la lettre.

— Que s'est-il passé ?

— Il l'a vendue pour cinq cents livres.

— Bah, ce n'est pas mal, non ?

— Elle en valait dix fois plus. Et il n'y a pas que l'argent, il y avait aussi le prestige de l'avoir trouvée, de ramener dans le monde quelque chose qui était perdu. Il m'a arraché tout ça, et il a dépensé tout l'argent pour s'acheter de l'alcool.

Il cligna rapidement des yeux puis s'agita sur son siège.

— Je suis désolée.

— Ça, c'est la version abrégée. L'alcoolisme de mon père est comme une note de bas de page à chaque chapitre de ma vie. Parfois, j'ai l'impression que je n'en serai jamais libéré.

Cette fois, je tendis la main et la plaçai doucement sur la sienne. Il m'adressa un sourire crispé, puis fit signe au serveur de nous apporter d'autres bières. J'avais perdu la notion du temps, assise face à lui. Il me laissait entrer dans son monde, et c'était agréable de sortir du mien pendant quelques instants. Il me parla du projet de thèse qu'il rédigeait, consacré aux manuscrits perdus.

— Lire le livre, ce n'est que le début – je veux tout connaître sur lui. Ce que je veux savoir, c'est qui l'a écrit, quand, où, comment et pourquoi. Qui l'a imprimé, ce que ça a coûté, comment il a survécu, où il était depuis tout ce temps, à quel moment il a été vendu, pourquoi et par qui, comment il est arrivé ici… Ma soif de tout connaître est sans limites.

Il était légèrement éméché maintenant ; ses mots s'entrechoquaient de manière aléatoire. J'étais moi-même très éméchée. J'avais complètement oublié Mme Bowden.

— C'est l'attrait des livres – pas seulement l'histoire entre les couvertures, mais l'histoire de leur provenance, de leurs propriétaires. Un livre est tellement plus qu'un moyen de diffusion de son contenu, continua-t-il en agitant les mains frénétiquement.

Il ne cessa de parler que lorsqu'il remarqua que je riais.

— Quoi ? Je radote, c'est ça ?

— Non, c'est juste que je n'avais jamais entendu personne s'enthousiasmer à ce point sur... quoi que ce soit ! Mais je comprends mieux maintenant pourquoi vous êtes ici.

Je m'interrompis, me rendant compte que quelque chose me turlupinait.

— Mais, et l'histoire ? Ça ne vous intéresse pas, ce dont le livre parle ?

— Si, bien sûr, mais quand on est collectionneur, les livres eux-mêmes deviennent des objets. La plupart des collectionneurs ne les lisent même pas.

— Eh bien, ça ne semble pas correct.

— Dit-elle alors qu'elle ne lit pas de livres.

— Ça n'a rien à voir ! rétorquai-je sèchement.

Il ne perçut pas mon changement d'humeur et continua à me taquiner.

— Je ne veux pas être porteur de mauvaises nouvelles, mais la vie universitaire a tendance à impliquer des livres.

Son sourire vacilla quand il vit mon expression. Je n'avais jamais été du genre à pleurer, et certainement pas en public, mais mes yeux me piquaient douloureusement et je m'efforçais de retenir mes larmes en fronçant les sourcils.

— Seigneur, je suis désolé, Martha, c'était vraiment stupide de ma part.

J'avais chaud et j'étouffais dans cette alcôve. Regardant derrière moi, je constatai que le pub était maintenant plein de monde, bruyant et peu accueillant. Il fallait que je sorte d'ici.

— Quelle heure est-il ? Il faut que j'y aille.

Je saisis mes affaires, et Henry fut aussitôt à côté de moi.

— Je vous raccompagne. Si vous êtes d'accord.

Je haussai les épaules. Pourquoi pas ?

*
**

Quand nous retournâmes dans la rue, l'air frais me donna l'impression que j'avais bu le double de ce que j'avais réellement ingéré. Tout à l'heure, j'étais sur mon petit nuage, et maintenant je me sentais nauséeuse et irritable. Il faisait sombre et les gens rentraient du travail, alors la rue était à l'arrêt. La circulation était dense et les coups de klaxon des conducteurs impatients étaient nombreux.

— Venez, dit Henry, me prenant par la main pour m'emmener dans une rue plus calme.

Le contact de sa peau chaude eut un effet puissant. J'éprouvai un sentiment de sécurité que je n'aurais pas cru pouvoir éprouver à nouveau. J'aurais sans doute dû lui lâcher la main lorsque nous arrivâmes à l'angle de la rue, mais je n'en avais pas envie. Ni lui, apparemment.

— Je suis désolé si je vous ai blessée, Martha.

Il avait dit cela si doucement que cela faillit me briser le cœur.

J'avais supposé, lors de notre première rencontre, qu'il avait une vie parfaite. Mais après ce qu'il m'avait confié sur son père, eh bien… Je finis par me décider. Prenant une grande inspiration, je lui révélai ce que je n'avais jamais dit à personne.

— Blessée ? Ne vous en faites pas pour ça. Il y a de bien pires façons de blesser quelqu'un, je le sais maintenant. J'ai eu deux côtes brisées, une épaule déboîtée, des reins endommagés, et j'ai perdu quatre dents.

Henry eut l'air horrifié. Je sentais que, malgré ce qu'il avait subi avec son père, il n'y avait pas eu de violence. Si on n'en a pas fait l'expérience, il est facile d'avoir l'illusion qu'elle ne pourra jamais se produire. C'est pourquoi les gens peuvent regarder à travers vous, pourquoi vous devenez invisible. Parce que votre histoire n'existe pas.

— Mais ce sont des blessures physiques. Elles guérissent avec le temps. De manière imparfaite, peut-être, mais elles guérissent. La peur constante qu'il m'a laissée, c'est cette blessure qui ne guérit pas. Je n'ai pas seulement peur de lui, j'ai peur de la vie.

— Comment…, dit-il, puis il s'interrompit.

Nous nous retrouvâmes devant une petite église et il désigna d'un geste un banc juste derrière le portail. C'était l'endroit idéal pour une confession. Je n'avais peut-être pas commis de péché mais je portais le poids de la culpabilité malgré tout. Comment avais-je pu en arriver là ?

— Ce qu'il y a, c'est qu'on ne comprend pas vraiment ce qui arrive au début, et quand on le comprend, il est trop tard pour agir. On croit que c'est un événement qui ne se reproduira pas. Il vous dit qu'il est vraiment désolé, qu'il se sent coupable. Mais ça se reproduit. Et avant même qu'on s'en rende compte, on ne connaît plus que la violence.

— Vous n'êtes pas obligée de me raconter si vous n'en avez pas envie, dit-il.

Je pris conscience qu'il me tenait encore la main. Ou alors, c'était moi qui tenais encore la sienne. J'arrivais encore à lire en lui, et je savais qu'il protégerait mon histoire.

— Ça a commencé pendant ma première année au lycée technique. J'avais décidé de passer un diplôme en administration, et j'avais trouvé une chambre dans une maison que je louais avec deux autres filles. Je restais à Galway pendant la semaine et je rentrais les week-ends. Je vivais encore chez mes parents à l'époque, mais je passais la plupart de mon temps avec Shane, dans son appartement. Avec le recul, je pense que c'était parce qu'il me permettait de fuir l'ambiance de chez moi. Tant que nous étions au lycée ensemble, ça allait. Je veux dire... il était un peu jaloux parfois, mais il n'y avait rien qui me faisait penser qu'il pourrait être différent des autres garçons.

Le plus difficile dans le récit de mon histoire, c'étaient les flash-backs – une minute j'étais ici, à Dublin, et l'autre, boum ! j'étais de nouveau là-bas, recroquevillée sur le sol, essayant de me protéger. Était-ce vraiment arrivé, ou était-ce une sorte d'horrible cauchemar tout droit sorti de mon imagination ? Personne ne pouvait subir ce genre de violences, non ? Je repensai au jour où mes deux amies m'avaient retrouvée cachée dans l'armoire de ma chambre. J'étais sortie et j'avais mis les mains dans les poches de mon jean pour qu'elles ne les voient pas trembler.

J'avais essayé de faire passer ça pour une blague, en prétendant que j'avais voulu faire une surprise à Shane. J'étais tellement gênée – j'aurais dit n'importe quoi pour faire croire que je ne me cachais pas de lui. Il était venu jusqu'à Galway pour la soirée et j'étais impatiente de lui faire visiter la ville. Mais il était de mauvaise humeur, se moquant de mes amies et se montrant jaloux de tous les garçons de ma classe. *Comment savaient-ils comment je m'appelais ? Est-ce que je flirtais avec eux ?* À la fin de la soirée, ivre mort, il m'avait traitée de salope. Après que nous étions sortis du pub, il m'avait hurlé dessus pendant tout le trajet jusque chez moi, et quand nous étions arrivés devant ma porte, il était fou de rage. Je lui avais crié qu'il n'avait pas le droit de me parler comme ça. Après ça, j'avais entendu un craquement. Il venait de me gifler. J'étais trop sonnée pour dire quoi que ce soit. Il avait pris mes clés et ouvert la porte. Je n'oublierai jamais ce qu'il m'avait dit en entrant.

« Ça t'apprendra à répondre. »

Je l'avais suivi, stupéfaite et muette. Je ne voulais pas réveiller les filles. Je m'étais allongée sur le lit à côté de lui sans même me changer. Il s'était mis à ronfler dès qu'il avait posé la tête sur l'oreiller. Après un instant, je m'étais levée, sans savoir où aller. J'étais terrifiée. Alors, j'étais restée cachée dans l'armoire jusqu'à ce que je l'entende partir le lendemain matin. Cette année-là, ma première année à l'université, tout avait tourné autour de Shane et de sa jalousie. Mes colocataires savaient ce qui se passait.

Elles voyaient les bleus, même cachés sous des couches de maquillage. Juste avant les examens, elles m'avaient convaincue de rompre avec lui. Et c'était ce que j'avais fait. Pendant deux mois entiers, je m'étais libérée de lui. Mais ensuite son père était décédé, et j'avais eu de la peine pour lui. Quand je l'avais revu, il m'avait juré qu'il avait changé et qu'il avait honte de ce qu'il avait fait. Il avait affirmé qu'il n'était pas lui-même à cette époque, et je l'avais cru, parce que c'était vrai ; il n'était pas lui-même. Il n'était pas le garçon dont j'étais tombée amoureuse. Et donc, nous avions tous les deux cru à l'histoire selon laquelle il avait été possédé par un accès de jalousie insensé, et nous avions conclu que, bien sûr, ça ne se reproduirait plus.

L'été suivant, j'étais retournée une dernière fois à Galway, et j'avais échoué à mes examens. J'avais vu le regard des filles quand je leur avais annoncé que j'étais retournée avec lui. Je crois qu'elles s'étaient senties trahies et qu'elles étaient déconcertées. Comment, après m'être libérée d'un homme qui me frappait, pouvais-je retourner avec lui ? Je ne pouvais pas supporter leur jugement. Parce qu'elles avaient raison après tout, non ? Les promesses de Shane n'avaient aucune valeur et j'étais vraiment stupide de le croire.

J'étais si perdue dans mes pensées que j'avais presque oublié où je me trouvais et ce que Henry et moi faisions là. Je levai les yeux vers lui et je vis de l'empathie dans son regard. Ce n'était pas de la pitié, Dieu merci. Je n'aurais pas pu le supporter.

— Je suis navrée, je crois que je ne peux pas en dire plus.

— Ça ne fait rien, dit-il, et il s'apprêta à me serrer dans ses bras mais s'arrêta net. Euh, vous voulez un câlin ?

Je hochai la tête. Plusieurs fois. Oui, je voulais un câlin. Je n'avais jamais rien demandé à personne, mais le fait qu'on m'offre ce dont j'avais besoin était un soulagement et une bénédiction.

15

Henry

Tandis que je la serrais contre moi, je me demandais comment un homme avait pu la blesser et la terroriser au point de la briser. Car, oui, j'avais l'impression de tenir entre mes bras des morceaux brisés qui n'allaient plus ensemble. Je me demandais s'il y avait d'autres choses qu'elle avait passées sous silence, mais son visage était le plus impassible que j'aie jamais vu. À cet instant, mon téléphone sonna, et elle s'écarta. Je fouillai dans ma poche, essayant d'éteindre l'appareil.

— Foutu truc, marmonnai-je.

Je le trouvai enfin mais il glissa entre mes doigts et tomba sur le sol. Nous nous penchâmes tous les deux, nous cognant le front, et Martha finit par le ramasser.

— Isabelle, dit-elle, lisant le nom et me tendant le téléphone.

Je fixai l'écran jusqu'à ce que la sonnerie cesse. Isabelle. J'avais réussi à la chasser totalement de mes pensées. C'était comme si j'avais rangé ma vie à Londres dans un système de classement séparé à l'intérieur de ma tête. J'avais passé une journée extraordinaire avec Martha, nous nous étions confiés sur notre passé comme aucun de nous deux ne l'avait fait auparavant, et j'étais dans un autre pays. Tout cela me donnait l'impression d'être une personne différente. J'avais le sentiment que je n'étais plus en train de fuir, du moins pour l'instant. Jusqu'à présent, toute ma vie avait consisté à fuir quelque chose, à me perdre dans les livres et à prier pour que personne ne remarque le grand vide en moi, à l'endroit où il aurait dû y avoir quelque chose de vital. J'étudiai Martha, et la vulnérabilité dans ses yeux m'empêcha de céder à ma tendance naturelle, celle de dire aux gens ce qu'ils voulaient entendre plutôt que la vérité. *Ce n'est qu'une amie*, aurais-je pu affirmer. Mais quelque chose dans son regard me troublait. C'était comme si elle pouvait lire en moi.

— Isabelle est ma petite amie.

— Oh.

Il y eut un blanc, que je choisis bêtement de remplir avec d'autres mots.

— En fait, je devrais sans doute l'appeler ma fiancée. Je lui ai fait ma demande juste avant mon départ.

— Oh, répéta-t-elle. Eh bien, félicitations !

Elle sourit avec une jovialité forcée, et je me sentis encore plus mal.

Pourquoi ne lui avais-je pas parlé plus tôt ? J'aurais dû le faire dès le départ. C'était sûrement ce qu'une personne normale aurait fait. Je percevais son embarras, qui était mal placé car c'était moi qui aurais dû me sentir gêné. Je tentai de me réfugier dans l'idée que mentir et omettre de dire la vérité sont deux choses différentes, mais même moi, je n'y croyais pas. Martha vérifia ostensiblement l'heure sur son téléphone et annonça qu'elle devait rentrer chez elle. Seule. Ce dernier mot était souligné, et en gras. J'avais tout gâché.

***

Lorsque j'arrivai dans mon B&B, je trouvai Nora en train de regarder un jeu télévisé dans le salon. Elle était installée dans un fauteuil, un cendrier posé en équilibre précaire sur l'un des bras du siège tandis qu'un Jack Russell dormait paisiblement sur ses genoux. Je jetai un regard circulaire pour voir où étaient les deux autres chiens, puis je me rendis compte qu'ils reniflaient mes chaussures. Ils pouvaient sans doute sentir où j'étais allé et à quel point j'étais un idiot.

— Oh, vous êtes rentré, observa-t-elle, en dépit du fait que je ne l'avais pas prévenue que je sortais.

Elle faisait preuve de familiarité avec tous ceux qui passaient dans sa maison. Comme si elle était une mère pour nous tous.

— Vous voulez une tasse de thé ou un sandwich ? demanda-t-elle, glissant ses pieds déformés dans ses pantoufles.

— Je m'en charge. Ne bougez pas.

Elle me regarda comme si j'étais un saint. Je pris conscience que faire plaisir à quelqu'un nécessitait peu d'efforts, et que pourtant, cela arrivait rarement. Je rinçai une théière marron et posai les tasses sur un plateau, ainsi qu'un paquet de gaufrettes roses.

Lorsqu'elle eut son thé dans la main et qu'elle eut allumé une autre cigarette, elle reporta son attention sur moi.

— Alors, qui est cette fille ?

— Pardon ?

Elle baissa le son de la télévision, ce qui me perturba.

— Vous avez votre air.

— Quel air ? demandai-je, essayant aussitôt de changer mon expression, ce qui était très difficile quand on ne savait même pas qu'on arborait une expression.

— Je ne suis pas née de la dernière pluie, rétorqua-t-elle, faisant tomber ses cendres dans le cendrier et se calant dans son fauteuil pour me passer sur le gril. Vous êtes du genre à ruminer – un peu comme lui, là-bas. (Elle désigna d'un signe de tête l'abri dans lequel je supposais que son mari se cachait encore.) Il était laveur de vitres, avant d'être à la retraite. Ce n'est peut-être pas très impressionnant pour les gens comme vous, mais il y aura toujours des fenêtres à nettoyer.

Je hochai la tête, car on ne pouvait pas débattre face à une telle logique. Et cela ne servait à rien de dire que « les gens comme moi » devaient compter sur les bourses d'études et les prêts étudiants à cause de l'alcoolisme paternel.

— Quoi qu'il en soit, il y a des années, il a eu l'occasion de s'associer avec un type ; il disait qu'ils pourraient proposer plus de services et décrocher de plus gros contrats. Alors, monsieur commence à ruminer. Et il rumine, et il rumine, jusqu'à ce que, eh bien, il soit trop tard. Le type a trouvé un autre gars, qui a sauté sur l'occasion, et ils ont obtenu un contrat pour faire la moitié des hôtels de la ville !

À cet instant, le mari de Nora descendit l'escalier d'un pas lourd, en débardeur et en pantalon, et jeta violemment son journal sur la table du vestibule.

— Écoute, pour la dernière fois, j'ai le vertige ! tempêta-t-il avant d'enfiler un tee-shirt et de sortir de la maison en trombe.

Il claqua la porte avec une telle force que les photos des différents papes accrochées dans l'entrée tremblèrent de la manière la plus impie qui soit. Bouche bée, nous fixâmes le couloir, dans lequel son mari n'était plus.

— Il ne s'en est jamais remis, ajouta-t-elle d'un ton légèrement critique.

Qu'est-ce qui faisait que les gens restaient ensemble ? me demandai-je. Un dédain mutuel ? Le fait de ne pas avoir d'autres options ?

— En tout cas, continua-t-elle, impassible, ça ne sert à rien de ruminer.

Peut-être a-t-elle raison, pensai-je, tandis que je sirotais mon thé et que le volume de la télé remontait. À quel sujet pouvais-je ruminer, d'ailleurs ? J'étais venu ici pour trouver un manuscrit, pas pour développer un faible à l'égard d'une autre femme. En fait, passer du temps avec Martha entravait mes recherches. Je commençais à apprécier cette idée, car elle me soulageait du poids de ma culpabilité. Je pris congé de Nora et je montai dans ma chambre pour allumer mon ordinateur. J'avais reçu deux e-mails. Le premier venait d'Isabelle :

Décroche ton téléphone !

Tout à fait le style d'Isabelle. Direct et sans fioritures. C'était une femme qui avait des exigences élevées, pour elle-même et pour tous ceux qui l'entouraient. Elle était coach de vie et employait souvent des phrases stimulantes comme « Il faut viser haut » ou « On n'a rien sans rien ». Étais-je légèrement intimidé par son énergie inépuisable ? Peut-être, mais c'était aussi ce qui m'avait attiré chez elle. Elle était tout ce que je croyais devoir être.

Nous nous étions rencontrés deux ans plus tôt, au mariage de ma sœur. À l'époque, elle était organisatrice de mariages et s'était chargée de la cérémonie. Son incarnation précédente, comme elle l'appelait. Elle semblait changer de métier tous les trois ou quatre ans et elle réussissait dans chacune de ses professions, apparemment. Auparavant, elle était professeure de yoga, et excellente, selon le marié, qui pouvait encore mettre les jambes par-dessus sa tête, un détail que j'aurais préféré ne pas connaître. J'avais aussitôt été frappé par son assurance, et quand nous avions dit au revoir à l'heureux couple qui s'envolait pour sa lune de miel, elle m'avait bien fait comprendre que, quelle que soit la relation que j'avais en tête, il y aurait une période d'essai, en ce qui la concernait. Tout comme pour ses différents métiers. Elle m'avait regardé comme quelqu'un qui observe une pomme abîmée et qui se demande s'il va la choisir ou non. Résultat, j'essayais constamment de la convaincre (et de me convaincre) que j'étais capable, si les conditions étaient bonnes, de réussir. Comme une plante d'intérieur. Je savais que si j'avais quelqu'un comme Isabelle dans ma vie, tout serait infiniment plus beau, plus grand, plus éclatant ! Je n'avais jamais eu quelque chose ou quelqu'un dans ma vie dont je puisse me sentir fier – dont je puisse dire : « Regardez ce que j'ai trouvé. » Des images de mon père me hantaient, celles où il essayait, en larmes, de convaincre ma mère de le reprendre. Mais parfois, je me sentais si fatigué. Fatigué de faire mes preuves. Fatigué de pousser quelqu'un à voir en moi une chose dont je n'étais même pas sûr qu'elle existe.

Je décidai d'envoyer une réponse tout aussi percutante :

Perdu dans mes recherches !
Demain, ça irait ?

J'ouvris le second e-mail. Il provenait d'un collègue à Londres qui avait épluché les archives de la famille Carlisle afin de dénicher des informations sur Opaline. Il n'y avait rien de notable après son vingt et unième anniversaire. C'était comme si elle avait disparu de la surface de la terre. En revanche, il y avait des éléments sur son frère, officier haut placé pendant la Première Guerre mondiale. Ses années d'exercice lui avaient valu un surnom assez sinistre, « le Faucheur ». Cela ne faisait pas beaucoup de matière et cela ne me rapprochait pas de la librairie perdue sur Ha'penny Lane. Ni de la jeune femme insaisissable qui vivait à côté. La femme qui m'avait aidé à trouver le vrai nom d'Opaline. Je n'arrivais pas vraiment à savoir pourquoi, mais j'avais l'étrange impression qu'elle était la clé de tout. Ou peut-être que c'était l'histoire que je devais me raconter afin de continuer à la voir, quel qu'en soit le prix.

16

Opaline

Dublin, 1921

— Je crains que M. Fitzpatrick ne soit décédé il y a deux mois. Nous allions mettre ce lieu en vente…

Ce furent les premiers mots que j'entendis à mon arrivée à Dublin, après un long et inconfortable voyage depuis Cork. Je me trouvais dans le salon d'une maison de style géorgien, dont les hautes fenêtres donnaient sur une rue animée.

— Mais j'ai fait tout le chemin jusqu'ici, dis-je d'une voix désespérée. Vous avez reçu mon télégramme ?

L'homme auquel je m'adressais semblait assez déconcerté par ma soudaine arrivée dans sa vie.

— Oui. M. Joyce a envoyé un télégramme de Paris. Il a dit que vous travailliez dans une librairie – Shakespeare ?

— Shakespeare and Company.

— Pardonnez-moi mais je ne suis pas sûr de comprendre pourquoi il a suggéré... (il hésita un instant) que quelqu'un comme vous vienne travailler pour mon père.

Je tentai d'ignorer sa remarque.

— M. Fitzpatrick était votre père ? Mes condoléances, monsieur, dis-je en lui serrant la main.

Il me remercia, et il sembla que notre échange était terminé.

— Je suppose que je ne peux pas vous demander d'autres informations ?

— Si, bien sûr, si je peux vous aider.

— Pouvez-vous me conseiller un hôtel correct, ou peut-être un lieu où je pourrais louer une chambre à un tarif raisonnable ?

— Vous n'avez nulle part où aller ?

Il était manifestement surpris qu'une personne avec mon accent et mon apparence se trouve dans une situation si délicate. Une femme de la classe moyenne, voyageant seule, sans aucun endroit où aller et avec très peu d'argent.

— J'ai bien peur d'avoir dû partir précipitamment.

Dieu seul sait ce qu'il fit de cette explication. J'aurais aimé lui assurer que je n'avais rien fait d'illégal, mais cela n'aurait fait que soulever d'autres soupçons.

— Eh bien, ce n'est pas grand-chose..., commença-t-il.

Il prit un jeu de clés sur un crochet près de la porte et me conduisit à l'extérieur, puis me fit descendre les marches du perron.

— Il y a un petit appartement au sous-sol de la boutique, expliqua-t-il.

Il tourna à droite et se retrouva devant la boutique en question.

J'observai le bâtiment, incrédule. Il était effilé, un peu comme s'il avait poussé telle une mauvaise herbe obstinée entre les deux maisons qui le flanquaient. Mon interlocuteur remarqua mon visage, froissé dans la lumière du soir.

— Il ne devrait même pas être là, en réalité, dit-il, marmonnant quelque chose à propos d'un permis de construire.

Moi non plus, pensai-je. Cela semblait surréaliste, et j'avais l'impression d'être étrangement éloignée de moi-même ; une spectatrice perplexe qui se demandait ce qui allait arriver ensuite. La traversée jusqu'à l'Irlande avait duré toute la journée de la veille et l'essentiel de la nuit. Comme il n'y avait pas de ferry pour les voyageurs, j'avais dû voyager sur un ferry de courrier et de marchandises qui m'avait emmenée à Cork. Une fois encore, je m'étais trouvée sur un bateau, avec mon petit sac de voyage, m'élançant vers la liberté. J'avais essayé de dormir sur un lit de fortune qui n'était en réalité qu'un banc recouvert d'un fin coussin. J'avais vomi dans un seau et j'y avais pleuré aussi. Cela n'avait rien à voir avec la traversée de la Manche. Cette mer était rude et impitoyable. Quand le bateau était entré dans le port de Rosslare, il pleuvait à verse et le vent menaçait de me séparer de mon sac car il soufflait par bourrasques. L'un des employés du bateau m'avait guidée jusqu'à un petit bed and breakfast non loin, où j'avais pu me rafraîchir avant de prendre le train pour Dublin.

Matthew Fitzpatrick était un homme agréable qui parlait peu, ce dont je lui étais reconnaissante à cet instant. Je n'étais guère sociable. J'étais fatiguée, j'avais faim, et je rêvais de trouver un foyer comme je n'en avais jamais connu. Toute marque de gentillesse aurait conduit à ce que je fonde en larmes, aussi étais-je contente que nous nous en tenions aux politesses superficielles. J'étudiai de près la façade étroite. Au rez-de-chaussée, il y avait juste assez de place pour une seule fenêtre à carreaux, en arc. Une fenêtre identique, bien que plus petite, perçait le premier étage, et au dernier niveau était située une minuscule fenêtre en forme de diamant qui se terminait en pointe, comme le chapeau d'un magicien. L'enseigne au-dessus de la vitrine était dans le style Art nouveau, si populaire à Paris, avec ses arabesques et ses fioritures. La Boutique de souvenirs de M. Fitzpatrick.

La porte s'ouvrit dans un soupir qui fut suivi par un long grincement. Matthew se tourna pour m'offrir un sourire d'excuses et j'attendis un instant sur le seuil, lui laissant le temps d'allumer la lumière. J'entendis un bruit sec et j'eus mon premier aperçu de la boutique, sous la lumière chaleureuse d'un abat-jour jaune. Le sol à damier accueillit mes pieds quand j'entrai dans le monde sens dessus dessous de la Boutique de souvenirs. Les murs vert foncé donnaient l'impression d'entrer dans une forêt dense, et des étagères en bois s'étalaient autour de la pièce comme des branches. Il y avait toutes sortes d'objets et de décorations, depuis les savons, les miroirs à main jusqu'aux soldats de plomb et aux candélabres. Mais ils étaient d'une variété que je n'avais jamais vue auparavant – ils étaient peints en couleurs vives, richement décorés, les nuances or et argent scintillant dans la douce lumière.

— C'est magnifique, dis-je, et j'étais sincère. C'est comme pénétrer dans un conte de fées.

Il m'observa d'un air étrange et, pendant un instant, j'eus l'impression de voir le visage d'un petit garçon. Disparu, l'homme pressé avec son chapeau et son pardessus. Il semblait que M. Fitzpatrick aussi portait un déguisement.

— Je suis content que vous le pensiez.

Ce n'étaient que quelques mots, mais ils étaient chargés de sens. C'était comme si j'avais réussi une sorte de test invisible.

— Écoutez, je sais que vous étiez venue pour travailler pour mon père, mais que diriez-vous de vous occuper de la boutique vous-même ?

— Moi ? fis-je d'une voix stridente.

Et moi qui avais voulu l'impressionner…

— Vous pourriez la louer. Pendant une période d'essai. J'avais envisagé cette idée, mais je n'ai trouvé personne qui convienne. Jusqu'à aujourd'hui.

Je jetai un regard circulaire et ressentis un frisson d'excitation.

— Je ne suis pas sûre d'en avoir les moyens, en plus du logement, dis-je.

— Eh bien, il se trouve que l'appartement est inclus dans la location. Venez, je vais vous faire visiter, dit-il en s'engageant dans l'escalier.

J'observai sa nuque, où ses cheveux blonds étaient plus foncés. Il dut se pencher quand nous arrivâmes sur la dernière marche pour éviter une poutre et il recula pour me laisser entrer en premier. Son doux accent chantant quand il me montra le lit et la minuscule kitchenette ne pouvait masquer la myriade de questions qu'il avait sans doute à propos de mon départ précipité de Paris. Il me trouvait étrange ; cela ne faisait pas de doute. Et il semblait intrigué par ma présence. Cela me parut soudain assez intime, d'être là avec lui, alors, comme d'un commun accord, nous décidâmes tous les deux d'écourter la visite.

— C'est parfait. Je suis sûre que je trouverai tout ce dont j'ai besoin, dis-je, feignant d'avoir des compétences qui, je l'espérais, finiraient par apparaître dans un très proche avenir.

— Je n'en doute pas. Je vais faire rédiger un contrat de location.

Tandis que nous montions l'escalier de bois étroit, au vernis brillant, je remarquai que sur chaque contremarche, un mot était peint.

étranges
choses
des
trouve
on
Perdu
appelé
lieu
un
Dans

— Il l'a construit lui-même, alors il faudra pardonner la nature légèrement excentrique du bâtiment, prévint Matthew, posant la main sur le poteau central avec un air tendre et fier. Il a fait venir le bois d'une vieille bibliothèque en Italie. C'est une histoire étrange, en réalité – il avait emmené ma mère dans un petit village de montagne pour leur lune de miel, et ils ont trouvé cette bibliothèque abandonnée. Elle allait être démolie, et mon père était le genre d'homme qui ne pouvait pas laisser une bâtisse chargée d'histoire disparaître. Alors il l'a achetée, l'a fait démanteler et l'a reconstruite ici.

— Aucun des habitants là-bas ne souhaitait la garder ?

— Eh bien, non, justement ; de nombreux villageois pensaient que la bibliothèque était habitée par des esprits.

— Bonté divine !

— Mais, cela va de soi, ce n'étaient que des superstitions, m'assura-t-il.

— J'aurais aimé rencontrer votre père. Ce devait être un homme tellement intéressant, commentai-je.

Je regardai avec un œil neuf l'intérieur, qui ressemblait à un puzzle reconstitué.

Matthew sourit.

— « Excentrique », c'est par ce terme que la plupart des gens auraient décrit mon père.

Ses traits ne réussirent pas à cacher les souvenirs doux-amers qu'il avait de son père.

— Certaines personnes n'ont aucune imagination, voilà tout.

Il sembla apprécier ma réponse, et se sentit sans doute plus à l'aise pour m'en dire davantage.

— Il disait qu'il aimerait que les gens ouvrent cette porte comme ils ouvriraient un livre, pour entrer dans un monde qui dépasse leur imagination.

Il afficha un petit sourire, où se reflétaient le chagrin et le deuil.

— J'ai l'impression qu'il ressemblait un peu à mon propre père.

— Est-il marchand de livres, lui aussi ?

Je secouai la tête, et je continuai de la secouer jusqu'à ce que je doive fermer les yeux très fort pour retenir mes larmes. Pourquoi avais-je mentionné Père ? La réalité s'abattait maintenant sur moi, me rappelant tout ce qui était arrivé : Lyndon, Armand, ma fuite sur cet horrible bateau. Vraiment, je me sentais perdue. Qui étais-je à présent ? J'avais honte de ma nuit passée avec Armand, et je songeai que mon père serait très déçu par sa petite fille. J'étais sans doute sous le choc. J'avais beau essayer, je n'arrivais pas à me ressaisir et mes épaules se mirent à trembler jusqu'à ce que je laisse échapper un soupir désespéré.

— Mademoiselle Carlisle, Opaline, qu'est-ce que j'ai dit ?

Je ne parvenais pas à former des mots. Il me saisit par les épaules, comme pour m'empêcher de perdre l'équilibre, mais je m'effondrai dans ses bras et je sanglotai pendant ce qui parut un très long moment. Il me serra contre lui et absorba tout le chagrin et toute la douleur, sans dire un mot. Quand je me sentis enfin vidée et que je n'entendis plus que le bruit de ma respiration irrégulière, je m'extirpai précipitamment de son étreinte.

— Je vous prie de m'excuser, monsieur Fitzpatrick. Je nous ai mis tous les deux dans l'embarras avec cette effusion malvenue.

Il ne répondit pas mais me tendit un mouchoir qu'il avait sorti de sa poche. Je m'essuyai les yeux et me mouchai puis je voulus le lui rendre. Nos regards se croisèrent et nous échangeâmes un sourire.

— Je devrais peut-être le laver d'abord, dis-je, et je lâchai un rire maladroit.

Ce moment d'intimité impromptu m'avait étourdie.

Je ne trouvai plus grand-chose à dire, apparemment, et j'étais trop épuisée pour réfléchir. Il m'épargna cette peine en agissant comme si rien de fâcheux ne s'était produit.

— Je passerai dans quelques jours pour régler les détails, si cela vous convient ?

Je hochai la tête et le raccompagnai à la porte.

— Merci, monsieur Fitzpatrick, et, encore une fois, je vous présente mes excuses pour…

— Inutile. Le chagrin est un compagnon permanent, n'est-ce pas ?

Il mit son chapeau sur sa tête et tourna les talons.

— Étant donné l'histoire de ce lieu, il faudra que vous excusiez ses petites excentricités, glissa-t-il encore, comme s'il parlait d'un enfant malicieux.

— Je crois que nous sommes bien assortis, dis-je, déterminée à prouver que je ne me décourageais pas aisément.

⁂

Je descendis mon vieux sac de voyage au sous-sol et j'accrochai ma seule tenue de rechange, une jupe et un chemisier, dans l'armoire. J'allumai le fourneau et fis bouillir de l'eau dans une petite casserole pour préparer du thé. Sauf que je n'avais pas de thé. Je me rendis compte qu'il me faudrait sortir pour acheter quelques provisions. Soudain, le poids de tout ce qui était arrivé et de l'effort nécessaire pour aller de l'avant me sembla trop lourd à porter. Je me laissai tomber sur le lit et je le regrettai, car les ressorts s'enfoncèrent de manière très inconfortable dans mes côtes. J'avais eu de la chance ou du courage à Paris, et j'avais l'impression que les deux m'avaient abandonnée. Peut-être Lyndon avait-il raison ; je cédais à des rêves d'enfant. Ce n'était pas ainsi que le monde fonctionnait. Au mieux, je serais considérée comme une anomalie. Je me tournai sur le côté. Le matelas était nu. Je n'avais pas de couvre-lit. Il me faudrait en acheter un aussi.

— Pas de larmes, m'avertis-je, mais en vain.

Je les sentais déjà couler sur mes joues. J'avais beau me persuader que je pourrais être exactement comme Sylvia et sa compagne, Adrienne, ce n'était pas vrai. Elles étaient des cas particuliers ; elles ne se souciaient plus de la société qui ne les acceptait pas. Au lieu de quoi, elles vivaient dans un monde d'artistes et d'esprits libres qui choisissaient les vicissitudes d'une existence non conformiste plutôt que le confort et la sécurité du *statu quo*. Et en vérité, chacune pouvait compter sur l'autre. Je ne m'étais jamais sentie plus seule, plus éloignée du seul foyer que j'avais connu. Je m'endormis en pleurant ce soir-là, l'estomac vide, et avec pour seule couverture mon pardessus.

⁂

Je fus réveillée au milieu de la nuit par un grattement, comme celui d'une branche contre la vitre. Je ne pus l'expliquer, car il n'y avait aucun arbre dans la rue, c'était certain. Je m'assis un instant et me rendis compte que le bruit provenait de la boutique au-dessus de ma tête.

J'appuyai sur l'interrupteur, mais aucune lumière ne vint. Le fils de M. Fitzpatrick m'avait avertie que le bâtiment pouvait être « lunatique ». Par chance, j'avais remarqué une chandelle sur la table de la cuisine où j'avais laissé mon sac ; par conséquent, j'avançai prudemment dans la pièce pour aller la chercher. Je tâtai la table avec ma main, trouvai une petite boîte d'allumettes à côté de la bougie, et bientôt, la pièce sortit de l'ombre. Je montai les marches, lisant les mots que M. Fitzpatrick y avait peints, *Dans un lieu appelé Perdu, on trouve des choses étranges*. Je me sentais étrange, c'était sûr, et je n'avais pas l'impression d'être à ma place. Je m'arrêtai un instant, me demandant ce que j'allais bien pouvoir faire quand j'identifierais l'origine du bruit. Et s'il s'agissait d'un intrus ? Et puis je les entendis de nouveau, des petits coups, comme des ronces dans le vent. Je pris une grande inspiration et je continuai à monter jusqu'au sommet de l'escalier.

La boutique semblait immobile et aux aguets, comme si elle m'attendait. La lumière de la bougie se reflétait doucement sur les curiosités qui ornaient les étagères. J'avais l'impression d'être moi-même une intruse parmi ces objets et j'hésitais à toucher quoi que ce soit. Des boîtes à musique aux motifs complexes étaient posées sur une vitrine de verre pleine de montres à gousset et de pendentifs gravés. Un cabinet en bois avec de longs tiroirs étroits, conçu pour y conserver des dessins botaniques, était en fait plein de vieux boutons et de timbres. Je sursautai quand une horloge à coucou annonça l'heure sur le mur d'en face. Trois coucous. Cela me rappela l'un de mes livres préférés que j'avais lu de nombreuses fois enfant, écrit par Mme Molesworth, dans lequel une jeune fille nommée Griselda et un coucou d'horloge devenaient des amis improbables. Je récitai la première phrase à voix haute : « Il était une fois, au cœur d'une vieille ville, dans une vieille rue, une très vieille maison. »

Une collection de poupées russes, peintes en rouge et en bleu vif, me regardait avec espoir depuis l'une des étagères. Je ne pus résister à l'envie d'en ouvrir une, révélant une plus petite poupée à l'intérieur. Je l'ouvris aussi, et je continuai jusqu'à ce que j'aie devant moi cinq poupées, chacune plus petite que la précédente, toutes faites pour entrer parfaitement dans la plus grande. C'était exactement ce que je ressentais : une femme pleinement formée, mais la petite fille à l'intérieur était encore là.

Un bruit sourd et fort me poussa à me retourner en sursaut. Je tins la bougie devant moi.

— Il y a quelqu'un ? murmurai-je, me sentant légèrement ridicule.

Peut-être qu'un chat était passé par une fenêtre ouverte. J'allai à l'arrière de la boutique d'où le bruit provenait. Il y avait une petite vitrine de livres, dont les portes étaient ouvertes, et un tome était posé sur le sol. Il faisait très froid et j'étais pieds nus, alors je le ramassai rapidement pour le ranger. Un bref regard sur le livre, et mon cœur faillit s'arrêter – *Dracula*, de Bram Stoker. L'image terrifiante d'un vampire ornait la couverture. Je jetai un regard circulaire dans la boutique. Tout était calme maintenant. Je replaçai l'ouvrage et je m'apprêtais à repartir quand un autre bruit me fit sursauter. Regardant derrière moi, je vis que le livre était de nouveau sur le sol.

— C'est très étrange, dis-je à voix haute, tentant d'avoir l'air calme.

Le fait même que je pense que quelqu'un (ou quelque chose) m'écoutait confirma mon état d'esprit. Je ramassai le livre et, une fois de plus, je parlai à voix haute.

— Oui, je pense que je vais prendre ce livre pour le lire avant de dormir, dis-je, un peu incertaine, et je l'emportai dans l'appartement.

Je lus jusqu'à ce que la bougie s'éteigne, terrifiée et euphorique, sans savoir si le livre était un avertissement ou une invitation.

17

Martha

Les fissures s'agrandissaient. J'étais assise à table, en train de manger des céréales Weetabix, et je n'allais pas tarder à monter pour préparer le petit déjeuner de Mme Bowden. À chaque bouchée, je levais de nouveau les yeux vers les lignes sombres qui s'étalaient sur le mur comme la branche d'un arbre. Il n'y avait pas de plâtre qui s'effritait, mais il y avait une ligne de croissance bien définie. Une matière sombre était maintenant visible et je levai lentement la main pour la toucher. Avec un léger tremblement, mes doigts suivirent les reliefs et je découvris que la surface que je touchais était comme du bois. Non, ce n'était pas comme du bois, *c'était* du bois. Des branches étaient en train de pousser dans le sous-sol. Il fallait que je le dise à Mme Bowden tout de suite. Cela ne pouvait pas être bon signe. Et si la maison était structurellement instable ?

— Oh, je ne m'inquiète pas trop, fit Mme Bowden, ayant finalement descendu l'escalier pour jeter un coup d'œil. Les vieux bâtiments ont leurs bizarreries. Bien, je pense que je vais prendre des croissants pour le petit déjeuner ce matin, Martha. Vous pouvez faire un saut à la boulangerie française, dit-elle, tournant déjà les talons.

Je restais là, bouche bée.

— Mais ce sont d'assez grosses fissures et elles n'étaient pas là quand je me suis installée ici ! lançai-je, n'étant pas sûre qu'elle ait saisi la gravité de la situation. Vous ne devriez pas appeler un expert ?

Elle avait un air nostalgique quand elle passa le bout des doigts sur les fissures. Elle touchait le mur comme on toucherait la douce joue d'un enfant.

— Ça a toujours été un drôle d'endroit, murmura-t-elle, presque pour elle-même. Oh, Martha, cessez de vous faire autant de souci, vous allez vous faire des rides d'expression.

— Des rides d'expression ? demandai-je, perplexe (en me faisant d'autres rides d'expression).

Ce fut alors qu'elle remarqua les brochures sur la table.

— Vous allez le faire, alors ? demanda-t-elle, levant ses lunettes de lecture accrochées à une chaîne en perles autour de son cou pour examiner les documents.

— Vous parlez de l'université ? Oh, euh, oui. Vous le sauriez si vous aviez pris la peine d'assister à votre propre dîner. Où étiez-vous ?

Elle m'adressa un regard mauvais, me rappelant prestement que c'était elle qui payait mon salaire et que je vivais sous son toit.

— Je ne supporte pas ces femmes.

— Alors pourquoi les avez-vous invitées ?

Elle marcha dans la pièce et enroula son châle de soie autour de ses épaules.

— Peut-être que j'avais envie de m'amuser ; de voir comment vous alliez vous débrouiller avec elles. De l'avis général, vous vous en êtes plutôt bien sortie.

Vraiment ?

— Attendez, quelle...

— Je suppose que vous ferez vos études tout en travaillant ici ! coupa-t-elle.

— Bien sûr. Je me disais que je pourrais commencer par des cours à temps partiel.

Zut. Je n'avais pas pensé à lui demander la permission. Pourrais-je encore garder mon emploi ? Et un toit au-dessus de ma tête ? Je tentai de calmer mes pensées et de lire son histoire. La plupart du temps, on pouvait prédire le comportement de quelqu'un par son passé. La plupart du temps, les gens ne changeaient pas. La plupart du temps.

Je me rendis compte qu'elle me fixait.

— Des croissants, Martha. Avec du café chaud. Et que ça saute !

Sur quoi, elle retourna au rez-de-chaussée.

*
**

— Dites-moi, quand avez-vous acheté cette maison ?

J'essayais de me comporter de manière aussi détendue que possible ; comme si la réponse importait peu, quelle qu'elle soit. Si elle pensait que j'allais à la pêche aux informations, elle ne mordrait pas à l'hameçon. Peut-être étaient-ce ses talents d'actrice qui la rendaient si difficile à lire.

— Martha, une personne telle que moi n'achète pas une maison, elle *acquiert* une maison.

Il me fallut rassembler toute ma volonté pour ne pas rouler des yeux.

— D'accord, quand avez-vous *acquis* le numéro 12 ?

— Oh, c'est difficile à dire. J'ai l'impression que j'ai toujours vécu ici. En fait, j'ai du mal à me souvenir d'une époque où je vivais ailleurs.

Occupée à épousseter les photos encadrées sur le manteau de la cheminée, je pris une photo de mariage en noir et blanc.

— C'était en 1965, indiqua-t-elle, s'installant devant le petit déjeuner élaboré que j'avais posé sur la table de la salle à manger. J'étais une superbe mariée. De nombreux invités me comparaient à Grace Kelly. On ne le dirait pas maintenant, mais j'étais une vraie blonde.

Une vraie menteuse, pensai-je. Il était difficile de savoir si ses histoires étaient réelles ou si elles étaient de simples arrangements de la vérité – des histoires qu'elle avait glanées au fil du temps et qu'elle avait faites siennes. J'observai la femme sur la photo. Elle ressemblait en effet à une ancienne starlette d'Hollywood, mais je ne voyais aucune ressemblance avec Mme Bowden. L'homme était grand, brun et ténébreux, et avait l'air de quelqu'un qui vient de mettre la lune dans sa poche.

— C'était un pilote, m'apprit-elle en beurrant son croissant. Bien trop vieux pour moi, ou du moins c'était ce que ma mère m'avait dit. Mais j'étais éperdument amoureuse de lui. Je le trouvais tellement éblouissant. C'était un Américain, vous savez, et pour une jeune fille irlandaise d'une vingtaine d'années, il était comme Clark Gable.

Elle se perdit dans le passé pendant un instant.

— Il adorait cette étrange petite maison. Mais c'était un perfectionniste, qui essayait toujours de réparer les choses. Il faut que vous compreniez, les vieilles maisons ont leurs bizarreries. Certaines choses sont faites pour avoir des défauts. C'est là que réside la beauté.

C'était une conteuse captivante. Je savais qu'il y avait eu une histoire particulière entre ces murs et, quelle qu'elle soit, elle s'était sans doute produite bien avant l'arrivée de Mme Bowden.

— Qu'est-il arrivé à votre mari, si je peux me permettre ?

— Accident d'avion. Nous n'étions mariés que depuis un an quand son engin s'est écrasé à Gibraltar.

— Oh, je suis navrée.

— Oui, c'était une période difficile. C'est à cette époque que j'ai rencontré Archie.

— Archie ?

— Mon deuxième mari. C'était un médecin originaire de Cork.

— Vous ne m'aviez pas dit qu'il était russe ?

— Oh, non, c'était le mari numéro trois.

— Mais que s'est-il passé avec Archie ?

Je me rendais bien compte que ça ne me regardait pas, mais c'était plus fort que moi. Quand on arrivait à l'âge de Mme Bowden, peut-être que ces détails mineurs ne comptaient plus.

— Archie a contracté la malaria quand il travaillait en Afrique, le pauvre.

Je me demandai ce qui était arrivé au mathématicien russe. Une mort en accord avec les probabilités ?

— Pourquoi toutes ces questions ? Vous ne comptez pas me liquider pour faire main basse sur ma maison, j'espère ?

— Honnêtement, madame Bowden, si quelqu'un doit craindre d'être liquidé, c'est bien moi.

Elle m'observa un instant. J'étais persuadée qu'elle allait me renvoyer pour insolence. Mais soudain, elle se fendit d'un énorme rire. Il fallait vraiment que je fréquente des gens de mon âge.

*
**

Je passai toute la journée à nettoyer la maison en profondeur. C'était quelque chose que j'avais toujours aimé faire, non pas parce que j'étais une maniaque du ménage, mais parce que le nettoyage méthodique était le seul moyen que j'avais trouvé pour faire cesser mes pensées. Des pensées comme : *J'ai épousé un homme violent, j'ai gâché ma vie*, et maintenant je pouvais ajouter une nouvelle pensée à la liste – je m'étais humiliée devant Henry. Pourquoi me souciais-je tant de son opinion ? Et d'ailleurs, ce n'était pas ma faute s'il avait omis de me parler de sa fiancée. Mais à dire vrai, j'étais déjà au courant. Je pouvais lire dans ses yeux que son cœur était déjà pris, alors pourquoi me comportais-je comme si c'était une grande surprise ? Et pourquoi cela avait-il de l'importance ? Quel genre d'idiote commencerait à avoir des sentiments pour quelqu'un alors qu'elle venait de quitter un mari violent ? Cela aurait dû suffire à me raisonner. Je ne pouvais tout simplement pas me permettre de ressentir quoi que ce soit.

J'étais épuisée quand je descendis au sous-sol ce soir-là. Je me brossai les dents dans la salle de bains et j'enfilai mon pyjama sans que mes yeux voient quoi que ce soit. Ce ne fut que lorsque j'écartai les draps et que je me couchai que je la vis. À l'endroit où s'étaient trouvées les fissures dans le mur émergeait maintenant une étagère. Qui ne contenait qu'un seul livre. Qui se tenait tout droit. Je balayai la pièce du regard – pour chercher quoi, je l'ignore. J'eus presque envie de dire tout haut : *Quelqu'un d'autre voit-il ce que je vois ?* J'avais peur de sortir du lit alors je me contentai de rester allongée, figée, pendant une minute. Rien d'autre ne se produisit, aucun son ne résonna. Je n'avais aucune idée de la façon dont l'étagère était arrivée là, si ce n'est que Mme Bowden l'avait sans doute installée pendant que j'étais occupée à nettoyer les rideaux à la vapeur ou à désinfecter la salle de bains. Ma curiosité l'emporta et je me levai pour inspecter le livre. Sur le dos était inscrit le titre *Un lieu appelé Perdu*, mais l'auteur était anonyme. Je retournai au lit et j'observai la belle couverture en tissu. Elle était ornée de l'image d'une devanture ancienne, avec un motif en vitrail sur la fenêtre. Je devais admettre que, jusqu'ici, l'ouvrage était très attrayant.

Je lus la première phrase à voix haute : « Il était une fois, au cœur d'une vieille ville, dans une vieille rue, une très vieille maison. »

Je n'avais pas parlé à ma patronne de mes problèmes avec les livres, ni expliqué pourquoi je faisais quasiment une crise d'urticaire à l'idée d'en lire un, donc il était impossible qu'elle soit au courant. Mais peut-être celui-ci était-il une marque de gentillesse, et il aurait été impoli de refuser ce cadeau. Je décidai que je devrais essayer de le lire, au cas où elle me questionnerait à ce sujet. Et puis, il fallait que je surmonte mon blocage mental si j'avais le moindre espoir d'aller à l'université. Il fallait que j'affronte mes peurs.

18

Henry

J'avais répété ce que j'allais dire pendant tout le trajet, mais lorsque je frappai à sa fenêtre, j'oubliai toutes mes répliques, comme un acteur novice le soir d'une première.

— Qu'est-ce que vous faites ici ? demanda-t-elle après avoir ouvert la fenêtre.

Elle grimpa sur un tabouret et entreprit de sortir par l'ouverture.

— Attention, dis-je, posant les cafés que j'avais apportés.

Je lui saisis les bras pour l'aider mais ce n'était pas vraiment nécessaire – pour une femme mince, elle avait une force incroyable. Habillée d'un vieux jean et d'un sweat-shirt, les cheveux coiffés en un chignon désordonné, elle était encore plus séduisante que dans mon souvenir, et je dus faire un effort pour rester concentré sur ma mission.

— Je... je ne pouvais pas laisser la situation en l'état.

— Ça ne fait rien...

— Non, écoutez, l'interrompis-je. (J'étais décidé à être franc avec elle, car elle méritait au moins cela après ce qu'elle avait subi.) Je n'ai pas eu l'occasion de le dire avant, et je tiens à le dire maintenant. Ce que vous m'avez raconté... sur votre mari, je n'imagine pas le courage qu'il vous a fallu, et je voulais vous remercier de vous être confiée à moi.

Elle sembla légèrement soulagée.

— Et j'aurais dû vous parler d'Isabelle. Honnêtement, j'ignore pourquoi je ne l'ai pas fait.

Malgré ce que je venais de dire, à cet instant, la raison pour laquelle je n'avais pas voulu qu'elle soit au courant était évidente. Mes sentiments grandissaient chaque fois que je la voyais, mais aucun de nous deux ne pouvait rien y faire. Elle était vulnérable, et j'étais fiancé à une autre femme. Point final.

— J'espère que notre amitié pourra se poursuivre, dis-je.

Une phrase qui semblait tirée d'un roman de Jane Austen. Néanmoins je n'avais pas trouvé mieux et j'étais vraiment sincère. Son amitié comptait plus pour moi que je n'en avais conscience et si je ne pouvais rien avoir d'autre, il me faudrait m'en contenter.

— Ce sont des donuts ?

— Quoi ?

De toutes les choses que j'avais imaginées qu'elle pourrait dire, celle-ci n'en faisait pas partie.

Elle s'assit sur le sol rugueux, recouvert de touffes de gazon et de mauvaises herbes, croisa les jambes et ouvrit la boîte de donuts que j'avais achetée tout en buvant une bonne gorgée de café.

— Bien sûr que nous pouvons être amis, gros bêta ! repartit-elle entre deux bouchées, du sucre plein les lèvres.

Je m'assis à côté d'elle et appuyai mon dos contre le pignon. À cet instant, je n'aurais voulu être nulle part ailleurs.

— En dehors de Mme Bowden, vous êtes le seul ami que je me suis fait depuis mon arrivée.

— Ah, je vois, c'est parce que vous n'avez pas d'autres options, alors ?

Je soulevai le couvercle de mon café et je soufflai sur le liquide, pourtant déjà froid.

— Je ne peux pas faire la fine bouche.

Elle haussa les épaules et afficha un petit sourire malicieux.

Des badineries. Un havre sûr. Je mordis dans un donut fourré à la crème, heureux que nous revenions sur la terre ferme. J'ignorais pourquoi elle s'était confiée à moi et pourquoi je lui avais parlé des périodes les plus sombres de ma vie, mais le secret consistait peut-être à ne pas poser de questions. À ne pas mettre d'étiquette sur notre relation, même si cela faisait très cliché.

— Ça avance, votre recherche du manuscrit ?

Je notai mentalement que chaque fois que je me montrerais à la fenêtre de Martha, je devrais apporter quelque chose de sucré. Cela la rendait d'humeur joyeuse, à l'évidence.

— Euh, non, pas vraiment. Un collègue a trouvé quelque chose sur son frère, Lyndon. C'était un soldat – un général ou autre – pendant la guerre. C'est étrange, dis-je, partageant un donut au chocolat en deux et lui en offrant la moitié. On aurait pu croire qu'une femme comme elle, qui avait fréquenté Hemingway et contacté l'un des plus grands marchands de livres rares d'Amérique, aurait laissé une trace, non ?

Elle prit son temps pour réfléchir. Après avoir mâché avec satisfaction le dernier morceau de donut et s'être essuyé les mains sur son jean, elle me regarda droit dans les yeux.

— Vous trouvez étrange qu'une femme ait été réduite au silence ? Oubliée ? Rayée de l'histoire ? Henry, qu'est-ce qu'on vous a appris ?

— Bon, d'accord, c'était une remarque totalement stupide, mais vous savez ce que je veux dire.

— Eh bien, peut-être que votre problème, c'est que vous continuez de regarder Opaline d'un point de vue masculin. Hemingway, son frère, l'autre type…

— Rosenbach.

— Oui, Rosenbach. Pourquoi vous ne cherchez pas d'autres informations sur Sylvia et sur la librairie à Paris ?

Pourquoi n'y avais-je pas pensé ?

— Vous savez, vous êtes vraiment douée pour ça.

— Pour quoi ?

— Pour faire des recherches. Qu'est-ce que vous envisagez d'étudier, déjà ?

Son humeur joyeuse parut retomber comme un soufflé, comme ces bonshommes gonflables devant les concessions automobiles quand il n'y a plus d'air dedans.

— Euh, évitons d'en parler.

Elle vérifia l'heure sur son téléphone et annonça qu'elle devait retourner travailler. Une jambe à moitié passée par la fenêtre ouverte, elle s'attarda un instant.

— Mme Bowden m'a dit quelque chose… d'un peu étrange. À propos de la librairie.

Je sentis les poils de mes bras se dresser.

— En fait, oubliez ce que j'ai dit, vous allez trouver ça ridicule.

— Vous voyez, tout ce que vous avez réussi à faire, c'est capter davantage l'attention de votre public. Crachez le morceau…

Je voulus l'appeler par son nom de famille, mais je m'avisai que je ne le connaissais toujours pas.

— Ce qu'il y a, c'est que Mme Bowden a tendance à beaucoup embellir ses histoires, alors j'imagine que vous devrez prendre ça avec des pincettes et…

— Racontez-moi.

Elle repassa la jambe par-dessus la fenêtre et se mit debout à côté de moi.

— Une de ses amies, qui était sans doute très ivre ce soir-là, prétend avoir vu la librairie. Non seulement elle l'a vue, mais elle est entrée à l'intérieur.

Je ne répondis rien. Je ne pouvais pas prendre le risque d'ouvrir la bouche.

— C'était dans les années 1960, alors, vous savez... les drogues hallucinogènes et tout ça. Mais je me suis dit que vous aimeriez le savoir. Bon, il faut vraiment que j'y aille.

Sur ces mots, elle retourna à l'intérieur et referma la fenêtre derrière elle. Je restai là, sur la bande de terre où la librairie aurait dû se trouver. Puis je l'arpentai lentement, en traçant des cercles, jusqu'à ce que mes jambes soient en compote. Je voulais tout raconter à Martha, mais comme elle l'avait dit, ça semblait ridicule. Lors de mon premier soir en Irlande, après avoir bu quelques gin-tonics de trop dans l'avion, j'avais pris un taxi pour me rendre directement à Ha'penny Lane. Je m'attendais à trouver une librairie, et c'était exactement ce que j'avais trouvé. Même le chauffeur de taxi l'avait probablement vue. Je crois. Je me souviens être sorti de la voiture, avoir réglé ma course et avoir marché jusqu'à la porte. Les lampes étaient allumées et une lumière dorée était projetée à travers les fenêtres en vitrail. À l'intérieur, l'atmosphère était chaleureuse et accueillante, avec cette odeur de librairie caractéristique, mélange de vieilles couvertures moisies et de cannelle. Les murs étaient bordés d'étagères pleines de livres aux couvertures colorées, et j'avais senti mes doigts me picoter de l'envie de les toucher. Mais je voulais d'abord parler aux propriétaires – leur montrer la lettre que j'avais trouvée et savoir s'ils pouvaient m'éclairer sur son contenu. J'avais entendu la clochette tinter au-dessus de la porte et lorsque je m'étais retourné pour voir qui était entré après moi, je m'étais retrouvé dehors, sur le trottoir. En un claquement de doigts. Je n'avais pas bougé mes pieds, pourtant j'étais dehors.

Je m'étais retourné vers l'endroit où s'était trouvée la librairie, et je n'avais rien vu d'autre que l'obscurité de la nuit, comme si elle avait avalé la bâtisse tout entière. Je m'étais tapoté, peut-être pour vérifier que j'étais encore là, puisque le bâtiment dans lequel j'étais un instant plus tôt ne l'était clairement plus. J'avais ensuite fait ce truc ridicule, quand on tourne sur soi-même encore et encore, comme un chien qui court après sa queue, au cas où la chose qu'on a perdue serait juste derrière soi. Mais comment quelqu'un pouvait-il perdre une librairie ? La seule explication logique était que j'étais très, très ivre. C'était ce que je continuais de me répéter. L'alcool m'avait embrouillé l'esprit, et la librairie était un mirage. Mais j'avais déjà été ivre plusieurs fois, et je n'avais jamais fait apparaître un bâtiment, sans parler d'entrer dans un bâtiment. À présent, j'avais quelqu'un pour corroborer mon récit. Quelqu'un d'autre avait vu la librairie.

La question était maintenant de savoir ce qui l'avait fait disparaître, et comment je pourrais la faire revenir.

19

Opaline

Dublin, 1922

Mes premières semaines dans la Boutique de souvenirs de M. Fitzpatrick furent émaillées d'événements étranges. Le bâtiment ne m'accueillait pas vraiment à bras ouverts, mais j'étais déterminée à prouver que j'étais digne d'en être la gardienne. Je m'aventurai dans l'escalier en colimaçon qui menait au grenier, où M. Fitzpatrick conservait le trop-plein de la boutique. Au sommet se trouvait une porte minuscule qui m'obligea à me pencher un peu et quand je poussai le battant, je découvris que le bois semblait résister. Je reculai afin de prendre de l'élan et, à la troisième tentative, j'entrai d'un coup et tombai à plat ventre.

— Je vois, dis-je à voix haute. C'est comme ça, hein ?

Je me levai et m'époussetai, essayant de ne pas m'offusquer des petites manies d'une vieille bâtisse. Une minuscule fenêtre à la vitre circulaire, opacifiée par du lichen vert, constituait la seule source de lumière. Je trouvai un gramophone Victrola et le mis aussitôt de côté pour l'apporter en bas. À première vue, ce grenier ressemblait à un vieux musée, dont les trésors étincelants dépassaient de sous des draps. Il y avait un télescope dans le coin le plus éloigné, derrière quelques vieux meubles et de nombreux cartons. Sur une étagère, j'avisai un pantalon de travail puis je jetai un coup d'œil à ma jupe peu pratique, couverte de poussière et usée par endroits. Ayant pris ma décision, je retirai le vêtement et j'enfilai le pantalon brun clair. Il ne m'allait pas trop mal et je glissai la ceinture dans les passants, l'attachant autour de ma taille. M. Fitzpatrick était sans doute un homme assez mince, et consciencieux, car le vêtement était impeccable. Un peu trop long, cependant, alors je repliai l'ourlet une première fois, puis une deuxième, jusqu'à ce que je puisse voir le talon de ma bottine. Apercevant ma silhouette dans une psyché décorée, de manière amusante, de boas en plumes, je souris à mon reflet.

— Bonjour, mademoiselle Carlisle, dis-je, me tournant de chaque côté.

Je posai les mains sur mes cheveux et les mis en arrière, ce qui me donna un air androgyne. Mon chemisier était remarquablement élégant, ainsi glissé dans le pantalon, et je regrettai de ne pas avoir de cravate pour compléter ma tenue, comme Colette, l'écrivaine parisienne. Peut-être pourrais-je aussi me faire connaître sous mon seul nom de baptême et dissimuler mon identité. Opaline n'était pas un prénom très répandu, cependant.

— Bonjour, mademoiselle...

J'aperçus un livre sur le sol poussiéreux. *Le Portrait de Dorian Gray*.

— Bonjour, mademoiselle Gray.

Pas mal.

Très désireuse d'en savoir plus sur les vendeurs de livres rares de Dublin et de découvrir ce que je pourrais trouver chez eux, je me mis en route et je traversai le pont Ha'penny, courbé telle la colonne vertébrale d'une baleine et décoré de réverbères, afin d'aller visiter la librairie Webb située sur les quais. Sylvia avait mentionné ce nom avant que je ne parte. Je pris un instant pour m'appuyer contre la rambarde en fer, contemplant les dômes verts de la cathédrale et le bâtiment des Four Courts. Mon regard suivit les eaux de la Liffey, qui coulaient vers la Custom House, récemment incendiée par l'Armée républicaine irlandaise. Joyce avait omis de mentionner que le pays était en pleine guerre civile lorsqu'il avait suggéré que je vienne m'y réfugier. De Charybde en Scylla, comme on dit.

Parce que je portais un pantalon d'homme et que j'utilisais un pseudonyme, j'avais l'impression d'être une actrice. M. Hanna, de la librairie Webb, était l'une de ces rares personnes qui ne prêtaient absolument aucune attention à l'apparence, et il remplit pour moi un carton de romans populaires qui allaient « me tenir en haleine », selon ses propres termes. À la simple mention de James Joyce, ma bonne réputation fut apparemment certifiée. Je passai rapidement en revue sa collection de livres de Dickens, juste au cas où le *David Copperfield* de mon père s'y trouverait. C'était devenu une petite habitude chez moi, un moyen de le garder près de mon cœur. Le livre était une édition rare, et je vis en un regard qu'il n'était pas là. *Peu importe,* me dis-je. *Je le retrouverai un jour.*

Armée de mes nouveaux livres et d'une liste de fournisseurs auxquels je pourrais faire appel, je revins sur Ha'penny Lane avec une détermination renouvelée. J'observai la boutique, ses murs vert foncé, les petites lampes Tiffany qui projetaient leur lumière colorée sur tous les trésors qui retenaient leur souffle en attendant que les portes s'ouvrent à nouveau après le décès de M. Fitzpatrick. On se serait cru dans la chambre de la Belle au bois dormant, et il fallait que je trouve le charme qui pourrait la réveiller. J'avais tenu à conserver tout le stock de M. Fitzpatrick, car la boutique aurait paru vide s'il n'y avait eu que ma petite collection de livres pour la garnir, néanmoins je ne savais pas du tout comment ces deux idées allaient fusionner. Je regardai d'abord la vitrine, qui n'avait pas changé pendant tout le temps où le magasin avait été fermé. Si je voulais attirer les clients, je devais faire preuve d'imagination. Un carrousel mécanique jouait un air de fête foraine joyeux pendant que ses chevaux tournaient élégamment. Un rang de perles et d'autres bijoux fantaisie étaient habilement placés sur un coffret, et au-dessus, des montgolfières multicolores étaient accrochées au plafond. Ce fut alors que l'inspiration me vint.

J'ouvris le carton de livres provenant de chez M. Hanna et je trouvai exactement ce que je cherchais : les livres sur le pays d'Oz de L. Frank Baum. Ils étaient tout à fait magiques et s'accorderaient parfaitement avec les montgolfières. Je me servirais des curiosités de M. Fitzpatrick pour créer une histoire visuelle autour des livres. J'étais si contente de moi que je remarquai à peine les heures qui passaient tandis que je jouais à une sorte de jeu de société qui consistait à associer les livres avec leurs accessoires. J'avais plusieurs titres de Beatrix Potter, toujours très populaires chez les enfants, et je trouvai par magie deux petits lapins en velours avec des nœuds autour du cou. La vitrine avait désormais l'allure attrayante d'une malle aux trésors – bien que légèrement orientée vers une clientèle plus jeune qu'auparavant. *Peu importe*, pensai-je. Les enfants étaient les véritables pionniers de chaque famille, et ils pouvaient mener leurs parents dans n'importe quelle rue ou n'importe quel bosquet pour obtenir ce qu'ils souhaitaient. Quoi qu'il en soit, j'installai une petite table à tréteaux devant la boutique et y posai quelques livres d'occasion bon marché qui pourraient tenter les passants.

Ne manquait plus qu'une chose : une enseigne. Je me mis en quête d'une carte, que je trouvai naturellement dans le coin papeterie, un vélin couleur crème, et j'aperçus une magnifique plume de calligraphie insérée dans une pièce de marbre. Je me rendis alors compte que je n'avais pas de bureau. Je trouvai le parfait spécimen – une console en noyer qui, pour l'instant, exposait une immense collection de grenouilles en céramique de toutes tailles, toutes formes, avec toutes sortes de poses. C'était ce qui était amusant dans les collections : on ne savait jamais ce qui aurait de la valeur, ni pour qui. Étions-nous prédisposés à aimer certaines choses ? Cela était-il lié à un moment de l'enfance, oublié par notre mémoire mais gravé de manière indélébile dans nos âmes ? Pour moi, la promesse de trouver ce que j'ignorais chercher constituait l'attrait de la quête.

Je tirai le bureau jusqu'au coin près de la fenêtre, afin d'avoir une bonne lumière et une vue complète de la boutique. Je dégottai une solide chaise à bras, également en bois sombre et tendue d'un brocart bordeaux et or. Sans en être vraiment consciente, j'étais en train de créer mon environnement en m'inspirant de Shakespeare and Company. Ce souvenir fit tressauter mon cœur. Si seulement je pouvais parler à Sylvia, lui demander conseil. Mais je savais ce qu'elle me dirait : je devais faire confiance à mon instinct. Et voilà ce que mon instinct me disait : c'était bien beau de rêver à l'impression de mon premier catalogue de livres rares, mais je devais d'abord trouver quelques clients. Faire savoir aux gens que j'avais ouvert mon commerce.

Je m'assis donc à mon bureau pour la première fois, je plaçai la carte devant moi et, la plume en suspens, je songeai que je n'avais même pas de nom pour la librairie.

— Les Livres Gray ? dis-je à voix haute, ne m'adressant qu'à moi-même.

Ce nom était terriblement morne. Mon nouveau pseudonyme ne ferait pas du tout l'affaire. Je m'efforçai alors de songer aux titres de mes livres préférés.

— Les Livres de Hurlevent ?

Là encore, un nom aussi terrifiant n'attirerait pas les clients. Je pensai ensuite au pseudonyme d'Emily Brontë - Ellis Bell. Les Livres Bell ? Ou Les Livres Belle ? Pour ajouter un petit côté français ?

— Parfait ! me félicitai-je.

De ma plus belle écriture, j'inscrivis le nouveau nom et dessous, en lettres plus petites, « Livres d'occasion et livres rares à vendre ». Je plaçai la carte dans la vitrine et hochai la tête avec satisfaction. Quoi qu'il advienne, j'avais mes livres, et dans l'air paisible et matinal, j'entendis une respiration, patiente et régulière. Comme le résonnement d'une note de piano suspendue dans l'air longtemps après avoir été jouée.

*
**

Je sursautai quand la clochette au-dessus de la porte émit un bruit strident et je me retournai vers mon premier client.

— Je suis venu acheter un livre, si cela ne vous dérange pas.

C'était Matthew. Je rougis un instant en me rappelant ma crise de larmes, et la façon dont il m'avait tenue dans ses bras. Je ne l'avais pas revu depuis, bien qu'il vive dans la maison d'à côté.

— Eh bien, vous êtes au bon endroit, certainement ! dis-je, de manière plutôt superflue.

Il déambula dans la librairie, notant les changements auxquels j'avais procédé avec un signe de tête. C'était un homme grand, aux yeux bleus perçants et aux cheveux blonds qui bouclaient sur les pointes. Il tenait le bord de son chapeau entre ses doigts, comme s'il craignait de le retirer. Comme s'il craignait de vouloir rester s'il le retirait.

— Quels ouvrages lisez-vous d'habitude ? demandai-je tout en rangeant quelques articles de papeterie.

— Oh, tout ce qui n'est pas de la fiction, en général, répondit-il. (Il se tourna vers moi et remarqua ma tenue.) Est-ce que... est-ce que c'est le pantalon de travail de mon père ?

Je rougis. Je n'aurais pas cru qu'il le remarquerait. Non pas le fait que je porte un pantalon (quiconque entrerait dans la librairie le verrait), mais le fait qu'il ne m'appartienne pas.

— Je l'ai trouvé dans le grenier. J'espère que ça ne vous ennuie pas.

— Pas du tout, assura-t-il, sans réussir à cacher son amusement.

— J'ai quelques nouveaux livres de non-fiction par là-bas, si vous voulez..., commençai-je pour changer de sujet.

— Oh, ce n'est pas pour moi, c'est pour mon fils. Ollie.

Je devais lui soutirer les informations ; non pas parce qu'il n'était pas enclin à les donner, mais parce qu'il semblait penser qu'elles ne m'intéresseraient pas. Étais-je intéressée par le fait qu'il ait un fils ? Il me semblait que je devrais l'être. Les femmes étaient censées s'intéresser aux enfants, après tout. Pourtant, il me vint à l'esprit qu'être une femme était semblable à être un acteur en représentation, avec des répliques que l'on devait apprendre. Je savais comment j'étais supposée me comporter et ce que j'étais censée dire ; simplement, je n'étais pas sûre d'en avoir envie.

— Il a une imagination fertile.

Ses phrases étaient courtes et néanmoins lourdes de sens.

— Vous dites cela comme si c'était un point négatif, monsieur Fitzpatrick.

— Je vous en prie, appelez-moi Matthew.

— A-t-il déjà lu un des livres d'Oz ?

J'allai vers la vitrine et je pris le premier de la série sur l'étagère.

— De quoi parlent-ils ?

— Eh bien, ils parlent d'un grand magicien qui vit dans une cité d'émeraude...

— Je ne crois pas que cela convienne, mademoiselle...

— Opaline, s'il vous plaît.

— Opaline. Sa mère souhaite qu'il suive les pas de son grand-père.

Je paniquai un instant, pensant que j'allais me retrouver de nouveau sans emploi et sans logement.

— Son grand-père maternel. Un banquier.

— Ah, fis-je.

Je cherchai dans la librairie quelque chose qui pourrait convenir à un banquier. Rien. Le silence me mit mal à l'aise, jusqu'à ce que le coucou de l'horloge annonce l'heure et nous fasse sursauter tous les deux.

— Aimeriez-vous une tasse de thé ?

Je ne savais pas vraiment pourquoi j'avais dit cela. Peut-être parce que j'étais certaine qu'il refuserait, mais il nous surprit tous les deux en acceptant. Je descendis et préparai un plateau.

— Alors, tout se passe bien ? lança-t-il depuis le haut de l'escalier.

Je ne savais pas s'il s'inquiétait pour mes affaires ou pour ma capacité à payer le loyer.

— Assez bien, répondis-je.

— Je vois que vous avez réussi à mêler les objets anciens de mon père à vos livres. Très ingénieux.

Après être remontée, je jetai un coup d'œil vers la porte et je vis qu'il se tenait devant la partie maritime que j'avais créée, où *Moby Dick* et *Robinson Crusoé* flottaient sur une mer de mousseline bleue, avec des sirènes et de minuscules bateaux en bouteille autour d'eux. J'avais même disposé un exemplaire de *Peter Pan*, dont les coins étaient croqués par un crocodile en peluche.

— C'est réellement fantastique, commenta-t-il enfin. La boutique a l'air… plus grande, en quelque sorte.

Je retournai à la cuisine et j'ouvris le robinet, mais aucune goutte d'eau ne sortit. Les tuyaux gargouillèrent et éructèrent comme quelqu'un qui a eu une bonne indigestion. Je laissai le robinet ouvert. Il crachota, émit des sons métalliques, puis se tut. Je reculai et plantai les mains sur mes hanches. Ça n'avait aucun sens, tout comme la porte du grenier, ou l'exemplaire de *Dracula* tombant de l'étagère. Je montai les marches, la bouilloire encore à la main.

— Est-ce que vous avez votre casquette de propriétaire aujourd'hui ? demandai-je en brandissant la bouilloire. J'ai bien peur d'avoir besoin d'un plombier.

— Je vais jeter un coup d'œil, répondit-il, comme le font les hommes quand ils supposent que le problème est assez simple à résoudre.

Avant que je m'en rende compte, il avait retiré sa veste et s'était allongé sur le sol, manipulant les tuyaux sous l'évier. Je ne savais même pas qu'il y avait une clé à molette ici et il était hautement improbable que Matthew en ait eu une sur lui. Je faillis lui demander s'il était sûr de ce qu'il faisait, au lieu de quoi je lui demandai s'il savait quel était le problème.

— Probablement un bouchon, dit-il d'une voix tendue par l'effort. Je vais réparer ça en un rien de temps. Je vais simplement fermer le…

Avant qu'il finisse sa phrase, le robinet sauta et l'eau jaillit comme un geyser. Je courus enfoncer un vieux chiffon dans le trou laissé par le robinet, contenant la marée jusqu'à ce que Matthew parvienne à fermer les arrivées d'eau.

— Je devrais peut-être appeler le plombier, lâcha-t-il d'une voix essoufflée.

Il se leva et écarta les cheveux mouillés qui lui barraient le front.

Nous nous regardâmes et je me rendis compte que nous étions tous les deux trempés. Je sentis un rire monter doucement dans ma poitrine mais j'essayai de le réprimer… jusqu'à ce que je le voie essorer l'eau des extrémités de sa chemise. Il avait l'air si ridicule que mes épaules se mirent à trembler. Il leva les yeux vers moi, son air contrarié laissant place à un grand sourire.

— Ça vous amuse, hein ? fit-il tandis que je me pliais de rire.

— Je… je suis désolée, dis-je, lui tournant le dos pour pouvoir me ressaisir.

Quand je me retournai, je vis qu'il avait retiré sa chemise mouillée et l'essorait dans l'évier. Il portait un débardeur dessous, également trempé.

— Puis-je accrocher cela devant le fourneau un instant ?

— Bien sûr, dis-je, et je m'empressai d'ajouter du bois dans le feu.

Je suspendis sa chemise au dossier d'une chaise et la rapprochai de la source de chaleur. Il aurait pu simplement retourner chez lui, il vivait juste à côté, mais l'explication qu'il lui faudrait donner serait trop compliquée, nous le savions tous les deux. Mes vêtements aussi étaient trempés, mais je ne pouvais pas me changer tant qu'il était là, alors j'enroulai simplement un châle autour de mes épaules et je restai à côté de lui, à contempler les flammes.

— Je ferai venir quelqu'un pour réparer ça demain à la première heure.

Le ton de sa voix avait de nouveau changé. Je savais que ce n'était pas le fruit de mon imagination, cette proximité qu'il permettait temporairement, cette intimité, avant qu'il ne relève le pont-levis. Je devais m'extirper de cette attraction stupide. C'était un mélange de mal du pays et de solitude - le point de mire mal placé de tous mes sentiments embrouillés. Matthew était gentil avec moi, à un moment où j'avais besoin de réconfort, mais je savais que cette situation était dangereuse et que nous devions y mettre un terme.

— Merci, monsieur Fitzpatrick.

Un moment passa, et comme s'il avait entendu au loin que quelqu'un l'appelait, il saisit sa chemise encore humide et l'enfila. En guise de réaction, je m'empressai de ramasser sa veste sur le sol et de la lui donner. Nos doigts s'effleurèrent quand il me la prit des mains. Je ne le regardai pas dans les yeux, gardant la tête au niveau du creux entre son cou et son torse. Je n'avais pas songé à le toucher, mais je constatai que ma main était déjà sur sa poitrine, au-dessus de son cœur. Sa respiration s'intensifia, et d'un seul mouvement, il m'attira contre lui et nos lèvres entrèrent en collision – maladroitement d'abord, puis passionnément, éperdument. Sa bouche était douce et néanmoins avide. La soudaine prise de conscience de ce qu'il ressentait pour moi alluma un feu d'artifice derrière mes paupières. Parce que nous savions que cela ne devrait pas se produire, et que cela ne se produirait plus jamais, aucun de nous ne voulait mettre un terme à ce baiser. Je ne sais pas combien de temps nous restâmes ainsi, enfouis dans notre étreinte. Nous ne parlions pas. De temps en temps, ses mains caressaient ma nuque, mais pour l'essentiel, il se contentait de me tenir dans ses bras, m'attirant plus près et me serrant plus fort. Je n'avais pas envie de bouger. De réfléchir. Ou de me demander ce que ce moment signifiait. Cette intimité était tout ce dont je rêvais. Et puis, ce fut fini. Je ne savais pas vraiment qui avait reculé ni comment, mais nous ne nous touchions plus. Il enfila sa veste et la boutonna. Son regard croisa brièvement le mien et je vis de la peur dans ses yeux.

— Je suis navré.

Je tentai de répondre mais je constatai que j'étais à court de mots. Ma bouche forma le mot « je », mais aucun son n'en sortit. Puis Matthew disparut, la clochette tintant pour signifier son départ. Je m'assis à ma petite table, tremblante. Qu'étais-je en train de faire ? Matthew était un homme marié et un père. Je ne pouvais pas, je ne voulais pas être sa maîtresse. Mais il y avait une attirance entre nous, et j'ignorais si nous pourrions continuer à la réprimer.

Quand j'étais à Paris, je savais qu'Armand me briserait le cœur, mais Matthew... Il allait briser ma résolution, ce qui était pire, bien pire.

⁂

La solution me parvint par l'intermédiaire du facteur le lendemain matin. Une lettre avec une adresse de retour imprimée en lettres d'or au dos de l'enveloppe m'emplit d'enthousiasme – la bibliothèque Honresfield. Je leur avais écrit pour demander l'accès à leur vaste collection de documents, de manuscrits et de lettres, précisément ceux concernant les sœurs Brontë. Les propriétaires, les frères Alfred et William Law, étaient deux industriels partis de rien, qui avaient grandi près de la maison familiale des Brontë et avaient acquis une partie de leurs manuscrits auprès d'un marchand de livres. Je faisais mes premiers pas hésitants en tant que détective littéraire – grâce à Sylvia qui avait allumé en moi, chez Shakespeare and Company, l'envie de retrouver le second roman d'Emily Brontë. Il y avait juste un problème : j'allais devoir retourner en Angleterre pour mener l'enquête.

C'était un risque, mais à présent, rester me paraissait encore plus risqué. Je devais mettre un peu de distance entre Matthew et moi. Du reste, voulais-je consacrer toute mon énergie à une autre liaison vouée à l'échec, ou me concentrer sur mon travail ? Je hochai la tête. *Mon travail*. C'était là que se trouvait ma véritable passion. Je songeai à la logistique ; la bibliothèque Honresfield était située à Rochdale, près de l'usine des Law. Elle était à environ trois cent cinquante kilomètres de Londres, il était donc peu probable que je croise quelqu'un de ma connaissance. Je songeai au poème d'Emily, *Ce n'est pas une lâche que mon âme*, et, sans en avoir conscience, je fis le choix de partir.

J'avais enfin le sentiment que je laissais Opaline Carlisle, la jeune fille, derrière moi. Mlle Gray deviendrait la femme que j'avais toujours voulu être. Tandis que je jetais un coup d'œil dans la rue, je remarquai que les motifs en vitrail avaient changé et qu'ils représentaient maintenant de vastes landes agitées, traversées par un chemin menant à une grande ferme.

— *Les Hauts de Hurlevent*, murmurai-je.

20

Martha

J'avais pris l'habitude de lire un livre le soir. Il y avait quelque chose de sacré dans ces heures calmes et sombres qui donnaient l'impression que ce moment était particulier. J'allumais des bougies (malgré les mises en garde répétées de Mme Bowden) et je disposais des coussins sur le sol. Cela ressemblait parfois à une séance de spiritisme, car les bruits étranges dans les murs ne s'arrêtaient que lorsque je m'installais pour lire. Les branches s'étalant sur le mur se libéraient désormais du plâtre et je m'attendais à moitié à voir des feuilles pousser. Au lieu de cela, un nouveau livre était apparu. *Normal People* de Sally Rooney, le livre que j'avais vu à la bibliothèque.

C'était Mme Bowden. J'ignorais comment elle faisait, mais puisqu'elle avait été comédienne de théâtre, tout était possible. C'était plutôt touchant, à vrai dire, cette façon étrange de m'encourager à lire. Si seulement elle savait que je portais l'histoire de quelqu'un d'autre sur ma peau. Une autre ligne m'était venue ce matin, pendant que je lustrais les sols. Je savais que mon esprit ne se calmerait pas tant qu'elle ne serait pas gravée sur ma peau de manière permanente. Je ne savais pas du tout ce que l'histoire signifiait, quelle longueur elle atteindrait, ou de qui étaient ces mots, mais la question de savoir pourquoi c'était à moi qu'ils étaient dits restait le plus grand mystère de tous. Je ne pourrais jamais en parler à personne ; entendre des voix était encore très mal vu, autant que je sache. Mais justement, je n'entendais pas une voix en tant que telle, les mots apparaissaient, simplement.

Un lieu appelé Perdu était une histoire bien plus simple à comprendre, qui semblait écrite pour des enfants, ce qui m'allait très bien. Au moins, dans les livres pour enfants, rien de terrible n'arrivait, et même si c'était le cas, cela se finissait toujours bien. Le livre racontait l'histoire d'une vieille bibliothèque dans un village italien reculé. Si reculé, en fait, qu'il se disait que seuls les gens qui s'éloignaient des sentiers battus et se perdaient désespérément pouvaient la trouver. Charmante bâtisse de bois, elle contenait des volumes anciens empilés du sol au plafond, rangés sans ordre apparent. Le gardien de la bibliothèque était si vieux que personne ne se souvenait d'une époque où il n'avait pas été là.

Mais un jour, alors qu'il fermait à clé la porte extérieure à la fin de la journée, une violente tempête souffla de nulle part et le pauvre homme fut frappé par la foudre. Toutefois, ce n'était pas la fin de l'histoire. Des voyageurs égarés continuaient à tomber sur la bibliothèque isolée, et malgré l'absence du gardien, ils se retrouvaient attirés par un livre en particulier, et pendant qu'ils le lisaient, ils découvraient que le cours de leur vie avait complètement changé. C'était comme si la bibliothèque elle-même, les fibres mêmes de son être, savait intuitivement quel livre aiderait une âme perdue à trouver sa véritable voie. Mais les gens du village redoutaient ce qu'ils ne pouvaient pas comprendre et souhaitaient la destruction de la bibliothèque. Ils pensaient que le lieu était hanté et que des esprits étaient piégés dans les pages des livres, attendant qu'un lecteur les libère. Et ce fut ainsi que les livres furent emportés et dispersés à travers le pays ; mais avant que la bâtisse soit démolie, un jeune homme en lune de miel arriva et fit une proposition. Il emporterait le bois pour construire sa boutique. En Irlande.

Je savais que cette histoire n'était pas une simple coïncidence. En fait, parfois, quand je lisais des phrases enchanteresses sur les pages, j'avais l'impression que ma vie entière était une intrigue complexe qui, d'une manière ou d'une autre, allait prendre son sens, dans ce contexte, dans ce lieu, et avec ces personnes. Cette personne. Henry. Je sentais déjà que ma capacité à lire en lui s'étiolait, et je savais ce que cela voulait dire. Mon jugement s'obscurcissait à cause de la seule émotion que je ne pouvais plus me permettre. L'amour.

Avant que je ne souffle sur la bougie, je lus une phrase qui me permit de me décider. Dans le livre, une jeune femme allait à la bibliothèque, située à des kilomètres de sa véritable maison. Elle lisait une histoire sur une jeune fille qui était arrivée à une croisée des chemins, et qui avait si peur de prendre la mauvaise décision qu'elle restait où elle était, blottie dans le creux d'un arbre. Après plusieurs jours, une vieille femme passait et lui présentait une énigme. Elle demandait : quelle est la chose que l'on crée, même si on ne fait rien ? La réponse était : un choix. Choisir de ne rien faire restait tout de même un choix.

Je choisissais de ne pas m'inscrire à l'université parce que j'avais trop peur. Ce dont je n'avais pas pris conscience, c'était que je choisissais délibérément de rester bloquée là où j'étais, ce qui m'effrayait encore plus.

***

Le lendemain matin, je téléphonai au bureau des inscriptions et je pris rendez-vous pour le jour suivant. Je me sentais à la fois puissante, forte, terrifiée et excitée. Il n'y avait pas de retour en arrière possible à présent, m'assurai-je, et je n'y pensais presque plus quand on sonna à la porte, après que j'avais servi à Mme Bowden son petit déjeuner. J'ouvris la porte, un sourire spontané aux lèvres, qui s'évanouit aussitôt quand je vis qui se tenait sur le seuil.

Il était trop tard pour fuir. De plus, il avait cet air. L'air plein de remords, quand il me promettait un tout nouveau départ. J'avisai le bouquet de fleurs froissé dans sa main – elles aussi semblaient nerveuses et réticentes. Je connaissais la chanson ; nous avions vécu ça de nombreuses fois par le passé. Je sentis mon corps s'alourdir tandis que j'approchais de lui, le poids de sa présence m'écrasant déjà.

— Comment ça va ? demanda-t-il timidement, la tête baissée, l'air innocent.

— Qu'est-ce que tu fais ici, Shane ?

Il s'apprêta à répondre, mais une pensée me vint et j'ajoutai :

— Comment m'as-tu retrouvée ?

— Un ami à moi a passé la journée en ville, à faire les boutiques avec sa bourgeoise. Il t'a vue.

— Où ça ?

— Sur Grafton Street.

— Alors… (Je tâchai de réfléchir.) Comment est-ce qu'il a su que je vivais ici ? Il… il m'a suivie ? C'était Mitch ?

Je n'avais même pas besoin de poser la question. Je savais que c'était Mitch. C'était le meilleur ami de Shane, et m'espionner ne lui poserait aucun problème.

— Écoute, dit-il, approchant d'un pas.

Je reculai, ce qui le perturba visiblement, comme si la peur qu'il m'inspirait était une réaction excessive de ma part.

— Martha, est-ce que ça compte, comment je t'ai retrouvée ?

— Oui, ça compte. Tu trouves ça normal de me faire suivre par tes hommes de main ?

— Mitch n'est pas un homme de main, bon sang !

Un couple passa devant nous et nous lança un regard méfiant.

— Est-ce qu'on peut entrer ? demanda-t-il. Je veux juste te parler.

Je ne répondis pas. J'avais envie de dire : *Non, va-t'en, et ne reviens jamais, oublie-moi, fais comme si je n'avais jamais existé*, mais aucun mot ne sortit. Je me contentai de regarder vers la rue.

— Ta mère ne va pas bien.

Je tournai vivement la tête vers lui.

— C'est pour ça que je suis venu. Elle veut que tu rentres.

— Qu'est-ce qu'elle a ? C'est sérieux ?

— Assez sérieux, elle est à l'hôpital.

— Seigneur.

Je plaquai la main sur ma poitrine. C'était comme si tout l'oxygène avait quitté mon corps. Je me sentais vaseuse, plus rien ne semblait réel. Ni les bâtiments, ni la rue, ni ma vie précaire ici, à Dublin. Il me saisit par le bras, et je ne tressaillis pas cette fois. C'était Shane. Il me connaissait et je le connaissais. Indépendamment de ce qui s'était passé entre nous, il était venu pour m'aider. Je le regardai dans les yeux et je vis la même tristesse que lorsque son père était décédé. Il savait ce que je ressentais. Il voulait m'aider.

— D'accord, entre, cédai-je.

Je parcourus le couloir pour gagner l'escalier menant au sous-sol, mais quand je me retournai, je remarquai que Shane ne me suivait pas.

— Je vis dans l'appartement en bas, dis-je, montrant l'escalier.

— La vache, c'est une belle maison, hein ? fit-il, posant les fleurs sur la console et se dirigeant vers le salon.

— Tu ne peux pas aller là-bas.

Il sortit de mon champ de vision. Après quelques instants, je le suivis. Mme Bowden était sortie, donc je supposais qu'il n'y avait pas de mal.

— C'était un accident, ou est-ce qu'elle est malade ? demandai-je.

— Quoi ? Oh, c'est un cancer.

Mes jambes faiblirent et je m'effondrai sur le canapé. Je n'arrivais pas à y croire. J'avais l'impression d'être en plein cauchemar.

— Pourquoi ne m'a-t-elle rien dit ?

Je ne m'attendais pas à ce qu'il réponde ; j'essayais seulement de trouver un sens à tout cela.

— Comment aurait-elle pu ? Aucun de nous ne savait où tu étais. Tu n'as même pas laissé un mot, Martha. J'étais tellement inquiet pour toi.

— Ah oui ?

Je savais que je n'aurais pas dû dire ça. Je pouvais lire en lui comme dans un livre ouvert, et je voyais que ce commentaire l'avait mis en colère. Une image de lui en train de me frapper avec un balai à franges surgit spontanément dans ma tête. D'instinct, je mis les bras autour de mes côtes. Il me tourna le dos et arpenta lentement la pièce.

— Tu t'es bien débrouillée, en tout cas. Je comprends pourquoi tu as oublié ta famille.

— Ce n'est pas ce que tu crois.

C'était tellement tordu. J'éprouvais le besoin de prouver que je l'aimais encore, rien que pour rester courtoise. Mais je ne l'aimais pas. Je le détestais, nom d'un chien ! Je me levai et me dirigeai vers la porte qui menait au couloir.

— Où est-ce que tu vas ?

— Je ferais mieux de prendre quelques affaires. Dans quel hôpital est-elle ?

— L'hôpital régional.

Il avait hésité une seule seconde avant de répondre, mais ce fut suffisant pour éveiller mes doutes.

— Qui êtes-vous ?

J'entendis la voix impérieuse de Mme Bowden derrière nous. Elle était dans l'embrasure de la porte. Je ne l'avais pas entendue arriver et je dus réprimer l'envie de la serrer dans mes bras tant elle tombait à pic. Elle tenait sa canne davantage comme une arme qui attendait d'être maniée que comme un soutien.

— Un autre de vos *amis* ?

Oh, mon Dieu, ne dites pas ça sur ce ton.

— C'est… c'est mon mari, madame Bowden.

Tout mon corps frissonnait. Je ne pensais pas que quoi que ce soit de grave puisse se produire en sa présence, mais je ne pouvais pas en être certaine.

— Votre mari ? Bonté divine, vous m'aviez caché ça !

Si seulement elle pouvait se taire… Elle ne faisait qu'empirer les choses. J'étais figée. Le passé et le présent s'entrechoquaient et personne ne semblait comprendre à quel point c'était terrifiant. Shane et Mme Bowden s'envoyaient des politesses acérées et je me tenais simplement là, l'esprit en ébullition. Je me surpris à souhaiter qu'Henry soit là.

— Bon, on ferait mieux de partir, déclara Shane, marchant vers moi et me prenant par le bras.

Je me souvenais de ce geste. Tout avait l'air normal parce que personne ne pouvait voir qu'il enfonçait les doigts dans ma chair.

— Oh, où est-ce que vous allez ? Dans un bel endroit ? Bewleys a un charmant menu pour le déjeuner…

— On retourne à Sligo. La mère de Martha est à l'hôpital, alors je la ramène chez nous.

Mme Bowden eut l'air sincèrement attristée, toutefois je n'aurais pas su dire si c'était par compassion pour moi ou parce qu'elle allait devoir préparer elle-même son petit déjeuner. Ses humeurs étaient au mieux imprévisibles – elle pouvait être gentille et douce une minute, et froide et insensible la minute suivante. Je ne pouvais pas compter sur elle pour me sortir de ce pétrin.

— Eh bien, je suis navrée de l'apprendre, répondit-elle, posant le regard à l'endroit où la main de Shane serrait mon bras.

— Il faut d'abord que je rassemble quelques affaires, intervins-je d'une voix rauque.

— Pas le temps pour ça, il faut qu'on parte avant qu'il y ait trop de circulation.

— J'ai dit que j'étais navrée de l'apprendre parce que Martha ne peut pas partir aujourd'hui. Je crains d'avoir un souper très important ce soir, et je ne peux pas me passer d'elle. Je suis tout à faire sûre qu'elle pourra rentrer par ses propres moyens demain matin. Nous avons un système de transports publics très fiable, ajouta-t-elle, se réjouissant manifestement que son interférence agace Shane.

— Sa mère est gravement malade, je crois que c'est plus important que votre souper ou je ne sais quoi ?

Je les regardai tour à tour. Je ne savais pas quoi faire.

— J'aimerais entendre l'avis de Martha sur la question, si ça ne vous fait rien.

Elle m'offrait du temps et je devais le prendre, au moins jusqu'à ce que je puisse découvrir par moi-même ce qui se passait.

— Euh, je ferais mieux de rester ici ce soir, de toute manière, dis-je, et je méprisai le ton suppliant de ma voix.

Après cinq minutes avec Shane, j'étais déjà redevenue la fille effrayée qui se cachait dans une armoire. Je le détestais de me faire ressentir cela, mais je me détestais aussi. Pourquoi ne pouvais-je pas être plus forte ?

Il secoua la tête et écarquilla les yeux, l'air incrédule.

— Content de voir où sont tes priorités.

— Il s'agit de mon travail, Shane. J'appellerai à la maison ce soir et je prendrai le premier bus demain matin.

— Voilà, vous avez votre réponse, conclut Mme Bowden en se plaçant devant moi.

— N'appelle pas chez toi, il n'y a personne là-bas, évidemment.

Apparemment, il baissait les bras. Que pouvait-il faire d'autre en présence de Mme Bowden ? Il jeta un dernier regard dans la pièce, puis emplit sa bouche de salive et cracha sur le sol avant de sortir en claquant la porte. Mes poumons expirèrent et je me rendis compte que j'avais retenu mon souffle pendant je ne savais combien de temps. Le soulagement provoqué par son départ ne fut gâché que par l'embarras que je ressentais face à ma patronne.

— Je vais nettoyer ça, dis-je, sortant de la poche de mon tablier un chiffon et m'éloignant rapidement pour cacher mes larmes.

— Martha Winter, vous n'en ferez rien ! s'exclama Mme Bowden. Je crois qu'il est temps que vous me disiez ce qui se passe au juste.

21

Henry

— Je suis sur une nouvelle piste.

Le soupir à l'autre bout de la ligne n'était pas sujet à interprétation.

— Je me demande juste si tout ça en vaut vraiment la peine ? demanda Isabelle.

Je donnai ma propre version du soupir de frustration. Elle n'avait aucune idée de l'importance de ma quête. Comment le pourrait-elle ? J'avais été si secret à propos de mes recherches, et pendant si longtemps, qu'elle n'avait plus envie de m'interroger.

— Ça en vaut la peine pour moi.

— Soit. Bon, je suppose qu'il est inutile que je te dise que tu me manques, il semble que ça compte à peine pour toi.

— Bien sûr que ça compte, toi aussi tu me manques vraiment, Issy.

Et voilà. Mon premier mensonge. Ou plutôt, le premier mensonge dont j'étais tout à fait conscient. Je ne voulais pas être le genre de personne qui disait simplement aux gens ce qu'ils voulaient entendre, mais je ne savais plus où était la vérité. Ou peut-être que je le savais mais que j'ignorais quoi faire. Je cherchais à gagner du temps. Cela faisait-il de moi une mauvaise personne ?

— Ta mère a téléphoné.

— Quoi ? Ma mère t'a appelée ?

— Oui, Henry. Elle va devenir ma belle-mère. Si on se marie un jour, évidemment.

Je déglutis.

— Elle m'a dit que ton père était entré en cure de désintox.

J'ignore combien de secondes s'écoulèrent.

— Henry ? Tu es toujours là ?

Je me raclai la gorge. Elle était bloquée par quelque chose que j'étais déterminé à faire passer.

— Mais oui, je suis toujours là.

— Eh bien, tu ne dis rien ?

C'était typique de ma mère – se servir de quelqu'un d'autre pour transmettre une nouvelle qu'elle aurait dû m'annoncer elle-même. Je la détestai et j'eus pitié d'elle en même temps. Elle se cachait toujours derrière quelque chose ou quelqu'un. Peut-être avait-elle honte de tout cela. Je savais que j'avais honte, pour ma part.

— Qu'y a-t-il à dire ? Je suis censé être impressionné ? Il va être sobre quinze jours, trois semaines au mieux, ensuite, alors qu'on commencera à croire qu'il a changé, il ne rentrera pas chez lui un soir, et ce sera la dernière fois qu'on aura de ses nouvelles avant quelques années. C'est toujours la même chose.

— Oh, d'accord. Je suis désolée.

Je serrai le poing et le tapai contre mon front. Qu'est-ce qui m'avait pris, de lui dire ces choses-là ?

— Non, c'est moi qui suis désolé. Tu ne devrais pas te retrouver au milieu de tout ça. Je parlerai à maman. Et je rentre bientôt. Promis.

⁂

Je passai vingt minutes à essayer d'amadouer l'archiviste de l'université de Princeton au téléphone. (Ma définition d'« amadouer » : forcer lourdement sur mon accent britannique en espérant que cela me donne l'air important.) Il s'avéra que mes compétences en la matière étaient soit rouillées par manque d'usage, soit hautement surestimées. Par moi.

— Monsieur, vous êtes le bienvenu pour visiter les salles de lecture. Il vous suffit de prendre rendez-vous…

— Oui, je comprends, mais ce n'est pas financièrement faisable d'entreprendre ce genre de voyage pour l'instant, répétai-je pour la troisième fois.

J'aurais adoré faire un saut à New York, mais je pouvais à peine me payer le bed and breakfast, alors, un billet d'avion pour l'Amérique…

— Y a-t-il la moindre chance pour que vous puissiez, disons, jeter un petit coup d'œil aux lettres de Sylvia Beach pour voir si elle a entretenu une correspondance avec une certaine Opaline Carlisle ?

— Donc, vous voulez que je laisse tomber toutes mes tâches et que je fasse votre recherche à votre place, c'est bien cela, monsieur Field ?

— Eh bien, dit comme ça...

— Comme je l'ai dit, vous pouvez faire une demande en ligne – comme tout le monde – pour consulter les collections spéciales.

— Oui, mais le temps presse.

— En effet, monsieur Field. *Mon* temps presse, et j'en ai consacré suffisamment à cet appel. Au revoir.

Je fixai mon téléphone.

— Je trouve que ça s'est plutôt bien passé, conclus-je, et je saisis mon portefeuille sur le lit.

*
**

Lorsque j'arrivai devant le portail de l'université, je vis Martha.

— C'est drôle de vous voir ici ! fis-je.

Je regrettai aussitôt de ne pas avoir trouvé quelque chose de plus original à dire. Heureusement, elle ne remarqua rien. Son visage était plus pâle que d'habitude et ses yeux étaient rouges. Avait-elle pleuré ?

— Est-ce que tout va bien ?

— Euh, oui. Ça va.

Les gens nous heurtaient tandis qu'elle restait immobile devant le portail.

— Vous allez entrer ?

Elle jeta des regards nerveux autour d'elle, puis secoua la tête.

— Je ne sais pas ce que je suis en train de faire, pour être honnête.

— Bon, écartons-nous du passage, suggérai-je, accrochant mon bras autour du sien et la guidant vers un coin tranquille à l'intérieur de la cour.

— Je ne sais pas ce que je fais ici. Je crois que j'ai changé d'avis, avoua-t-elle, regardant autour d'elle avec de grands yeux, comme un animal pris au piège.

— Je peux vous aider en quoi que ce soit ?

Il était clair qu'elle ne m'écoutait même pas. Son esprit était ailleurs.

— Je croyais que ma mère était malade. Je ne peux pas lui parler par téléphone, et mon père refuse de répondre à mes appels, depuis que…

Elle s'interrompit.

Pas depuis qu'elle avait quitté son mari violent, tout de même ? Quel genre de famille était capable de faire une chose pareille ?

— J'ai envoyé un message à mon frère. Il m'a dit qu'elle allait bien. Il a dû y avoir un malentendu.

— C'est une bonne nouvelle.

Je ne comprenais pas ce qui se passait, mais il était évident qu'elle était bouleversée.

— Ça vous dirait, une balade ? Vous m'épargneriez un après-midi barbant à la bibliothèque.

C'était un mensonge éhonté. Les bibliothèques étaient tout sauf barbantes, mais je savais que c'était ce que les gens disaient parfois, et à mon grand soulagement, elle acquiesça d'un signe de tête. Je ne savais pas vraiment où nous allions, mais je sentais que cela lui importait peu du moment que c'était un endroit calme. Nous nous éloignâmes de l'artère principale et nous empruntâmes les rues plus tranquilles, avec leurs boutiques indépendantes et leurs cafés dignes de ce nom. Je trouvai le Saint Graal – un magasin de livres d'occasion avec un salon de thé à l'étage, le Tomes & Tea. J'attendis qu'elle ait une théière et un scone à la confiture devant elle pour reprendre la parole :

— Nous sommes amis, non ?

Elle hocha la tête distraitement, ajoutant une cuillérée de crème légère sur son scone.

— Et les amis peuvent se dire les choses. Sans jugement.

— Henry, je...

— Mais ils peuvent aussi *ne pas* se dire les choses, et compter quand même l'un sur l'autre. S'ils le souhaitent. Donc, ce que je suis en train de dire, de la manière la plus maladroite qui ait jamais été enregistrée dans l'histoire, c'est que c'est à vous de décider. Que vous vouliez m'en parler ou non, je suis là.

— Jusqu'à ce que vous trouviez votre manuscrit.

— Oui, eh bien...

Elle voyait clair en moi. Je n'avais rien à lui offrir ; même mon amitié n'était qu'un piètre substitut de mes sentiments réels.

— Pour être honnête, je ne comprends pas pourquoi vous avez demandé quelqu'un en mariage pour ensuite sauter dans un avion et rejoindre un autre pays, afin de rechercher quelque chose qui n'existe sans doute même pas.

Ce n'était pas le genre d'honnêteté que j'avais en tête.

— Vous n'êtes pas vraiment en position de me faire la leçon sur ma vie amoureuse, ripostai-je, et je m'en voulus aussitôt. Je ne voulais pas dire...

Sa chaise racla le sol quand elle se leva. Ses yeux étaient pleins de douleur et peut-être même de haine. Je me détestais. Quel commentaire stupide ! Je courus dans l'escalier pour la rattraper et lui demandai d'attendre, à voix basse pour ne pas attirer l'attention. Alors qu'elle traversait le magasin, elle entra dans une antichambre par erreur et nous nous retrouvâmes tous les deux seuls.

— S'il vous plaît, Martha, je suis vraiment désolé. Je n'ai pas réfléchi, c'était une phrase désinvolte et idiote.

Elle regardait vers le plafond, essayant d'empêcher ses larmes de couler.

— Ça ne fait rien, je n'aurais pas dû dire ces choses, ce n'était pas gentil de ma part.

— Vous avez raison, admis-je en m'approchant d'elle. J'ai fui Isabelle, c'est vrai. Pas consciemment, peut-être, mais j'ai trouvé un moyen de ne pas être là. Je ne sais pas, dis-je, passant la main dans mes cheveux. Je pensais que c'était ce que je voulais, et ensuite, j'ai paniqué, voilà tout.

Les rayons de livres autour de nous étouffaient les bruits du monde extérieur. Des mèches fines de cheveux blonds tombaient autour de son visage et ses joues rouges brillaient sous l'effet de ce tourbillon d'émotions.

Elle se mordilla la lèvre et s'appuya contre une bibliothèque, réfléchissant à ce qu'elle allait dire.

— L'amour est effrayant.

— Très bon titre de livre.

Elle sourit et me regarda droit dans les yeux, comme si elle essayait de prendre une décision.

— Est-ce que vous êtes amoureux ?

Une question très simple, mais parce qu'elle venait d'elle, et dans ce contexte, j'ignorais quelle était la réponse. Est-ce que je savais à quoi l'amour était censé ressembler ? Avais-je déjà été amoureux ? Il y avait l'attirance initiale, puis une sorte de confort suivi par un sentiment de... quoi ? De malaise. Comme si je savais depuis le début que j'avais choisi la voie la plus raisonnable et que maintenant, je regrettais chaque pas que je faisais sur ce chemin. Comme si je m'étais inscrit au mauvais cours à l'université et qu'à chaque jour qui passait, je me sentais de plus en plus pris au piège. Comme si je regardais par-dessus mon épaule la vie que j'aurais dû avoir, sans être vraiment présent dans ma propre vie.

Elle renonça à attendre une réponse.

— Je commence à croire que l'amour n'est pas censé être effrayant. Peut-être que je n'aimais pas Shane du tout. Je croyais l'aimer, mais c'est là qu'est le piège, non ? On se force à croire qu'on est fautif, qu'on a mal fait les choses. Mais si j'avais su que ce n'était pas vraiment de l'amour, je serais partie plus tôt.

Ce n'était plus à moi qu'elle parlait, bien que ses mots fassent écho en moi. On aurait dit que c'était une conversation qu'elle avait eue avec elle-même de nombreuses fois.

— Je croyais que c'était ça, l'amour – rester avec quelqu'un, quoi qu'il advienne. Attendre que la personne dont j'étais tombée amoureuse au départ revienne.

Je voulais la prendre dans mes bras, mais je n'étais pas certain que ce soit la chose à faire.

— Comment a-t-il pu vous faire du mal ? murmurai-je.

Je voyais la petite fille en elle qui voulait juste être aimée. Et pas battue jusqu'à être couverte de bleus. Elle me regarda, l'air tout à fait vulnérable. Cette fois, je ne réfléchis pas et je touchai sa joue, essuyant ses larmes. Elle se laissa faire et je la sentis s'abandonner contre moi. Avant que je ne m'en rende compte, elle était dans mes bras, la tête enfouie dans le creux entre mon épaule et mes pectoraux. Nous cessâmes de parler. C'était comme si les livres nous protégeaient, et j'espérais que ce moment durerait éternellement, mes doigts se perdant dans ses cheveux emmêlés tandis que je lui caressais la nuque.

— Mince, dis-je enfin.

Je ne savais pas si j'avais parlé à voix haute ou non, jusqu'à ce qu'elle recule et lève les yeux vers moi.

— Qu'est-ce qu'il y a ?

Je cherchai des mots qui ne l'effraieraient pas, ou qui ne me feraient pas passer pour un idiot.

— Vous me plaisez beaucoup. Vraiment beaucoup. Et je ne sais pas quoi faire.

Son air sérieux laissa place à un sourire, puis elle se mit à rire.

— Oh, merci. Merci beaucoup, fis-je, sarcastique, les bras toujours autour d'elle.

— Je crois que vous me plaisez beaucoup aussi. Et je ne sais pas quoi faire non plus.

Il s'avéra qu'en réalité, elle savait quoi faire. Elle releva lentement la tête et, tout en soutenant mon regard, elle approcha son visage du mien jusqu'à ce que nos lèvres se touchent. Dire que je vis des feux d'artifice serait une exagération, mais dire que je *ressentis* des feux d'artifice dans tout mon réseau de vaisseaux sanguins serait à cent pour cent précis. Je penchai la tête et je l'embrassai comme si c'était la première fois que j'embrassais quelqu'un. J'avais l'impression d'éprouver une toute nouvelle sensation. Nous nous accordions parfaitement. Elle effleura du bout des doigts mon torse, ma mâchoire, puis mes cheveux. J'attirai ses hanches contre les miennes et je l'entendis soupirer.

Je m'arrêtai un instant et je pris la parole, d'une voix à peine reconnaissable car elle était descendue à l'octave rauque de Barry White.

— Est-ce que ça va ?

Elle hocha la tête, ensuite ses lèvres furent de nouveau sur les miennes. Je ne sais pas combien de temps nous restâmes ainsi, peut-être vingt minutes ou vingt secondes. Puis un client arriva et se racla bruyamment la gorge. Tout en souhaitant en silence le tuer dans son sommeil, j'enroulai la main autour de celle de Martha.

— Tu veux venir chez moi ?

— J'ai quelque chose à faire avant, répondit-elle.

Elle m'entraîna hors de la boutique et se mit à courir.

— Où est-ce qu'on va ?

— À Trinity. Il me reste cinq minutes pour m'inscrire à mon cours !

22

Opaline

Angleterre, 1922

Mon voyage commença comme prévu par une visite à la Brontë Society. Le simple fait de me tenir à l'endroit où les sœurs Brontë s'étaient tenues, de contempler les landes qui avaient inspiré l'œuvre d'Emily, était une expérience très émouvante. La maison en elle-même se dressait telle une forteresse, le gris de ses briques tempéré par les grandes fenêtres à guillotine. J'essayai d'imaginer à quoi avait ressemblé leur vie ici, ces filles d'un fervent religieux, au contact des étendues sauvages d'un paysage aussi rude. Des jeunes femmes, vieilles filles comme moi, ignorées par le monde des hommes et de la littérature, déversant leur cœur et leur passion dans leurs écrits et prenant les pseudonymes masculins de Currer, Ellis et Acton Bell. J'étais vêtue du pantalon de M. Fitzpatrick et d'un long pardessus, étant moi aussi en désaccord avec les contraintes de notre genre. C'était également un déguisement, au cas où les espions de Lyndon seraient de sortie.

Après le décès de Patrick Brontë, tout le contenu de la maison avait été soit vendu aux enchères, soit donné à ceux qui travaillaient à Haworth. La Brontë Society avait eu la chance d'acquérir une bonne partie de ces biens, et ses archives étaient tout à fait impressionnantes. Je tombai sur des poèmes d'Emily, annotés par sa sœur aînée Charlotte, ce qui me donna aussitôt le sentiment d'une lutte de pouvoir entre sœurs, bien qu'elle soit teintée d'amour. Il était de notoriété publique que Charlotte avait critiqué le chef-d'œuvre de sa sœur. Dans la préface de l'édition de 1850 des *Hauts de Hurlevent*, lorsque Emily avait enfin été reconnue comme l'auteure du livre, Charlotte avait écrit : « Est-il bon ou recommandé de créer des êtres tels que Heathcliff, je n'en sais rien : je ne le pense guère. *Les Hauts de Hurlevent* ont été sculptés dans un atelier sauvage, au moyen d'outils ordinaires, avec des matériaux simples. »

Charlotte était la seule des trois sœurs à s'être mariée. Elle avait épousé Arthur Bell Nicholls, un vicaire qui travaillait avec le révérend Brontë et qui n'était pas particulièrement apprécié dans le village. J'avais lu qu'il avait hérité de tous les biens de son épouse après son décès, à peine neuf mois après leur union. Le mariage n'avait peut-être pas convenu à Charlotte, finalement. Plus tard, Arthur était retourné dans son Irlande natale et avait épousé sa cousine. La bibliothèque Honresfield avait acquis une grande partie des manuscrits et des objets en sa possession, alors j'avais l'espoir de trouver un indice là-bas, lors de ma visite le lendemain.

Je décidai de déjeuner à l'auberge, qui n'était qu'à une courte distance à pied de mon hôtel. Je commandai un généreux hachis et pris place près de la fenêtre, où je bus un petit verre de gin en guise d'apéritif. Je m'entretins brièvement avec le propriétaire, qui semblait très bien connaître tout ce qui concernait les Brontë. Il commençait à gagner de belles sommes d'argent grâce aux gens qui visitaient le presbytère, et il considérait qu'il accomplissait un devoir civique en renseignant les touristes sur ce que le conservateur du musée laissait de côté. Je restai là pour lire la biographie de Charlotte Brontë par Elizabeth Gaskell. Hélas, tout ce que l'on savait sur Emily remplissait à peine une page. Cependant, une certaine Martha Brown était mentionnée – la bonne qui avait travaillé au presbytère. Pendant que le fils de l'aubergiste débarrassait mon assiette et essuyait la table, je commandai un autre verre et demandai s'il savait quoi que ce soit sur la famille Brown, puisqu'il était du coin.

— Ah, oui, la fille du sacristain. Elle ne s'est jamais mariée, dit-il sur un ton qui semblait désespérément triste.

J'avalai une gorgée de gin. Pourquoi le mariage était-il toujours considéré comme la clé du bonheur ?

— Donc, il n'y avait pas de famille pour veiller sur elle quand elle est tombée malade, ajouta-t-il, continuant sa critique impitoyable des femmes célibataires. Je crois qu'elle est morte seule dans un petit cottage.

Je pris encore un peu de gin. Mon avenir me semblait soudain bien morose.

— Il est écrit dans mon livre qu'elle a hérité d'une bonne partie des souvenirs de la famille Brontë. Je me demande si elle avait d'autres parents à qui elle aurait pu les léguer ?

— Il se trouve que mon oncle John était à l'école avec un de ses neveux.

Je tapai des mains. Apparemment, j'étais sur une piste.

— Puis-je lui parler, à votre oncle ?

— Il est mort l'an dernier.

— Oh, je suis vraiment navrée de l'apprendre, dis-je, gardant mes mains jointes comme si je priais pour son âme.

— Je me rappelle qu'il avait dit que les deux frères avaient une librairie à Londres. Il y en a un qui y vit encore. Vous pourriez peut-être vous renseigner là-bas ?

— Oh, merveilleux, connaissez-vous le nom de la librairie ?

Il leva les yeux au ciel, cherchant l'inspiration.

— La librairie Brown ?

— Bien, conclus-je, et je lui donnai quelques pièces pour mon repas avant de retourner à mon hôtel.

⁂

J'avais rendez-vous à 9 heures pour examiner la collection à la bibliothèque Honresfield. M. Law était en voyage d'affaires, par conséquent je fus accueillie par son assistante, Mlle Pritchett, une jeune femme très efficace. Bien que le domaine soit vaste et que la richesse de son propriétaire soit évidente, la maison conservait son aspect fonctionnel. Une aile était entièrement consacrée à sa remarquable collection de littérature britannique, avec des manuscrits de Robert Burns, Walter Scott et Jane Austen.

— Dans votre lettre, vous disiez vous intéresser à la collection Brontë ? dit Mlle Pritchett, ouvrant de grandes portes en bois qui donnaient sur une petite antichambre. Je pense que vous trouverez ici tout ce dont vous avez besoin, ajouta-t-elle en me tendant un catalogue de la bibliothèque et une paire de gants blancs souples. M. Law demande que chaque visiteur les porte. Nous devons préserver l'intégrité du papier.

— Naturellement, acquiesçai-je.

Je parcourus du regard les bibliothèques contenant toutes sortes de trésors, qui attendaient d'être découverts. Je vis des premières éditions d'*Orgueil et Préjugés* et de *L'Abbaye de Northanger*, dont la provenance était sûrement fascinante, cependant je devais me concentrer sur ma tâche du jour. Avec grand soin, je pris une première édition des *Hauts de Hurlevent* sur un rayon. Je l'apportai à la table, sur laquelle se trouvait une sorte de lutrin pour poser les livres. La reliure en tissu était d'origine, et elle était dans un état impeccable. Sur la première page, je fus surprise de découvrir qu'il était dédicacé par le révérend Patrick Brontë à Martha Brown, la domestique de la maison, et sans doute un membre de la maisonnée très apprécié. Mes sens étaient en ébullition – de quels autres biens avait-elle pu hériter, et où avaient-ils pu atterrir, s'ils n'avaient pas été vendus aux enchères ?

Plusieurs boîtes contenaient des lettres divertissantes quoique inconséquentes entre les sœurs et Ellen Nussey, ainsi qu'une correspondance plus captivante entre Charlotte et sa biographe Elizabeth Gaskell. Puis les choses devinrent encore plus intéressantes. Je découvris une lettre de Charlotte à ses propres éditeurs, dans laquelle elle se plaignait de Thomas Cautley Newby, l'homme qui avait publié *Les Hauts de Hurlevent* et *Agnès Grey*. C'était une sorte d'escroc, de l'avis général, qui avait exigé que les sœurs paient cinquante livres d'avance et qui avait profité de la confusion entourant le nom de Bell. La théorie de l'époque était que les trois livres avaient été écrits par un seul et même homme. Bien entendu, c'était on ne peut plus éloigné de la vérité. Charlotte et Anne avaient fait le trajet jusqu'à Londres pour affirmer : *Nous sommes trois sœurs*. Toutefois, Emily était restée chez elle, préférant apparemment l'anonymat d'un nom de plume. Contrairement à ses sœurs, elle ne recherchait pas la reconnaissance du milieu littéraire londonien, et ne semblait pas non plus perturbée par la cupidité de Newby. Peut-être comprenait-elle qu'il était fidèle à sa nature, tout comme elle à la sienne.

Je remarquai une lettre sans aucune adresse et la lus assez rapidement, car mon estomac grondait, réclamant d'être nourri. Les mots figèrent le temps.

Londres,
15 février 1848

Cher Monsieur,
Je vous suis très reconnaissant pour votre aimable message et je prendrai grand plaisir à m'occuper de votre second roman. Je ne hâterais pas son achèvement, car je pense que vous avez tout à fait raison de ne pas le présenter au monde tant que vous n'en êtes pas entièrement satisfait, puisque de votre nouvelle œuvre dépendent beaucoup de choses : s'il est meilleur que votre premier roman, vous vous serez établi comme un romancier de premier ordre, mais s'il est moins bon, les critiques ne seront que trop enclins à dire que vous avez épuisé votre talent dans votre première œuvre.
Je serai, par conséquent, ravi de l'accepter à la condition que vous le finissiez à votre rythme.
Je vous prie de croire, cher Monsieur, à l'expression de mes sentiments distingués.
T.C. Newby

Je restai assise, observant les mots devant moi en clignant des yeux. *Votre prochain roman*. C'était la preuve irréfutable qu'Emily, ou Ellis Bell, avait commencé à écrire un second manuscrit. Il n'y avait pas de trace de « l'aimable message » qu'elle avait envoyé, mais il y avait à l'évidence une hésitation de sa part à hâter sa publication. Peut-être était-elle déjà malade et ne s'était-elle pas sentie capable d'accomplir cette tâche ? Ou était-il plus probable que, étant une perfectionniste, elle ait souhaité prendre plus de temps pour le terminer ? J'étais si excitée que ma tête bourdonnait.

Je consultai la notice figurant dans le catalogue afin d'avoir des explications supplémentaires.

Lettre de T.C. Newby trouvée dans le bureau d'Emily, dans une enveloppe simplement adressée à Acton Bell.

Mais je savais qu'elle n'avait pas pu être destinée à Anne, car son second roman avait déjà été publié à l'époque. C'était une correspondance avec Emily, concernant la suite des *Hauts de Hurlevent*. Je le savais ! Je m'adossai à la chaise et je regardai vers le jardin par les hautes fenêtres à guillotine. Si Charlotte avait détruit les documents d'Emily après sa mort, je ne trouverais jamais le manuscrit. Mes espoirs grandissaient et diminuaient à chaque argument contradictoire.

Puis il se produisit un événement que je n'aurais jamais pu prévoir. Un homme marchait dans l'allée menant à la maison. Un homme que j'avais été certaine de ne jamais revoir. Armand Hassan.

***

— Mais que diable fais-tu ici ? m'exclamai-je, me tenant dans l'entrée du hall et bloquant le passage à Mlle Pritchett.

— Opaline.

Il avait suffi qu'il prononce mon prénom pour que tous les souvenirs me reviennent. Paris, son appartement, le contact de ses lèvres sur ma peau, le parfum de sa cire capillaire. C'était enivrant. Il sonda mon regard, jusqu'à ce que je détourne les yeux. J'avais cru avoir laissé loin derrière moi mes sentiments pour lui, mais maintenant que je le revoyais, je me rendais compte que je les avais simplement cachés. Tout le désir et toute la peine étaient encore là, aussi forts que jamais. Il saisit ma main et embrassa mon poignet, puis, sans me lâcher, approcha et m'embrassa sur les deux joues.

Derrière moi, Mlle Pritchett s'éclaircit la voix.

— Monsieur Hassan, c'est ça ? demanda-t-elle. J'ai préparé les livres que vous souhaitiez voir dans le salon.

Je reculai et les laissai discuter affaires. Je ne pouvais m'empêcher de le regarder ; sa tenue était impeccable, comme toujours, un pantalon en lin crème et une veste sport bleu marine. Son teint était chaud et plus mat, grâce à ses voyages, sans nul doute. Sa chevelure brillait comme de l'onyx et j'eus bien du mal à ne pas tendre la main pour la toucher.

— Je suis venu voir quelques illustrations pour un client. Cependant, j'assiste à une vente aux enchères chez Sotheby's demain après-midi, si ça t'intéresse.

— Sotheby's ! répétai-je, ne parvenant pas à contenir l'excitation dans ma voix.

Je ne pourrais pas m'y rendre. Aller à Londres était trop risqué. Mon sourire s'effrita.

— Non, il faut que je retourne en Irlande.

Il m'observa comme s'il cherchait des souvenirs dans mes yeux. Je détournai le regard.

— Tu portes encore mon collier, à ce que je vois.

Je touchai instinctivement la *hamsa* en or qu'il m'avait offerte avant mon départ de Paris. Un bref sourire se peignit sur mes lèvres, malgré moi.

Bien sûr, j'aurais dû refuser son offre. Mais je me dis que j'avais besoin d'avoir des nouvelles de Paris et de Sylvia. Qu'il était l'un des rares amis qui me restaient, que sans son aide, je serais sans doute à Londres en ce moment, piégée dans un mariage arrangé.

— Eh bien, ça ne me ferait peut-être pas de mal, dis-je.

Comme j'avais tort.

*
**

Il m'ouvrit la portière d'une voiture noire rutilante. Si je ne le connaissais pas, j'aurais pu penser qu'il était devenu riche. Je m'interrogeai, mais je n'osai pas poser une question aussi vulgaire.

— Ma cliente, dit-il, répondant à ma question non formulée. Elle est assez généreuse.

Une femme. Je regardai par la vitre pour cacher qu'une pointe de jalousie me transperçait. Notre histoire remontait à plusieurs mois ; comment pouvais-je encore ressentir cela ?

— Je suis si heureux de te voir, Opaline. Je me suis souvent demandé ce que tu devenais.

Il ne m'avait pourtant jamais envoyé de lettre.

— Tu es toujours à Dublin ?

— Bien sûr, dis-je d'un ton sec.

Où pourrais-je être sinon ? S'attendait-il à ce que j'aie parcouru le monde, en ayant une conquête dans chaque port, comme lui ? Je boudai pendant la majeure partie du trajet et je me demandai pourquoi j'avais pris la peine de l'accompagner.

Nous nous arrêtâmes dans une rue animée et crasseuse pleine de maisons et de boutiques du XVIIIe siècle, des tramways passant à une extrémité et les bus de High Holborn à l'autre.

— Je croyais que nous allions chez Sotheby's, m'étonnai-je, regardant autour de moi et baissant ma casquette pour cacher mon visage.

J'avais décidé de m'habiller de la tête aux pieds en vêtements d'homme, mon pardessus géant cachant mes formes.

— Juste un rapide arrêt, je pense que ça va te plaire.

— Tu es toujours aussi énigmatique ? demandai-je, comme si cela ne me charmait pas.

Il savait comment charmer les gens. Les femmes, plus précisément.

Nous étions devant une minuscule librairie, avec les habituelles brouettes poussiéreuses de titres invendables à l'extérieur. Voisine d'une brocante, elle était dotée d'une fenêtre à l'ancienne divisée en minuscules vitres carrées. Je repérai un panneau :

CE SONT LES SEULS LIVRES COCHONS
QUE NOUS AYONS.

MERCI DE NE PAS PERDRE DE TEMPS
À NOUS EN DEMANDER D'AUTRES.

— Dieu du ciel, mais que…

Je levai les yeux et je vis le nom imprimé au-dessus de la porte : La Librairie progressiste, 68, Red Lion Street.

— Si nous entrions ? suggéra Armand en me tenant la porte.

Je ne savais pas vraiment dans quel lieu de perdition nous entrions, mais j'avais le sentiment merveilleux que nous allions y trouver quelque chose d'extraordinaire.

Un type à l'air nerveux, environ du même âge que nous, était agenouillé sur le sol, la tête à moitié plongée dans un carton, marmonnant en silence des jurons pendant qu'il cherchait quelque chose.

— Je crois comprendre que vous diffusez des œuvres qui enfreignent la loi anglaise sur l'obscénité, dit Armand avec un accent londonien assez correct.

L'homme se releva d'un bond et projeta sa silhouette maigre vers nous avec une telle hâte que je reculai d'un pas (ce qui était un exploit en soi, puisque la boutique laissait peu de place pour manœuvrer).

— Armand Hassan, espèce de salaud ! s'écria-t-il.

Armand afficha un large sourire puis les deux hommes s'étreignirent, tels deux frères réunis après une longue séparation.

— Je savais bien que c'était vous, dit-il avec un léger accent allemand, et il se mit à rire.

— Herr Lahr, permettez-moi de vous présenter ma collègue, mademoiselle Opaline…

— Gray, l'interrompis-je. Mademoiselle Gray, et je tendis la main.

— *Freut mich*, dit-il, ce que j'interprétai comme quelque chose de positif.

Il proposa de nous faire du café, mais Armand déclina son offre, disant que nous n'avions pas beaucoup de temps avant la vente aux enchères.

— J'ai votre exemplaire. Au prix convenu – je dois me protéger contre toutes répercussions juridiques, vous comprenez.

— Bien entendu, assura Armand. Ma cliente est très impatiente de l'avoir.

Ma curiosité était presque une quatrième présence dans la pièce ! Quand Armand se mit à compter ses billets et que le libraire tendit le petit rectangle enveloppé dans du papier kraft, je demandai si je pouvais l'ouvrir.

— Pourquoi pas ? répondit Armand.

Je le déballai lentement, avec hésitation, et j'aperçus le titre, *L'Amant de Lady Chatterley*.

— D.H. Lawrence, confirma Armand.

— Cet homme est un génie littéraire, et pourtant on doit vendre ses livres sous le manteau, renchérit Herr Lahr.

Je voulais absolument un exemplaire. J'en voulais même vingt. Cela dit, j'étais consciente que vendre un titre aussi controversé pourrait attirer une attention malvenue sur ma petite librairie. Mais il fallait que je le lise, tout simplement, alors je négociai un prix avec le vendeur pour avoir mon propre livre avant que nous ne reprenions la route pour nous rendre chez Sotheby's, en transportant notre littérature prohibée sur la plage arrière.

⁂

Par les couloirs sombres de chez Sotheby's, une foule enthousiaste se précipitait dans la grande salle des ventes, nous emportant tous les deux avec elle. Armand me prit par la main et m'emmena dans une petite alcôve sur le côté, où nous fûmes pressés l'un contre l'autre, dos au mur. Pendant un instant enivrant, je respirai son parfum et je fus à nouveau transportée vers cette nuit-là, vers la chaleur de son corps. Je toussotai plusieurs fois et j'essayai de compter le nombre de personnes dans la salle pour me distraire.

— Eh bien, quelle foule ! Je me demande ce qui est à vendre.

— Tu n'as pas vu le catalogue ? C'est le manuscrit original d'*Alice au pays des merveilles* de Lewis Carroll.

— Bonté divine !

Armand emprunta une brochure à un homme assis à côté de nous et me la passa.

— « Un cadeau de Noël à une chère enfant en souvenir d'un jour d'été. »

J'avais tout simplement adoré ce livre quand j'étais petite fille, et je fus étonnée d'apprendre que Charles Dodgson (Lewis Carroll), mathématicien à Oxford, avait amoureusement écrit et illustré le petit livre en 1864 pour en faire cadeau à la famille Liddell. Le résumé expliquait que lors d'un voyage sur la Tamise, Carroll avait raconté pour la première fois son histoire surréaliste aux filles du doyen, Henry Liddell. Au bout du compte, il fut persuadé de publier son œuvre, et on connaissait la suite.

— C'est fascinant ! m'exclamai-je, ayant totalement oublié les pensées ardentes qui m'avaient troublée un instant plus tôt.

— Il y a des rumeurs selon lesquelles les enchères pourraient dépasser les deux mille livres.

Passant presque inaperçue dans la foule, une petite femme d'un certain âge était assise, vêtue d'une robe noire. Armand m'informa qu'il s'agissait d'Alice Liddell Hargreaves.

Je me tournai vers lui.

— Tu ne veux pas dire... Ce n'est pas possible !

Il hocha la tête, heureux d'être le mieux informé de nous deux.

— C'est la vraie « Alice ». Elle a conservé le manuscrit tout ce temps, mais depuis le décès de son mari, elle croule sous les impôts.

— Ce n'était pas Reginald Hargreaves, le joueur de cricket ?

Ils avaient été un couple en vue de la société londonienne. Cela la peinait sans doute beaucoup de devoir vendre le manuscrit. Elle était assise au tout premier rang, la tête haute, sa fierté intacte.

Les enchères commencèrent de manière hésitante, comme souvent, tandis que les acheteurs prenaient la mesure les uns des autres. Une vente aux enchères était un peu comme une partie de poker, et personne ne voulait montrer sa main trop tôt.

— Huit mille cinq cents pour l'homme dans l'alcôve, annonça le commissaire-priseur tandis que je sentais Armand lever la main.

— J'ignorais que tu enchérissais, murmurai-je.

— Pour le compte d'une cliente, glissa-t-il avec cet air mystérieux.

Une autre cliente fortunée ; il semblait les collectionner comme les perce-neige au printemps.

Tandis que les enchères grimpaient encore, l'attention se porta sur un homme petit, élégamment vêtu, avec une assurance indéniable.

— Quinze mille livres, annonça-t-il avec un fort accent américain, comme pour mettre un terme à cette mascarade.

— Qui est-ce ? demandai-je.

— *Merde !* Ma chère Opaline, c'est la Terreur des salles des ventes.

Le marteau s'abattit dans un bruit décisif et le silence tendu se brisa, laissant place à une cacophonie de voix. Certaines émerveillées, la plupart atterrées qu'une œuvre si représentative de la quintessence anglaise soit maintenant possédée par un Américain. L'homme essuya ses lunettes pendant que quelques enchérisseurs venaient le féliciter.

— Il m'a battu à chaque vente aux enchères cette année, m'informa Armand sur un ton incisif qui suggérait une admiration réticente pour cet homme.

Tandis que nous passions devant lui pour sortir, Armand et lui se saluèrent d'un signe de tête.

— Monsieur Hassan, dites à la baronne qu'elle devra faire mieux la prochaine fois.

Armand fut irrité par son air triomphant et tenta de m'entraîner hors de la salle.

— Et qui est votre accompagnatrice ? Vous ne nous présentez pas ?

— Abe Rosenbach, permettez-moi de vous présenter mademoiselle…

— Gray, l'interrompis-je de nouveau. Je suis une marchande de livres venue d'Irlande, dis-je, ravie de la façon dont ces mots sonnaient.

— Vraiment ? Attendez, laissez-moi vous donner ma carte, dit-il, et il en sortit une de sa poche. On ne sait jamais, nous pourrions faire affaire un jour.

Son sourire était chargé de sous-entendus, que je m'efforçai d'ignorer.

— Félicitations pour votre acquisition, monsieur Rosenbach.

— Merci, mademoiselle Gray, mais ce n'est pas une simple acquisition. Je voulais ce manuscrit depuis très longtemps. Voyez-vous, c'était le livre que ma chère mère disparue me lisait alors que j'étais cloué au lit avec la rougeole. À cause de ma fièvre, je suppose, j'avais imaginé qu'elle me racontait l'histoire de son enfance. Je croyais qu'elle *était* Alice. Elle est décédée peu après, et je lis ce livre chaque soir depuis.

Je fus presque émue aux larmes par son histoire. Même Armand semblait touché.

— Ha ! Ne soyez pas ridicule ! brailla Rosenbach. Ne faites jamais confiance à un marchand de livres qui laisse la sentimentalité l'entraver. Il me le fallait parce qu'il n'y a qu'un exemplaire au monde – c'est la seule raison. Si je le possède, alors personne d'autre ne l'aura. Je connais des hommes qui ont risqué leur fortune, entrepris de longs voyages pour parcourir la moitié du monde, oublié leur amitié, et même menti, trompé, volé, tout cela pour avoir un livre.

— Monsieur Rosenbach, vous m'avez complètement embobinée ! m'exclamai-je, contrariée de m'être laissé berner par sa belle histoire.

— Mes excuses, ma chère, je n'ai pas pu résister. Après l'amour, collectionner les livres est le sport le plus euphorisant de tous.

— Quel mufle, murmurai-je à Armand quand nous quittâmes la salle des ventes.

Mais il ne répondit pas. Rosenbach et lui étaient faits de la même étoffe. Ils n'éprouvaient pas de culpabilité, pas de remords, et ils feraient n'importe quoi pour obtenir ce qu'ils voulaient. Cela m'effrayait et me fascinait à la fois. C'était comme être trop près d'une flamme en espérant ne pas être consumé par sa chaleur.

23

Martha

— Pourquoi avez-vous l'air de quelqu'un qui a décroché le gros lot ? demanda Mme Bowden pendant que je faisais son lit.

Ça n'arrêtait pas de se produire – pendant que j'accomplissais une tâche ordinaire, je repensais au baiser d'Henry et mes joues me faisaient mal tant je souriais.

— Je suis juste heureuse, j'imagine, répondis-je.

— Sottises. La seule raison pour laquelle une femme rougit ainsi, c'est un homme. C'est l'universitaire, n'est-ce pas ?

Après la librairie, il m'avait emmenée à son B&B, mais il se trouvait que c'était l'anniversaire de la propriétaire, qu'elle avait eu droit à une fête surprise et que la maison était pleine à craquer.

— Peut-être.

Il m'avait raccompagnée chez moi ensuite, mais je ne l'avais pas invité à entrer. Tout était encore un peu nouveau et j'avais pris le fiasco de la fête d'anniversaire comme le signe que je ne devais pas me précipiter. Je l'avais embrassé pour lui dire au revoir, en revanche. C'était quand je repensais à ce moment que mes joues me faisaient le plus mal, car c'était le baiser le plus romantique de ma vie. Sous un réverbère, les mains d'Henry dans les poches de mon manteau, les miennes sous son pull, ses lèvres trouvant lentement leur chemin le long de mon cou et de ma clavicule. Je n'avais jamais été embrassée comme ça, avec une sorte de tendresse tentante, comme s'il me disait que ce n'était que le début. Les picotements dans mon bas-ventre me troublèrent. Il fallait que je me concentre sur quelque chose d'ordinaire.

— Vous avez quelque chose à laver ? demandai-je, me rendant compte que Mme Bowden m'observait depuis tout à l'heure, en souriant malicieusement.

Je rassemblai le linge et l'emportai dans la buanderie juste à côté de la cuisine. Pendant que je séparais le blanc du noir, mes pensées revinrent vers ma mère. Dans une maison pleine d'hommes trop gâtés, nous effectuions toujours les tâches ménagères ensemble. C'était dans ces moments-là que je pratiquais la langue des signes avec elle, et la lecture des gens. Mais elle n'aimait pas trop que je lise en elle. Elle disait qu'il n'était pas bon qu'une fille en sache autant sur la vie de sa mère. Je ne lui avais jamais demandé pourquoi, mais une fois adulte, j'avais essayé de briser cette règle. Néanmoins, contrairement à toutes les personnes que je rencontrais, ma mère était préparée à ce genre d'intrusion et restait sur ses gardes. Alors j'avais commencé à lui cacher des choses moi aussi. Après ma rencontre avec Shane, notre relation était devenue distante et un silence d'une autre nature s'était instauré entre nous. Elle m'avait dit que je commettais une erreur, qu'elle n'avait pas confiance en Shane, mais à ce moment-là, il était déjà trop tard. Comme pour lui prouver quelque chose, ou la punir (ou *me* punir), j'étais entrée dans mon mariage en somnambule, comme si je marchais sur une route alors que les voitures arrivaient. Et je ne pouvais m'en prendre qu'à moi-même.

⁂

J'étais en train d'allumer un feu dans le salon quand je crus voir un mouvement à la fenêtre. Aussitôt, je me dis que c'était peut-être Henry et je courus, avant de ralentir, vers la porte. Alors que je l'ouvrais, je m'avisai qu'Henry ne passerait pas par la porte d'entrée, il frappait toujours à la fenêtre du sous-sol. Cette pensée arriva trop tard. Avant que j'aie le temps de réagir, je sentis le coup ferme sur ma pommette, qui me projeta contre le mur. Shane. Quand je levai les yeux, il lança un bout de papier dans la rue avant d'entrer et de claquer la porte derrière lui. Je touchai mon visage et je sentis l'humidité, puis je vis le sang. Son air fermé et sa mâchoire serrée m'indiquèrent tout ce que j'avais besoin de savoir. C'était lui qui commandait maintenant.

— Tu es sûrement en train de perdre la mémoire, Martha.

— Q… quoi ?

— Tu as oublié que tu es une femme mariée.

— Je ne…

— Je t'ai vue, bordel.

— De quoi est-ce que tu parles ?

— D'hier soir. Tu étais accrochée à ce type comme une garce. C'est comme ça que tu me remercies ?

Le remercier ? De quoi ? Il empestait l'alcool. Impossible de prédire ce qu'il allait faire. Je réfléchis à l'option la plus sûre ; si je le suivais maintenant et que je subissais le châtiment qui allait suivre, quel qu'il soit, je pourrais essayer de lui échapper une fois encore. Si j'en étais encore capable. Comment m'étais-je retrouvée dans cette situation, une fois de plus ? Il m'écarta de son passage en poussant mes jambes d'un coup de pied et avança dans le couloir. Soudain, je vis un avenir où je passerais mon temps à tout planifier minutieusement, à comparer les manières les moins dangereuses de vivre avec cet homme. Mon existence se résumerait à survivre à la violence de Shane.

— Si Mitch n'avait pas été avec moi hier soir quand je l'ai vu t'embrasser, j'aurais pu tuer ce type de mes propres mains.

— Henry ? S'il te plaît, dis-moi que tu ne lui as pas fait de mal !

J'imaginai Shane en train de l'attaquer la veille pendant qu'il rentrait chez lui.

— Henry ? Qu'est-ce que c'est que ce foutu nom ?

Il m'agrippa le bras et tenta de me relever, mais je restai sur le sol.

— Tu es ma femme, Martha. Tu m'appartiens !

— Je m'appartiens à moi-même, rétorquai-je, fatiguée de le ménager.

Quelle importance, de toute façon ? Quoi que je dise, il serait toujours un homme en colère. Je comprenais à présent que je n'étais pas la cause de cette colère.

— Je ne me souviens pas de vous avoir invité à entrer, intervint une voix derrière nous.

Oh, Seigneur. Mme Bowden. Je préférerais mourir plutôt qu'elle me voie comme ça. Comme une victime.

— Je vous l'ai déjà dit, sa mère a un cancer et elle veut qu'elle rentre à la maison.

— Espèce de menteur ! m'exclamai-je, ayant recouvré ma voix. Comment as-tu pu me mentir sur un sujet pareil ? Et même si ma mère était sur son lit de mort, je ne retournerais pas là-bas.

Il hésita, mais juste un instant.

— Je te ramène chez nous maintenant.

— Ce n'est pas une plante en pot, riposta Mme Bowden sur un ton sarcastique qui n'était guère adapté à la situation.

Elle allait nous faire tuer toutes les deux.

— Je ne viens pas avec toi, dis-je.

Je reculai en rampant sur le sol pour protéger Mme Bowden. Je ne pensais pas que mes jambes seraient capables de me porter.

Shane secoua la tête, incrédule.

— Espèce de salope ingrate... je t'ai tout donné.

Il avança vers moi et me tira par les cheveux, mais je m'agrippai à la rambarde de l'escalier.

— Pourquoi fais-tu ça, Shane ? Pourquoi veux-tu que je revienne ? On n'est pas heureux ensemble – si on l'était, tu ne me ferais pas du mal comme tu le fais, dis-je, montrant le sang sur mon visage.

Je ne lui avais jamais posé ces questions. Je n'en avais jamais eu le courage. Ma voix semblait détachée de mon corps. Cela avait dû fonctionner car il s'arrêta un instant, les mains encore agrippées autour de mes poignets.

— Tu me pousses à bout, Martha, tu le sais bien.

J'étais un bouc émissaire pour tout ce qui était allé de travers dans sa vie. Pour qu'il n'ait jamais à affronter quoi que ce soit. Encore maintenant, il me faisait des reproches, en me traitant de tous les noms. Je tournai la tête vers Mme Bowden, mais elle n'était plus derrière moi.

— Tu n'arrêtes pas de me pousser...

Quelque chose le poussa en effet. Quelque chose le poussa si fort qu'il passa à travers les barreaux de bois de la rambarde qui descendait vers l'appartement du sous-sol. Le bruit du bois qui se brisait fut comme une série de coups de feu, suivie d'un bruit sourd et d'un horrible craquement.

— Qu'est-ce qui s'est passé ? demandai-je.

Le couloir était sombre et j'eus soudain le sentiment d'être seule. Le silence était terrifiant. Je ne pouvais pas bouger. Ma vision se brouilla.

— Est-ce qu'il est mort ?

Je plaquai la main sur ma bouche dès que j'eus prononcé les mots.

Enfin, j'entendis le bruit de la canne de Mme Bowden sur le parquet. Elle regarda vers le bas de l'escalier un long moment, puis se retourna et me demanda si j'allais bien. J'avais l'impression que ce n'était qu'un rêve. Le bruit des gens dehors m'indiquait que le monde tournait encore, pourtant j'avais l'impression qu'il avait pris fin. Je me glissai derrière elle et regardai par-dessus son épaule. Vers le bas, puis plus bas, et encore plus bas, et je le vis. Étalé sur le sol, l'une de ses jambes piégée sous lui et formant un angle impossible. L'os sortait de sa peau. Je crus que j'allais vomir, alors je gardai la main sur ma bouche. Lorsque je posai les yeux sur les siens, je constatai que sa tête n'était pas non plus dans une position normale. Quelque chose n'allait pas, mais je n'arrivais pas à comprendre.

— Je veux que vous preniez votre manteau et que vous alliez faire des courses pour moi.

— Q… quoi ? De quoi parlez-vous ?

Mme Bowden semblait si calme que c'en était perturbant.

— Il me faudra un rôti de bœuf pour ce soir et une bonne bouteille de ce beaujolais français que j'apprécie.

— Vous êtes sérieuse ? Vous avez vu ce qui vient de se passer ?

Je reportai mon regard vers Shane. C'était étrange que nos rôles soient inversés ainsi, avec moi qui me tenais au-dessus de son corps blessé. Je cherchai une sorte de lueur dans ses yeux – peut-être était-il encore en vie. Mais il n'y avait rien. Je me mis à trembler de la tête aux pieds.

— Martha, répéta-t-elle, posant la main sur mon épaule. Je veux que vous quittiez la maison et que vous fassiez ce que je vous ai demandé. Tout ira bien à votre retour.

⁂

Je marchai dans la rue aveuglément. Dehors, je pus presque croire que cela ne s'était pas produit. J'avais fait une sorte de crise et j'avais imaginé toute cette histoire. Je fis exactement ce que Mme Bowden m'avait demandé. J'allai chez le boucher et demandai un rôti de bœuf. Après quoi, j'allais au débit de boissons, où je trouvai le vin qu'elle aimait. Et pourtant, tout ce temps, les mêmes mots tournaient en boucle dans ma tête. *L'avait-elle poussé ?*

J'arpentai Ha'penny Lane dans les deux sens une douzaine de fois, les poignées de mes sacs de courses s'enfonçant dans mes doigts. Comment pourrais-je retourner là-bas ? Et qu'avait voulu dire Mme Bowden par « Tout ira bien » ? Avait-elle appelé un médecin ou une ambulance ? Il n'y avait aucun signe de quoi que ce soit dans la rue. *Je peux partir, simplement*, pensai-je. Je pouvais m'en aller maintenant et ne jamais revenir. Mais, et Henry ? Je devais récupérer mon téléphone et vérifier qu'il allait bien, or mon téléphone était dans la maison.

Je me servis de mes clés et j'entrai. Le couloir était plus éclairé maintenant. Les fleurs dans le vase étaient pleinement épanouies et l'escalier cassé avait été réparé. Je laissai les sacs de courses sur le sol et me forçai à regarder par-dessus le bord de la rambarde. Shane n'était plus là.

⁂

— Je crains que votre mari n'ait été repêché dans le fleuve hier soir.

Un inspecteur était face à moi, un petit carnet noir ouvert dans la main, son stylo en l'air.

— Sa mère a déclaré sa disparition il y a plus d'une semaine. Avez-vous eu le moindre contact avec lui pendant cette période, madame Winter ?

— Non.

Je n'avais rien d'une actrice. J'étais encore en état de choc.

— Est-il exact que vous étiez séparés depuis un certain temps ?

Je hochai la tête et me mordillai les lèvres pour les empêcher de trembler.

— Je vois. (Il regarda vers le couloir derrière moi.) Et puis-je vous demander quel était votre emploi du temps jeudi après-midi ?

— Oui, euh, les jeudis après-midi, je fais les courses.

— Y a-t-il quelqu'un qui aurait pu vous voir ?

— Bien sûr, oui.

Je lui indiquai les noms et les adresses de chaque magasin dans lesquels je m'étais rendue ce jour-là.

J'aperçus mon reflet dans le miroir de l'entrée. J'avais mis une épaisse couche de maquillage sur ma joue, mais je ne savais pas combien de temps elle allait tenir.

— Il faut que j'appelle chez moi, pour leur dire ce qui s'est passé, dis-je, et heureusement, il remballa son carnet.

Je fermai la porte avec force derrière lui et je retournai dans le salon, où Mme Bowden m'attendait. Je m'appuyai contre le cadre de la porte et la regardai dans les yeux.

— Qu'est-ce que vous avez fait ?

— Je n'ai rien *fait*. J'ai simplement fait en sorte que l'affaire soit réglée. Et je suggère que vous cessiez d'employer ce ton accusateur.

— Nous avons enfreint la loi ! Je crois.

— Quelle loi ? Celle qui dit qu'on ne peut pas déplacer le corps d'un homme violent de son sous-sol pour l'emmener ailleurs ? Je nous ai épargné à toutes les deux beaucoup de tracas. Ça ne vous ferait pas de mal de montrer un peu de gratitude.

— C'est ce qui est arrivé à tous vos maris ? criai-je, ne sachant plus vraiment contre qui ou contre quoi j'étais en colère.

— Vous êtes sous le coup de l'émotion, déclara Mme Bowden en se levant lentement de sa chaise. Je vais faire comme si je n'avais pas entendu votre question.

Sur quoi, elle monta l'escalier pour gagner sa chambre.

Je m'effondrai sur le canapé. Depuis le jour de la mort de Shane, elle avait pris soin de moi. Elle avait préparé mes repas et m'avait encouragée à manger lorsque je sentais que je n'y arriverais pas. Elle m'avait rassurée en répétant que ce qui était arrivé à Shane n'était pas ma faute. C'était un accident. Elle m'avait convaincue que dire la vérité à la police ne ferait que renforcer les doutes et faire de moi une suspecte, car j'avais un mobile.

— Nous étions là toutes les deux, m'avait-elle dit en me tapotant la main. Nous savons toutes les deux ce qui s'est passé. C'était un accident.

— Oui, un accident, avais-je répété après elle. Nous étions là toutes les deux.

24

Henry

Je crus que je n'arriverais jamais à sortir de Heathrow. Des voyageurs des quatre coins du monde semblaient décidés à me ralentir, ou peut-être était-ce moi qui marchais avec plus de détermination que d'habitude. Assis dans le métro, je songeai à Isabelle et à ce que je lui dirais une fois arrivé. C'était comme penser à une vieille connaissance, et non à la femme avec laquelle j'avais prévu de passer le reste de ma vie il y avait quelques semaines encore. Comment était-ce arrivé ? Tout ce que je savais, c'était que je devais mettre un terme à notre relation, et que je devais le faire en face à face. Embrasser Martha avait dissipé tous mes doutes. Je lui avais écrit une lettre pour tout lui expliquer, et je l'avais laissée dans une enveloppe sur le pas de la porte, à côté des bouteilles de lait. Il était trop tôt pour la réveiller, de plus il m'était plus facile d'exprimer mes sentiments sur papier. Je ne savais pas ce que l'avenir me réservait, mais il était évident qu'Isabelle et moi n'étions pas faits l'un pour l'autre. Pas alors que je venais enfin d'éprouver l'émotion que j'avais passé toute ma vie à vouloir connaître, mais que j'avais eu trop peur de rechercher.

J'entendis l'annonce pour Pimlico et je montai à la hâte les marches de la station pour sortir. Les rues étaient plus calmes à présent, l'heure de pointe étant passée, et les parcs accueillaient les parents qui regardaient leurs bambins tester leur indépendance en grimpant dans des cages à poules. Je testais quelque chose moi aussi. Faire confiance à mon instinct. J'arrivai sur Denbigh Street, devant une rangée de maisons richement décorées, avec des balustrades au premier étage et des murs en brique de Londres jaune pâle sur les deux étages supérieurs. Je sentis la nausée me nouer le ventre quand je sonnai à la porte.

Une lumière s'alluma et j'entendis ses pas avant qu'elle n'ouvre.

— Henry !

Elle me prit dans ses bras, et je ne sus pas vraiment quoi faire. Elle ne voudrait plus m'étreindre lorsque je lui aurais dit ce que j'étais venu lui annoncer.

— Pourquoi ne m'as-tu pas prévenue que tu venais ? J'ai invité Cassie et James à venir prendre un verre. Ça ne t'ennuie pas, j'espère ?

Elle était d'une beauté impeccable. Des cheveux auburn soyeux savamment coiffés en chignon, une robe de satin couleur crème tombant parfaitement sur son corps athlétique.

— Euh, il faut que je te parle. Seul à seule.

Mon expression était sans ambiguïté.

— Me parler de quoi ? Tout va bien ?

J'étais toujours sur le seuil. Bon sang, toute ma vie semblait se dérouler sur des seuils. Je n'étais jamais pleinement dedans ou dehors, je n'avais jamais l'impression que j'avais ma place quelque part. Elle sortit et tira la porte derrière elle.

— Tu vas prendre froid, dis-je.

— Peu importe. J'ai le sentiment que cette conversation ne va pas être très longue.

J'observai son visage. Elle avait toujours été plus intuitive que moi. C'était la femme la plus intelligente que je connaisse. Il était inutile d'essayer de trouver les mots « justes » car ils n'existaient tout simplement pas.

— Tu es une femme extraordinaire…

— Oh, mon Dieu.

— Quoi ?

— Tout sauf le discours « Ce n'est pas toi, c'est moi ». C'est humiliant, Henry.

— Mais c'est la vérité ! C'est moi. C'est moi le problème.

— Je le sais. Alors pourquoi me quittes-tu ?

Merde. Voilà pourquoi les gens mentaient. Il est bien plus facile de mentir à quelqu'un que de le regarder subir la peine infligée par vos mots irréfléchis.

— Parce que je pensais savoir ce que c'était que l'amour. Je croyais que c'était quelque chose que je pourrais… gérer. Toi et moi, nous savions nous entendre. Notre couple fonctionnait bien. Mais si tu es honnête, je sais que tu penseras la même chose. Nous n'étions pas... (je levai les yeux au ciel, en quête d'inspiration) « un feu d'artifice ».

— Waouh.

Elle essuya une larme qui s'était échappée de son œil.

— Toi aussi, tu avais sûrement des doutes, Issy.

Stupidement, je crus qu'elle allait être d'accord avec moi.

— Ne t'attends pas à ce que je te facilite la tâche, Henry. Le fait est que je t'aime. Je t'aime vraiment, il se trouve. Et je pensais que nous étions des feux d'artifice.

J'eus l'impression d'être deux fois plus lourd que mon poids. Elle avait les bras serrés autour d'elle. Que pourrais-je dire pour arranger les choses ?

— Je suis vraiment désolé, Isabelle. Je n'ai jamais voulu te faire souffrir.

Elle ne dit rien ; elle ne me regardait même pas dans les yeux.

— Je me sens très mal, dis-je.

— Tu te sens très mal ? Et encore, tu ne viens pas de te faire plaquer sur le seuil de ta maison par ta fiancée avant même que vous ayez eu l'occasion de choisir une bague ! Je pense que nous avons battu un record.

Rien de ce que je disais ne sonnait comme je le voulais.

— Tu seras mieux sans moi.

— Enfin un point sur lequel nous sommes d'accord.

Sur ces mots, elle retourna à l'intérieur et me claqua la porte au nez. Je m'enfouis le visage dans les mains, par conséquent je vis à peine la porte se rouvrir.

— Et voilà tout ton bordel, dit-elle, me tendant un sac noir en plastique. J'espère qu'elle en vaut la peine.

La porte claqua de nouveau.

*
**

Il était tard quand je rentrai chez moi. Il y avait un échafaudage autour de la maison voisine, et sous le soleil de fin de journée, il donnait l'impression qu'elle était enfermée dans une cage dorée. Je remontai notre allée et je remarquai un vélo électrique garé à la place où se trouvait autrefois la vieille Golf de ma mère. Je tournai la clé dans la porte et je fus accueilli par une alléchante odeur de poulet rôti, qui réveilla un appétit que j'avais cru ne jamais retrouver. Pas après avoir parlé à Isabelle. Je ne m'étais jamais senti plus incertain de la personne que j'étais, et ce n'était pas peu dire pour un homme qui avait vécu toute son existence dans l'ombre de l'opinion des autres. Je me sentais vide.

— Henry ! s'exclama ma mère de la cuisine avant de se précipiter dans le couloir.

Elle me serra dans ses bras et je me surpris à me demander distraitement pourquoi elle portait un long tee-shirt blanc couvert de peinture et un bandana dans les cheveux. En temps normal, elle était du genre perles et twin-set, pour maintenir l'illusion que nous avions encore de l'argent et que mon père ne l'avait pas entièrement dépensé dans la boisson.

— Tu as l'air différente, soulignai-je.

— Je me suis mise à la peinture ! Annie, la voisine, suit un cours tous les jeudis et…

— C'est juste pour qu'elles puissent reluquer de jeunes modèles nus, intervint la voix monotone de ma sœur.

Son mari Neil et elle firent résonner leurs lourdes Dr. Martens en descendant l'escalier.

— Oh, Lucinda, franchement ! protesta ma mère, roulant des yeux d'un air faussement offensé.

Les yeux de ma sœur étaient soulignés d'un trait d'eye-liner noir et, bien que ses cheveux noir de jais atteignent presque le bas de son dos, elle s'était fait une frange très droite qui lui donnait un air sévère. Nous fîmes tous une course d'obstacles pour sortir du couloir et entrer dans la cuisine. C'était un exercice peu commode mais familier, et je m'en réjouis.

— Pourquoi tu ne m'as pas prévenue que tu rentrais ? Un coup de fil aurait été appréciable, dit ma mère.

Elle enfila des gants de cuisine et sortit le poulet et les pommes de terre rôties du four. Je mis le couvert pendant que Lucinda et Neil continuaient à s'embrasser comme si nous n'étions pas là.

— C'était une décision de dernière minute.

— Une surprise pour Isabelle ?

Je laissai le cliquetis des assiettes et des couverts noyer la réponse vaine que je m'efforçais de trouver.

— Isabelle et moi, c'était une erreur, finis-je par dire, prenant conscience de ce fait pour la première fois. Nous le savions tous les deux. C'est mieux comme ça.

Voilà. Il n'y avait pas matière à discussion.

Ma mère resta immobile comme une statue pendant un instant, sa bouche formant un « o ».

— Ah, vous, les jeunes de maintenant, lança ma sœur, me donnant un petit coup de poing dans le bras et sauvant légèrement la situation.

— Bon sang, tu es drôlement enceinte, dis-je, remarquant la taille de son ventre.

— Ouais, elle a vraiment gonflé ces dernières semaines, approuva Neil, ce qui lui valut un coup de pied dans le mollet.

— Je n'accouche pas avant quinze jours, gémit-elle, mais il semblait que ce soit Neil qui souffrait le plus.

***

Pendant le dîner, je les écoutai discuter de manière animée de leurs projets d'avenir et je me rendis compte que, durant ma courte absence, les choses avaient changé à la maison. En mieux. Ma mère était devenue une sorte d'écoguerrière/cycliste/militante et Lucinda semblait, eh bien, heureuse.

— Alors, comment c'était, l'Irlande ? demanda Neil, ses yeux bruns m'observant à travers sa tignasse. Lu m'a dit que tu faisais des recherches sur une librairie disparue. Ça a l'air sympa.

Je finis mon verre de vin avant de répondre.

— Il s'avère qu'elle est insaisissable. Mais j'ai peut-être trouvé quelque chose d'autre, dis-je, un sourire se formant sur mes lèvres.

— Quoi ? demanda ma mère, coupant le Viennetta en tranches sur le plan de travail.

Elle adorait les desserts classiques.

— J'ai rencontré quelqu'un. En Irlande. J'y retourne dès que je pourrai prendre un avion.

Tous les visages se tournèrent vers moi. Je n'arrivais pas à croire que je venais de dire cela. Mais cela montrait à quel point j'étais sûr de moi.

— Tu vas sérieusement quitter le pays pour ne pas avoir à changer de couches ? demanda ma sœur, stupéfaite.

— C'est un peu extrême, mon gars, commenta Neil.

Ma mère coupa une autre tranche de gâteau glacé. Elle décida que c'était un sujet qu'elle seule pouvait aborder.

— Henry, trésor, je sais que tu t'es intéressé aux femmes un peu tard, mais je ne veux pas que tu te transformes en une sorte de don juan.

Je ne pus m'empêcher de rire. Si seulement elle savait.

— Alors tu es juste revenu pour voir Isabelle. Et papa ? demanda Lucinda.

Elle avait toujours été son avocate. Elle avait réussi à échapper au pire de son alcoolisme, et il n'avait jamais passé sa colère sur elle.

— Quoi, papa ?

— Tu ne vas pas lui rendre visite ? Il a demandé de tes nouvelles.

— Tu l'as vu ?

— Bien sûr, dit-elle, puis elle lança un regard à notre mère.

— Toi aussi ? demandai-je.

Elle fit un signe de tête négatif.

— Non. Je vais de l'avant. Je dois donner la priorité à mes propres besoins maintenant. Vous êtes tous les deux adultes et vous pouvez faire vos propres choix. Il sera toujours ton père, Henry, mais c'est à toi de décider.

S'il n'avait tenu qu'à moi, j'aurais eu un meilleur père. Mais je n'avais rien pu décider. C'était à lui de décider.

25

Opaline

Angleterre, 1922

Je fus réveillée le lendemain matin par un camion laitier qui effectuait ses livraisons. Le jour commençait à peine à filtrer à travers les rideaux vieux rose, mais je distinguais le contour de son épaule et sa crinière sombre sur l'oreiller. Armand dormait si paisiblement que cela me poussait à réfléchir à mes doutes constants. Je doutais de moi-même, de mes choix, de mes désirs et de mes capacités, en permanence. Oh, comme j'aimerais être un homme toujours sûr de lui ! Et sûr de sa place dans le monde.

En devenant Mlle Gray, je ne me cachais pas seulement de Lyndon, je me cachais de tout et de tous. De toutes les attentes liées à mon genre, qui exigeaient que je sois toutes les choses que je n'étais plus – pure, timide, passive. J'aurais aimé que nous soyons encore à Paris, où être ordinaire était mal vu et où briser les règles était un rite de passage.

Je n'avais pas très bien dormi, voire pas du tout. Je m'étais surprise à penser à Matthew. Il était passé brièvement à la librairie peu avant mon départ. Je crois qu'il était embarrassé par ce qui s'était passé, par notre étreinte ce soir-là. J'imagine qu'il ne serait pas venu du tout s'il n'avait pas eu besoin de collecter le loyer, mais ses bonnes manières l'empêchaient de faire une visite purement utilitaire, alors il m'avait parlé de la boutique et de son rêve d'enfant, devenir magicien.

— Magicien ? avais-je répété, incrédule.

Comme pour prouver ses dires, il avait tendu la main derrière mon oreille et y avait trouvé une petite boule de verre. J'avais voulu la prendre sur sa paume, mais elle s'était volatilisée.

— Comment avez-vous fait ça ? avais-je demandé avec un grand sourire.

— Ah, je ne peux pas dévoiler mes secrets.

Si seulement j'avais pu faire disparaître mes sentiments aussi aisément. Les jours où il passait, tout était plus lumineux, plus ensoleillé, plus joyeux. Mais quand il partait rejoindre sa famille, je me sentais malheureuse.

— *Mon Opale**, murmura Armand, enfouissant le nez dans mon cou.

Je le laissai mettre ses bras autour de moi et chasser ma solitude. Je n'avais pas eu l'intention de le suivre dans sa chambre, mais je suppose qu'à la minute où nos regards s'étaient croisés dans le Yorkshire, l'issue était devenue inévitable.

Pourtant, je ne pouvais m'empêcher de penser que je n'occupais pas dans son cœur une place supérieure à celle des autres femmes avec lesquelles il couchait. Eh bien, je ne le laisserais pas penser que je tenais à lui. Ainsi, je ne souffrirais pas. C'était le raisonnement d'une idiote ; mais l'amour rend aveugle, comme on dit.

— Il faut que je parte, finis-je par dire, déposant un petit baiser sur sa joue.

— *Mais non, reste**.

— Je ne peux pas. Mon bateau part ce soir et j'ai une affaire à régler avant.

— Une affaire ?

Il s'appuya sur un coude et me regarda m'habiller. Seigneur, il était magnifique ! Un vrai adonis. Je dus lui tourner le dos pour boutonner mon chemisier.

— Un livre.

— Évidemment que c'est un livre. Raconte-moi.

Je me retournai vers lui. Oui, il était très beau et, oui, il était un contact précieux dans le monde des livres rares. Il m'avait aussi aidée à m'enfuir de Paris. Cela dit, comme je l'avais compris chez Sotheby's, il était de la même trempe que Rosenbach. Impitoyable, déterminé et cupide. Lorsqu'il s'agissait des livres, peut-être l'étais-je aussi, et à cet instant, je pris conscience que s'il y avait peut-être de l'honneur parmi les voleurs, on ne pouvait pas en dire autant pour les marchands de livres.

— Peut-être pourrais-je rester un peu plus longtemps, dis-je, m'agenouillant sur le lit et le laissant déboutonner mon chemisier de nouveau.

La solitude n'est pas une conseillère très perspicace. En fait, plus la compagnie était inconvenante, plus elle s'accordait avec ma vision fataliste de l'amour. Quelque chose me disait que je ne le trouverais jamais, alors à quoi bon me préserver en l'attendant ?

⁂

Je n'avais pas beaucoup de temps. Le bruit de mes talons sur le trottoir résonnait dans mes oreilles pendant que je regardais les numéros sur les portes. Ma recherche m'avait conduite à Soho et à un petit dédale de ruelles cachées derrière Regent Street. Comme je me l'étais promis, je n'avais rien dit à Armand sur mon travail de détective concernant le second roman d'Emily Brontë. J'avais pris une décision ce matin-là, à laquelle je me tiendrais pour le reste de ma vie : le travail passerait toujours en premier. Cependant, j'avais tout de même demandé à Armand de me suggérer le nom d'un vendeur qui pourrait connaître les librairies ayant cessé leur activité. Après avoir passé une matinée intéressante dans le quartier de Mayfair, j'avais obtenu l'adresse de la librairie Brown.

C'était maintenant un cabinet d'avocat, mais je savais de source sûre que les précédents propriétaires avaient conservé l'appartement au-dessus de la boutique. Je frappai à la porte pendant un certain temps, jusqu'à ce qu'une femme d'un certain âge, toute de noir vêtue, vienne m'ouvrir.

— Mme Brown ? demandai-je, supposant que c'était elle.

— Oui, répondit-elle, levant légèrement la tête pour me regarder à travers les lunettes qui lui glissaient sur le nez. Est-ce que je vous connais ?

— Non, nous ne nous connaissons pas et je suis navrée de vous déranger, mais j'espérais pouvoir parler avec votre mari. C'est à propos de sa librairie et de sa tante, Martha Brown.

Elle afficha un sourire triste.

— Oh, cela faisait longtemps que nous n'en avions pas eu, n'est-ce pas, Reginald ?

Il n'y avait personne à côté de nous, mais je supposai que Reginald était à l'étage, car elle leva les yeux au ciel.

— Qu'est-ce que vous n'avez pas eu ?

— Une admiratrice des Brontë. Entrez, entrez, me dit-elle, car une pluie fine commençait à tomber.

Nous montâmes l'escalier et arrivâmes dans un charmant petit salon qui donnait sur la rue en contrebas. Chaque surface était recouverte de napperons de dentelle mais il n'y avait pas un seul livre en vue. Cela commençait mal. Je pris le siège qu'elle m'offrit, près d'une table ronde, face au feu de cheminée.

— Nous prendrons du thé, lança-t-elle de nouveau à une personne invisible.

Après quelques minutes, une jeune fille à la mine renfrognée apporta un plateau avec des tasses, des soucoupes et une théière argentée.

— Merci, dis-je, mais je ne reçus aucune réponse.

— Eh bien, elle est peut-être fâchée. Il va falloir que je la renvoie et que j'aille vivre avec ma sœur en Cornouailles. Je n'ai tout simplement plus les moyens de vivre ici, expliqua tristement Mme Brown.

Après un délai raisonnable, je m'enquis de M. Brown et demandai si je pouvais ou non discuter avec lui.

— Oh, mais, ma chère, vous arrivez quinze jours trop tard. Mon très cher Reginald est décédé, dans ce fauteuil, dit-elle, montrant un siège dans le coin de la pièce. D'où mon installation chez ma sœur.

— Ah, je vois, dis-je, regrettant d'être si mal tombée. Je vous présente mes sincères condoléances, madame Brown, et je ne vais pas vous prendre plus de temps avec ma recherche idiote.

Elle m'invita à rester un peu plus longtemps, au moins jusqu'à ce que la pluie cesse car elle était maintenant torrentielle.

— D'ailleurs, je n'ai pas souvent l'occasion de parler de notre ancienne librairie à présent. Ça me plaisait d'y travailler.

— Puis-je vous demander ce qui est arrivé au stock ? Avez-vous tout vendu ?

— Tout ce qui pouvait intéresser une personne telle que vous, j'en ai bien peur. Oh, il y avait de nombreux acheteurs à l'époque, impatients de mettre la main sur tout ce qui avait trait à la famille Brontë. Même un livre d'ornithologie ayant appartenu à la famille ! s'exclama-t-elle. Franchement, arrive un moment où il faut établir des limites.

Elle ne savait pas à qui elle parlait ! Pour les chasseurs de livres rares, il n'y avait pas de limites. Tout ce qui pouvait se rapporter à un auteur ou à sa vie était digne d'intérêt.

— D'ailleurs, si j'avais quelque chose à vendre maintenant, je ne serais que trop heureuse de m'en séparer. À mon âge, je vais avoir besoin de tout l'argent que je pourrai trouver.

La vie était difficile pour une femme seule, j'étais bien placée pour le savoir. Je parlai à Mme Brown de ma librairie à Dublin et, aussi pathétique cela puisse paraître, je fus ravie quand elle fit l'éloge de mon indépendance.

— Maintenant, je dois vraiment vous laisser, à regret, madame Brown, dis-je, me rendant compte de l'heure.

Je devais prendre un train pour Liverpool afin d'arriver à temps pour le bateau du soir.

— Oh, je suis désolée, vous avez fait tout ce chemin en espérant trouver quelque chose et je ne vous ai été d'aucune aide, dit-elle, se levant péniblement de sa chaise pour me raccompagner. Attendez une minute, il se pourrait que j'aie tout de même quelque chose qui pourrait vous plaire.

Elle disparut dans une autre pièce. Quand elle revint, elle portait ce qui ressemblait à une petite boîte en fer-blanc.

— Elle était dans la librairie, mais elle ne s'est jamais vendue, expliqua-t-elle en me la tendant.

— Qu'est-ce que c'est ?

— Une vieille boîte à couture, qui a appartenu à Charlotte.

J'ouvris de grands yeux. Je n'arrivais pas à croire que je tenais dans mes mains l'une de ses possessions, modeste mais personnelle, qu'elle avait utilisée au quotidien. Je soulevai le couvercle, révélant une rangée bien ordonnée de fils aux teintes sombres et un coussin à épingles brodé dans lequel des aiguilles étaient soigneusement enfoncées.

— Selon mon mari, qui l'a reçue de Martha elle-même, bien sûr, c'était Branwell qui en avait fait cadeau à Charlotte. Cependant Dieu sait que ce n'était pas un très beau présent ! Il était porté sur la bouteille, celui-là.

Je savais d'après mes recherches qu'il était également porté sur d'autres choses, ayant lutté contre une addiction à l'alcool mais aussi aux drogues durant sa vie. Je m'étais souvent demandé si le chemin chaotique d'Hindley Earnshaw vers le jeu et les addictions dans *Les Hauts de Hurlevent* avait été inspiré par Branwell, qui souffrait souvent de delirium tremens lorsqu'il essayait de se sevrer.

— Deux livres et elle est à vous, dit-elle.

Dans toute autre situation, j'aurais requis une preuve de la provenance d'un tel objet, mais je décidai de lui faire confiance. De plus, je trouverais cela très amusant si elle était en réalité un escroc, qui me vendait sa propre boîte à couture en la faisant passer pour un objet de collection ayant appartenu aux Brontë !

Je lui donnai l'argent, qui, me dit-elle, irait dans son pot de retraite, et je me mis en route pour aller retrouver l'anonymat à Dublin. C'était peut-être un excès de vigilance de ma part, mais à Londres, je n'avais pas pu me défaire de la sensation glaçante d'être surveillée.

⁂

Trois mois s'étaient écoulés depuis mon voyage en Angleterre, et même si je ne m'attendais pas à avoir des nouvelles d'Armand, le fait que mes pensées soient confirmées chaque matin par le facteur était légèrement douloureux. Cependant, je trouvais un sentiment d'épanouissement dans mes réussites et dans le succès de ma merveilleuse petite librairie qui, malgré le nombre croissant de livres que j'y stockais, semblait toujours trouver de la place pour les accueillir. Je soupçonnais depuis longtemps que quelque chose qui échappait à ma compréhension était à l'œuvre, comme si M. Fitzpatrick avait jeté un sort à ce lieu. Le soir, quand le sommeil m'échappait tel un point de fuite, je me préparais un chocolat chaud et je m'asseyais sur le sol de la librairie, enveloppée dans une couverture. J'étais aussitôt apaisée par ce bruit de respiration que j'entendais depuis mon enfance : les histoires qui se déposaient entre les pages. Mais à présent, j'entendais un autre son. Je me traînais vers l'un des murs et, me sentant un peu bête, je collais mon oreille contre. Un doux craquement, comme les branches d'un arbre qui se penchait légèrement sous la brise. Je souriais alors, et je m'endormais souvent ainsi, blottie dans un coin, entre les murs vert foncé, avec les bibliothèques en bois autour de moi et des pages de livres vibrantes et scintillantes au-dessus de ma tête.

*
**

Lorsque je me réveillai, c'était encore l'aube et une lumière orangée filtrait par les fenêtres. J'avais fait un rêve très vivace, le genre qui vous laisse noyé dans un sentiment dont vous ne pouvez pas vraiment saisir le sens caché. Dans ce songe, mon père écoutait les livres et souriait. Il me disait de les écouter. J'en pris un contre mon oreille et j'entendis un battement de cœur. Puis un second ; celui-là était plus léger, plus rapide. Et comme une pomme tombant sur le sol, une révélation s'abattit sur moi d'un coup. Je posai la main sur mon ventre et je sentis un coup de pied. Je n'avais pas eu mes règles depuis mon retour et j'avais mis cela sur le compte du voyage, ou de toute autre chose que la véritable raison. À présent je sentais la courbe de mon ventre, qui était bien réelle. Une larme roula sur ma joue.

— Ce ne sera pas facile, murmurai-je.

Je ne savais pas si j'avais parlé à moi-même ou à la librairie. Mais je ne pouvais ignorer la joie qui bouillonnait à l'intérieur de moi. Un bébé. Un bébé ! Des émotions contradictoires me traversèrent tout à coup : la peur, l'excitation, l'angoisse, la gratitude. Je me sentais trop jeune, trop incapable pour devenir mère, mais en même temps, je me réjouissais à l'idée d'avoir une famille bien à moi.

Je perdis totalement la notion du temps tandis que j'imaginais un avenir très différent pour moi-même. J'ouvris la librairie assez tard ce jour-là, mais j'avais l'impression que c'était le premier jour de ma vie. Tout était illuminé par l'optimisme et chargé de sens. Je voyais chaque client comme l'enfant qu'il avait été ou le parent qu'il allait devenir. Je nous voyais tous reliés, comme une famille universelle. Et dans les moments plus calmes, je visualisais la vie grandissant à l'intérieur de moi comme un petit bouton de rose ; une beauté sans égale qui rendrait le monde plus joyeux par sa seule présence. Ce ne fut qu'à la nuit tombée que mon cœur lumineux commença à douter de lui-même. La réalité franchit mon seuil sous la forme de Matthew, venu encaisser le loyer. Il fallait que je le prévienne. Dans un mois environ, il le verrait par lui-même. Dans six mois, nous serions deux à vivre ici. Tout semblait soudain très pesant.

J'aurais aimé que la librairie se referme autour de nous et nous protège, en tenant le monde à distance. J'aurais aimé que nous puissions nous cacher entre ces murs pour toujours.

26

Martha

Une fois l'autopsie achevée, quelques semaines plus tard, le corps serait rendu à la famille pour être enterré. Je devais assister aux obsèques, pour éviter tout soupçon. Ce plan n'était pas le mien mais celui de Mme Bowden. Je commençais réellement à me demander si elle ne s'était pas débarrassée de ses époux, tant elle était calme. Et je mesurais à quel point elle avait été prévoyante lorsqu'elle avait fait en sorte que j'aie des témoins pour confirmer mes alibis.

— Pourquoi faites-vous cela pour moi ? lui demandai-je plus tard dans la soirée alors que, malgré mon épuisement, je n'arrivais pas à dormir.

Chaque fois que je fermais les yeux, je revoyais la scène.

— Qu'est-ce que je fais ? Je m'assure simplement que justice soit faite.

— Mais ce n'est pas ainsi que ça s'est passé.

Je ne pouvais toujours pas dire avec certitude ce qui s'était produit. Shane avait-il tellement bu qu'il avait perdu l'équilibre et qu'il était tombé ? Chaque fois que je rejouais le film dans ma tête, je voyais qu'il était poussé, mais par qui ou par quoi ? Une force invisible ? Mme Bowden était-elle davantage que ce qu'elle paraissait être ? Je n'arrivais pas à savoir si elle était mon ange gardien ou un démon déguisé. Lire en elle était difficile ; il y avait tant d'histoires qui me distrayaient, trop pour une seule vie. Elle m'avait dit un jour que, en tant qu'actrice, elle devait incarner ses personnages. Peut-être vivaient-ils tous en elle, comme des fantômes.

— Martha, voilà les faits : Shane a débarqué ici ivre, violent, et avec de mauvaises intentions. Il a été l'artisan de son propre décès, et c'est la seule vérité sur cette journée qui vaille la peine d'être retenue.

Elle était si convaincante que j'essayais de m'accrocher à ses mots comme à des bouées chaque fois que j'avais l'impression de me noyer dans les ténèbres. Je ne savais pas comment j'allais affronter les obsèques. Ma famille. Les parents de Shane. J'avais envisagé de demander à Henry de m'accompagner, mais cela semblerait inconvenant, sur bien des plans. D'ailleurs, je ne l'avais toujours pas contacté. Le choc de la mort de Shane avait paralysé mes sens. Je voulus lui envoyer un message, mais que pouvais-je dire ? Il fallait que je le voie en personne.

***

Je pris le bus pour Rialto et je retrouvai le bed and breakfast dans lequel il m'avait emmenée. J'avais l'impression que ce soir-là remontait à une éternité.

— Ah, bonjour, madame, vous cherchez une chambre, c'est ça ?

Un homme assez petit, aux cheveux coiffés sur le côté, ouvrit la porte, posant un pied sur le seuil pour empêcher un chien qui aboyait de s'élancer vers la liberté.

— Non, en fait, je cherche quelqu'un qui séjourne ici. Henry Field. Il est anglais.

J'avais ajouté cette précision car le nom ne semblait pas lui évoquer quoi que ce soit.

— Oh, Henry, bien sûr. Non, madame, il est retourné chez lui.

— Chez lui ?

— En Angleterre.

Je reculai et chancelai un peu, comme si on m'avait tiré dessus. Je n'arrivais pas à assimiler cette information.

— Est-ce que ça va ? Vous êtes un peu pâle, si je peux me permettre.

Je hochai la tête et tentai de dire quelque chose de cohérent.

— Quand est-il parti ?

— Oh, ça fait quelques jours maintenant.

— Je... je...

— Désolé, madame, il y a le match à la télé, dit-il en lançant un regard plein d'envie vers le couloir, où on entendait le bruit d'une équipe marquant un but.

— Oh, pas de souci.

La porte se referma avant que j'aie le temps d'ajouter quoi que ce soit. Le choc fit place à un autre sentiment. L'humiliation. Je vérifiai mon téléphone. Il n'y avait pas un seul message de lui. C'était clair désormais ; il avait su, après m'avoir embrassée, que c'était une erreur. Une erreur qu'il regrettait à présent. Évidemment. Je pressai mes paumes sur mes yeux. Peut-être avait-il de la peine pour moi. C'était cela. Il avait pitié de moi et j'avais pris ce sentiment pour autre chose. Ça ne signifiait sans doute rien pour lui. Ou alors, il s'était rendu compte trop tard qu'il avait fait une bêtise et maintenant, il ne savait pas comment me le dire. Mes doigts tremblaient quand j'affichai ses coordonnées sur l'écran. Je bloquai son numéro avant de ranger mon téléphone dans ma poche.

Je titubai dans la rue. Je ne m'étais pas attendue à ce que ça fasse si mal. J'avais toujours su qu'il s'en irait, mais je n'aurais jamais cru qu'il serait cruel au point de partir sans un mot. Je m'arrêtai et pris une grande inspiration. Je n'allais pas donner à un autre homme le pouvoir de me faire souffrir. S'il y avait une chose pour laquelle j'étais douée, c'était la solitude. Plus rien ne pourrait me faire de mal à présent.

⁂

Le temps s'écoulait de manière imprévisible. Je pouvais perdre des journées entières dans les flash-back et les souvenirs, puis me retrouver projetée dans une réalité à laquelle j'avais peine à croire. Revenir dans ce village était un choc. Revenir dans ce village pour l'enterrement de mon mari était surréaliste. Les gens avaient toujours trouvé que j'étais un peu « à part ». J'essayais pourtant de faire comme tout le monde mais je n'avais jamais pu m'intégrer comme les autres. Je n'avais jamais vraiment eu l'impression que j'étais à ma place ici.

La mère de Shane dirigeait seule le supermarché local depuis la mort de son mari, et elle était souvent décrite comme un pilier du village. Elle avait toujours été correcte avec moi, quoiqu'un peu distante. Elle aussi savait qu'il y avait quelque chose de différent chez moi. Ou peut-être connaissait-elle son fils mieux qu'elle ne le laissait croire. Mieux que moi. Peut-être avait-elle vu les hématomes et avait-elle voulu que je me taise ; elle ne pouvait pas permettre qu'un tel scandale détruise sa réputation ou son commerce. Et j'avais accepté la situation en silence. Je ne voulais pas perturber les choses, moi non plus, et je croyais que j'étais en partie responsable de tout ça. J'avais sûrement fait quelque chose de mal. En lisant la mère de Shane, je ne voyais qu'une femme qui aimait sa famille jusqu'à l'aveuglement.

Mme Bowden avait proposé de m'accompagner mais je ne voulais pas qu'elle soit là. J'étais embarrassée par ce village et par tous ceux qui y vivaient. Je devais simplement aller au bout de cette journée, ensuite tout serait fini. Du moins, c'était ce que je me disais.

J'étais assise dans une voiture noire à côté de la mère de Shane.

— Eh bien, j'espère que cet emploi à Dublin en valait la peine.

— Excusez-moi ?

— Quel genre de femme fait passer un travail avant son mari ?

Jusqu'à présent, elle avait regardé droit devant elle, mais maintenant, ses yeux rougis étaient braqués sur moi.

— Ce n'est pas ce que j'ai fait.

— Et mon pauvre Shane, il ne se serait jamais mis en travers de tes rêves. Il a dit que ça ne l'ennuyait pas que tu partes quelques mois. Oh, il était tellement impatient de te ramener à la maison.

Il ne lui avait pas dit que je l'avais quitté. Je pris une grande inspiration. Évidemment qu'il ne l'avait dit à personne. Comment l'aurait-il expliqué ? Soit elle n'était pas au courant qu'il me battait, soit son esprit refusait qu'elle voie ce qui était juste sous ses yeux. *Pas mon fils*.

— S'il n'y avait pas eu l'accident... (Elle s'interrompit, ravalant ses mots d'un coup et pressant un mouchoir sur son nez.) Pourquoi n'étais-tu pas là, Martha ?

— Je..., commençai-je, et ma voix se brisa. Je suis désolée.

Elle prit ma main dans la sienne et la serra si fort que je crus que mes os allaient craquer.

— Je sais ce que les gens disent, que c'était un suicide, mais je ne les crois pas.

Je hochai la tête. Un mélange de culpabilité et de soulagement me fit frissonner. Personne ne soupçonnait rien.

La journée passa sous forme de flashs, comme dans un film d'avant-garde. Son oncle faisant un discours à l'église. Le cercueil ouvert. Le visage froid et blanc de Shane, qui semblait aussi innocent que celui d'un enfant. Le cimetière et les cris de sa mère quand le cercueil avait été mis en terre. L'hôtel ensuite et ses amis racontant l'histoire de ma rencontre avec Shane. Un coup de foudre. Mes deux frères levant leurs pintes de bière, disant quel homme bien il était. Toujours prêt à réparer leur voiture à prix d'ami. Ne manquant jamais son tour pour payer une tournée. Comme si cela suffisait pour être un homme bien. Je ne pleurai pas une seule fois. Je craignais que les gens ne trouvent ça étrange, mais le prêtre m'assura que nous exprimions tous notre chagrin différemment.

***

Mes parents me proposèrent de me reconduire à l'appartement que j'avais partagé avec l'homme qui avait presque essayé de me tuer. L'homme qui était maintenant mort et enterré. *C'était un terrible accident*. Je m'étais répété cette phrase tant de fois, comme un mantra. Si on répète une chose suffisamment souvent, elle devient vraie. Ou du moins, c'était l'objectif recherché. Je tournai la clé dans la serrure, mais dès que j'entrai à l'intérieur, je sus que je ne pourrais plus jamais vivre ici. Partout où je posais le regard, je revoyais toutes les fois où il m'avait menacée, hurlé dessus, frappée. Des courts-métrages, sans début ni fin. Je ne savais jamais à quel moment les disputes commençaient. J'essayais de remonter le fil des événements jusqu'à un point de départ logique, mais il n'y en avait pas. N'importe quel détail pouvait réveiller sa colère, et plus j'essayais de couper les parts de moi qui semblaient l'agacer, plus je diminuais, jusqu'à ce qu'il ne reste plus grand-chose. Je n'existais que dans son monde, à ses conditions, tout cela pour essayer de survivre à « ce coup de foudre ».

Je me tournai vers ma mère et sans même que j'aie besoin de dire un mot, elle comprit ce que je lui demandais. Ils me ramenèrent chez eux.

Je ne dormis pas. Je restai simplement allongée dans le lit de mon enfance, en me demandant comment j'avais fini ici. Quand les premiers rayons de soleil filtrèrent à travers les fins rideaux, j'avais pris quelques décisions. Je ne reviendrais jamais dans ce village. Quelle que soit la manière dont ça s'était passé, on m'avait offert une seconde chance, pour que je prenne un nouveau départ. Je m'habillai rapidement et je marchai sur la pointe des pieds jusqu'à la porte de service. Juste au moment où je soulevais le loquet, j'entendis une voix derrière moi à laquelle j'osai à peine croire.

— Je suis contente qu'il soit mort, dit-elle.

Je me retournai et je vis ma mère, dans sa vieille robe de chambre, les bras serrés autour d'elle. C'étaient les premiers mots que je l'aie jamais entendue prononcer. Rouillés et à moitié murmurés, ils confirmaient ce que j'avais soupçonné tout ce temps – elle s'était condamnée au silence. Mais pourquoi ? Ce fut à ce moment que toutes les larmes que je n'avais pas versées se libérèrent, et nous nous étreignîmes pendant un très long moment.

— Viens avec moi, finis-je par dire.

Je savais qu'elle ne quitterait pas mon père. C'était un homme bien. Simplement, les gens ont des définitions différentes du mot « bien ».

Elle me dit en langue des signes que je devais partir, être libre et profiter de la vie. C'était tout ce qu'elle avait toujours voulu pour moi.

— J'aurais dû te sauver de lui.

Son visage était blanc comme un linge. Ce n'était que maintenant que je voyais à quel point elle s'en voulait.

— Tu n'aurais pas pu. Il m'a isolée de tout le monde, il m'a donné l'impression que tout était ma faute. Je ne pouvais rien dire à personne, j'avais tellement honte.

— Oh, trésor, je croyais que tu avais honte de *moi* ! Alors j'ai gardé mes distances.

Je l'étreignis de nouveau, aussi fort que je le pus. C'était si évident à présent, la façon dont Shane m'avait manipulée. Je ne lui pardonnerais jamais. Jamais.

27

Henry

Felicity Grace Field décida qu'elle ferait son entrée dans le monde avec deux semaines d'avance. Lucinda m'avait convaincu de rester à Londres quelques jours de plus pour aider Neil à finir de décorer la chambre d'enfant. À 3 heures du matin, j'entendis des voix paniquées derrière la porte de ma chambre – ma mère criant quelque chose à Neil à propos du sac de voyage, Neil criant après lui-même pour avoir mal rangé la clé de la voiture, ma sœur leur hurlant à tous les deux d'arrêter de créer un environnement angoissant pour le bébé. Je bondis hors du lit et me précipitai dans le couloir, où Lucinda était debout, pieds nus dans une flaque de liquide.

— Qu'est-ce qui se passe ? demandai-je bêtement.

— Je vais avoir un bébé, répondit-elle, parvenant encore à prendre un ton sarcastique.

— Tu veux dire, maintenant ?

— Je veux dire, ouais, fit-elle en imitant ma voix d'idiot.

À cet instant ma mère arriva, des pantoufles et un manteau dans les mains. Je restai là, immobile, à les regarder se démener pour habiller Lucinda afin qu'elle aille à l'hôpital.

— Henry ! Soit tu fais partie de la solution, soit tu fais partie du problème ! cria ma mère, et elle m'ordonna d'aider Neil à trouver la clé de la voiture.

J'obéis et je la trouvai, bien en vue sur la table de la cuisine, au moment où Neil passait devant sans la voir pour la énième fois.

— Seigneur, dit Neil, les yeux écarquillés et l'air paniqué. Je ne crois pas être prêt pour ça.

— D'accord. Bon, je ne suis pas sûr qu'on puisse en tenir compte à ce stade.

— Comment je vais conduire, bordel ? Je n'arrive même pas à voir correctement, même ma vue est toute trouble. C'est normal ?

Je conduisis. Lucinda était assise entre maman et Neil, qui gonflaient leurs joues et expiraient l'air par leurs lèvres retroussées comme deux poissons-globes fous. Je n'étais pas convaincu que ce soit utile mais Lucinda semblait contente qu'ils soient calmes. C'était mieux que tous ces cris. Je me félicitai en silence d'être un roc dans cette situation et je me garai devant le service des urgences.

— Nous y voilà, dis-je, comme si je les déposais à l'aéroport pour des vacances en Espagne.

— Ce... n'est pas... la maternité, lâcha Lucinda d'une voix grave et menaçante, puis elle émit un son proche du meuglement d'une vache (il n'y avait pas d'autre moyen de le décrire).

J'écrasai la pédale de l'accélérateur et je suivis les panneaux indiquant la maternité avant de m'arrêter devant l'entrée. Après avoir aidé tout le monde à descendre, j'allai garer la voiture, et quand je revins, tout était fini.

— C'est une fille, murmura ma mère à travers ses larmes.

Je l'étreignis sous un néon défectueux qui clignotait au-dessus de nos têtes. Je n'arrivais pas à croire que nous étions arrivés à quatre et que nous repartirions chez nous à cinq.

— Ils s'occupent du placenta maintenant.

— Maman, s'il te plaît, pas de détails.

— Oh, pour l'amour du ciel, protesta-t-elle en me donnant une petite tape sur le bras. Ce sera ton tour un jour.

Vraiment ? Je n'étais pas certain de vouloir devenir père. Je ne voulais infliger ce que j'avais vécu à personne.

— Vous pouvez entrer maintenant, nous informa Neil, qui avait passé la tête par l'embrasure de la porte.

Il portait une blouse en plastique par-dessus ses vêtements, comme si c'était lui qui avait mis le bébé au monde. Et il pleurait.

— Des larmes de joie, précisa-t-il, et je ne pus m'empêcher de le prendre dans mes bras.

Le voir si vulnérable était touchant.

Le sentiment que quelque chose d'important venait de se produire semblait vibrer dans la pièce. Puis je vis ma sœur, sa frange noire écartée de son visage en sueur, sa nudité couverte par un drap, et une petite tête aux cheveux bruns au creux de son cou.

— Felicity, il est temps que je te présente ton oncle Henry.

La seconde suivante, c'était moi qui pleurais. Ce qui passa inaperçu car le bébé se mit à pleurer aussi. Puis nous nous mîmes tous à rire et à pleurer jusqu'à ce que l'infirmière nous ordonne de sortir car elle devait montrer à Lu comment faire en sorte que Felicity « prenne le sein ». Ma sœur ne pourrait pas se reposer tout de suite, c'était une certitude. Ni même jamais, sans doute.

⁂

Nous passâmes la nuit à l'hôpital tous ensemble, aucun de nous ne voulant briser la petite bulle de joie que nous avions créée. Du moins, que Neil et Lu avaient créée, pour être précis. Une nouvelle personne avait rejoint notre famille, et, sans le dire, nous semblions tous partager la conviction que son expérience serait meilleure que la nôtre. Nous allions devenir de meilleures personnes pour elle. Le processus avait déjà commencé. C'était peut-être pour ça que les gens parlaient d'une nouvelle vie comme d'un miracle. Parce qu'elle avait le pouvoir de tout changer.

J'éprouvai soudain le désir irrésistible de voir Martha, de lui raconter tout ce qui s'était passé. Je voulais qu'elle soit ici, avec ma famille. Qu'elle en fasse partie. J'allai acheter de quoi petit-déjeuner ainsi que d'autres affaires pour Lu – c'était en réalité une excuse pour que je puisse téléphoner à Martha. Mais une fois que j'eus composé son numéro, il n'y eut même pas de tonalité. Je me dis que son téléphone était éteint. Une explication simple. Pendant que j'attendais les cafés, j'envoyai une série de messages avec des émoticônes bébés, ce qui n'était tellement pas mon style qu'elle pourrait supposer que j'avais été kidnappé et que j'essayais de lui communiquer ma localisation. Néanmoins, après plusieurs heures et comme je n'avais toujours pas de réponse, je commençai à avoir l'impression que quelque chose n'allait pas. J'avais tout expliqué dans le message que j'avais laissé, mais peut-être avait-elle changé d'avis. Et si j'étais allé un peu trop vite ? J'étais perdu dans mes interrogations quand je retournai dans la salle d'accouchement et je faillis heurter quelqu'un. Un homme. Mon père.

— Qu'est-ce qu'il fait là ?

— Henry, tout va bien, répondit Lu.

Non, tout n'allait pas bien. Loin de là, mais lorsque vous venez de donner naissance à un être humain, vos sentiments l'emportent sur ceux de tous les autres.

— Je vais attendre dehors, décrétai-je, laissant le petit déjeuner dans la pièce.

⁂

Je faisais les cent pas dans l'espace fumeurs situé à l'extérieur. Pourquoi Lu avait-elle téléphoné à notre père ? Chaque fois que je le voyais, toutes les vieilles blessures remontaient à la surface. *Mon fils n'est pas une mauviette.* C'était ce qu'il avait dit la première fois que j'étais tombé de mon vélo et que je m'étais mis à pleurer. Puis il m'avait décoché un coup de poing qui m'avait fait tomber de nouveau. *Il faut s'endurcir dans ce monde.* Je devais m'endurcir, certainement, avec un père tel que lui. Quel genre de grand-père allait-il être ? me demandai-je. Penser à cela m'irrita encore plus. Il serait sans doute un grand-père parfait – il ferait tout comme il fallait la seconde fois, maintenant qu'il avait commis toutes les erreurs sur moi. Lu avait échappé à la majeure partie de sa violence verbale, peut-être parce que c'était une fille. Parfois, je lui en voulais, mais la plupart du temps, j'étais soulagé qu'elle n'ait pas eu à subir la même chose que moi.

Je repensai à Martha. Pendant très longtemps, j'avais caché les parts de moi qui semblaient irréparables. Mes piètres tentatives pour devenir quelqu'un d'appréciable, le fait que je cache les fêlures qui m'empêchaient d'être à la hauteur, Martha avait su voir au-delà de tout cela. Je n'avais rien appris de mon père, hormis comment me sentir inadapté en permanence. Je comprenais à présent que c'était le triste héritage qui se transmettait d'homme en homme dans ma famille. Nous passions notre vie à faire tout ce qu'il fallait pour donner l'image d'un homme fort. L'échafaudage autour de moi était censé être temporaire. Les fractures en moi auraient dû être réparées. Seulement, elles ne l'avaient jamais été. Sans que je sache comment, Martha avait vu ces fractures, et elle avait fait en sorte que leur présence ne soit pas un problème. Elle n'attendait pas de la perfection, juste de l'honnêteté. De la gentillesse. Après tout ce qu'elle avait subi, elle était prête à voir ça en moi. À avoir le courage de s'attacher à quelqu'un de nouveau.

Je vérifiai mon téléphone une fois de plus. Rien. Si je voulais être avec Martha, il fallait que je m'assure d'abord d'être digne d'elle.

28

Opaline

Dublin, 1922

Noël approchait à grands pas. Matthew arriva avec quelques branches de houx pour décorer la librairie, ainsi que des petits paquets contenant du jambon cuit, des biscuits et un cake. Quoi qu'il achète pour son foyer, je savais qu'il mettait toujours un petit quelque chose de côté pour moi, et sa gentillesse me serrait le cœur. Je n'étais pas en position de refuser sa charité. Les titres de mon catalogue se vendaient bien en Irlande, et même aux États-Unis, toutefois mon budget demeurait serré, et je m'efforçais d'épargner de petites quantités d'argent pour l'avenir. À peine Matthew avait-il passé la porte que du gui en fleur apparut dans les vitraux.

— Arrête ça tout de suite ! m'exclamai-je.

— Que j'arrête quoi ? demanda Matthew, tenant un brin de houx en l'air.

— Oh, rien, dis-je. (Je rougis.) Le bébé donne des coups de pied.

Il posa le houx sur la table et me fit un petit sourire.

— Je me souviens quand Muriel était enceinte du petit Ollie. Il faisait toute sa gymnastique la nuit.

Le bébé ne donnait pas vraiment de coups de pied, ce n'était qu'une excuse, mais quand Matthew avança d'un pas, il me demanda s'il pouvait toucher mon ventre. J'en avais envie, mais je découvris que j'étais incapable de parler. Je me contentai de hocher la tête. Lorsqu'il posa doucement la main sur la courbe de mon ventre, le bébé se mit aussitôt à bouger.

— Ha ! Le voilà, dit-il en souriant. C'est vraiment magique.

Il ne m'avait pas jugée quand je lui avais parlé de ma grossesse. Il n'avait pas posé la moindre question sur l'identité du père ou sur l'endroit où il se trouvait. Il m'avait simplement demandé s'il pouvait faire quoi que ce soit pour m'aider.

— Pourquoi n'avez-vous pas repris la boutique ? demandai-je. Vous en aviez sans doute envie, quand vous étiez plus jeune.

Il retira sa main, et je ressentis le manque de manière aiguë.

— J'ai grandi, dit-il simplement, haussant les épaules et contemplant l'espace avec des yeux embués. Et puis, elle est entre de bonnes mains maintenant.

— Je ne sais pas, tempérai-je.

Je passai les mains le long d'une tablette de bois en me demandant si lui aussi pouvait entendre les reliures craquer et les pages soupirer.

— Mon père n'a jamais été un homme riche, Opaline. Du moins, d'un point de vue financier. Pourtant je me souviens que quand les temps étaient durs, il ne doutait jamais de lui-même, il disait simplement que la boutique attendait peut-être de redevenir une bibliothèque. Et quand je vois vos livres ici à présent, je crois qu'il avait raison. Elle n'avait pas envie d'être une boutique de souvenirs ou de magie. (Il tendit la main et toucha les murs de bois.) Elle est retournée à ses racines.

Quand il fut parti, j'emplis le silence avec un disque de saison, *Casse-noisette* de Tchaïkovski, que je mis sur le Victrola, et je pris un exemplaire de *Casse-noisette et le Roi des souris*, de E.T.A. Hoffmann, l'œuvre qui avait inspiré le ballet. Je me rappelai une note que j'avais vue à la bibliothèque dans le Yorkshire, dans laquelle il était précisé que Hoffmann était l'un des auteurs préférés d'Emily Brontë. Si ma mémoire était bonne, elle avait lu son roman *Le Marchand de sable* dans sa version allemande originale. Et ce fut ce simple fil de pensées qui me rappela un objet que j'avais mis de côté et auquel je n'avais plus pensé depuis mon retour de Londres. La boîte à couture.

Le petit achat que j'avais effectué chez Mme Brown était si modeste et inintéressant que je n'y avais pas accordé davantage qu'un bref regard. Puisque je soupçonnais aussi que la boîte n'avait jamais vraiment fait partie du foyer des Brontë, je l'avais négligemment laissée dans le dernier tiroir de mon bureau, et je ne l'avais plus touchée.

Je me penchai pour la prendre, puis je la posai devant moi sur le bureau. Je passai les doigts sur la surface et je fermai les yeux, comme si je pouvais deviner sa provenance. Ce n'était même pas une vraie boîte à couture, mais une vieille boîte à billets en fer-blanc. À l'intérieur se trouvait une collection de bobines, d'aiguilles, de dés à coudre et de fils. Je retirai tous les éléments, un par un, comme je l'avais fait la première fois sur le bateau pendant que je revenais de Liverpool. Peut-être avais-je manqué quelque chose – un nom gravé dans le métal ou un indice quelconque. Rien.

J'entendais le tonnerre gronder au loin et au moment où je levai les yeux, de grosses gouttes de pluie commencèrent à marteler la vitre. Je caressai mon ventre.

— Ne t'inquiète pas, trésor, les dieux s'amusent dans les nuages, assurai-je avec douceur.

En temps normal, je détestais les orages, mais j'étais décidée à ne pas transmettre cette aversion à mon bébé. Et puis, un sentiment magique flottait dans l'air, comme si quelque chose d'excitant allait se produire.

Je me levai pour fermer les volets et je drapai un châle en laine autour de mes épaules. Je plaçai la boîte à couture entre mes mains et, à nouveau, je tentai d'entrevoir son passé. J'avais lu des choses sur des gens qui pouvaient toucher un objet et avoir une vision du précédent propriétaire. C'était stupide, bien sûr ; malgré tout, je fermai les paupières, et lorsque je retournai la boîte dans mes mains, je trouvai quelque chose. J'osai à peine ouvrir les yeux, réticente à vérifier que mon sens du toucher m'avait trompée, mais elle était bien là – une rainure presque invisible à la base de la boîte. Si quelqu'un avait vu mon visage en passant devant la librairie, il se serait sûrement dit que je ressemblais à une chasseuse de trésors à l'entrée d'un tombeau égyptien ancien !

Lentement, je fis glisser le revêtement extérieur et un minuscule carnet noir, de la taille d'une carte à jouer, tomba de la boîte. Je haletai. Qu'avais-je découvert ? Depuis combien de temps était-il caché dans ce compartiment secret, et qui l'y avait placé ? Toutes les hypothèses s'entrechoquaient dans ma tête, et pendant un bon moment, je restai figée dans l'inaction. Je n'avais même pas remarqué que ma main était pressée contre mon cœur battant tandis que ma tête était penchée vers le carnet, comme s'il s'apprêtait à me parler.

Même si je savourais ce délicieux moment, juste avant que l'inconnu ne devienne connu, je ne pouvais pas tergiverser plus longtemps. Ma curiosité était à son comble. J'approchai une main hésitante vers la couverture et je la soulevai avec soin. Le carnet exhala une odeur sèche et boisée. Aussitôt, j'imaginai une jeune femme en train de griffonner des mots au coin du feu – comme si la fragrance était encore imprégnée de l'environnement dans lequel elle avait été créée.

> 1846
> J'ai consacré une vie entière à fuir les frontières de ce triste lieu, pour finalement me retrouver empêtré dans ses racines noueuses et opprimé par ses tours imposantes. Je suis désormais satisfait de savoir qu'aucun de ceux qui sont nés sur cette terre ne peut en essuyer la poussière sur ses talons.

Je tins mes joues rougies entre mes paumes. Ce carnet, qu'était-ce ? Ce que je cherchais depuis toutes ces années ?

> Le manoir de Wrenville est un spectre qui nous hante tous, de génération en génération...

J'avais presque trop peur pour toucher le papier – je craignais qu'il ne s'effrite entre mes mains, une peur irrationnelle puisqu'il avait survécu toutes ces années. Je cherchai dans le tiroir une loupe, car l'écriture était si petite et si serrée sur la page qu'il était difficile de la déchiffrer. J'approchai ma lampe de bureau et me penchai au-dessus du petit carnet. L'encre noire était peu soignée ; des mots étaient barrés, d'autres étaient pressés dans le peu de marge qu'il restait. Ayant vu quelques-uns des journaux intimes de ses sœurs à Haworth, j'étais certaine qu'il s'agissait de l'écriture d'Emily, mais il me faudrait la faire authentifier. À moins que...

Ce fut alors que je la repérai – une minuscule signature. E.J.B.

On aurait dit que des feux d'artifice explosaient dans mes veines. Le bébé donna des coups de pied, l'air grésilla et un souffle passa dans mes oreilles. Était-ce le second roman, ou du moins son brouillon ? La tête me tourna et mes pieds battirent la mesure d'une gigue sur le plancher. Je fermai les yeux et traçai la joie sur mon visage du bout des doigts, essayant de la graver dans ma mémoire. Mon cœur battait contre ma poitrine tel un oiseau contre une fenêtre. Je poursuivis ma lecture.

> Après la mort de mon père et la liquidation forcée de mes dettes envers mes créanciers à Londres, je retournais maintenant dans mon domaine d'Irlande... Une obscurité imperméable hantait chaque recoin de cette contrée maudite et une semaine de pluies battantes avait détrempé le sol et l'avait réduit en boue. La famine ravageait le pays...

Le texte devint illisible ensuite et le paragraphe suivant semblait beaucoup plus avancé dans l'histoire.

> Mon bannissement dans cet enfer serait ma pénitence. Je franchis deux grands piliers et empruntai la piste qui montait jusqu'au manoir de Wrenville. Bordé d'ifs imposants, il était d'un

calme singulier, teinté de terreur. Lors de mon seul et unique séjour dans ce lieu lorsque j'étais enfant, je me souvenais que le vieux domestique de cette maison ancienne avait parlé de spectres et de goules qui vivaient dans les bois au-delà. La demeure se détachait contre le ciel sombre. Les gargouilles que l'on apercevait sur la façade de la bâtisse, semblable à une forteresse grise, vous regardaient à travers la brume de l'après-midi avec horreur et délice...

Il faisait nuit et les chandelles étaient allumées lorsque je dînai seul dans la salle à manger d'un repas passable constitué d'un turbot. Un orage violent faisait rage dehors, projetant la pluie en rideaux contre la fenêtre, quand tout à coup, des éclairs jaillirent et je vis son visage derrière la vitre. Je me précipitai pour ouvrir le loquet. Une jeune fille aux cheveux de feu, trempée jusqu'aux os, portant une simple robe blanche qui collait à sa silhouette frêle comme un linceul. Elle était d'une pâleur cadavérique et elle ne se débattit pas quand je la tirai par la fenêtre et que nous atterrîmes sur le sol tels deux chiots noyés. Sa peau était translucide, aussi blanche que celle d'une goule ou d'un vampire, et pourtant aucune création de Dieu sur cette terre n'égalait sa beauté.

Aboiements furieux d'un mastiff ; le vieux chien de mon père bondit dans la pièce et la plaqua au sol, les yeux brillants et les crocs saillants.

— Helsig !

Sur mon ordre, le chien de chasse s'assit, mais il continua d'aboyer férocement sur la jeune fille.

— Qui êtes-vous ? demandai-je. Vous avez pénétré sur un terrain privé.

Ma remarque ne fit qu'attiser sa passion. Elle me parla alors dans sa langue maternelle, un discours curieusement expressif qui ne me laissa aucun doute quant au message, même si je n'en saisissais pas le sens exact. Après quoi, elle croisa les bras et, avec un dédain que son rang ne justifiait guère, elle prit place près du feu.

Ses joues rougirent à la lueur des flammes et, faible comme elle l'était, elle s'enfonça dans un doux sommeil. Je restai assis là un instant, étudiant ses traits tandis qu'elle dormait. Pour la première fois depuis mon exil de Paris, j'avais envie de dessiner, de peindre. Être tourmenté par l'amour de l'art sans posséder le talent pour réussir n'avait eu pour seul résultat qu'une diminution de mes ressources pécuniaires. Et pourtant, ici, à cet instant, c'était comme si l'esprit de cette jeune fille était à l'œuvre en moi, me mettant au défi de le capturer sur papier. Dans le sommeil, elle laissait offerte sa beauté sauvage, qui, comme le paysage qui l'avait engendrée, pouvait à la fois être le paradis et l'enfer. Je devins frénétique dans mes tentatives de capturer son image toujours plus fidèlement. Chaque ébauche semblait me rapprocher de quelque chose qui m'avait fait défaut durant toutes mes années face au chevalet. Cette créature m'ensorcelait.

Profitant de ma passion, les poils de mon pinceau grattaient fébrilement la toile de lin. Je décidai que quel que soit le temps que cela me prendrait,

> je créerais mon chef-d'œuvre pendant que mon désir de la posséder me tenaillait. Mon corps était courbaturé, la nuit laissa place au matin puis à la nuit de nouveau, jusqu'à ce qu'enfin, je recule et j'observe. J'avais capturé ma Rose, toute en fleur sur la toile. Ce fut alors que je remarquai qu'elle était aussi figée qu'une statue. Courant vers elle, refusant de croire à l'horrible vérité, je touchai sa joue. Froide comme le marbre. Elle était morte.

Je me rendis compte que je serrais mon chemisier contre ma poitrine. C'était bien réel. Je l'avais trouvé. Je bondis de ma chaise avant de me rasseoir. Je laissai échapper un cri et me demandai aussitôt si cela pouvait être vrai. Était-ce un extrait du livre d'Emily ? Mon cœur était comme un ballon sur le point d'exploser. Je plaquai les mains sur ma bouche et je respirai à travers elles, enthousiaste. Cela ne pouvait pas être possible, ou si ? Étais-je toujours dans ma petite librairie, en train de lire ce qui allait devenir la plus grande découverte littéraire des temps modernes ? Je posai une main sur mon cœur et tentai de le faire ralentir, avant de relire le texte.

C'était une première ébauche d'une histoire autour d'un propriétaire terrien anglo-irlandais, Egerton Talbot, qui était tombé amoureux de l'une de ses locataires, Rose, avec pour toile de fond la Grande Famine en Irlande. La jeune femme était décrite comme « une créature malveillante, perfide, avec toute la malignité de

Satan » par le régisseur des terres. Et il était ajouté qu'elle avait jeté une sorte de sort au propriétaire. « Même dans l'action d'horrifier, elle enchante ! »

J'étais captivée, fascinée et totalement stupéfiée. J'avais encore à moitié peur de toucher le papier au cas où je l'abîmerais.

Qu'est-ce qui avait inspiré le récit d'Emily ? Je savais que son frère Branwell était un artiste torturé ; peut-être avait-il fourni le matériau brut pour créer le personnage d'Egerton ? C'était aussi lui qui avait visité à cette époque Liverpool, pleine de victimes malnutries fuyant la Famine[1]. Leurs représentations dans l'*Illustrated London News*, sous forme d'épouvantails affamés ne portant que quelques loques sur le dos, étaient sans doute connues d'Emily. Certains experts affirmaient même que Heathcliff lui-même, « un enfant malpropre, déguenillé, aux cheveux noirs » qui parlait une sorte de « baragouin », était irlandais et présenté comme un sauvage et un démon.

Mon esprit fut envahi d'images de l'*Ophélie* de Millais. Sa muse, Elizabeth Siddall, avait failli mourir pendant qu'elle posait pour le portrait dans un bain froid. Je songeai aussi au portrait d'Oscar Wilde, qui semblait être un passage entre deux mondes, celui de la mort et celui de la jeunesse. Il me semblait qu'Egerton,

1. Épisode de famine qui a frappé l'Irlande de 1845 à 1852 et a particulièrement marqué les esprits et la culture de ce pays.

légèrement dérangé, n'arrivait pas à voir que sa muse était en train de mourir, tout comme les aristocrates anglais ne pouvaient pas voir que l'Irlande était ravagée par la Famine.

Je vérifiai mes notes et les dates, qui semblaient correspondre avec la lettre qu'Emily avait envoyée à son éditeur, Cautley. Oui c'était bien vrai – j'avais, tout à fait par inadvertance, résolu l'un des mystères littéraires les plus importants du XXe siècle.

J'étais impatiente de révéler ma découverte au monde. Je retournai à mon bureau et saisis le combiné du téléphone avant de le reposer calmement. C'était un moment rare – non, un moment comme il en arrive un tous les mille ans. Et ce moment était tout à *moi*. Je voulais le savourer. Alors je me rassis et je commençai à écrire une copie du manuscrit. C'était quelque chose que je faisais enfant ; j'avais pour habitude de recopier des passages entiers de livres que j'adorais, rien que pour savoir ce que cela faisait d'écrire ces mots. Et puis, je souhaitais avoir une copie bien à moi une fois que l'original aurait trouvé son vrai foyer – j'espérais qu'il aurait sa place entre les murs d'un musée public. Il était difficile d'imaginer quel prix il pourrait atteindre dans une vente aux enchères.

Je ramenai mes pensées au présent. Quinze pages rédigées sur un carnet miniature, qui correspondraient presque au double dans ma propre écriture. Je me demandai si Emily avait visité l'Irlande elle-même. Cette découverte soulevait plus de questions qu'elle n'apportait de réponses ! Peut-être cela expliquait-il pourquoi les experts analysaient son œuvre de manière si intense, dans un effort vain pour comprendre la femme qui écrivait avec tant de passion et de violence – une écrivaine courageuse, dont le roman nous transportait jusqu'aux profondeurs mêmes du cœur humain et aux confins du surnaturel. Je sentais sa présence sur la page, pleine de vitalité, comme si elle communiquait encore. Certains êtres défient la logique. Emily Brontë était de ceux-là.

29

Martha

— Je n'en veux pas. Je ne veux rien avoir à faire avec ça.

C'était une lettre de la société de crédit immobilier. Ma mère me l'avait fait suivre. J'étais de retour à Dublin et je nettoyais les placards de la cuisine pendant que Mme Bowden me regardait depuis un haut tabouret, sirotant une tisane qui la faisait grimacer à chaque gorgée.

— Mais c'est chez vous.

— Chez moi, c'est ici ! (Je n'avais pas eu l'intention de crier.) Je veux dire, tant que vous voudrez bien de moi.

Elle afficha un sourire entendu. Que savait-elle ? Je lus son visage. Elle croyait que je vivrais ici pour le restant de mes jours. Eh bien, je n'en étais pas si sûre.

— Je me fiche de ce qui adviendra de cet appartement. La banque peut le garder. Ou même le brûler, je m'en moque. Je ne pourrais jamais revivre dedans.

— Ma chère, la banque est bien assez riche comme ça. Pourquoi ne pas le vendre ?

Je n'avais pas envie de parler de tout cela. Je ne voulais pas penser à Shane ou à ce qui s'était passé.

— Je ne sais pas, peut-être.

— Pour l'instant, vous pensez peut-être que ça n'a pas d'importance, mais croyez-moi, avec le temps, vous regretterez de ne pas avoir pris ce qui vous revient de droit. Voyez cela comme une compensation.

Elle avait dit la dernière phrase comme si c'était un fait.

J'en eus la chair de poule. Rien ne pourrait jamais compenser ce qu'il avait fait et rien ne pourrait effacer la culpabilité que je ressentais vis-à-vis de sa mort. Mais, à tort ou à raison, chaque fois que je pensais aux mots de ma mère, les premiers mots que je l'avais jamais entendue prononcer, « Je suis bien contente qu'il soit mort », je ne me sentais plus si coupable. J'étais enfin libre et Mme Bowden avait raison : je ne pouvais pas gâcher cette chance.

⁂

C'était le soir que c'était le plus difficile. Le besoin de parler à Henry était physiquement si fort que je devais sortir de la maison et marcher jusqu'à ce qu'il disparaisse. Malgré tout ce qui se passait en ce moment, mes pensées revenaient toujours vers lui, et vers la façon dont il était parti. Avoir bloqué son numéro était peut-être une réaction irréfléchie, mais cela relevait aussi de l'instinct de survie. Je ne voulais pas entendre pour quelles raisons il était parti, ni l'écouter pendant qu'il me laissait tomber en douceur. Je n'arrivais plus à lire en lui, et cela me faisait terriblement peur. C'était comme si je marchais sur une corde raide, sans filet de sécurité. J'étais tombée amoureuse de lui, et personne ne savait mieux que moi quel risque cela représentait. Je ne pouvais pas – je ne *voulais* pas – laisser cela se produire de nouveau.

Hélas, mes pieds m'emmenaient dans tous les endroits où nous étions allés ensemble. Je me retrouvai devant Pen Corner et je songeai à son sourire en coin, au son de sa voix quand il avait parlé français, à son souffle chaud sur mon cou. Il était tard et la boutique était fermée. J'appuyai le front contre la vitrine tout en observant les stylos et les carnets exposés.

Ce fut à ce moment-là que cela se produisit : dans la lumière dorée de la vitrine, tous les mots vinrent à moi en cascade. Je les vis dans mon esprit – une très petite écriture, nette comme des points de couture en fil noir. Tous les mots, des lignes et des lignes d'une histoire étrangement sombre se déversant dans mon esprit. J'étais si enthousiaste que je courus aussi vite que je le pus en direction du salon de tatouage.

⁂

— Écoutez, le mieux que je puisse vous proposer, c'est mardi, dit la tatoueuse.

Un jeune homme avec la moitié d'un tigre sur le bras était installé dans le fauteuil.

— J'ai juste… j'ai l'impression qu'il faut que je le fasse tout de suite, dès que possible.

— Je sais ce que c'est, intervint l'homme au tigre. Parfois, on doit juste battre le fer tant qu'il est chaud.

— Exactement, approuvai-je, légèrement essoufflée. Il sait ce que c'est.

— D'accord, je pourrai commencer votre tatouage quand j'aurai fini avec lui, mais je ne pourrai pas tout faire.

Je lui répondis que cela me convenait et je saisis un stylo et un papier pendant que je patientais, au cas où j'oublierais les mots. Mais il me semblait impossible de les oublier cette fois. Ils étaient imprimés dans mon esprit. Le bruit de l'aiguille continua jusqu'à ce que mon tour arrive. Je soulevai mon pull pour montrer à la tatoueuse à quel endroit je voulais ces lignes. Il lui faudrait une loupe – je tenais à ce que l'écriture soit aussi petite que celle qui m'était apparue.

— Euh, attendez, vous pourriez me répéter la dernière phrase ?

— *Froide comme le marbre. Elle était morte.*

— Elle est déjà là.

— Quoi ? Ça ne se peut pas.

Elle m'apporta un miroir en pied et m'en donna un plus petit que je tins dans ma main. Mon dos était entièrement couvert. Toute l'histoire était déjà inscrite sur ma peau.

— C'est bizarre, observa-t-elle.

Ce n'était pas bizarre. C'était impossible. Et pourtant, l'histoire était bien là.

— C'est une chouette histoire.

Elle s'efforça de rendre la situation un peu moins bizarre en ignorant complètement mon air choqué et en se concentrant sur ce qui était réel. Je tâchai d'en faire autant.

— Oui.

Ce fut tout ce que je parvins à répondre.

— Un peu gothique, ajouta-t-elle.

Elle me rappela gentiment qu'elle voulait fermer à présent, et qu'apparemment je n'avais pas besoin d'un tatouage, finalement.

⁂

Je ne me souvenais même pas d'avoir marché jusqu'à la maison. J'entrai en faisant aussi peu de bruit que possible. Mme Bowden regardait la télévision qu'elle avait pourtant promis de ne pas utiliser, et le volume était à réveiller un mort. Lorsque j'entrai dans mon appartement au sous-sol, je le regardai avec un œil neuf. Tout était plus lumineux, plus clair. Tandis que je retirais ma veste et l'accrochais à la patère, mon corps me parut différent. Physiquement, je me sentais plus forte et plus libre, comme si mes muscles avaient été libérés de moyens de contention invisibles. J'observai mon petit lit bien impeccable et les branches de l'arbre qui formaient une arche par-dessus, la kitchenette avec son joli carrelage mural, que j'avais cru d'un bleu uni et qui était maintenant orné de petites fleurs. Je me rendis compte que j'adorais vivre ici et, étrangement, tout comme je l'avais lu sur le visage de Mme Bowden tout à l'heure, j'avais soudain envie de ne jamais partir. C'était comme si j'étais *à ma place* ici. Mais pour quelle raison ?

Je posai une casserole de lait sur la petite cuisinière et je me préparai un chocolat chaud avec deux cuillérées de Nutella, une vieille astuce à laquelle ma mère avait recours quand j'étais enfant. Je posai mon couvre-lit et mes oreillers sur le sol et j'essayai de calmer mon esprit. Ce n'était pas une chose aisée, maintenant que j'avais découvert le tatouage complété. D'où venait cette histoire et que signifiait-elle ? Elle était très ancienne, c'était évident. La langue était désuète. Et pourquoi était-elle venue à moi ? Ces pensées furent interrompues par une autre question à laquelle j'avais refusé de songer depuis mon retour. Ma mère avait-elle toujours été capable de parler ? Si oui, pourquoi avait-elle gardé le silence ? Je n'arrivais pas à comprendre. Quand j'étais jeune, elle me disait souvent que c'était un don spécial car il lui permettait de mieux entendre les choses.

Je bus mon chocolat chaud et je laissai les saveurs de la noisette m'emmener dans le passé. Une fois encore, je m'efforçai de calmer mes pensées et d'écouter, simplement. Désormais, j'étais habituée aux grincements et aux craquements des branches qui s'étendaient au-dessus des murs de ma chambre. Mais il y avait un autre son à cet instant, une sorte de respiration douce… des inspirations et des expirations. Peut-être était-ce mon propre souffle. Ou pas. Il y avait quelque chose de particulier dans cet endroit. Je ne pouvais pas l'expliquer, mais j'avais le sentiment d'être exactement là où j'étais censée être.

Je pris mon livre, *Un lieu appelé Perdu*. Je me replongeai dans l'histoire de l'homme qui avait rapporté l'ancienne bibliothèque d'Italie jusqu'en Irlande. Il avait très peu d'argent, mais il avait commencé à construire sa boutique de ses propres mains, sur une petite bande de terre oubliée, au bout d'une ruelle pavée. C'était un homme qui pensait que l'imagination était le plus merveilleux des outils. Sa brillante épouse croyait que l'amour l'emportait sur tout, et ensemble, ils créèrent une boutique de souvenirs et de rêves à partir de la mystérieuse bibliothèque italienne. En un rien de temps, et comme cela arrive souvent, les choses avec lesquelles ils avaient espéré emplir leur magasin trouvèrent leur chemin jusqu'à eux. Des trésors des quatre coins du monde emplirent peu à peu les étagères qui pliaient autrefois sous le poids des livres. La bâtisse était contente de son nouvel environnement, toutefois elle n'avait pas perdu son désir inné de diriger les visiteurs vers leur véritable voie. Des objets tombaient parfois des étagères (un risque particulier en hiver, saison pendant laquelle M. Fitzpatrick aimait présenter un assortiment de boules à neige).

Bientôt, le couple accueillit son premier enfant, un fils. M. Fitzpatrick imagina le jour où ce dernier reprendrait la boutique, mais ce jour n'arriva pas. Une femme à l'accent anglais, qui portait un pantalon d'homme et arborait une coupe garçonne, allait devenir l'improbable gardienne du lieu. Elle était loin de se douter qu'elle rejoignait une longue liste de personnes spécialement choisies pour veiller sur cette porte de la découverte. Heureusement, elle adorait les livres, et bientôt, la boutique de souvenirs de M. Fitzpatrick et elle s'entendirent à merveille.

Une Anglaise qui adorait les livres ? Le livre parlait de cet endroit, d'Opaline. Henry avait raison, depuis le début. Qu'est-ce qui l'avait attiré vers ce lieu, vers cette histoire ? Je songeai au manuscrit disparu et à la femme qui, selon lui, avait possédé une librairie juste à côté de la maison. Opaline. Comme dans un modèle de tricot, je voyais bien que tout était lié, mais je ne savais ni comment, ni pourquoi, et j'ignorais quel serait le résultat final.

30

Henry

Il vivait au pays de Galles et s'était trouvé une sorte de communauté. Voir mon père à l'hôpital était très inattendu, mais j'aurais dû savoir qu'il souhaiterait voir sa petite-fille. Même moi, je ne pouvais pas le lui refuser. Malgré cela, Lucinda ne voulait pas me laisser tranquille. Elle n'arrêtait pas de me répéter qu'il avait beaucoup changé, qu'il respectait vraiment ses engagements cette fois, parce qu'il le faisait pour lui-même. Il avait déjà touché le fond lorsque ma mère avait fini par le quitter.

— Ça pourrait te faire du bien, tu sais, argua-t-elle, l'index fermement agrippé par Felicity, qu'elle berçait doucement dans ses bras.

— On dirait que tu as fait ça toute ta vie.

— Je crois que je plane à cause des hormones. Je ne fais plus qu'une avec Mère Nature et tout le toutim. Rassure-toi, je vais redevenir la fille autoritaire que je suis bien assez tôt.

— Je n'en doute pas.

Nous étions assis sur le canapé de ma mère, essayant de nous faire à l'idée qu'hier encore, nous étions des enfants qui construisaient des forteresses avec des couvertures et qu'aujourd'hui, nous étions des adultes. Seul problème : j'avais l'impression d'être encore un enfant. Je n'avais aucune idée de ce que je faisais de ma vie.

— Je ne pense pas pouvoir lui pardonner, c'est tout, déclarai-je, profitant d'un rare échange de franches confidences.

— Tu n'as pas à lui pardonner, Henry. Il ne s'agit même pas de lui. Il s'agit de le faire pour toi, pour t'aider à tourner la page.

— Quoi, tu es en train de dire que je suis bloqué dans le passé ? C'est faux. Je pense très rarement à lui.

— Écoute, c'est à toi de voir. Je dis simplement que ça m'a aidée de le voir tel qu'il est maintenant. C'est le début d'un processus, ou quelque chose dans le genre. L'acceptation, c'est comme ça que mon psy l'appelle.

— Tu vois un psy ? demandai-je, sans parvenir à contenir ma surprise.

— Maman aussi.

— Oh.

— Je suppose que toutes les deux, nous n'adhérons pas à l'idée machiste qu'on peut tout régler soi-même.

— C'est noté. Cela dit, je pense que c'est la première fois qu'on me qualifie de machiste.

Elle leva les yeux au ciel. Elle était casse-pieds mais convaincante, je devais bien l'admettre.

— Qu'est-ce qui s'est passé avec Isabelle ?

— Oh, ça...

— Je n'ai jamais trouvé que vous étiez faits l'un pour l'autre.

— C'est facile de dire ça maintenant, non ?

— Écoute, reprit-elle, passant le bébé sur son autre bras, si tu veux que ça fonctionne avec cette femme que tu as rencontrée en Irlande, il faut que tu te débarrasses de certaines de tes valises.

— Mon Dieu, à t'entendre, je suis un vrai bon parti ! Je crois que cette séance d'écoute et de soutien est arrivée à son terme.

⁂

J'allai donc rendre visite à mon père et je me retrouvai au milieu de la campagne galloise. Ma mère m'avait donné l'adresse d'un vieux manoir délabré, reconverti par une organisation caritative en un centre pour alcooliques en sevrage. C'était idyllique : des légumes qui poussaient dans un potager, un panneau d'affichage avec des activités allant de la méditation aux cours de céramique. Ce n'était pas le genre d'endroit dans lequel je m'attendais à trouver mon père, et sa nouvelle vie expliquait peut-être pourquoi il avait l'air si en forme quand il descendit rapidement le vieil escalier de pierre et traversa la pelouse pour me rejoindre. Les traits bouffis et le teint rougeaud avaient disparu, et j'avais en face de moi un homme en meilleure santé, qui était bronzé et arborait le début d'un bouc.

— Henry, mon fils, dit-il, tendant les bras pour me donner une accolade avant de se raviser.

Je lui offris une poignée de main.

— Content de te voir, dis-je.

Je découvrais, après un long voyage en train, des années de ressentiment et une nuit quasiment blanche grâce à Felicity, que je n'avais rien à dire. Enfin, rien d'amical, en tout cas.

— Ce n'est pas une visite de courtoisie, avertis-je tandis que nous suivions un chemin appelé « Contemplation du fleuve ».

Deux émotions simultanées livraient bataille en moi derrière mon air détaché : le soulagement de constater qu'il allait bien, et l'amertume parce qu'il n'avait pas mis de l'ordre dans sa vie plus tôt. Il avait l'air heureux, ce qui me donnait envie de le frapper au visage mais aussi de lui offrir une tasse de thé et de découvrir comment il avait fait pour se reprendre en main.

— Je retourne en Irlande bientôt, annonçai-je, comme s'il savait que j'y avais séjourné. Je suis la piste d'un manuscrit.

— Je me souviens que tu adorais collectionner les livres quand tu étais plus jeune.

Il avait dit cela comme s'il s'agissait d'une simple évocation de souvenirs. Comme si, maintenant qu'il avait le temps de se pencher sur le passé, nous pouvions parler comme nous ne l'avions jamais fait.

— Je collectionnais aussi des souvenirs militaires. Tu te souviens quand j'ai trouvé la lettre de Tolkien ?

C'était plus fort que moi. Comment osait-il tout à coup revendiquer un rôle dans ma vie qu'il n'avait jamais joué ?

Je lui jetai un coup d'œil et vis qu'il avait la tête baissée et l'air contrit. Eh bien, il pouvait jouer les victimes autant qu'il le voulait, je ne me ferais pas avoir.

Nous avions cessé de parler et nous étions sur la berge du fleuve, contemplant tous les deux les eaux tranquilles qui s'écoulaient lentement. Je distinguais l'ombre de quelques poissons qui nageaient dans les parties peu profondes. Je lançai un regard furtif vers le profil de mon père et je vis une expression, ou plutôt une absence d'expression, qui me permit de voir l'homme et non la caricature qu'il était devenu pour moi, voire pour lui-même. Il semblait blessé. Je connaissais bien ce sentiment.

— Il n'y a rien que je puisse dire qui changera ce que j'ai fait.

C'était inattendu, et différent. En temps normal, il essayait de manipuler mes sentiments, de supplier et de se trouver des excuses. Cette fois, il parlait comme quelqu'un qui comprenait l'impact de ses actes.

— Je suis sincèrement désolé de ne pas avoir été le père dont vous aviez besoin tous les deux. J'ai honte de la façon dont je vous ai tous traités, et c'est ce qui me poussait toujours à boire davantage.

— Alors qu'est-ce qui est différent cette fois ?

Je fixai mes chaussures, comme pour leur ordonner de m'emmener loin d'ici. Pour une raison que j'ignorais, il semblait que je sois vissé au sol.

— Honnêtement, Henry, je ne peux pas promettre que ça sera différent. Mais j'ai une bonne prise en charge ici. Pour la première fois, je me rends compte que cette addiction est une maladie. Rien que de le savoir, ça m'aide, en quelque sorte.

Une maladie. Je n'avais jamais vu ça sous cet angle, moi non plus. J'avais juste eu l'impression qu'il prenait du bon temps et que c'étaient nous qui en faisions les frais. Comme s'il préférait la boisson à sa famille.

— Aucun alcoolique n'aime boire, affirma-t-il, comme s'il avait lu dans mes pensées. On ne pense qu'à ça dès qu'on ouvre les yeux le matin, mais c'est comme avaler du poison.

Pour la première fois, je vis qu'il luttait lui aussi. Il était devenu un monstre à mes yeux, mais il était face à moi, tout à fait humain, et il me fallut rassembler toutes mes forces pour ne pas pleurer sur tout ce que nous avions manqué ; pour ne pas lui marteler la poitrine et lui dire à quel point cela faisait mal de l'avoir perdu.

— Je n'ai aucun droit de te dire ça et il est évident que je n'ai joué aucun rôle là-dedans, mais tu es devenu un homme bien. Henry. Mon fils.

Je hochai la tête, acceptant ses mots mais ne sachant pas vraiment quoi en faire. Je ne pouvais pas rester plus longtemps, c'était au-dessus de mes forces, alors je prétextai que j'avais un train à prendre.

— Tu crois que tu pourrais revenir me voir ? Avec ta sœur et Felicity, peut-être ?

— Possible. Je poserai la question.

Nous nous serrâmes la main et il me souhaita bonne chance pour le manuscrit. Même le fait de savoir qu'il m'avait écouté et qu'il s'intéressait à ma vie était perturbant. C'était comme rencontrer mon vrai père pour la première fois et prendre conscience que le tyran avec lequel j'avais grandi était simplement un imposteur, ou un imitateur qui s'était trompé dans toutes ses répliques. C'était l'homme que j'étais censé appeler Papa, mais je le connaissais à peine. Un étranger familier. Tandis que je m'éloignais, j'eus le sentiment que ma vie était comme une pièce à deux personnages, et que le public était en train de finir un verre dans le hall avant de revenir pour le deuxième acte.

*
**

Je vérifiai mon téléphone pour la millionième fois. Toujours pas de réponse de Martha. Cependant, j'avais reçu un e-mail de l'université de Princeton. Je l'ouvris et je le parcourus, relevant des passages ici et là comme « des fichiers liés à sa vie personnelle » et « lettre reçue peu avant son décès ». Mais les mots qui firent battre mon cœur furent « Opaline Carlisle ». J'ouvris la pièce jointe et je découvris l'image numérisée d'une lettre jaunie datée de septembre 1963.

Très chère Sylvia,
Comme c'était merveilleux de vous revoir à Dublin le mois dernier et de constater que vous êtes en bonne santé ! Je sais que M. Joyce aurait été ravi de savoir que vous avez été choisie pour inaugurer le musée de la tour Martello, et effectivement, cela donnait l'impression que pour nous tous, la boucle était bouclée… Dire que nous avons été emprisonnées toutes les deux, bien que dans des circonstances très différentes. Je suis sûre que vous avez donné du fil à retordre aux Boches !

Martha avait raison, je n'avais pas cherché au bon endroit. Et pas seulement en ce qui concernait Opaline. En quelques clics, je réservai un avion pour retourner en Irlande.

31

Opaline

Dublin, 1923

Cet après-midi-là, j'avais donné rendez-vous à M. Hanna, de la librairie Webb, chez Bennett & Sons, commissaires-priseurs au 6, Upper Ormond Quay. Je franchis la porte rouge vif pour entrer dans un bâtiment sobre mais lumineux, grâce aux grandes fenêtres géorgiennes qui faisaient face à la Liffey.

— Vos premières impressions ? demanda M. Hanna tandis qu'une jeune femme nous donnait un catalogue avant que nous prenions place.

— Eh bien, ce n'est pas Sotheby's, dis-je d'un ton faussement guindé et impérial, comme si j'étais la reine Mary.

— Non, mais la bière brune est meilleure, répondit-il avec un clin d'œil.

Il avait suggéré que nous fassions le tour de toutes les salles des ventes afin de voir s'il y avait des joyaux cachés en vente à un bon prix.

Je reconnus un ou deux vendeurs de Londres et, l'espace d'un instant, je me demandai si j'allais voir Armand ici. C'était une idée stupide. À ma connaissance, il n'était jamais venu en Irlande et, sans vouloir critiquer mon nouveau pays, je ne voyais rien ici qui puisse tenter quelqu'un avec ses goûts éclectiques. Sur l'estrade, un homme grand, à la superbe barbe blanche, souhaita la bienvenue à toute l'assemblée. Je repérai immédiatement quelque chose d'intéressant dans le catalogue et, par chance, ce fut le premier lot présenté.

— Lot numéro 527, un livre sur la grammaire arménienne, offert par lord Byron à lady Blessington, en guise de souvenir, lorsqu'ils se sont séparés à Gênes le 2 juin 1823.

L'assistante de l'homme barbu, une jeune femme aux cheveux roux clair, tenait le livre entre ses mains gantées, face à un public plutôt silencieux.

— Un rappel de son œuvre littéraire la plus marquante, *Conversations de Lord Byron avec la comtesse de Blessington*, 1834.

Je tournai légèrement la tête pour essayer de cerner l'assemblée. L'œuvre ne semblait guère susciter l'intérêt.

— Qui est lady Blessington ? demandai-je à M. Hanna en lui donnant un petit coup de coude.

— Je ne suis pas une encyclopédie, répliqua-t-il, levant malicieusement les yeux au ciel.

— Oh, ne faites pas semblant de ne pas savoir, vous savez tout, le flattai-je.

— C'est en quelque sorte l'histoire d'une ascension sociale fulgurante. La comtesse est née à Tipperary...

— Elle est irlandaise ? l'interrompis-je.

— Pourquoi ne le serait-elle pas ?

— Je... je ne sais pas.

— Ne présumez jamais de rien, dit-il sagement au moment où quelqu'un plaçait une enchère de cinq livres. Quoi qu'il en soit, entre une chose et une autre, elle a fini par épouser Charles Gardiner, le comte de Blessington, et est devenue excessivement riche et cultivée. Elle a écrit des livres de voyage et elle était très connue pour son salon littéraire, qu'elle tenait chez elle, à Hyde Park.

Je le regardai avec les yeux écarquillés, tandis qu'un autre enchérisseur proposait sept livres pour l'œuvre.

— Comment se fait-il que je n'aie jamais entendu parler de cette femme ?

— Ah, je suppose que les choses se démodent.

— Les femmes, vous voulez dire. Les femmes se démodent.

— Ai-je entendu « huit livres » ?

Le commissaire-priseur, s'inspirant peut-être inconsciemment de M. Hanna, évoqua la célèbre maison de lady Blessington, Gore House, démolie afin de faire de la place pour le Royal Albert Hall.

— L'un des salons littéraires et politiques majeurs ; Dickens, Thackeray et Disraeli le fréquentaient régulièrement.

Les lots suivants étaient des objets hétéroclites : lettres, mèches de cheveux, portraits effrayants de gens décédés depuis longtemps et que je ne connaissais pas. Un homme prit place à côté de moi et adressa un signe de tête à M. Hanna et à moi-même. Il n'avait pas de catalogue, aussi lui tendis-je le mien. Mon intérêt avait commencé à s'émousser, mais il fut ravivé lorsque j'entendis le nom de lady Sydney Morgan.

— Et nous avons ici un exemplaire signé de son œuvre la plus connue, *The Wild Irish Girl*, dont elle avait fait don au journal *Irish People*.

Je m'avançai sur mon siège au point de n'être presque plus assise. Le livre en lui-même était superbe – des plats rouges, un titre entouré d'un cadre doré, au style presque botanique, une hirondelle descendant en piqué depuis le coin supérieur gauche, de jolies fougères poussant vers le haut et un papillon en bas à droite. Il me le fallait.

— Un roman passionnément patriote, continua le commissaire-priseur (bien que j'aie déjà levé la main – un faux pas dans une salle de ventes !), et un texte fondateur du nationalisme irlandais. Le roman était si controversé en Irlande que lady Morgan fut placée sous surveillance par le pouvoir britannique.

Peu m'importait le prix, ce livre serait à moi. M. Hanna me toucha le bras de façon à freiner mes ardeurs, mais je n'étais plus réceptive aux conseils. D'ailleurs, qu'avait dit l'imprimeur de Bath, déjà ? *La littérature des femmes n'avait pas une aussi grande valeur que celle des hommes...*

— Six livres à la jeune femme au chapeau rouge.

— Ah ! fis-je en brandissant le poing.

Je me donnais sans doute en spectacle, mais je m'en moquais.

M. Hanna me donna une tape sur l'épaule et je ressentis un frisson comme je n'en avais jamais connu. À présent je comprenais ce que M. Rosenbach avait dû éprouver chez Sotheby's.

— Félicitations, *mademoiselle**, dit une voix derrière moi qui me fit presque sursauter.

Je me retournai et fus face à un jeune homme aux yeux clairs et aux cheveux blonds. Mon cœur reprit son rythme normal.

— Merci, *monsieur**… ?

— Ravel. Vous parlez français ? demanda-t-il en me serrant la main.

— Juste un peu. Ravel, comme le compositeur, Maurice ! Vous vous intéressez à la littérature irlandaise ?

— *Certainement**. Je rédige un article sur le vampire irlandais.

Il avait dit cela avec un sourire innocent, ce qui était assez déconcertant.

— Bonté divine, dis-je, et je donnai un coup de coude à M. Hanna. J'espère qu'il n'existe pas.

— Ah, ce serait notre Bram Stoker à nous.

— Oh, oui, celui-là, je le connais. Un livre fascinant, ajoutai-je.

Mais le Français secoua la tête.

— Il n'y a pas seulement Bram Stoker. Le Fanu aussi. Mais aujourd'hui, je cherche un livre encore plus ancien. En fait, on dit que Stoker s'en est inspiré.

— Quel livre, s'il vous plaît ? Vous devez nous le dire !

À cet instant, l'homme barbu attira notre attention sur un livre à la couverture sombre.

— Et maintenant, un exemplaire rare de *Melmoth ou l'Homme errant*, de Charles Maturin.

— Ah, c'est ce livre-là ! s'exclama M. Ravel.

Je n'aurais pas pu être plus excitée si un vampire s'était trouvé avec nous dans la salle. C'était ainsi avec les livres, les écrivains et les histoires - on ne savait jamais où ils nous mèneraient. Je fus très heureuse quand M. Ravel remporta son trophée et je le félicitai à mon tour.

— Vous disiez que Stoker s'était inspiré de ce Maturin. Comment l'avez-vous découvert ? demandai-je quand la vente aux enchères fut terminée et que le raclement des chaises sur le sol résonna dans l'air.

— À la bibliothèque Marsh. C'était la première bibliothèque publique d'Irlande. Mais pourquoi est-ce que je vous dis cela ? Je suis certain que vous le savez déjà.

Je répondis par un signe de tête négatif. J'avais l'impression d'être un cancre, moi qui étais à Dublin depuis si longtemps et qui demeurais impardonnablement ignorante de son patrimoine littéraire, si l'on faisait exception des auteurs anglo-irlandais classiques dont les écrits s'exportaient aisément.

— Mais ce n'est pas un nom irlandais, n'est-ce pas ? demandai-je, me tournant vers M. Hanna, l'encyclopédie.

— Huguenot, répliqua-t-il. Ai-je raison ?

— Oui, en effet, approuva le Français.

Et avant même que je m'en rende compte, ce dernier m'avait invitée à visiter la bibliothèque Marsh en sa compagnie.

⁂

C'était une belle journée et cela me faisait du bien de me dégourdir les jambes. M. Hanna nous avait laissés « entre jeunes », et nous discutions avec enthousiasme tout en traversant la Liffey et en marchant sur Fishamble Street. Il s'avéra que M. Ravel était originaire de Paris et qu'il étudiait la littérature anglaise au Trinity College. Il fut dûment impressionné lorsque je lui révélai que j'avais travaillé chez Shakespeare and Company, et nous nous demandâmes tous les deux comment il était possible que nous ne nous soyons jamais rencontrés.

— J'y allais tout le temps ! Je prenais mon café *juste en face**.

— La vie n'est-elle pas étrange ?

— Je le constate aussi dans mes recherches. Par exemple, je viens de découvrir que Charles Maturin était en fait le grand-oncle d'Oscar Wilde.

— Vous n'êtes pas sérieux ? fis-je, m'arrêtant net alors que nous atteignions l'imposante cathédrale St Patrick, ses flèches grises s'étendant vers le ciel d'un bleu éclatant.

— Si, tout à fait. Sa nièce était Jane Wilde, la mère d'Oscar. Évidemment, vous avez sûrement lu ses œuvres.

— J'ai bien peur que mes connaissances académiques de la littérature irlandaise ne soient très lacunaires comparées aux vôtres, M. Ravel, mais je trouve tout cela tellement fascinant !

— Je dois vous avertir : ses écrits sont assez antibritanniques.

Je ris pendant que nous longions les grilles de l'église.

— Je ne m'offusque pas facilement sur cette question.

Il s'arrêta devant un portail en fer forgé et me laissa monter l'escalier en premier.

C'était une entrée bien modeste pour la plus ancienne bibliothèque publique d'Irlande. Le bâtiment était tout aussi modeste – en briques rouges – et était accueillant à sa façon. Pas de colonnades ou de statues majestueuses, rien qu'un panneau indiquant les heures d'ouverture.

— Cela ne reflète pas l'importance de ce qui se trouve à l'intérieur, commenta-t-il, comme s'il avait lu dans mes pensées.

Je fus bouche bée quand nous entrâmes et que j'eus une vue complète de la bibliothèque. Des rangées et des rangées de livres alignés sur des étagères de bois d'une belle couleur sombre, des ouvrages anciens, qui murmuraient comme des feuilles dans la brise. Il y avait des bancs dans chaque alcôve et l'air était chargé de savoir. J'étais si stupéfaite que je restai muette.

— Venez, je vais vous montrer les cages, dit-il, affichant de nouveau un doux sourire qui contrastait avec ses mots effrayants. Maturin vivait tout près, et il passait donc des heures ici, tous les jours, à dévorer des livres du XVIe siècle.

Nous arrivâmes devant les « cages », qui étaient en réalité des petits compartiments fermés par des portes grillagées, mi-bois, mi-métal. À l'intérieur se trouvaient des livres d'étude.

— Bien que la bibliothèque soit publique, ce n'est pas une bibliothèque de prêt. Les bibliothécaires ont remarqué le vol de nombreux manuscrits inestimables et…

— Cela explique les cages. Donc, ils enferment les gens pendant qu'ils lisent, c'est ça ?

À cet instant, je crus entendre quelqu'un appeler mon prénom. Mais je ne me retournai pas.

— *Mon Opale**.

Mon corps se raidit. Je n'osais pas espérer.

— *Bonjour**, dit M. Ravel à l'homme qui était derrière nous, qui qu'il soit.

Je me retournai et je vis Armand, plus séduisant que dans ma mémoire, ses traits sombres étant encore plus beaux dans ce décor. Je dus résister pour ne pas lui tomber dans les bras, mais sans la présence de M. Ravel, j'ose dire que j'aurais cédé à la tentation. Au lieu de quoi, nous échangeâmes une accolade et une bise sur chaque joue.

— Monsieur Ravel, permettez-moi de vous présenter... mon collègue, marchand de livres, M. Hassan.

Les deux hommes se serrèrent la main et je m'avisai que j'ignorais totalement comment affronter la situation. Je posai d'instinct la main sur mon ventre. Face à moi se tenait le père de mon enfant, mais les convenances m'empêchaient de dire le moindre mot. M. Ravel s'était montré si gentil et courtois, comment aurais-je pu lui demander de nous laisser ?

— Monsieur Ravel, je vous prie de m'excuser mais j'ai une affaire très importante dont je dois discuter avec mademoiselle...

— Gray ! criai-je.

Les deux hommes me regardèrent.

— Il le prononce toujours mal, bégayai-je, et je me sentis tout à fait stupide.

— Bien sûr, acquiesça M. Ravel en s'inclinant légèrement, d'une façon si respectueuse que je ressentis une pointe de culpabilité à l'idée de l'abandonner.

— Et passez à ma boutique, surtout, lançai-je, espérant qu'il le ferait.

Il afficha un sourire aimable et disparut.

Armand me prit par la main et m'emmena dans l'une des cages ouvertes. Je m'appuyai contre l'échelle permettant d'atteindre les livres sur l'étagère la plus haute, et il se pressa contre moi, la bouche sur mon cou, comme s'il était lui-même un vampire. Nous ne parlâmes pas ; seul le bruit de notre respiration et des pages tournées de temps en temps par les lecteurs dans la salle émaillait le silence.

— Attends, attends. Arrête, dis-je, légèrement haletante. Que fais-tu ici ?

Il me regarda et sourit, le soleil de l'après-midi révélant des taches ambre dans ses yeux brun foncé. Je sus alors que je l'aimais. Je l'aimais à la folie. Mais je n'étais pas certaine qu'il veuille ou qu'il puisse m'aimer un jour.

— Je cours après un livre, bien sûr, répondit-il en souriant.

Il tira sur le haut de mon chemisier, révélant la courbe laiteuse de mon sein.

Tu n'es pas là pour moi, alors. Il m'embrassa et je m'égarai momentanément.

— Non, je veux dire, que fais-tu en Irlande ? Pourquoi ne m'as-tu pas envoyé un télégramme ?

Il recula légèrement et s'assit sur le bureau face à nous sur lequel de vieux livres étaient ouverts. Son langage corporel changea ; il prit un stylo qu'il tritura. Quand il reporta son attention sur moi, je vis dans ses yeux qu'il était déçu que j'aie gâché ce moment en posant ma question. Je n'étais pas sûre de l'avoir jamais observé si attentivement, mais il fallait dire qu'auparavant, je ne portais pas son enfant. Une vérité inconfortable prit la forme d'un sentiment de malaise au creux de mon ventre, et l'absence de réponse d'Armand la confirma dans mon esprit.

— Tu ne comptais pas me prévenir que tu étais ici, n'est-ce pas ?

Il se releva, débordant de charme.

— Ce n'est pas ce que tu crois, Opaline. Tu sais ce que c'est, quand on suit une piste. Je n'avais pas prévu de venir ici, mais un collectionneur m'a demandé un manuscrit très spécifique…

J'en avais assez entendu, me dis-je, remettant mon chemisier en place. Je bataillais avec les portes de la cage quand je sentis ses bras autour de moi.

— S'il te plaît, *mon Opale**, inutile d'être aussi hystérique. Je suis là maintenant. Ne gâchons pas ces instants.

Je poussai un grand soupir, puis je me retournai vers lui.

— J'ai quelque chose à te dire, déclarai-je, ne sachant pas exactement comment j'allais lui annoncer la nouvelle.

— Merveilleux, retrouvons-nous ce soir pour dîner. Mais pour l'instant, j'ai du travail.

Il semblait très content de lui et je mesurai à quel point j'aimais être celle qui le rendait heureux.

Peut-être voudrait-il du bébé après tout.

***

Je lui avais donné rendez-vous à la librairie pour un apéritif. Mon excitation était telle que j'étais agitée et étourdie – je fis tomber un verre et je rayai l'un de mes disques préférés pendant que je préparais la boutique pour l'arrivée d'Armand. Le fait qu'il soit en Irlande me bouleversait. Je voulais qu'il aime ma librairie autant que moi, donc tout devait être exactement parfait.

Peu après que l'horloge à coucou eut annoncé 8 heures du soir, j'entendis la porte s'ouvrir et ses chaussures gratter sur le carrelage. Mère avait toujours répété que la ponctualité en disait long sur une personne. Je plaçai mes cheveux derrière mes oreilles et je montai l'escalier pour rejoindre la librairie.

— Opaline ?

— *Oui, j'arrive**.

Je n'avais pas parlé français depuis si longtemps que les mots me semblèrent bizarres et me firent rougir. Quand je parvins en haut des marches, je vis Armand, en costume sombre, les cheveux mouillés par la pluie.

— Entre, dis-je, bien qu'il soit déjà à l'intérieur.

J'étais très nerveuse et je me mis à m'agiter, m'occupant des boissons, des chaises, parlant avec effervescence des livres en rayon et des objets anciens de M. Fitzpatrick. Je suppose que, bêtement, je voulais qu'il soit fier de ce que j'avais accompli.

Il finit par poser la main sur la mienne et me demanda de m'asseoir à côté de lui. J'emplis aussitôt le silence avec une autre conversation anodine, comme si nous étions deux parfaits étrangers.

— Alors, dans quel hôtel es-tu ?

— Le Shelbourne.

Évidemment. Rien que le meilleur pour Armand. Ou plutôt pour ses employeurs.

— Qu'est-ce qu'il y a ? Tu n'es pas toi-même.

Je pris une grande inspiration. Je ne pouvais plus tergiverser davantage.

— J'ai quelque chose d'important à te dire et je ne sais pas vraiment comment le formuler.

Il sourit.

— Avec des mots, bien sûr.

Je lui rendis son sourire, mais mes doutes s'accrurent.

— Tu sais, j'avais l'impression que tu cachais un grand secret, et cela depuis notre rencontre en Angleterre.

— Vraiment ? Oh, Armand.

Savait-il déjà ? Peut-être était-il venu en Irlande pour moi après tout.

— Je pense avoir deviné, dit-il avec assurance.

— Ah oui ? fis-je, et je posai la main sur mon ventre.

— Bien sûr ! Tu as trouvé le manuscrit que tu cherchais, n'est-ce pas ? Pas besoin d'être un génie pour deviner pourquoi tu étais à Honresfield. C'est quelque chose qui concerne les sœurs Brontë, n'est-ce pas ?

Mon cœur se serra, mais je maintins mon sourire, qui s'était figé sur mon visage.

— Oh. Eh bien, oui. Tu me connais trop bien.

Je restai assise là, en souriant bêtement pendant qu'il me rendait poliment mon sourire.

— Alors ?

— Alors quoi ?

— Tu ne vas pas me le montrer ?

N'allais-je pas le lui montrer ? Je répétai les mots dans ma tête. Après tout, je mourais d'envie de parler de ma découverte à quelqu'un. Et j'étais en présence de l'un des plus grands chasseurs de livres d'Europe, qui faisait partie d'un petit groupe de gens sélects, les seuls à même de réellement comprendre l'importance de mon exploit et de mesurer ma chance, et pourtant, j'hésitai. À cette seconde, ma conscience me révéla la vérité que je m'étais efforcée de ne pas voir, et cela depuis notre rencontre : je n'avais pas confiance en Armand. Néanmoins, maintenant, j'étais face à un choix : lui parler du bébé ou du manuscrit. Pour lequel des deux étais-je prête à prendre un risque ? Je devais me décider.

Je choisis le manuscrit.

— Attends ici, dis-je, et j'allai chercher la boîte à couture dans le tiroir.

J'exigeai que nous portions tous les deux des gants de coton pour manipuler le carnet et pendant qu'Armand l'examinait, je lui racontai comment j'avais trouvé Mme Brown à Londres, et comment ma décision d'acheter ce souvenir au dernier moment avait conduit à la découverte du manuscrit d'Emily. Il ne le savait pas, mais sa réaction allait décider de tout, en ce qui me concernait.

— *Non, mais c'est incroyable**.

— Je sais, répondis-je, approchant ma chaise de lui et savourant ce moment partagé. Comme j'ai examiné les lettres des sœurs à Honresfield, je suis certaine que c'est l'écriture d'Emily.

— Bien joué, *ma belle**.

Il m'embrassa sur les lèvres et j'eus l'impression d'être sur un nuage.

Je n'avais jamais été aussi heureuse. J'allais lui annoncer la nouvelle. Sur-le-champ.

— Armand...

— Tu dois me laisser m'en occuper, m'interrompit-il.

— Je te demande pardon ?

— Je vais approcher quelques-uns de mes collectionneurs. J'ai aussi de bons contacts dans les salles des ventes. *Mon Dieu**, par où commencer ?

Il rit tant il était grisé par l'excitation.

Je tendis le bras et lui repris le carnet ainsi que la boîte à couture.

— Inutile. Je suis parfaitement capable de m'en charger moi-même.

Il m'observa, l'air perplexe.

— J'ai des contacts dans le monde des livres rares, moi aussi.

J'avais voulu parler d'un ton léger, mais je remarquai une légère tension dans ma voix.

— Mais c'est d'une importance capitale, *mon Opale**. Nous devons obtenir le prix le plus élevé, ça va assurer notre réputation pour toujours.

La vitesse à laquelle il s'était mis à employer le mot « nous » était stupéfiante. L'insaisissable Armand avait soudain une grande facilité à s'engager. Je me levai et je rangeai la boîte dans le tiroir du bureau, le fermant avec une clé que je remis dans la poche de mon pantalon. Je comprenais enfin ce que signifiait l'expression « être coupé dans son élan ».

— Merci, Armand, mais comme tu peux le voir, je tiens un commerce prospère depuis un moment maintenant. C'est moi qui ai découvert le manuscrit, et c'est moi qui déciderai quoi en faire. D'ailleurs, je ne suis pas sûre que sa place soit entre des mains privées. Il pourrait être de plus grande valeur pour un musée.

— Oh, je t'en prie, tu ne peux pas comparer cette petite librairie avec le vrai monde des antiquités littéraires rares. Opaline, tu dois te montrer raisonnable. Je ne voulais pas te dire cela, mais tu ne me laisses pas le choix. Aucun collectionneur sérieux ne fera affaire avec une femme. Si cela vient de toi, ils ne croiront jamais à la provenance du manuscrit et, même s'ils y croient, ils sauront qu'ils pourront le sous-estimer.

Armand se révélait sous son vrai jour, dans une lumière éblouissante. Il ne me pensait pas compétente ou à la hauteur de la tâche, à cause de mon genre.

— Je croyais que nous étions égaux, arguai-je.

Il se leva et avança vers moi, essayant de prendre mes mains dans les siennes, mais je reculai.

— Allons, ne sois pas ridicule, dit-il.

— Ridicule ?

— Je ne remets pas en question tes capacités, je me montre simplement réaliste. C'est le monde dans lequel nous vivons.

— Et tu n'as aucun intérêt à le changer, n'est-ce pas ? Cela te convient mieux de maintenir le *statu quo*. Ainsi, tu peux t'emparer de mon succès et faire croire que c'est le tien !

Je criais à présent. Armand était soudain devenu laid à mes yeux. Cet homme que j'avais adoré tout ce temps, même si j'avais toujours soupçonné qu'il se servait de moi.

— Pourquoi es-tu venu me chercher à l'hôtel ce jour-là ? Je n'ai jamais vraiment compris pourquoi tu avais fait tous ces efforts pour m'aider.

— De quoi parles-tu ?

— Je ne suis pas sûre que tu aies jamais fait quoi que ce soit pour quiconque, à moins que tu n'en retires un bénéfice.

Il me regarda comme s'il voulait me frapper, et la femme en moi, celle que j'étais en train de devenir, leva le menton. Ses yeux s'embrasèrent et il serra la mâchoire.

— Peut-être pensais-tu que je pourrais avoir de la valeur pour toi, étant un contact de plus.

Pour la première fois, je voyais à quel point il était peu sûr de lui, sous ce vernis brillant.

— Car, au fond de toi, tu ne te penses pas capable de réussir quoi que ce soit tout seul, n'est-ce pas ? C'est pourquoi tu charmes les gens afin qu'ils te livrent leurs secrets, pour que tu puisses les leur voler et te les approprier.

— Ferme ta gueule, *salope**.

Je ne connaissais pas très bien l'argot français, mais je savais ce que signifiait le mot « salope ». Sur quoi, il tourna les talons et s'en alla, pour ne jamais revenir.

32

Martha

Je me réveillai avant l'aube. J'avais tourné et viré toute la nuit, et on aurait dit que la maison aussi. Quelque chose attira mon regard dans la pénombre matinale. Le plafond. Je tendis la main pour allumer ma lampe de chevet et levai les yeux. À la place de la suspension, au centre de la pièce, se trouvaient maintenant des racines. Un petit groupe de filaments minuscules, qui ressemblait à un lustre, poussait par le trou. Je les observai un instant, jusqu'à ce que je ne voie plus que leur beauté complexe. Chaque racine était composée de racines plus petites, qui se divisaient à leur tour en racines plus petites encore. Elles avaient toutes un rôle vital. Suspendues, elles semblaient chercher dans l'air de quoi se nourrir. Je voulus tendre la main et les toucher, mais au même moment, mon alarme sonna et je sursautai.

*
**

— J'ai l'impression que je vais vomir.

J'étais debout en train de brosser les cheveux de Mme Bowden, assise comme une reine devant sa coiffeuse.

Elle avait laissé les rideaux fermés pour cacher le temps froid et gris, aussi la pièce était-elle sombre. Aujourd'hui, c'était mon premier jour en tant qu'étudiante à Trinity (même si c'était un cours du soir en littérature et non un cours classique) et, franchement, j'étais morte de peur.

— Toasts secs.

— Je croyais que c'était pour les nausées de grossesse ?

— Bonté divine, vous n'êtes pas enceinte, dites-moi ?

— Non, bien sûr !

Je risquai un regard vers son reflet dans le miroir. C'est étrange, la façon dont les gens peuvent avoir l'air si différents dans un miroir – les traits semblent se déformer, comme des ombres au-dessus desquelles passe le soleil.

— Écoutez-moi, Martha. Si vous n'avez pas peur, c'est que vous n'êtes pas en vie.

À cet instant, je n'étais pas sûre de vouloir des paroles d'encouragement bizarres, mais j'y eus droit quand même. Je serrai les lèvres, lui adressai un regard noir puis je descendis rapidement pour aller nous préparer des toasts avant de partir.

Mon esprit était épuisé et plein de doutes. Et si je me ridiculisais parce que je ne savais rien ? Allais-je me faire des amis ou serais-je assise toute seule pendant tout le trimestre ? Et si, et si, et si… Mes pensées étaient sans fin. Où était passé ce sentiment d'être forte que j'avais éprouvé l'autre soir ? Pourquoi, dans ma vie, avais-je toujours l'impression de faire deux pas en avant puis trois en arrière ? J'empoignai ma veste et mon sac à dos tout neuf sur la patère du couloir et je m'arrêtai près de l'endroit où Shane avait basculé par-dessus la balustrade. Je touchai le nouveau poteau central. Il était lisse et solide sous mes mains. J'essayai de respirer profondément par le ventre, comme une prof de yoga sur YouTube l'avait conseillé. Apparemment, cela aidait à calmer les pensées anxieuses.

Je me mis à compter. Un… deux… trois.

La maison craqua légèrement et je fermai les yeux un instant. Je vis l'image d'un berceau suspendu à une branche que l'on balançait doucement. Les mots de Mme Bowden me revinrent. « Si vous n'avez pas peur, c'est que vous n'êtes pas en vie. » Jusqu'à maintenant, je n'avais jamais associé la peur à quoi que ce soit de positif. Mais peut-être y avait-il différentes sortes de peurs.

— Il n'y a qu'un moyen de le découvrir.

J'ouvris de grands yeux. Mme Bowden était là, à m'espionner une fois de plus.

— Quoi ?

— Vous allez manquer votre bus si vous lambinez. Allez, dehors !

Je ne bougeai pas et lui lançai un regard suppliant.

— Et si je n'y arrive pas ? Et si tout le monde était plus brillant que moi ?

— Je ne me souviens pas que vous ayez eu le moindre doute sur vos compétences pour travailler ici – et, franchement, vous étiez médiocre au début.

— Merci. Ça m'aide vraiment, répondis-je platement.

Elle pinça les lèvres et poussa un grand soupir.

— Dites-moi, ce livre que vous lisez dans la cuisine quand vous pensez que je ne vous vois pas…

— *Normal People* ?

— Oui, celui-là. Il vous plaît ?

Je réfléchis à sa question. Il n'était pas du tout comme je l'avais imaginé. Je ne savais pas s'il me plaisait mais je ne pouvais pas m'arrêter de le lire. J'avais aussi l'impression que Connell et Marianne étaient de vraies personnes. J'étais totalement investie dans leur vie.

— C'est agréable parce que j'ai l'impression d'être une mouche sur le mur, qui voit tout ce qui se passe. Et ça me plaît que Connell soit un gars de la campagne, qui s'inscrit à Trinity, dis-je en souriant.

— Donc, on peut facilement s'identifier aux personnages.

— Oui ! C'est ça. Mais Marianne me met très en colère. Pourquoi est-ce qu'elle laisse les gens la traiter comme ça ?

— Peut-être pense-t-elle le mériter.

C'était une froide et difficile prise de conscience. Même moi, je ne comprenais pas pourquoi une personne pouvait se sentir indigne d'être aimée au point d'accepter la violence. J'étais mal à l'aise en lisant son histoire, mais en même temps, j'avais l'impression de ne pas être la seule à vivre cette épreuve. Si cela pouvait arriver à quelqu'un comme Marianne, qui était riche et intelligente, cela pouvait arriver à n'importe qui.

— Je crois que c'est facile de se méprendre sur ce qu'est l'amour quand on est jeune. Même le titre suggère en quelque sorte que nous normalisons les mauvais comportements dans les relations amoureuses, ou que nous supposons qu'être normal est le plus important, alors nous cachons toutes les choses laides qui nous arrivent. Qui est normal, de toute façon ?

— Félicitations. Vous venez de faire votre première critique de livre. Maintenant, filez, et ne pensez plus à ces bêtises.

Tandis que je descendais les marches du 12, Ha'penny Lane, je me retournai pour voir le reflet de Mme Bowden qui s'estompait dans le miroir du salon. C'était ainsi quand j'essayais de la lire ; elle était toujours obscurcie par la lumière, et non éclairée. Comme une photo surexposée. Elle ne ressemblait à personne que je connaisse, et c'était peut-être très bien ainsi.

33

Henry

D'une certaine manière, l'air me sembla différent quand je descendis du bus, sur O'Connell Street. On dit qu'on ne peut jamais se baigner dans la même rivière deux fois, et il en allait peut-être de même pour les pays. Les rues étaient animées, pleines de gens qui avaient un but. Comme moi.

Après avoir grimpé les marches du numéro 12, je pris un instant pour tirer sur ma veste, puis je saisis l'enveloppe contenant la lettre que j'avais imprimée. J'avais hâte de parler à Martha d'Opaline, de Sylvia, du livre. Je frappai le heurtoir d'un geste ferme, mais pas trop vigoureux. Les détails, cela compte.

— Oh, fis-je.

— Eh bien, vous avez frappé, répondit Mme Bowden. Dois-je simplement refermer la porte afin que nous puissions faire comme si cela n'était jamais arrivé ?

— Non, désolé, je pensais juste…

— Oui ?

— Je m'attendais à voir Martha, c'est tout.

— Ah, vraiment ? Malgré le fait que vous soyez parti sans un mot, vous vous étiez figuré qu'elle allait attendre votre retour ? Peut-être en tapotant ses yeux humides avec un mouchoir ?

— Non, bien sûr que non.

J'étais complètement déstabilisé.

— Dans ce cas, vous pouvez retourner d'où vous venez, et notre conversation s'arrêtera là.

— Non, attendez une minute, je lui ai laissé un message. Elle ne l'a pas eu ? demandai-je, un peu paniqué. Elle vit encore ici ?

La vieille dame soupira et roula des yeux, comme si j'étais un chiot en train de souiller son tapis.

— Bon, puisque vous êtes là, autant que vous entriez.

Elle recula et je franchis le seuil, légèrement contrarié par – eh bien, par tout. Cela ne se passait pas comme je l'avais prévu.

— J'ai bien peur que vous ne deviez vous débrouiller seul si vous voulez du thé, m'informa-t-elle.

Elle s'installa sur le canapé couleur crème, des gerbes de fleurs sur des tables d'appoint formant une garde à chaque extrémité.

— Bien entendu, nous pourrions renoncer aux civilités d'usage et passer directement au brandy, ajouta-t-elle.

Elle désigna d'un signe de tête une petite desserte à boissons près de la cheminée, et je nous servis deux généreuses doses de liquide ambré.

— Alors, pourquoi êtes-vous revenu ?

— Une minute, comment savez-vous qui je suis ?

— Oh, je vous en prie, pas de faux-semblants entre nous. Elle m'a parlé de vous. L'expert en quête d'une librairie perdue. Je ne savais pas ce qu'elle vous trouvait, mais maintenant que je vous vois en personne, dit-elle, ajustant ses lunettes, je vous trouve un certain charme enfantin, je suppose. Est-ce ce qui a plu à votre fiancée, monsieur Field ?

Mon Dieu, Martha lui avait vraiment tout raconté.

— Les gens comme vous se rendent-ils compte de la peine qu'ils font, à entrer et sortir de la vie des gens ? Non, j'imagine. Il faudrait pour cela une certaine forme d'intelligence.

Aucune réponse de ma part n'était requise, apparemment. Je devais simplement être témoin de l'assassinat de mon propre personnage par une femme que je venais à peine de rencontrer – le pire étant que son résumé était d'une terrifiante précision. Mais il manquait un élément.

— Je l'aime.

— Comment le savez-vous ?

— Je vous demande pardon ?

— Qu'est-ce que vous aimez chez Martha ? Est-ce ce qu'elle vous fait ressentir par rapport à vous-même ? Est-ce qu'elle flatte votre… (elle laissa tomber son regard à cet endroit) ego flasque ? C'est ça ? Cela vous procure-t-il une sorte de plaisir, de fréquenter deux femmes en même temps ? Je connais les hommes dans votre genre, monsieur Field, et laissez-moi vous dire une chose, ma Martha vaut dix hommes comme vous.

— Non, voyez-vous, c'est ce que j'essayais de lui dire. Le soir où nous nous sommes embrassés, je savais que je devais rompre avec Isabelle. Mais je lui devais davantage qu'un coup de fil. Il fallait que je retourne immédiatement à Londres pour m'expliquer.

J'étais en train de me justifier devant une parfaite étrangère et je me sentais ridicule. Mais je voyais qu'elle tenait à Martha, ce qui nous faisait un point commun.

— J'ai tenté d'appeler Martha depuis, mais elle a dû changer de numéro. Ma sœur vient d'avoir un bébé et ça a retardé mon retour, mais je suis revenu aussi vite que j'ai pu.

Elle parut réfléchir à ce que je venais de dire, et il sembla se passer une éternité avant qu'elle ne reprenne la parole.

— Il s'est passé beaucoup de choses depuis votre dernière rencontre. Je ne suis pas sûre qu'elle veuille vous revoir.

— Je vous en prie, Mme Bowden. Vous avez raison. Je n'avais jamais su ou compris ce que cela signifie, d'aimer ou d'être aimé. Je ne vais pas accuser mon passé, mais nous en avons tous un et il nous suit partout comme une prison, nous éloignant sans cesse de la personne que nous désirons réellement être. Martha est la personne la plus courageuse que je connaisse, et grâce à elle, j'ai rassemblé le peu de courage que j'avais en moi pour écouter mon cœur, pour une fois. Je ne l'aime pas seulement pour ce qu'elle me fait ressentir, je l'aime parce que lorsqu'elle est entrée dans ma vie, c'était comme si les lumières s'étaient allumées. Tout avait soudain un sens et je pense, *j'espère*, qu'il en allait de même pour elle. Nous avons tous nos mauvais côtés et nos bons côtés, mais quand vous rencontrez quelqu'un qui vous fait prendre conscience que vous êtes très bien comme vous êtes, vous vous dites : *mon Dieu, qu'ai-je fait pour mériter cette chance ?* Toute ma vie, j'ai recherché des trésors cachés, des fortunes, ailleurs qu'en moi-même. Mais Martha les a trouvés en moi. Je ne suis pas parfait, loin de là, mais je sais que je veux passer le restant de mes jours à la faire sourire. Alors il est hors de question que je renonce à elle sans me battre.

Elle déglutit de manière audible.

Je tremblais presque tant ma conviction était forte à cet instant. Pour la première fois, je m'étais entendu dire une vérité qui venait du fond de mon cœur, et mes mots étaient aussi clairs et éclatants qu'un son de cloche.

Après une pause, elle leva son verre et, en souriant, le fit tinter contre le mien.

— Il se pourrait bien que vous fassiez l'affaire.

— Merci. Je sais que Martha est encore mariée mais…

En voyant son expression, je me figeai, le verre en l'air.

— Vous devriez peut-être vous asseoir.

34

Opaline

Dublin, 1923

Les secrets, c'est bien joli, mais avec un faux nom, une grossesse cachée, un manuscrit oublié et des sentiments interdits, ma vie était devenue très compliquée, et très solitaire. Mon isolement était aggravé par la peur constante, en arrière-plan, que Lyndon vienne tout me prendre. J'avais l'impression de vivre une demi-vie, pleine de subterfuges. Chaque fois que je regardais le manuscrit d'Emily (ce que je faisais souvent !), je ruminais à propos de l'injustice de ma situation. Je vivais le moment le plus extraordinaire de mon existence, et je me rendais compte qu'il n'y avait pas une âme avec qui le partager. Peut-être aurais-je pu me confier à M. Hanna, mais comment être sûre qu'il ne révélerait pas mon secret par mégarde à la mauvaise personne ?

Ce fut la solitude que je ressentais à cet instant qui me poussa à commettre un acte imprudent. Je sortis une feuille du tiroir et j'écrivis à la hâte une lettre à Sylvia, à Paris. Je ne voulais pas prendre la précaution habituelle, à savoir l'envoyer par l'intermédiaire d'Armand. Transmettre mes nouvelles était merveilleux et m'emplissait de joie, et je savais que Sylvia ne révélerait rien à personne sans mon consentement. « Je vais être mère ! » écrivis-je avant de signer, sachant que cette information ne serait pas aussi excitante pour elle que la découverte du manuscrit Brontë. Je lui demandai de me répondre immédiatement, notant mon numéro de téléphone. Je cachetai l'enveloppe et la laissai sur mon bureau, en attendant d'avoir un moment pour aller la poster. Le simple fait de savoir que Sylvia partagerait mon excitation me donna la force de continuer ma journée comme d'habitude, et de reporter ma décision sur les actions à entreprendre.

***

J'avais eu un après-midi chargé, et je découvrais que je me fatiguais plus vite qu'à l'accoutumée. Un groupe d'étudiants entra, à la recherche de la publication d'une nouvelle écrivaine pionnière, Virginia Woolf. Quand je me penchai pour prendre un exemplaire de *Nuit et jour* sur l'étagère du bas, je me sentis faible.

L'atmosphère était lourde et humide ; pourtant, ce ne fut que lorsque je fus sur le point de fermer la librairie que de grosses gouttes de pluie se mirent à éclabousser le trottoir à l'extérieur, le faisant passer du gris au noir. J'étais occupée à replacer quelques livres et à ranger les étagères quand j'entendis la clochette retentir. Je fus surprise de voir M. Ravel à la porte, avec son pardessus parsemé de gouttes de pluie brillantes.

— Monsieur Ravel, quelle charmante surprise !

C'était en effet une charmante surprise, mais je ne pus m'empêcher de regretter que ce ne soit pas Armand. En dépit de tout ce qui s'était passé, j'espérais encore qu'il allait revenir pour me dire qu'il avait commis une grande erreur et qu'il voulait que nous soyons ensemble finalement. Mais face à moi se trouvait un homme très gentil et j'étais déterminée à au moins faire semblant que j'allais de l'avant.

Nous nous embrassâmes sur les deux joues et il me demanda si cela ne me dérangeait pas qu'il soit passé sans prévenir – une question plutôt superflue.

— Bien sûr que ça ne me dérange pas. Si les gens ne passaient pas sans prévenir, je n'aurais pas de clients du tout, répondis-je, et je le fis entrer.

Il prit un instant pour s'imprégner de l'atmosphère de la librairie, puis se tourna vers moi avec un regard entendu.

— Mademoiselle Gray, votre librairie est une vraie malle aux trésors.

En temps normal, j'aurais balayé d'un revers de main n'importe quel compliment – il n'était pas bon de rechercher l'approbation des autres. Néanmoins, ses mots comptaient beaucoup pour moi à cet instant, sur bien des plans. Je proposai d'aller faire du thé et je le laissai parcourir du regard les étagères.

⁂

Tandis que je portais le plateau dans l'escalier, j'appelai M. Ravel.

— En fait, vous n'auriez pas pu mieux tomber, monsieur Ravel. Je fête une excellente nouvelle.

Je m'avisai que nous devrions peut-être boire du champagne et non du thé, et j'allais lui demander son avis quand je me rendis compte que la porte était grande ouverte, qu'il pleuvait jusque dans la librairie et qu'il n'y avait aucune trace de M. Ravel. Je posai le plateau sur mon bureau et allai inspecter la rue, mais il n'y était pas. Je refermai la porte et secouai la tête, déconcertée. Puis je jetai un coup d'œil vers le bureau, et mon rythme cardiaque ralentit, avant de s'accélérer. La lettre que j'avais adressée à Sylvia n'était plus là. Je la cherchai sur le sol au cas où elle serait tombée, mais elle n'était nulle part. Je plaquai la main contre ma bouche, respirant de manière saccadée contre mes doigts. Qu'avais-je évoqué dans la lettre ? Le livre. Le bébé.

Qui était M. Ravel ? Ne pouvais-je donc plus faire confiance à personne ? Travaillaient-ils tous pour mon frère ?

Je devais partir, et vite.

C'est étrange comme des conversations en apparence anodines revêtent soudain le manteau du destin et de la fatalité lorsqu'elles sont projetées sous une nouvelle lumière. J'échangeais des lettres délicieuses avec Mabel Harper, une femme qui tenait une rubrique amusante pour les journaux, consacrée à sa vie avec son mari et à leurs voyages. Son époux n'était autre que Lathrop Colgate Harper – un marchand de livres rares prospère qui faisait autorité dans le domaine des manuscrits médiévaux. Elle avait suggéré à de nombreuses occasions que je vienne à New York et que je visite le célèbre quartier de Book Row, et maintenant que j'avais l'argent nécessaire pour le faire, je décidai de ne pas perdre de temps.

Je filai à l'agence de voyages sur D'Olier Street et j'arrivai juste avant la fermeture. Je réservai mon billet pour une traversée de Cobh à New York sur la White Star Line, qui aurait lieu deux jours plus tard. Je me rendrais à Cork dans la matinée et j'y passerais la nuit, avant de prendre une navette jusqu'au bateau à vapeur à destination de l'Amérique. Ma main trembla quand je signai le chèque, et l'homme derrière le comptoir me demanda si je me sentais bien. J'aperçus mon reflet dans la vitre et je vis un visage pâle, à l'air traqué. Je n'ignorerais pas mon instinct cette fois. Lyndon m'avait retrouvée. Peut-être avait-il fait intercepter mon courrier depuis le début. Après tout, à quoi me servait Armand ? Il n'était aucunement loyal envers moi, à l'évidence. Je quittai l'agence et je me rendis directement à la banque.

⁂

— Que s'est-il passé ? questionna Matthew, renvoyant sa secrétaire et me faisant entrer dans son bureau.

J'étais très touchée par son inquiétude pour moi et pour le bébé, et une fois de plus, j'éprouvai une attirance familière pour lui. Cet homme si gentil offrait un contraste frappant avec tous les autres hommes de ma vie. Mais je ne pouvais plus me permettre le moindre sentiment de faiblesse ni espérer être sauvée. Je devais me sauver moi-même.

— Je veux que vous gardiez quelque chose pour moi.

Je sortis de ma poche arrière la boîte à couture – dont le contenu était encore intact.

— Qu'est-ce que c'est ?

Peut-être valait-il mieux qu'il ne soit pas au courant, mais je ne pouvais m'empêcher de me confier. Je stabilisai ma respiration et parlai aussi lentement que je le pus :

— Je n'ai pas beaucoup de temps, mais je pense avoir trouvé (j'inspirai brusquement) le second roman d'Emily Brontë. Du moins, pas un roman, mais un manuscrit. Enfin, une partie, en tout cas.

Je restai là, tendue comme un arc, attendant que la flèche atterrisse. Elle n'atterrit pas.

— Avez-vous entendu ce que je viens de dire ?

— Oui, mais je croyais qu'elle n'avait écrit qu'un seul roman. *Les Hauts de Hurlevent*, c'est ça ?

Je poussai un soupir. Il était toujours difficile de discuter avec les non-initiés.

— Précisément, Matthew. C'est ce que tout le monde *présumait*. Mais je crois maintenant détenir une preuve qu'elle en écrivait un second. Cela pourrait changer le paysage littéraire tel que nous le connaissons !

Il commença enfin à comprendre l'immensité de ma découverte.

— Bonté divine, Opaline, c'est fascinant !

— Oui ! approuvai-je, hochant la tête avec vigueur. Vous êtes la première personne à qui j'ai pu le dire. Mais il y a autre chose…

— Pourquoi me le donnez-vous ? demanda Matthew.

— Je m'en vais quelque temps et il est trop précieux pour que je le laisse dans la librairie.

— Oh, je vois.

Il m'adressa un regard inquiet, ayant sans doute déchiffré mon expression.

— Vous êtes la seule personne à qui je peux faire confiance.

— Vous tremblez, remarqua-t-il, prenant mes mains dans les siennes.

— Ce n'est que le froid, rien de plus.

Je devais partir. Matthew avait sa propre famille à protéger. Je devais protéger la mienne. Je retirai mes mains des siennes et lui offris mon sourire le plus éclatant.

— Je reviendrai le chercher bientôt. Mettez-le simplement à l'abri d'ici là, conclus-je.

Je quittai en hâte le bureau de peur de me mettre à pleurer. Je me sentais très seule à cet instant, mais je devais me montrer forte.

⁂

Lorsque je retournai chez moi, je sentis que quelque chose n'allait pas. Mes livres étaient silencieux, comme s'ils retenaient leur souffle. Je descendis péniblement les marches pour rejoindre mon appartement. L'escalier était-il devenu plus étroit ou était-ce simplement moi qui devenais plus ronde ? J'avais l'impression que la structure même du bâtiment se contractait autour de moi. Il fallait que je dorme. J'étais si fatiguée… Mais j'avais mes bagages à faire. Je décidai de m'allonger juste un moment et je m'assoupis en fredonnant un air pour le bébé. Je fus réveillée par une lumière vive dirigée sur mon visage.

35

Martha

Le 1er février. La Sainte-Brigitte – jour férié en Irlande. J'avais envie de sortir de la maison, et de Dublin. Dans une grande ville, le vaste ciel de la campagne vous manque.

Mais ce qui me manquait le plus, c'étaient les tempêtes qui soufflaient depuis l'Atlantique sur la côte Ouest et qui noyaient toutes les voix pénibles dans ma tête. Ce n'était vraiment pas le jour pour aller à la plage. Le temps était glacial, au point que j'avais vu du givre sur ma vitre à mon réveil, mais j'étais déterminée. J'emportai une thermos de chocolat chaud et je pris le DART, le train côtier, pour me rendre à Sandycove, une petite plage en forme de fer à cheval.

Le soleil se levait au moment où je passai devant la tour Martello, projetant une lumière rosée sur le paysage. La vue était splendide, mais le froid était mordant. Heureusement, il n'y avait pas de vent et la surface de l'eau semblait assez calme. Autrefois, je nageais dans la mer, mais j'avais arrêté quand j'avais épousé Shane. Cette partie de ma vie avait simplement disparu, comme tant d'autres, comme si elle ne comptait pas. Comme si *je* ne comptais pas.

Quelques autres personnes avaient eu la même idée que moi : accueillir le premier jour du printemps par un baptême dans la mer. Du moins, c'était le printemps selon le calendrier celtique, marquant la transition d'une saison à l'autre. J'observai un instant les baigneurs. Certains entraient résolument dans l'eau sans jamais hésiter, tandis que d'autres avançaient lentement, centimètre par centimètre. Je n'arrivais pas à décider quelle approche était la meilleure. Il était impossible d'éviter le choc et la douleur du froid. Peut-être valait-il mieux se débarrasser de la partie difficile rapidement, pour atteindre la joie d'avoir maîtrisé ses propres sens et son environnement. C'était la raison pour laquelle nous faisions tous cela, pensai-je. Pour nous prouver quelque chose. Pour montrer que nous pouvions faire quelque chose de physiquement inconfortable, afin d'éprouver un sentiment de puissance.

J'aurais dû me sentir plus puissante, maintenant que Shane était décédé. Mais ce n'était pas le cas. Je me sentais engourdie. Et coupable. Je n'avais pas le sentiment que le bien avait triomphé du mal. Il n'y avait pas de gagnants, uniquement des gens blessés qui ramassaient les morceaux de leurs vies brisées. Je ne saurais jamais pourquoi Shane était entré dans ma vie ; pourquoi le destin m'avait fait vivre cette expérience. Je me demandais souvent si j'avais fait quelque chose de mal pour mériter ça. Mais dans mon livre, *Un lieu appelé Perdu*, l'auteur pensait que chaque épreuve de la vie était une clé pour mieux se comprendre et que c'était à chacun de choisir s'il voulait s'en servir pour déverrouiller l'avenir ou pour fermer la porte à double tour.

Prenant une grande inspiration, je scrutai l'horizon. Les sommets des nuages gris avaient une nuance pêche et l'eau était glacée, à l'exception d'une bande dorée qui étincelait sous le soleil. Je ne voulais pas fermer la porte à clé. Je voulais l'ouvrir.

Après avoir déboutonné mon manteau, je retirai une botte puis l'autre. Je continuai de me déshabiller, comme hypnotisée par la vue, et comme l'une de ces personnes résolues, je marchai droit vers l'eau glacée. Sans hésiter. Je continuai d'avancer, émettant de temps en temps des cris incrédules. *Est-ce vraiment* aussi *froid ?* Cri aigu ! *Est-ce que je suis vraiment en train de faire ça ?* Cri aigu ! *Vais-je continuer à avancer ?* Cri aigu ! Quand l'eau atteignit mon postérieur, je crus que j'allais hurler comme une folle, mais curieusement, ce cri ne se produisit que de manière interne.

Le moment était venu. Portée par mon élan, je plongeai dans l'eau, puis je remuais les bras et les jambes pour avancer. Je ne m'arrêtai que lorsque mon sang pulsa bruyamment dans mes oreilles et que j'eus un peu moins l'impression de mourir.

— Waouh ! criai-je enfin, remarquant un vieux monsieur qui nageait près de moi.

— Ouais. Un peu frisquet, dit-il avec un clin d'œil.

— Juste un peu.

Je nageai sur place en regardant vers la petite crique où d'autres gens arrivaient et se déshabillaient. Un homme en particulier attira mon regard. Il n'arrêtait pas de remettre ses cheveux en arrière et tapait des pieds pour lutter contre le froid. Je n'eus pas une seconde d'hésitation. Je me remis à nager vers la plage et je sortis de l'eau, puis j'allai tout droit dans les bras d'Henry. Il baissa la fermeture Éclair de sa veste, avec laquelle il m'enveloppa. Pour la première fois depuis très longtemps, j'avais le sentiment que j'étais exactement là où je voulais être. Je levai la tête et, sans même que j'ouvre les yeux, mes lèvres trouvèrent les siennes. La chaleur de sa bouche était si accueillante et si douce que j'oubliai presque que nous étions sur une plage publique. Je voulais juste être avec lui, ici et maintenant.

— Tu as les lèvres salées, commenta-t-il.

Je lui souris en guise de réponse et je passai les doigts le long de sa mâchoire et sur les fossettes de ses joues, comme si je dessinais le terrain de ma nouvelle maison. Je l'embrassai encore et quand j'ouvris les yeux, je vis qu'il neigeait.

— C'est la première fois que je vois une plage sous la neige, confiai-je, ressentant soudain le froid à nouveau. C'est vraiment magnifique.

— Magnifique, approuva-t-il sans me quitter des yeux.

Il tint ma serviette autour de moi tandis que, avec autant de maladresse que possible pour un être humain, je retirai mon maillot de bain humide et glissai les bras et les jambes dans mes vêtements. Je sentis qu'il regardait mon dos, mais il ne fit aucun commentaire.

— Comment as-tu su où me trouver ?

— Mme Bowden m'a dit que tu étais à la tour de Joyce.

— La tour de Joyce ?

Henry montra la tour ronde derrière nous, qui avait maintenant une teinte grise et qui était entourée de flocons de neige.

— C'est ce que je voulais te dire – Sylvia Beach y était. Il y a un musée à l'intérieur et elle est venue à Dublin pour l'inaugurer. Elle y a retrouvé Opaline.

Son enthousiasme faillit me briser le cœur. Était-ce la seule raison pour laquelle il était revenu ? Pour Opaline et ce foutu manuscrit ?

Je m'écartai de lui et je secouai la tête, incrédule. Comme j'avais été bête de croire qu'il était revenu pour moi ! Je fourrai ma serviette dans mon sac et je courus vers les marches de pierre pour retourner jusqu'à la station. Un train arrivait justement et avant qu'Henry puisse me rattraper, je montai dedans. Pendant que le train s'éloignait, je vis Henry agiter la main et me crier des mots que je ne pouvais pas comprendre, bien que je ne sache que trop bien ce que cela faisait d'être rejeté.

36

Henry

J'étais ivre, très ivre.

J'étais en train de rêver d'Isabelle ; elle était extrêmement fâchée à propos de quelque chose et elle n'arrêtait pas de me crier que je devais me réveiller. J'essayais de l'ignorer. Je ne voulais pas me réveiller. Puis son accent se transforma en un accent de Dublin à couper au couteau.

— Ça va, mon gars ? demanda la femme devant moi.

Elle était agenouillée sur le sol, ce qui signifiait sans doute que j'étais aussi sur le sol. Je me frottai les yeux et je les ouvris grand. Non, ce n'était pas un rêve. Je ne reconnaissais pas cette femme. Elle avait des cheveux bruns et portait une doudoune, ce qui me parut bizarre. Avais-je perdu connaissance ? Ce fut alors que je remarquai le bruit de la circulation. J'étais dehors, dans la rue, allongé sur un tas de détritus.

— Où est-ce que je suis ? demandai-je.

— Dieu merci. Je vous appelle une ambulance ?

— Quoi ? Non, bien sûr que non.

J'essayai de me lever, mais aussitôt, je fus pris d'une terrible douleur au-dessus de mon œil droit. D'instinct, je le touchai et quand je sentis quelque chose d'humide sur mes doigts, je compris que je saignais.

— Il a l'air assez amoché, hein, Marie ?

Génial. J'avais un public. Je tentai de me repasser le film de ma soirée, mais il n'y avait que des blancs dans ma tête. Pourquoi me sentais-je aussi incroyablement mal ?

Je me redressai contre les marches derrière moi.

— L'odeur d'alcool qu'il dégage, entendis-je répondre l'autre femme. On dirait une distillerie.

Mon Dieu. Ce fut à ce moment que tout commença à me revenir. Le pub. Le whisky. Les types venus fêter un enterrement de vie de garçon. Le pari qu'ils avaient lancé de me faire boire jusqu'à ce que je roule sous la table. Le whisky. La chanson en chœur. Avais-je chanté *Molly Malone* ? Assis sur une chaise ? Seigneur. Moi en train de fumer un joint avec quelqu'un dans la rue. Ensuite, d'autres gens, qui pensaient que je leur devais de l'argent. Moi qui leur expliquais que je venais à peine de rencontrer ce type. Puis le coup de poing dans la figure, la poubelle renversée sur moi, plusieurs fois.

— Merci, mesdames, je crois que j'irai parfaitement bien dans une minute. Je dois juste reprendre mes repères, gémis-je tandis que je m'accrochais à la rambarde de l'escalier et que je me relevais en chancelant, mes yeux s'adaptant à la lumière du jour.

— Vous êtes sûr, mon gars ?

Je n'étais sûr de rien. Quand j'étais retourné au B&B, le mari de Nora, Barry, m'avait raconté que Martha était passée pendant mon absence et qu'elle me cherchait. Il lui avait dit que j'avais pris mes affaires et que j'étais rentré en Angleterre. Quel idiot ! Si seulement sa femme avait été là, elle aurait pu dire à Martha que j'allais revenir. Et maintenant, Martha ne voulait plus entendre parler de moi. J'avais chamboulé ma vie entière pour être avec elle, et maintenant, elle refusait même de me voir.

Je fis quelques pas hésitants, un effort qui me fit grimacer. Je levai les yeux et aperçus la plaque de rue. Ha'penny Lane. J'étais juste devant chez elle. J'ignorais quoi faire. Je ne pouvais pas me montrer dans cet état et d'ailleurs, elle avait été très claire sur ses sentiments. La décision ne fut plus de mon ressort quand je vis Martha écarter les rideaux de la fenêtre à l'avant de la maison. Elle regarda dehors, l'air incrédule, et se pencha pour mieux voir. Puis elle porta la main à sa bouche. Je tentai de la saluer avec ma main valide. Elle disparut dans les ombres de la fenêtre et réapparut à la porte d'entrée.

— Mais qu'est-ce qui t'est arrivé, bon sang ?

— Euh, je crois que j'ai eu une sorte de désaccord.

Elle m'adressa un regard de pitié, qu'en ces circonstances, j'étais prêt à accepter.

Elle me fit entrer et m'emmena dans la cuisine au fond de la maison. Elle me recula une chaise avant de sortir d'un placard un kit de premiers secours.

— Comment as-tu atterri ici ?

— Honnêtement, je n'en ai aucune idée. Il se peut que je sois légèrement ivre.

Elle revint à table avec un bol d'eau chaude, du coton, un tube de crème à l'odeur bizarre et des pansements. Aucun de nous ne parla pendant qu'elle me soignait. Je laissai mes yeux se fermer et je m'autorisai, pendant ces quelques moments au moins, à imaginer que tout allait bien. Que Martha avait encore des sentiments pour moi. Que, d'une manière ou d'une autre, cela fonctionnerait entre nous.

— Est-ce que je vais survivre ? demandai-je, penaud, pendant qu'elle rangeait son attirail.

C'était un supplice de regarder sa silhouette fine dans un simple legging et un tee-shirt, en me rappelant à quel point j'avais aimé la tenir dans mes bras sur la plage. Je brûlais d'envie de l'étreindre encore une fois.

Debout devant l'évier, elle m'observa, un sourire chaleureux aux lèvres.

— Je crois.

— Merci, pour tout ça, dis-je.

— Ce n'est pas grand-chose. J'ai... de la pratique.

Je ne savais pas quoi dire au sujet de la mort de son mari. Ni sur rien de tout cela. Alors je fis ce que nous, les hommes de la famille Field, nous faisions le mieux. Je changeai de sujet.

— Tu sais, avant que tu n'arrives, j'avais l'habitude d'y passer des heures, révélai-je, montrant la bande de terre nue visible depuis l'une des fenêtres de la cuisine. Je pensais que peut-être, je trouverais une sorte d'indice, une empreinte du bâtiment. Comme quand il y a une sécheresse et que les fermiers découvrent des cercles de culture sur la terre. Je ne sais pas. J'étais tellement sûr de l'avoir vu.

— Je me demande si c'est pareil pour les gens ? lança-t-elle en s'asseyant à la table.

Je secouai la tête, déconcerté.

— Je veux dire, est-ce qu'on peut voir le contour de la personne qu'ils étaient avant ?

— Holà. Je ne sais pas. Je l'espère.

Je lui pris la main et, pendant un instant, elle me laissa la tenir, avant de la retirer.

— Je suis désolée, Henry, mais je ne peux pas.

— Mais si seulement tu avais eu mon message, ou si cet idiot au B&B t'avait dit que j'allais revenir…

— Ça n'a plus d'importance maintenant. Mme Bowden m'a expliqué pour le message, mais ce n'est pas le problème. C'est juste que je ne peux pas risquer *ça*.

Elle désigna l'espace entre nous. Quoi que cela veuille dire.

— Il faut que je trouve mes cercles de culture, ajouta-t-elle.

Je souris. Il n'y avait qu'elle pour me briser le cœur de manière aussi charmante. Je devais respecter ses souhaits. Dieu sait que son mari ne les avait pas respectés. Pourtant, je n'avais pas la force de me lever et de sortir de cette maison sans elle.

— Et je sais que tu vas retrouver ton manuscrit, renchérit-elle, la tristesse perçant dans sa voix. Tu me préviendras si tu le trouves, dis-moi ?

— Bien sûr, assurai-je, et je me souvins que j'avais encore une copie de la lettre d'Opaline dans ma poche. En fait, je voulais te montrer ça, dis-je en sortant la feuille.

J'expliquai que j'avais téléphoné à Princeton pour demander qu'on fouille les archives de Sylvia Beach, exactement comme elle m'avait suggéré de le faire.

— C'est grâce à toi, vraiment.

Je lui tendis la lettre.

Elle lut le premier paragraphe à voix haute.

— « Merci encore une fois d'avoir pris des exemplaires de mon livre avec vous – après toutes ces journées passées à remplir les étagères chez Shakespeare and Company, c'est drôle de penser que mon livre y sera aussi maintenant. Peut-être qu'un jour, elle me retrouvera. » Elle a écrit un livre ? demanda-t-elle après quelques instants.

— On dirait bien. Mais la vraie question est : que lui est-il arrivé ?

37

Opaline

Dublin, 1923

Le trajet semblait durer depuis des heures. Nous empruntions des routes inconnues qui secouaient la banquette arrière de la voiture, et moi avec. J'avais la main sur mon ventre, pour protéger d'instinct le petit être qui se trouvait à l'intérieur. Il faisait sombre quand il m'avait tirée de mon lit et même si je savais ce qui se passait, que je m'y attendais depuis longtemps, j'avais l'impression de vivre une expérience extracorporelle. C'était comme si cela arrivait à quelqu'un d'autre.

— Où allons-nous ? demandai-je une fois de plus, et une fois de plus, Lyndon ignora ma question. Est-ce que tu m'emmènes voir Mère ?

Lyndon m'ayant trouvée dans un état compromettant, je supposais que je devrais affronter la colère et une excommunication formelle de la part de la famille.

— Au cas où tu ne l'aurais pas remarqué, j'ai un commerce à tenir. L'homme à qui tu as ordonné de me suivre te l'a sûrement dit, non ? Celui qui a volé la lettre. M. Ravel. Je ne peux pas laisser la librairie sans surveillance et partir du jour au lendemain pour l'Angleterre.

— Nous n'allons pas en Angleterre.

Sa voix calme me déconcertait encore plus que s'il m'avait hurlé dessus. Je ne voyais que ses gants de cuir sur le volant et le côté de son visage. Le mauvais côté, celui qui semblait fondre vers le bas. Je me dis que nous allions peut-être vers le sud, pour y prendre un ferry. Mais maintenant que je me concentrais sur les panneaux, je compris que nous roulions vers l'ouest.

— Où m'emmènes-tu ? demandai-je de nouveau, me retournant pour regarder par la vitre arrière. Lyndon, arrête la voiture et laisse-moi sortir !

Il n'émit toujours aucun son.

— Lyndon ! m'écriai-je en lui secouant le bras.

Je ne vis pas venir ses mouvements rapides. Il projeta son bras vers l'arrière et me donna un coup de coude dans le visage. La douleur me rendit muette. Je pris mon nez en coupe car il avait commencé à saigner. Je n'avais pas de mouchoir, aussi dus-je me servir de ma manche.

— Nous y sommes presque, de toute façon, dit-il, comme si nous avions une conversation ordinaire.

Je ne dis plus un mot. Je n'étais pas sûre que ma voix ne tremblerait pas. Je ne lui montrerais pas que j'avais peur. Le paysage autour de nous était morne et brun – des arbres nus, une herbe mourante sur les bas-côtés. Puis, comme sortis de nulle part, deux piliers de pierre et un portail en fer forgé. Un homme apparut entre les arbres et ouvrit le portail. La voiture franchit la grille à bestiaux avec fracas et accéléra dans une courte allée menant à un bâtiment gris de forme carrée. Il ressemblait à un monastère, avec une petite église sur la gauche. Deux voitures noires étaient garées près de l'entrée et Lyndon s'arrêta à côté.

Il sortit et ouvrit ma portière. Je ne bougeai pas. Après un instant, il me saisit par le bras et me fit sortir. Une femme en uniforme d'infirmière nous attendait près de la porte. Je lançai un regard interrogateur à Lyndon, qui me tenait toujours. J'avais entendu parler de maisons mère-enfant en Irlande – des lieux où des familles envoyaient les mères non mariées afin qu'elles accouchent de leur bébé en secret. Bien souvent, l'enfant leur était retiré pour être adopté par une famille respectable. Je m'écartai de Lyndon, mais l'infirmière me vit faire et saisit mon autre bras.

— Non, non ! m'écriai-je.

Ce fut tout ce que je pus formuler. Une plainte primitive qui disait mon espoir de m'échapper.

On me poussa dans une pièce. Un homme était assis derrière un immense bureau en acajou. Il avait l'air sympathique, ou du moins je le pensais, et je me mis aussitôt à le supplier.

— S'il vous plaît, vous devez comprendre, je suis une femme fortunée. Je possède mon propre commerce et le père du bébé m'a laissé une pension. Mon frère m'a conduite ici contre mon gré.

— Opaline, ne poursuivons pas cette comédie plus longtemps. Docteur, cet enfant bâtard a été conçu hors mariage et ce mari dont elle parle n'est que pure invention.

J'étais si stupéfaite que je gardai le silence. Le médecin se leva, contourna son bureau et me serra poliment la main.

— Je vous en prie, mademoiselle Carlisle, asseyez-vous, vous devez vous reposer. Polly, pouvez-vous apporter du thé aux Carlisle ? Ils sont sûrement fatigués après leur long voyage.

L'infirmière disparut et Lyndon s'assit sur l'une des chaises à dossier droit. Je voulais m'enfuir, mais je n'avais aucune chance avec deux hommes pour me bloquer le passage. Aussi, je pris place.

— Votre frère m'a informé que vous n'étiez pas en forme ces derniers temps, que vous n'étiez pas vraiment vous-même. Êtes-vous de cet avis ?

— Absolument pas. Je n'avais pas revu mon frère depuis des années et son seul intérêt pour mes affaires est suscité par la malveillance et la jalousie.

— Comme vous pouvez le constater, docteur, elle souffre encore d'hallucinations, dit

Lyndon avec une compassion que je ne lui connaissais pas. Il est évident pour moi, depuis un certain temps, qu'elle n'est pas capable de gérer ses propres affaires. Par conséquent, je vais reprendre son petit commerce avec effet immédiat.

Je tournai vivement la tête et la vision de mon frère me brûla les rétines.

— Tu as appris pour le manuscrit en lisant ma lettre, n'est-ce pas ? Tu connais sa valeur. C'est pour cette raison que tu es venu me chercher. Tu te fiches totalement du bébé. Tu es un petit homme jaloux, rancunier... (Je me retournai vers le médecin.) Il est déterminé à détruire tout ce pour quoi j'ai travaillé, à gâcher ma réputation et à s'approprier ce qui est à moi !

J'avais parlé si vite que j'avais de la bave au coin des lèvres. Il fallait que je fasse comprendre à cet homme qui Lyndon était en réalité. Les deux hommes se contentèrent d'échanger des regards entendus.

— Attendez une minute, qui êtes-vous, et quel est cet endroit ?

— Je suis le docteur Lynch et vous êtes à l'asile d'aliénés du district de Connacht.

Je fus certaine d'avoir mal entendu.

— Je ne comprends pas... Lyndon ?

Mon frère regardait droit devant lui. Le docteur Lynch se pencha en avant et posa les coudes sur le bureau, appuyant le menton sur ses mains jointes.

— Votre frère vous a amenée ici parce qu'il s'inquiète pour votre bien-être, Opaline. Il semble que vous souffriez de ce que nous appelons une folie puerpérale – une forme de psychose pouvant se développer chez les femmes enceintes, qui les pousse à devenir violentes envers elles-mêmes et envers les autres.

— Elle a essayé de m'attaquer dans la voiture pendant le trajet, affirma Lyndon, jouant les victimes à la perfection.

— Espèce de sale menteur ! hurlai-je.

Je me levai pour sortir, mais l'infirmière était de retour et, faisant preuve d'une force hors du commun, elle me maintint entre ses bras et me força à me rasseoir.

— S'il vous plaît, essayez de ne pas vous énerver, Opaline.

Je tentai de me libérer mais c'était une vaine entreprise. Cette femme me serrait comme un étau. Ma respiration était courte et saccadée, telle celle d'un animal pris au piège. À cet instant, je compris que Lyndon avait tout manigancé. Il avait prévu ma réaction et il savait que ma colère servirait son but – me faire passer pour une déséquilibrée. Un homme en colère était dominant. Une femme en colère, en revanche, avait sans doute perdu la raison. Après cela, je me promis de garder le silence et de me concentrer sur ma respiration.

— Votre sœur semble en effet souffrir d'une sorte de complexe de persécution, comme vous l'avez déclaré dans votre lettre.

Et voilà. Ils avaient déjà commencé à parler de moi comme si je n'étais pas là. Toute protestation de ma part serait vue comme une preuve supplémentaire de mon état mental fragile. Ma tête retomba sur ma poitrine tandis que mon corps semblait s'effondrer sur lui-même. D'un seul coup, toute mon énergie m'avait quittée.

— Je suis sûr que vous comprenez, docteur Lynch, que ma famille ne peut pas prendre le risque qu'un scandale de ce genre paraisse dans les journaux. Le style de vie d'Opaline est depuis longtemps une source d'embarras pour ma mère, mais cela... (il montra mon ventre arrondi) eh bien, c'est vraiment trop dur à supporter.

— En effet. C'est la perte de moralité de ce siècle qui a conduit à tant de maux, approuva le médecin par déférence pour mon frère, le héros de guerre.

Il assura à Lyndon qu'un séjour dans leur asile me guérirait de ce qu'ils trouvaient tous les deux si déplaisant dans ma personnalité.

— À présent, si vous voulez bien signer ce formulaire et verser la somme convenue, nous prodiguerons à votre sœur les soins appropriés.

Au prix d'un grand effort, j'avais réussi à ralentir ma respiration, et je pus me relier à une part profonde et primitive de mon être. Je ne pourrais pas m'enfuir aujourd'hui, c'était une certitude. Mais je pouvais me servir de mon esprit et de mon intelligence pour convaincre ce médecin dans les jours prochains que ma place n'était pas ici. Je ne savais pas alors que la moitié des femmes déjà internées s'étaient livrées au même exercice futile. J'aurais dû comprendre qu'ici, on n'écoutait pas les femmes.

Le sexe féminin était pour eux une curiosité ; une chose à étudier et non à comprendre. Un désagrément à contrôler.

⁂

L'infirmière me fit sortir du bureau du médecin et me conduisit dans le couloir, en me tenant fermement par le bras. Hors des espaces publics du bâtiment, l'esthétique était différente. Ce qui me frappa aussitôt était le dépouillement de l'endroit. Rien sur les murs, peints dans un vert blafard, et l'odeur de l'eau de Javel me donnait envie de vomir. Je fus conduite dans ma chambre, qu'on aurait pu désigner par un terme plus approprié : une cellule. Deux lits en fer (apparemment, je ne serais pas seule pendant mon internement, et je n'arrivais pas à décider si c'était une bonne ou une mauvaise chose), c'était tout ce que contenait la pièce. Il y avait une haute fenêtre, et il me faudrait être debout sur le lit pour voir dehors, toutefois je notai qu'elle avait des barreaux, au cas où l'idée de m'échapper me viendrait à l'esprit.

— Je dois aller aux toilettes.

— Il y a un bassin sous le lit, répondit l'infirmière, serrant toujours mon bras.

Je ne me débattis pas – en vérité, je n'aurais pas pu tenir debout sans son aide. Parce que je me sentais nauséeuse, je demandai de l'eau.

— Ce n'est pas un hôtel ici, rétorqua-t-elle, offensée par mon audace. Vous entendrez la cloche qui annonce le dîner et vous pourrez suivre les autres femmes dans le couloir.

Sur ces mots, elle lâcha mon bras, me poussa sans ménagement dans la chambre et claqua la porte derrière moi.

J'entendis la clé tourner juste au moment où je glissais contre le mur, n'étant plus capable de tenir debout.

*
**

Je restai allongée sur le sol cette nuit-là, comme si le fait de grimper sur le lit aurait signifié que j'avais accepté mon sort. J'avais sans doute dû plonger dans un sommeil épuisé à un certain moment, car je fus réveillée par des cris et des gémissements provenant des autres internées. Ou des patientes. Quelle importance ? Ma place n'était pas ici et je devais retrouver ma liberté. Mais comment une femme enceinte pourrait-elle s'échapper d'un tel endroit ? C'était physiquement impossible. Je murmurai le prénom de Matthew, encore et encore. Il viendrait me chercher, c'était certain. D'une manière ou d'une autre. Je savais qu'il viendrait. Je ne pouvais pas rester là.

— Tout ira mieux demain matin, dis-je à mon petit ventre, mais cette fois, je n'y crus pas.

38

Martha

Les avocats avaient envoyé les contrats pour signature. La vente s'était conclue rapidement et une fois les frais de banque et d'agence payés, il me restait vingt mille livres. Le marché immobilier était à nouveau florissant et j'avais vendu au bon moment, selon l'agent immobilier. Je voyais les chiffres sur le papier mais je n'arrivais pas à croire que cet argent allait vraiment être à moi – sur mon compte en banque. Je pourrais me payer des cours à plein temps à l'université, si je le souhaitais.

Je n'étais pas sûre de ce que je souhaitais. Quand on est habitué à ne rien avoir, il est difficile de savoir comment réagir quand une aubaine vous arrive. J'avais besoin de davantage de temps pour me décider et, en attendant, je voulais rester dans le seul endroit où je m'étais sentie en sécurité depuis que j'avais quitté Shane : à Ha'penny Lane.

⁂

J'apportai à Mme Bowden son thé de l'après-midi dans le jardin. Elle était un peu pâle ces derniers temps, et elle avait dit que l'air frais lui ferait du bien.

— Savez-vous jouer aux cartes ?

Je gémis en mon for intérieur quand elle sortit un jeu de cartes de sa poche, comme par magie.

— En dehors de la bataille ?

— Votre génération ne sait absolument pas comment passer le temps autrement que sur vos maudits téléphones.

Elle avait raison. Je consultais beaucoup mon téléphone. Depuis que j'avais dit à Henry que je ne pouvais pas m'engager dans une relation avec lui, je m'étais mise à relire nos anciens messages. Et quand je ne les lisais pas, je repensais au jour où nous nous étions embrassés. Le simple fait de savoir qu'il était de retour me rendait heureuse. La vie avait été si fade sans lui. Fade, cela allait. Je savais comment composer avec la fadeur. Mais lorsqu'on a goûté à la magie, il est difficile de se satisfaire de l'ordinaire ensuite.

— Le jeu des vingt-cinq, il est assez facile, dit-elle, distribuant cinq cartes à chacune de nous et retournant celle du dessus côté face sur le paquet. Le cœur est l'atout.

— D'accord, dis-je.

Il l'est certainement.

Après quelques minutes, alors que le soleil éclairait de manière oblique différentes parties du jardin, éclairant des plantes dont je ne connaissais pas les noms, je n'avais toujours pas compris les règles du jeu. Je croyais simplement Mme Bowden sur parole et je découvrais que battre et choisir des cartes était plutôt apaisant. Mes pensées commencèrent à tourner autour de choses auxquelles, en temps normal, je ne m'autorisais pas à penser.

— Bon sang, j'ai détesté retourner dans ce village, dis-je, songeant à l'enterrement pendant que je plaçais un as sur la table.

— Oh, vous avez gagné !

— C'est vrai ?

Je baissai les yeux et éprouvai un rare moment de joie pure. Elle nota le score sur un papier.

— J'ai toujours eu le sentiment d'être une étrangère là-bas, continuai-je tout en battant les cartes. Les gens m'ont toujours trouvée un peu bizarre, de toute façon. Moi, et aussi ma mère. À l'école, les enfants nous prenaient pour des sorcières – parce qu'on communiquait sans paroles. Et ils n'aimaient vraiment pas quand je commençais à les lire.

— Mais qu'entendez-vous par « les lire » ?

Je me maudis en silence. Comment avais-je pu laisser échapper ça ? J'avais été distraite par ce stupide jeu de cartes. J'observai son visage et remarquai son air alerte. Elle l'avait fait exprès, elle m'avait piégée pour que j'en dise plus que je ne le voulais.

— Oh, vous savez, on se fait une impression sur les gens.

— L'intuition, diraient certains, glissa-t-elle, et elle me fit signe de distribuer à nouveau les cartes.

— Oui, quelque chose comme ça.

— Hum. Pouvez-vous me lire ?

Je l'étudiai un instant. Après notre première rencontre, j'avais cru savoir tout ce que j'avais besoin de savoir sur Mme Bowden. Tout ce que je voulais, c'était être en sécurité, et je savais qu'elle ne me ferait pas de mal. Mais sa question me surprit et je me demandai si, peut-être, elle n'avait pas caché quelque chose en pleine lumière depuis le début.

— Vous me testez pour quelque chose, mais je ne sais pas vraiment de quoi il s'agit.

— Inutile d'être devin pour savoir ça. Quoi d'autre ?

J'hésitai. Comment pouvais-je dire la suite sans l'offenser ?

— Allons, je ne suis pas en sucre !

Je clignai des yeux. Était-elle en train de me lire ?

— Vous êtes très, très âgée. Plus âgée que vous n'en avez l'air. Et vous avez peur qu'on vous oublie. Vous attendez quelqu'un, n'est-ce pas ? Quelqu'un pour s'occuper de... ?

— Oui, eh bien, ça suffit maintenant.

Elle joignit les mains dans son giron et regarda un oiseau qui éclaboussait l'abreuvoir.

— Vous voyez ? Les gens n'aiment pas quand on leur dit des choses qu'on ne devrait pas vraiment savoir.

Elle poussa un grand soupir puis pencha la tête sur le côté.

— Je vous ai sous-estimée. Je ne le ferai plus.

Supposant que c'était un compliment, je hochai la tête.

— Être un outsider peut être une bonne chose, dit-elle, revenant à ce dont nous discutions précédemment.

— Vous croyez ? Il me semble que cela aurait été bien plus facile si on avait simplement pu s'intégrer.

— Dieu vous en préserve, Martha ! Le conformisme est une condamnation à mort. Non, ma chère, vous devez assumer ce qui vous distingue. C'est ce qu'ils méprisent. C'est un cercle vicieux dans cette vie – reprocher aux enfants d'être ce qu'ils sont, parce qu'on nous l'a reproché et à nos parents avant nous. Si vous ne faites de mal à personne, pourquoi essayer de changer ce que vous êtes ?

— Je ne sais pas. Je n'avais jamais vu les choses sous cet angle. Tout ce que je sais, c'est que je me sens très en colère contre moi-même en permanence. J'ai l'impression que je ne serai jamais assez bien pour eux, alors à quoi bon essayer ?

— Assez bien pour qui ? Pour les gens qui sont piégés dans une vie qu'ils n'ont pas choisie ? Vous pouvez certainement le comprendre, ils veulent simplement que vous soyez piégée avec eux, afin qu'ils puissent se sentir moins seuls dans leur vacuité. Prenez garde, Martha, vous ne verrez plus votre propre valeur si vous continuez à regarder les choses à travers les yeux de la bourgeoisie !

*
**

Ce soir-là, après avoir pris ma douche et observé une fois de plus l'histoire tatouée sur mon dos, je songeai à ce que Mme Bowden avait dit. J'avais senti des choses dès mon arrivée à Ha'penny Lane, mais j'essayais de les nier. Je sentais les fibres mêmes de la maison se glisser sous ma peau, et emplir ma tête de projets d'avenir dont je n'aurais jamais osé rêver. Et quand j'avais vu la lettre qu'Opaline avait écrite à Sylvia, j'avais su que le livre auquel elle faisait référence était celui qui m'avait été donné. Tout était-il lié à Mme Bowden ? Je n'avais pas de réponses, uniquement des questions, et la seule personne à qui je pouvais en parler, c'était Henry. Pourrions-nous être amis ? Cette idée me rendait très triste. Mais je ne voyais pas d'autre solution. Je ne pouvais pas prendre le risque de me perdre de nouveau, pas alors que je m'étais tant battue pour reconstruire ma vie.

Alors que j'étais allongée dans mon lit, en train de lire l'une des œuvres de mon cours de littérature, *Persuasion* de Jane Austen, je remarquai d'autres livres, posés sur la branche, qui s'était aplatie comme pour former une étagère. Les mots gravés sur les dos étaient presque dorés sous l'éclairage de la lampe. *Dear Reader* de Cathy Rentzenbrink, *Never Let Me Go*[1] de

1. *Auprès de moi toujours.*

Kazuo Ishiguro et *Flowers in the Attic*[1] de V.C. Andrews. Mince. Mme Bowden croyait-elle réellement que j'arriverais à lire tous ces textes supplémentaires ? Je reportai mon attention sur la page que j'étais en train de lire. Je ne pouvais pas me laisser distraire, car je devais finir le livre avant mon prochain cours. Ma curiosité l'emporta et je levai de nouveau les yeux, mais cette fois, certains mots parurent plus visibles que les autres.

Dear Reader
Go
In the Attic[2]

Retenant mon souffle, je pressai mon livre contre ma poitrine. C'était tout à fait effrayant. Je jetai un coup d'œil à l'horloge. Minuit une. Je reportai mon attention sur les livres, qui semblaient redevenus parfaitement normaux et inoffensifs, aucun mot n'étant plus lumineux que les autres. Il n'y avait aucun message secret. *Je devrais simplement ignorer cet événement*, me dis-je. Mes yeux étaient fatigués et je voyais des choses qui n'étaient pas là, voilà tout.

L'« intuition », comme l'avait dit Mme Bowden. L'ignorer était peut-être le problème depuis le début.

Je glissai mes pieds dans mes pantoufles et j'enfilai le vieux cardigan qui me servait aussi

1. *Fleurs captives.*
2. « Chère lectrice, va au grenier. »

de robe de chambre. Je n'allumai pas la lumière quand je fus en haut de l'escalier – je savais que Mme Bowden avait le sommeil léger. Résultat, je me cognai l'orteil sur la dernière marche menant au premier étage. Je criai silencieusement, parce que j'avais mal, et parce que j'avais été assez crédule pour penser que les livres me disaient quelque chose.

Mais était-ce de la crédulité ? Je portais un tatouage sur le dos, dont la moitié était apparue sans mon intervention.

J'arrivai devant une petite porte au niveau le plus haut de la maison et je dus m'accroupir. Je poussai et tirai le battant, mais il ne bougea pas. Je cherchai sur l'architrave une clé, et je ne trouvai que de la poussière. Cela ne servait à rien. Je ne pourrais rien faire dans le noir. Je descendis les marches, un peu plus prudemment, et tandis que je passais à pas feutrés devant la chambre de Mme Bowden, la maîtresse de maison lança :

— C'est vous, Martha ?

— Oui, j'ai juste...

Zut. Que dire ?

— Il y a une araignée dans mes toilettes alors j'ai dû utiliser celles du haut. Désolée.

J'attendis une réponse, mais après quelques secondes, je me remis à avancer. Juste avant que je n'atteigne le rez-de-chaussée, elle arriva.

— Vous mentez très mal, Martha !

39

Henry

— Monsieur Field ? Vous êtes toujours là ?

Je plaquai l'oreiller contre mon visage et je criai des gros mots dedans avant de reprendre ma conversation téléphonique.

— J'ai juste besoin d'un peu plus de temps, c'est tout. Vous avez reçu le premier brouillon, n'est-ce pas ?

— Oui, oui, en effet, et c'est un début très prometteur, mais le problème est que…

Derrick, le chef du département, était un chic type, et il s'était efforcé de me prévenir avec douceur. Le problème était que je ne pouvais pas accepter ce qu'il était en train de me dire.

— Le problème est que vous n'avez absolument rien produit pour étayer ce que vous avancez, Henry.

Il avait raison. Je le savais bien. Une vieille lettre dans laquelle était évoquée la *possibilité* d'un second roman d'Emily Brontë ne valait guère plus qu'une simple rumeur. Je n'avais aucune preuve tangible.

— Je suis désolé, Henry, mais ils ont suspendu votre financement.

— Quoi ?

— Écoutez, j'ai essayé de vous défendre, mais ce n'est pas la première vaine recherche dans laquelle vous vous lancez, n'est-ce pas ?

Oh, super, une bonne dose d'humiliation par-dessus le marché. Je remerciai Derrick de m'avoir téléphoné et de m'avoir annoncé la mauvaise nouvelle lui-même plutôt que par courrier. Puis je criai d'autres jurons dans l'oreiller.

J'avais passé des années à courir après des pistes, à essayer de trouver le manuscrit disparu grâce auquel je me ferais un nom. Certes, j'avais attribué des nouvelles et des essais écrits sous pseudonyme à leurs véritables auteurs, déniché des lettres intéressantes entre des acteurs significatifs du monde littéraire et étudié d'innombrables textes exhumés par des spécialistes en livres rares, mais, pour l'instant, je n'avais pas encore fait cette grande et unique découverte que j'attendais. Cette quête était ma chance, je le sentais. Je m'étais complètement laissé distraire par mes émotions, et voilà le résultat. Martha avait très clairement exprimé ses sentiments sur le sujet et si je voulais sauver ce qui restait de ma carrière, j'allais devoir me consacrer à ma recherche à cent pour cent.

Je saisis mon téléphone portable et me redressai sur le lit. La musique trance m'aidait toujours à me concentrer ; quelque chose dans les sonorités et les rythmes répétitifs me donnait l'impression que je bougeais même quand j'étais assis et immobile. J'allais percer ce mystère, d'une manière ou d'une autre. J'avais déjà contacté les héritiers de Rosenbach afin d'obtenir une confirmation que la lettre n'était pas un faux. Ils avaient fait appel à un graphologue et avaient prétexté de nombreux retards pour se débarrasser de moi. Quoi qu'il en soit, si Rosenbach avait obtenu le manuscrit, le monde entier aurait déjà été au courant. Donc, il fallait que je revienne à Opaline et que je découvre ce qui lui était arrivé, et pourquoi elle avait prétendu posséder le manuscrit perdu d'Emily Brontë.

J'entendis frapper à la porte et je me dis que si je ne faisais pas de bruit, Nora présumerait que j'étais sorti.

— Je peux sentir l'alcool d'ici ! lança-t-elle.

Je me levai pour aller ouvrir. Nora portait un plateau sur lequel étaient posés une tasse de thé fumante et un sandwich au bacon grillé.

— Vous êtes vraiment une femme formidable.

Je lui pris le plateau des mains et la fis entrer.

— Mon Dieu, qu'est-ce qui est arrivé à votre figure ?

— Oh, ça, oui.

J'avais presque oublié, entre ma réputation ruinée et mon cœur en miettes.

— Est-ce que… ça va, Henry ?

— On ne peut mieux.

— C'est juste que je m'inquiète pour vous.

Il fallait vraiment que je sois tombé bien bas si une étrangère craignait pour ma santé mentale. Il fallait que je me ressaisisse. Et vite. J'assurai à Nora que je me portais comme un charme, et après avoir englouti le sandwich, je retournai à mon ordinateur et commençai à rechercher tout ce que je pouvais sur la famille Carlisle. Le père était un fonctionnaire qui avait épousé une riche héritière. Les deux enfants avaient fréquenté de bonnes écoles, et il existait de nombreuses informations sur la carrière de Lyndon dans l'armée. Comme lors de mes précédentes recherches, toutes les mentions d'Opaline semblaient s'arrêter brusquement, et je ne trouvai qu'une petite annonce dans un journal, portant sur le mariage de Jane Burridge avec lord Findley. Opaline Carlisle y était présentée comme la demoiselle d'honneur. Bien que cela me peine de penser à Martha, je me souvins de ce qu'elle avait dit : on pouvait connaître Opaline à travers les femmes qu'elle avait connues. Jane et Opaline étaient sûrement amies.

Je bus une grande gorgée de thé froid et je montai le volume de la musique avant de me plonger dans la vie et l'époque de lady Jane. C'était mon activité préférée : effectuer des recherches sur des gens morts depuis longtemps et oubliés par le monde en général, comme si le fait que je projette une lumière sur eux les ramenait en quelque sorte à la vie pendant un instant fugace. C'était ce qui m'avait réellement donné envie d'entrer dans le monde des livres rares au départ – révéler les histoires et les existences extraordinaires des gens partis avant nous ; des gens qui se souciaient tout autant que nous des futilités quotidiennes de la vie ; des gens vivant durant des périodes extraordinaires dont ils ne mesuraient pas pleinement le caractère exceptionnel. Quelque chose dans le fait d'assembler tous ces éléments apaisait mon esprit. Peut-être était-ce le réconfort de savoir que ma vie n'était qu'une page dans le grand livre d'histoire de l'humanité. Cela me permettait de me détendre un peu, moi qui me mettais une telle pression pour devenir quelqu'un d'important. En général, ce sentiment de paix durait jusqu'à ce que je voie l'un de mes pairs récompensé par une bourse, ou un autre publier un livre à succès sur les découvertes de quelques obscurs collectionneurs du passé. J'étais affligé du plus tenace des désirs humains – celui de laisser ma marque.

Après des heures passées à étudier les naissances, les décès, les événements caritatifs et les obligations sociales, je dénichai une lettre adressée au rédacteur en chef d'un journal irlandais, datée de 1930.

Cher Monsieur,
Je vous écris en désespoir de cause, car mes requêtes à ce sujet, envoyées à de nombreuses personnes, sont restées lettre morte. Je souhaite attirer votre attention sur l'état déplorable des asiles du pays. Des femmes qui sont aussi saines d'esprit que vous ou moi sont

internées malgré elles dans ces institutions sans examen approprié, et sont emprisonnées dans des conditions absolument horribles qui sont bien en deçà des normes de la décence. Ma chère amie est retenue contre son gré dans un tel établissement, dans la province de Connacht, et malgré des lettres adressées au gouvernement, on m'a empêchée de la faire examiner par un médecin indépendant. Il faut d'urgence mener une enquête approfondie sur ces établissements.
Bien à vous,

Lady Jane Findley

C'était si inhabituel pour une Anglaise d'écrire une telle lettre, et à un journal irlandais de surcroît. Pourquoi l'avait-elle fait ? L'identité de l'amie n'était pas mentionnée, néanmoins mes sens étaient en alerte. La lettre d'Opaline à Sylvia Beach parlait d'internement. Était-il possible qu'elle ait été placée dans un asile ? Il faudrait que je trouve des registres pour savoir combien d'asiles il y avait en Irlande à l'époque, et où ils se trouvaient.

J'avais besoin d'un café. Et de Martha. J'allais devoir me contenter d'un café.

40

Opaline

Pendant ces quelques secondes précieuses, juste avant que je n'ouvre les yeux, j'avais oublié où j'étais. Mon esprit me disait que j'étais chez moi, dans mon lit, mais mon corps savait que ce n'était pas le cas, et que la couverture rêche sur moi n'était pas la mienne. J'ouvris les yeux, et l'horrible vérité fut confirmée. Ce n'était pas un mauvais rêve. J'étais internée par la faute de mon frère.

J'entendis des talons de bottes résonner lourdement dans le couloir dépourvu de tapis, comme une petite armée en marche, et ma porte s'ouvrit avec fracas.

— 6 heures, il est temps de se lever, annonça une infirmière sans me regarder dans les yeux.

Elle ouvrit la fenêtre et laissa entrer l'air glacial.

Ma raison me disait qu'il était inutile de plaider ma cause auprès d'elle, mais mes émotions me poussaient à la supplier de me libérer.

— S'il vous plaît, je dois parler au docteur Lynch. Ma présence ici est une énorme erreur. Vous devez me laisser partir !

L'infirmière, qui avait des cheveux gras d'un noir de jais, séparés par une raie au milieu, et des yeux bruns qui semblaient à la fois vides et perçants, m'ignora complètement. On aurait dit que je n'avais même pas ouvert la bouche.

— Allez dans le couloir, le petit déjeuner est sur la table.

— Mais…

— Vous parlerez à son assistant, le docteur Hugues, plus tard. Vous pourrez voir cela avec lui.

Elle me tendit une horrible robe de flanelle grise et m'ordonna de l'enfiler. Lorsque je me fus changée, elle roula mes propres vêtements en boule et les emporta je ne savais où. On me montra des lavabos, où toutes les autres patientes se frottaient le visage avec de l'eau glacée. Elles ne semblaient pas particulièrement folles à mes yeux. Elles semblaient fatiguées et apeurées.

L'infirmière, dont j'appris qu'elle se nommait Patricia, nous pressa comme du bétail vers ce que je supposai être la salle à manger. Je découvris une longue table de bois flanquée de deux bancs, sur laquelle étaient posés des bols en émail contenant une sorte de bouillon, et au centre, un panier de pain dur. D'un coup d'œil, j'estimai qu'il y avait une soixantaine de femmes en tout. À l'extrémité de la salle se trouvait une table séparée avec une dizaine de femmes qui paraissaient souffrir de déficience intellectuelle et deux infirmières montant la garde. Je m'assis et mis une cuillérée de bouillon dans ma bouche, mais je ne parvins pas à l'avaler. Ma gorge était bloquée et refusait de la laisser passer. Je tentai de plonger le pain dans la soupe quand une vieille dame à côté de moi me saisit la main.

— Ne le mangez pas, il est empoisonné !

Je lâchai aussitôt le pain, sur quoi elle se fendit d'un rire sans pitié. Je n'aurais su dire si elle était folle ou simplement cruelle.

— Laisse-la tranquille, Agatha.

Je regardai autour de moi pour repérer celle qui avait prononcé ces mots et fus surprise de constater qu'il s'agissait d'une jeune femme, qui n'avait guère plus de vingt ans selon moi, et qui parlait pourtant avec l'autorité d'une femme mûre. Je la remerciai d'un signe de tête. Il était difficile de déterminer l'âge de mes cohabitantes étant donné leur tenue vestimentaire et l'impact mental que la vie dans un tel lieu laissait.

— Je m'appelle Mary, dit-elle avec une douceur inattendue. Pourquoi es-tu là ?

— Mon frère...

Je ne finis pas ma phrase, de peur de fondre en larmes.

Des gémissements attirèrent mon attention. Je tournai la tête et vis une femme aux cheveux gris au bout de la table qui criait sans raison, tandis que ma voisine de table commençait à se parler à elle-même, dans une conversation incohérente qui semblait n'avoir ni début ni fin.

— Sortez dans la cour !

Cet ordre provenant d'une autre infirmière annonça la fin du petit déjeuner, et tout le monde reçut un châle usé pour aller marcher dans une cour clôturée. C'était le milieu de l'hiver et le froid était mordant. De plus, la cour était au nord et ne voyait donc jamais le soleil. À cette pensée, je sentis mon cœur sombrer, comme entraîné par une ancre lourde. Tout cela était trop difficile à supporter. Je me figeai sur place pendant que les autres marchaient d'un pas traînant autour de moi.

— Mettez-vous en rang !

J'ignorai la consigne. J'étais trop faible pour bouger.

— Carlisle, trouvez une camarade et marchez.

Je n'avais pas l'habitude que l'on me donne des ordres et je refusai d'obéir.

— Combien de fois dois-je vous le dire !

Mon choc fut total car cet ordre avait été administré avec une claque sur mon oreille.

Soudain, ma force vitale revint, débordante de rage. J'étais sur le point de rendre le coup quand je sentis un bras se glisser sous le mien et me tirer vers l'avant.

— Mieux vaut faire ce qu'elles disent, murmura une voix.

Je regardai sur ma gauche et je vis Mary, la jeune femme qui avait pris ma défense à table.

— Je ne devrais pas être ici, dis-je.

— Penses-tu qu'il y ait une seule pauvre créature qui devrait finir ici ?

Je secouai la tête mais, en toute honnêteté, je ne me souciais de personne d'autre à cet instant. Les autres femmes m'effrayaient, avec leurs visages sans fard, dénués de toute normalité. Je resserrai le châle autour de moi. Je tremblais tellement de froid que mes dents claquaient frénétiquement. Je voyais les lèvres des autres femmes devenir violettes tant elles étaient frigorifiées. C'était inhumain.

— Carlisle, venez ici.

Cela faisait si longtemps que je ne m'étais pas servi de mon vrai nom qu'il me fallut un instant pour me rendre compte que l'infirmière, Patricia, s'adressait à moi. *Dieu merci*, me dis-je. *Ils se sont rendu compte que tout cela est une grave erreur, et ils vont me relâcher.* Je retirai mon bras de celui de Mary et je la remerciai pour sa gentillesse, certaine que je ne la reverrais jamais.

Je suivis rapidement l'infirmière et lorsque nous fûmes à l'intérieur du bâtiment, elle me conduisit dans une pièce où je fus pesée et mesurée, puis une autre infirmière munie de ciseaux approcha et coupa mes ongles à ras.

— Pourquoi faites-vous cela ? demandai-je.

— Vous devez voir le docteur Hugues, répondit-elle.

Je me dis que c'était parfaitement logique – un examen final avant de me laisser partir. Pour des raisons administratives. C'était sûrement cela.

Après cet examen physique sommaire, je fus conduite dans une autre pièce. Là, en blouse blanche, était assis un homme qui se présenta comme le docteur Hugues. Je savais que c'était le moment de me défendre, mais je pris conscience que je ne savais pas par où commencer.

— Qui êtes-vous ? demanda-t-il, ouvrant un dossier couleur crème et retirant le capuchon de son stylo.

— Je... mon nom est Opaline Gr... Je veux dire...

— Ah, on ne peut pas dire que cela commence bien, n'est-ce pas ?

Sa capacité à faire de l'humour dans des circonstances si désespérées me hérissa.

— Je m'appelle Opaline Carlisle, mais j'ai pris le pseudonyme d'Opaline Gray afin d'échapper à mon frère, qui est un homme fou et violent.

Voilà. J'étais claire, cohérente et concise. Ce médecin allait certainement voir que j'étais saine d'esprit.

— Où vivez-vous ?

— À Ha'penny Lane, à Dublin. Je tiens une petite librairie.

Il haussa les épaules.

— Et vous êtes enceinte ?

— Oui.

— Avec combien d'hommes avez-vous eu des relations intimes ?

— Je vous demande pardon ?

— Des rapports sexuels, mademoiselle Carlisle.

Je sentis une rage envahir mon corps et je pris plusieurs grandes inspirations. C'était ce que le médecin voulait, me voir réagir.

— Uniquement avec le père, répondis-je froidement.

— Votre frère m'informe que vous avez mené un style de vie immoral, est-ce vrai ?

Ne sachant que répondre, je gardai le silence.

— Voyez-vous des visages sur le mur ?

— Pas à cet instant, non.

Il m'observa avec une sorte de mépris, et je me maudis d'avoir fait la maligne.

— Entendez-vous des voix ?

— Non, docteur, je n'entends pas de voix. Il n'y a aucun problème chez moi, vous le voyez sûrement. C'est mon frère qui a manigancé toute cette mascarade. Il m'en veut parce que j'ai refusé de lui obéir et d'épouser un homme que je connaissais à peine. C'est sa manière de me punir, ne le voyez-vous pas ?

Le silence se fit dans la pièce, uniquement émaillé par le grattement d'un stylo pendant que le médecin notait ses pensées sur une feuille de papier blanc et vierge. Je me demandai où se trouvaient mes vêtements et s'il y avait un bus qui me ramènerait à Dublin.

— Infirmière, ce sera tout pour l'instant, dit-il, et Patricia revint dans la pièce.

— Puis-je rentrer chez moi maintenant ?

— Oh, je crains qu'il ne se passe un certain temps avant que vous soyez prête à réintégrer la société, mademoiselle Carlisle. Si vous êtes prête un jour.

Ses paroles ressemblaient à des répliques d'une pièce, à quelque chose qu'un acteur aurait pu dire dans un théâtre. Cela ne pouvait pas être la vraie vie.

— Vous n'êtes pas sérieux ! C'est à cela que se résume votre examen ? À me demander si je vois des visages sur le mur ? Docteur Hugues, vous comprenez sûrement que je suis aussi saine d'esprit que vous.

— Votre frère...

— Oubliez mon frère ! Sa parole a-t-elle plus de valeur que la mienne ?

Il ne dit rien, mais il replaça le capuchon sur son stylo. J'avais ma réponse.

Je mis les mains à plat sur le bureau qui nous séparait.

— Il vous ment ! Je peux le prouver. J'ai découvert un manuscrit de très grande valeur et il veut le voler, ne le voyez-vous pas ?

Le médecin adressa un sourire narquois à l'infirmière, qui m'avait saisi par les bras et me tirait à moitié de la pièce.

— Venez, maintenant, Carlisle, il vaut mieux que vous ne luttiez pas, déclara-t-elle.

— Faites-moi passer les tests que vous voulez. Je vous prouverai que je ne suis pas folle !

— Oh, je crois que nous savons tout ce que nous avons besoin de savoir sur cette question, mademoiselle Carlisle.

— Non, s'il vous plaît ! Où est le docteur Lynch ? Laissez-moi lui parler !

Je m'époumonais, mes cris inutiles résonnant dans le couloir. Une autre infirmière amenait une patiente dans le cabinet du médecin et Patricia s'adressa à elle, disant que j'aurais oublié toute cette histoire dans une heure. Ils pensaient vraiment que j'étais folle et chaque raison que je donnais pour protester contre ce fait renforçait leurs croyances.

Je fus ramenée dans ma chambre sale et me pelotonnai dans un coin, où je pleurai pendant ce qui me parut des heures. Tandis que la pièce s'assombrissait, je levai les yeux et j'aperçus une femme assise sur le lit. Depuis combien de temps était-elle là ?

— Il vaut mieux que tu sortes toutes tes larmes. Elles ne te serviront pas à grand-chose ici.

— Mary ?

Je me relevai, une tâche difficile avec mon ventre de femme enceinte, et j'allai m'asseoir à côté d'elle sur le lit.

— Pour quelle raison es-tu enfermée ici ? demandai-je.

Je la regardai de près pour la première fois. Ses cheveux étaient en bataille et pointaient de tous côtés, ses yeux étaient sombres et creusés, mais sa bouche en cœur parlait avec un ton très mesuré pour son jeune âge.

— Hystérie. C'est ce qu'on m'a dit.

Hystérie ; cela pouvait s'interpréter de n'importe quelle façon.

— Et comment cela... hum... se manifeste-t-il ? questionnai-je, et je songeai que nous allions partager cette chambre.

— Je deviens très émotive quand mon père me bat.

— Bonté divine.

Elle m'offrit un petit sourire, comme si l'humour était la seule chose qui lui restait.

— Quand je suis tombée enceinte, je lui ai dit que c'était le prêtre qui m'avait fait ça. Mais il a refusé de me croire ; il a dit que j'étais une sale traînée. Il voulait que je quitte la maison, alors il leur a dit que j'avais des fièvres démoniaques. Que mes blessures étaient l'œuvre de ma propre main.

J'enfouis le visage entre mes mains. Comment avions-nous fini ici ? J'avais quitté mon foyer inspirée par les suffragettes, ces femmes modernes qui allaient obtenir l'égalité et la liberté de poursuivre leur propre bonheur. D'un coup de stylo, voilà que nous étions enfermées à clé. Car nous étions des femmes difficiles avec des idées gênantes.

— Depuis combien de temps es-tu là ? Tu as l'air si jeune.

— Trois ans. J'ai vingt-deux ans.

Mes larmes coulèrent de nouveau. Tout semblait sans espoir. Elle serra fermement ma main.

— Tu dois être forte pour le bébé, dit-elle, puis elle se leva et se déshabilla avant de grimper dans l'autre lit.

Je m'allongeai sur le matelas fin et je regardai la lune briller entre les barreaux de la fenêtre. Mary avait raison. Je devais veiller sur mon petit bouton de rose. Je mangerais la nourriture, je sortirais, je respirerais l'air frais à pleins poumons et je resterais en aussi bonne santé que possible. Si la situation était ainsi pour l'instant, je l'accepterais. Pour le bien du bébé. Je ne pouvais pas me permettre de m'emporter comme je l'avais fait aujourd'hui. Je savais que ce n'était pas bon pour lui. Alors je garderais mon calme et, le moment venu, on m'emmènerait dans un hôpital afin que j'accouche. Ce serait pour moi l'occasion de m'enfuir.

⁂

Deux semaines s'écoulèrent, chaque jour étant identique au précédent. On n'imagine pas la longueur des jours quand il n'y a rien à faire, à dire ou à penser. La caractéristique la plus marquante était le froid. Je voyais mon propre souffle quand je parlais. Une femme d'un certain âge fit une crise un matin à la table du petit déjeuner, tremblant et convulsant à cause du froid. Elle souffrait tant qu'elle bondissait pratiquement sur le banc.

— Laissez-la tomber sur le sol, ça lui apprendra, dit l'infirmière Patricia.

Les infirmières portaient un pardessus et bien que chaque fibre de mon être m'ordonne de me taire, je ne pus m'empêcher de prendre la parole.

— Ne voyez-vous pas qu'elle va mourir de froid ici ? Vous pouvez sûrement lui trouver quelques vêtements supplémentaires ?

— Elle a les mêmes que tout le monde.

Et ce fut la fin de la discussion. Je donnai à cette femme mon thé quand il fut servi. Ce n'était pas une grande perte, étant donné qu'il était dilué et qu'il avait un étrange goût de cuivre.

Une nouvelle femme arriva ce jour-là, ce qui nous donna à toutes quelque chose sur quoi nous concentrer. Nous l'accueillîmes du mieux que nous le pouvions. Je comprenais maintenant la soif d'informations qui m'avait accueillie à mon arrivée. Tout le monde voulait savoir pourquoi elle était là, principalement pour tromper notre ennui abrutissant. J'espérais que son histoire me donnerait raison – une autre victime innocente. Mais nous n'arrivâmes pas à comprendre ce qu'elle disait et bientôt, elle fut emmenée pour être traitée, quoi que cela veuille dire.

On apprit qu'elle venait directement du tribunal où elle avait comparu car elle était accusée d'avoir noyé son enfant. Elle croyait que c'était un changelin et que son vrai bébé avait été emporté par les fées. Je me sentis presque physiquement malade quand j'entendis cette histoire. Je savais que je deviendrais folle moi-même si je ne sortais pas d'ici. Les gens s'imaginent que le pire dans l'internement est l'idée d'être enfermé, mais il y a un autre traumatisme à supporter. Bien que certaines des femmes soient simplement anxieuses ou déprimées, je vivais maintenant avec des femmes souffrant de toutes sortes de troubles physiques ou mentaux, et de surcroît, j'étais considérée comme étant l'une d'entre elles. Cela a un profond impact sur la conscience de soi – sur la notion de vérité.

*
**

Cette nuit-là, je crus que le moment de m'échapper était venu. Les douleurs dans mon ventre donnaient l'impression que le travail avait commencé, et l'eau qui mouillait mon lit le confirma. J'appelai Mary et lui demandai de prévenir l'infirmière. Elle tambourina à la porte et cria ; pourtant, pendant un très long moment, personne ne répondit. Bien sûr, c'était l'aube, comme c'est souvent le cas pour ces choses-là, et seule la vieille nonne était de garde. Elle crut que j'exagérais, que la douleur du travail n'était pas insoutenable, et déclara qu'elle n'allait pas tirer le pauvre docteur de son sommeil afin qu'il vienne s'occuper d'une enfant gâtée anglaise comme moi.

— Arrêtez votre comédie, lâcha-t-elle à travers la grille de la porte.

— Je ne veux pas que vous appeliez le médecin, il faut que j'aille à l'hôpital !

J'étais si excitée à l'idée de partir que je remarquai à peine la douleur.

— L'hôpital ? Eh bien, la chatte a eu une belle portée la semaine dernière et elle s'est débrouillée toute seule, non ?

Ce fut son dernier mot sur la question et je n'entendis plus que ses pas qui s'éloignaient.

— Ils ne vont pas me laisser ici, n'est-ce pas ? demandai-je à Mary, qui était maintenant assise au bout de mon lit et me tapotait le dos.

— Ne t'inquiète pas, dit-elle.

Une autre contraction arriva et je gémis jusqu'à ce qu'elle passe, serrant les extrémités de la couverture enroulées autour de mes poignets. La nuit se poursuivit ainsi et je dormis entre les contractions. Mary resta avec moi tout le temps. Chaque fois que je posais une question, elle me répétait de ne pas m'inquiéter, sur un ton qui me rendait au contraire très inquiète. C'était comme si tout espoir était vain. À 6 heures, Patricia, l'infirmière, vint nous réveiller et lorsqu'elle constata mon état, elle appela le médecin.

— S'il vous plaît ! suppliai-je, oubliant ma fierté.

Je souffrais atrocement et je n'avais pas eu ne serait-ce qu'un verre d'eau.

— S'il vous plaît, emmenez-moi à l'hôpital.

— Vous n'avez pas besoin d'aller à l'hôpital pour accoucher. C'est peut-être ainsi qu'on procède en Angleterre, mais pas ici. La naissance est la chose la plus naturelle au monde, déclara-t-elle, relevant ma chemise de nuit et glissant sa main froide entre mes jambes.

— Ôtez vos mains de là ! assenai-je, et en réaction, elle me gifla.

Je ne sais pas ce qui se serait passé si le docteur Hugues n'était pas arrivé à ce moment précis. Il prit aussitôt la situation en main et envoya l'infirmière chercher des serviettes et une bassine d'eau chaude. Après deux heures de contractions pendant lesquelles j'avais eu l'impression qu'on m'écartelait, je ne me souciais plus de savoir à qui appartenaient les mains qui se posaient sur moi. On me criait de pousser, et je poussais. Quelqu'un posa doucement un gant de toilette froid sur mon visage en feu. J'appelai ma mère en hurlant, même si je savais qu'elle ne viendrait pas. Je suppliai Armand de venir à ma rescousse. Puis une autre poussée ; différente cette fois, la pression retomba. Des murmures, ensuite je vis une infirmière emporter un paquet.

— Où est mon bébé ? Où est-ce que vous l'emmenez ?

Je n'étais pas sûre que quelqu'un m'ait entendue car ma voix était faible et ma gorge, irritée.

— Mon bébé ? S'il vous plaît, donnez-moi mon bébé !

Une voix masculine, des mots qui n'avaient pas de sens. Le cordon était enroulé autour de son cou. Elle s'était étouffée. Elle était bleue lorsqu'elle était sortie de mon ventre. Je ne me souviens pas de grand-chose après cela. Je pense que c'est à ce moment-là que j'ai commencé à devenir folle.

41

Martha

— Alors, quel aspect du thème favori d'Austen a changé dans ce livre, le dernier publié avant sa mort ?

Le professeur était assis au bord de son bureau, un exemplaire de *Persuasion* à la main, et balançait l'une de ses jambes. Il y avait une jeune femme américaine qui s'asseyait toujours au premier rang et qui savait apparemment tout sur tous les livres jamais écrits. Je me disais qu'elle en pinçait pour notre professeur, mais il n'avait pas l'air de l'avoir remarqué.

— Eh bien, tout tourne toujours autour du mariage et de la position sociale, dit-elle. Anne juge les gens d'après leur caractère et non d'après leur rang mais en fin de compte, elle succombe quand même au snobisme de lady Russell et elle décline la demande en mariage de Wentworth.

— Super résumé, commenta Logan, affalé au fond de la salle. Ça m'évitera de le lire.

Je lui souris. C'était le genre de personne que j'appréciais. Cela dit, je trouvais un peu étrange qu'il assiste à un cours du soir en littérature sans avoir lu le livre au programme.

— D'accord, d'accord, peut-être qu'Austen ne convient pas à tout le monde. Mais en un sens, la raison pour laquelle ses livres sont encore si populaires aujourd'hui, c'est que les thèmes nous importent encore. L'amour. La loyauté familiale. La fierté. La pression sociale qui nous pousse à nous conformer à ses attendus. Peut-être pensez-vous que vous vivez en exerçant votre libre arbitre dans chaque situation, mais ce n'est pas le cas. Vous êtes constamment influencés par ce que votre cœur veut, par ce que votre tête veut et par la façon dont vous voulez que le monde vous perçoive.

Il avait raison. Depuis toutes ces années, rien n'avait vraiment changé.

— Je crois que le thème principal, intervint Beverly, une assistante dentaire à la retraite qui s'asseyait toujours à côté de moi, c'est le fait d'avoir une seconde chance en amour.

J'essayais de ne plus lire les gens, car je ne trouvais pas cela correct, mais parfois, je le faisais sans réfléchir. Le premier amour de Beverly avait été tué dans un accident de voiture et elle n'avait rencontré aucun autre homme depuis. J'espérais pour elle que Jane Austen avait raison.

— Exactement, Beverly. Anne est « persuadée » d'abandonner sa chance d'aimer parce que Wentworth n'a pas de perspectives, mais au lieu de tourner la page, elle regrette amèrement sa décision. Pourtant, au bout du compte, elle prend conscience que les années de séparation lui ont permis de mieux apprécier l'amour lorsqu'il frappe une nouvelle fois à sa porte.

*
**

Tandis que nous rangions nos affaires, le professeur me demanda si j'avais réfléchi à sa suggestion, suivre le cursus classique.

— Selon moi, d'après vos devoirs écrits, vous seriez une candidate parfaite, toutefois j'aimerais que vous participiez un peu plus en classe, dit-il. Je pense que ça vous serait bénéfique.

J'avais encore du mal à parler devant des gens. Je venais à peine de surmonter mes difficultés avec la lecture. Après le soir où j'avais découvert le tatouage achevé sur mon dos, ça avait été comme si le sort avait été brisé. Les livres ne me troublaient plus de la même manière et les histoires qu'ils contenaient étaient maintenant des invitations et non des signaux d'alarme. C'était comme si on m'avait donné la clé d'une porte verrouillée.

— Voici quelques documents pour vous, des formulaires d'inscription et autres.

Je les acceptai et les rangeai dans mon sac, en ayant l'impression que je menais une vie complètement différente, la vie d'une personne qui pouvait faire tout ce qu'elle voulait.

Peut-être les secondes chances existaient-elles, après tout.

Je ne me lassais jamais de flâner dans les jardins de Trinity et je ne me sentais pas peu fière après chaque cours auquel j'avais assisté.

— Tu dois me promettre que tu ne vas pas devenir une de ces personnes qui arrivent toujours à glisser dans une conversation qu'elles ont étudié à Trinity, dit Logan en boutonnant son manteau.

Il travaillait comme chef cuisinier mais ce qu'il voulait vraiment, c'était écrire des bandes dessinées.

— Oh, je le place déjà dans les conversations, raillai-je, songeant que je le ferais si j'avais quelqu'un d'autre à qui parler que mes camarades de classe et Mme Bowden.

— J'envisage de m'inscrire en master, moi aussi, confia-t-il.

— C'est vrai ?

— Pas la peine de prendre cet air surpris !

Je vis alors en lui un garçon qui avait grandi en lisant des bandes dessinées et qui voulait créer les siennes. Mais une idylle de jeunesse avait conduit à une grossesse adolescente et à un emploi de commis de cuisine pour payer le loyer. Il était maintenant chef cuisinier dans l'un des meilleurs hôtels de Dublin, mais son rêve était toujours de raconter des histoires.

— Austen n'est pas ta tasse de thé ? demandai-je.

— Je suis plutôt romans graphiques.

— Je ne savais même pas qu'il existait des romans graphiques.

Il me regarda avec de grands yeux, comme quelqu'un qui a été mortellement blessé et à qui il reste juste assez de souffle pour vous dire pourquoi vous avez eu tort de lui tirer dessus.

— Oh, mon Dieu, tu n'as jamais entendu parler de *Maus* ? D'Art Spiegelman ?

Je fis un signe de tête négatif.

— Allons, Martha, tu plaisantes ? Et *Glass Town* ? Tu es une fan des Brontë, non ?

J'étais en train de rire et de me dire que je chercherais ces livres à la bibliothèque quand, juste au moment où nous tournions à un angle, je remarquai une silhouette familière traverser le square. Celle d'un homme. Il discutait joyeusement au téléphone et ne m'avait pas vue, mais quelque chose le poussa à regarder dans ma direction. Henry.

— Bonjour, dis-je, et je lui fis un petit signe de la main.

Il releva la tête et afficha un sourire crispé.

— Comment ça va ? articula-t-il, et je répondis par un pouce levé.

Il montra son téléphone et je lui fis signe de continuer sa conversation, car je m'en allais de toute manière. Et ce fut tout. Il disparut dans le bâtiment et Logan continua à me parler d'une idée qu'il avait pour un personnage – un super chef qui combattait le crime ou quelque chose dans le genre. Le froid envahit tout mon corps. C'était comme si Henry et moi ne signifiions plus rien l'un pour l'autre maintenant.

Je ne pus m'empêcher de penser à une citation de *Persuasion* : « Maintenant, ils étaient comme des étrangers ; voire, pire que des étrangers, car ils ne pourraient jamais faire connaissance. C'était un éloignement perpétuel. »

42

Henry

— Alors, vous allez venir ? répéta-t-elle.

— Excusez-moi mais comment avez-vous eu mon numéro ?

— Je l'ai trouvé dans le téléphone de Martha, naturellement. Elle a invité quelques camarades de l'université…

Je ne savais même pas que c'était son anniversaire. Tant de choses sur Martha étaient encore un mystère pour moi. Elle avait bâti des défenses si hautes que les rares occasions où elle me laissait les franchir me paraissaient encore plus importantes.

— Vous viendrez donc à 19 heures, ordonna-t-elle.

— Je ne suis pas sûr qu'elle voudra de moi là-bas, répondis-je.

Par la fenêtre, j'observais le mari de Nora qui s'occupait dans le jardin. Je ne lui avais toujours pas pardonné d'avoir dit à Martha que j'avais quitté le pays pour de bon. Il était plus facile de le rendre responsable que d'accepter l'idée que, peut-être, elle ne voulait tout simplement pas être avec quelqu'un comme moi. Elle ne m'avait certainement pas invité, et je ne savais pas pourquoi sa patronne avait pris la décision d'interférer dans nos affaires.

— Sottises ! Elle voudra voir tous ses amis. Ça a été une sorte d'*annus horribilis* pour Martha, vous n'êtes pas de cet avis ? Donc je ne crois pas que ce soit vous demander la lune de mettre vos inquiétudes de côté pendant cinq minutes et de venir manger du gâteau ! Les hommes, franchement !

Sur cette dernière accusation accablante pour mon genre tout entier, elle raccrocha.

***

Le temps était doux pour cette époque de l'année. Je marchais le long du canal, les jonquilles créant un chemin doré menant au cœur de la ville. Je commençais à me sentir chez moi à Dublin. Il n'y avait pas si longtemps, j'avais prévu de m'installer ici. Cette idée m'embarrassait. L'amour, rétrospectivement, donne l'impression d'être complètement stupide. Faire des projets aussi ambitieux en ne se fondant sur rien d'autre qu'un sentiment – des connexions chimiques, en fait – semblait absurde quand on revenait à la dure réalité.

Mais il était indéniable que je m'étais senti plus vivant et plus éveillé pendant ces semaines avec Martha que je ne l'avais été pendant toute ma vie. J'avais l'impression que j'avais avancé comme un somnambule jusqu'à ce que je la rencontre, prenant des décisions en fonction de ce que, selon moi, les gens attendaient de moi. En quoi cette méthode pour établir le cours d'une vie était-elle meilleure ?

Je me souvins de quelque chose que Lucinda m'avait dit avant mon départ ; peu importait que la décision que vous preniez soit juste ou mauvaise, tant que vous la preniez. C'était ce qui vous faisait avancer dans la vie. En fait, elle avait utilisé le terme « cheminement » parce qu'elle était encore dans sa phase Mère Nature.

***

Acheter des cadeaux n'était pas vraiment mon point fort. Une panique terrible me saisissait invariablement, puis je prenais conscience, effaré, que je ne connaissais absolument pas la vie intérieure de la personne à qui j'achetais le présent. Alors je me cantonnais aux livres, c'était une règle. On ne pouvait pas se tromper avec un livre. Ce n'était pas tout à fait vrai. Un jour, j'avais acheté à mon père un ouvrage sur la dépendance à l'alcool, qu'il avait choisi d'utiliser comme allume-feu. Mais cette fois, je savais exactement quoi acheter.

— Souhaitez-vous un emballage cadeau ? demanda le vendeur.

J'acquiesçai d'un signe de tête et sortis de mon portefeuille ma carte de débit, que je glissai dans la machine qu'il me présenta.

— Oh, pouvez-vous la réinsérer ? Parfois, ça ne marche pas, dit-il courtoisement.

Je la réinsérai. De nouveau, le paiement fut refusé.

— Je crois que je vais payer avec ma carte de crédit finalement, annonçai-je, comme s'il s'agissait d'un choix.

Ils n'avaient pas perdu de temps pour me couper les vivres, songeai-je. Mais tandis que je regardais le vendeur envelopper la boîte dans un papier noir orné d'arabesques dorées, je sus que j'aurais été capable de cambrioler une banque (du moins, métaphoriquement) pour offrir ce présent à Martha.

*
**

J'arrivai devant la maison juste avant 20 heures et, comme toujours, je jetai un rapide coup d'œil sur le côté, juste au cas où. *Juste au cas où quoi, Henry ? Au cas où la librairie avec le manuscrit à l'intérieur serait soudainement réapparue ?* Je levai les yeux au ciel et secouai la tête.

— Totalement fantaisiste, marmonnai-je tout en montant les marches du perron.

Je m'arrêtai à mi-chemin quand je vis un mouvement derrière la fenêtre. C'était Martha, dans une robe de soirée bleu saphir au dos plongeant, qui encadrait le vaste tatouage sur sa peau. Ses cheveux d'un blond lumineux étaient coiffés en une tresse qu'elle portait comme une couronne au-dessus de sa tête.

Je sentis mes genoux chanceler. Cela ne servait à rien. J'avais beau essayer de les chasser quand j'étais seul, dès que je la voyais, tous mes sentiments revenaient. Puis j'aperçus le type avec lequel je l'avais vue à Trinity. Il racontait une anecdote qui faisait rire tout le monde. Il était plus âgé qu'elle et avait le crâne dégarni, mais manifestement, il avait quelque chose que je n'avais pas.

— La fiabilité ? suggéra une voix, lisant dans mon esprit.

Levant les yeux, je vis Mme Bowden dans l'embrasure de la porte d'entrée, une canne dans une main et une cigarette dans l'autre.

— Depuis combien de temps êtes-vous là ?

Elle ne répondit pas.

— Vous entrez, monsieur Field ?

— En fait, je ne pense pas, non. Je viens de me souvenir que, euh, j'avais déjà un engagement ailleurs. Peut-être que vous pourriez lui donner ceci ? demandai-je en lui tendant le cadeau emballé.

— Je vous demande pardon ? Vous semblez me prendre pour une sorte de coursier ! Je suis la maîtresse de maison et si vous étiez un gentleman, vous entreriez et le lui donneriez vous-même.

Je poussai un grand soupir. *Maudite femme.*

La maison était éblouissante, éclairée par d'innombrables guirlandes électriques. J'entendais des bavardages et des bruits de verres provenant du salon. J'attendis que Mme Bowden ouvre la voie, mais elle fit quelque chose qui ne lui ressemblait pas : elle s'éclipsa. Lorsque je franchis les portes ouvertes de la pièce, j'avisai la table sur laquelle étaient posés des amuse-bouche et un grand gâteau glacé. Apparemment, la vieille dame commençait à réellement apprécier Martha, à en juger par le festin qu'elle avait fait préparer. Mais qui ne l'aimerait pas ? Je saluai quelques personnes puis je me dirigeai lentement vers la vedette de la soirée, résistant à chaque pas qui me rapprochait d'elle. Elle m'aperçut et posa ses yeux bleus sur moi, comme elle l'avait fait lors de notre première rencontre, depuis la fenêtre du sous-sol. Mais maintenant, ici, alors qu'elle portait sa splendide robe, son regard était encore plus désarmant.

— Joyeux anniversaire, Martha, dis-je.

Elle s'écarta de son groupe d'amies et toucha mon poignet avant de se pencher pour m'embrasser sur la joue.

— Oh, Henry !

Oui, c'est exactement le genre de réaction que l'on souhaite quand on s'incruste à une fête. *Oh, Henry*.

— Je suis si contente que tu sois venu, ajouta-t-elle en me donnant une accolade embarrassée.

Ou peut-être était-ce moi qu'il était embarrassant d'étreindre. Cela restait à déterminer.

— Moi aussi, dis-je, comme si esquiver cette soirée ne m'avait pas traversé l'esprit. Tu es superbe.

Elle porta la main à sa chevelure.

— Merci. Mme Bowden a insisté pour que j'emprunte une de ses vieilles robes. Elle l'a même fait retoucher par une couturière, glissa-t-elle, l'air incrédule.

Je la regardai agiter le bas du vêtement de soie.

Mon cœur était en train de se fendre. Il fallait que je sorte d'ici.

— Écoute..., commençai-je, mais je fus interrompu par une musique qui surgit de nulle part.

— Une danse d'anniversaire ! lança l'une de ses amies, et elle poussa carrément Martha dans mes bras.

— Oh, je ne suis pas sûre que ce soit nécessaire...

— Je ne sais même pas comment faire !

Nous avions protesté à l'unisson, mais le groupe commençait à apprécier l'idée et formait un cercle redoutable autour de nous.

— C'est ma chanson, dit-elle un peu timidement.

J'écoutai les notes de piano tremblantes et j'essayai de les reconnaître.

— *Martha*, de Tom Waits. Ma mère a choisi mon prénom d'après cette chanson.

Comment pouvais-je refuser ?

— Eh bien, si c'est ta chanson...

Je mis un bras autour de ses épaules et lui tins la main.

Nous ne parlâmes pas, nous traînâmes simplement les pieds sur ce qui était peut-être la chanson la plus triste que j'aie jamais entendue. Danser en public était déjà difficile, mais danser en public avec la femme qui venait de vous laisser tomber aurait dû être le moment le plus gênant de ma vie. Mais quelque chose se produisit ; ce moment devint étrangement magique. Nous nous regardâmes dans les yeux, incapables de ne pas sourire de la situation. Les invités reculèrent pour nous laisser plus d'espace, mais dans mon esprit, c'était comme s'ils avaient disparu entièrement. Je ne voyais qu'elle. Elle semblait tellement à sa place dans mes bras. Je découvris que, bizarrement, je savais danser – je ne savais pas si c'était sa robe de soirée ou la lumière des bougies, mais je me transformai un peu en Fred Astaire. Ou alors ce n'était qu'une impression, et en réalité, je bougeais comme le monstre de Frankenstein. La chanson atteignit son crescendo lent et répétitif…

« *Martha, Martha, I love you, can't you see*[1] ? »

Je n'y tins plus. Je la lâchai et reculai d'un pas.

— Désolé, il faut que je parte.

Je tentai de quitter cette maison avec autant de dignité que possible, autrement dit très peu. J'actionnai la poignée de la porte d'entrée, mais sans résultat.

— Pour l'amour du ciel…, marmonnai-je, tirant de toutes mes forces.

— Henry !

Je me retournai et je vis le visage de Martha, empreint de pitié. C'était la dernière chose dont j'avais besoin. Je me sentais totalement exposé. Ma seule issue était de faire semblant.

— Tu avais raison. À propos de nous, je veux dire. Ça n'aurait jamais marché.

1. « Martha, Martha, je t'aime, tu ne le vois donc pas ? »

— Oh.

Son expression était indéchiffrable. Il fallait que je sorte de cette maison. Je me retournai pour faire une nouvelle tentative avec la poignée, mais elle ne bougeait toujours pas.

— Vous partez déjà ? fit Mme Bowden.

Mon Dieu, cette femme était omniprésente !

— Ça ne fait rien, intervint Martha. Merci d'être venu, Henry, sincèrement.

Je hochai la tête, glissant les mains dans mes poches. Je sentis alors le paquet sous mes doigts.

— J'ai oublié de te donner ça.

Elle retira l'emballage et ouvrit la boîte. Ses yeux s'écarquillèrent et elle porta la main à sa poitrine.

— Je n'en reviens pas.

— Qu'est-ce que c'est ? demanda la vieille dame, chaussant ses lunettes avec difficulté.

— C'est un stylo Montblanc.

— « *On ne voit bien qu'avec le cœur**. »

— Henry, je ne peux pas l'accepter. C'est trop !

Je me contentai de sourire. Elle valait bien plus qu'elle ne le pensait, j'espérais qu'elle le savait.

— Je me suis dit que tu aurais besoin d'un bon stylo pour l'université.

Elle le sortit de son étui et le tint contre sa poitrine.

— Je l'adore. Merci.

— Maintenant, il faut vraiment que j'y aille, dis-je, ma voix se brisant légèrement.

Mais la porte semblait bloquée.

Mme Bowden tendit la main et l'ouvrit aisément.

— Bonsoir, Henry, me dit-elle avec un clin d'œil.

43

Opaline

Asile d'aliénés du district de Connacht, 1923

J'ignorais depuis combien de temps j'étais allongée sur ce lit, s'il faisait froid ou chaud, si j'étais seule ou accompagnée. Tous mes sens étaient émoussés par un besoin irrésistible – tenir mon bébé dans mes bras.

— Allons, pourquoi voulez-vous tenir un bébé mort ? rétorqua sèchement l'infirmière, et ce n'était sans doute pas la première fois.

Je n'avais pas l'énergie de répondre ni de pleurer. Mon seul espoir était de mourir aussi. Mary tenta de m'apporter à manger mais je refusai de m'alimenter. Des infirmières entrèrent et retirèrent les draps du lit, ouvrirent la fenêtre pour faire entrer l'air froid de janvier, mais je ne bougeai pas. Elles me portèrent et m'emmenèrent dans la salle de bains, lavant le sang séché entre mes jambes. Je ne me souciais plus de savoir qui me voyait ou me touchait. Je voulais mourir et rejoindre mon enfant.

Puis la nuit tomba et je me réveillai en criant car j'avais fait un cauchemar – Lyndon nouait une corde autour du cou de mon bébé.

— Qu'y a-t-il ?

Mary était à côté de moi et me caressait le front.

Je lui saisis la main.

— Je n'y arriverai pas. Je n'arriverai pas à vivre.

— Il le faut.

— Tu ne comprends pas, dis-je en me détournant d'elle.

— Oh, si, au contraire. Il a fait sortir mon bébé de mon corps à coups de poing, et la culpabilité..., commença-t-elle avant de s'interrompre brusquement. C'est pour ça qu'il m'a envoyée ici. Lui non plus ne pouvait pas supporter ce qu'il avait fait, alors il était plus facile de me blâmer. De me faire enfermer.

Je me retournai vers elle. Il faisait sombre, mais ses traits avaient une grâce que je n'aurais jamais crue possible dans des circonstances aussi terribles.

— Mary, je suis désolée.

— Je n'ai pas besoin de ta pitié, Opaline. J'ai besoin que tu survives. Nous avons besoin l'une de l'autre si nous voulons sortir d'ici.

Elle paraissait si forte et indépendante que je n'avais pas imaginé qu'elle puisse avoir besoin de moi.

— Laisse-moi t'aider, et tu deviendras plus forte. Tu survivras à cette épreuve.

— Mais à quoi bon ? demandai-je en m'appuyant sur un coude. Quel genre d'avenir peut-on espérer ?

— Je ne sais pas, mais l'espoir, c'est tout ce que nous avons, et j'ai eu le sentiment que mes prières étaient exaucées le jour où tu es arrivée.

Je me fendis d'un rire amer.

— Je te conseille de placer tes espoirs en n'importe qui d'autre dans cet établissement ; tu y trouveras plus d'inspiration que tu n'en trouveras jamais en moi.

— Tu ressens cela maintenant mais...

Je me redressai et me retrouvai presque nez à nez avec elle.

— C'est ce que je ressentirai *toujours*.

Elle retourna dans son lit.

Néanmoins, le lendemain matin, elle m'apporta une soucoupe de gruau d'avoine. Je savais le risque qu'elle prenait ; emporter de la nourriture hors du réfectoire était formellement interdit et puni de mise à l'isolement. Je ne dis pas un mot, mais je m'assis sur mon lit et me mis à manger. Plus tard cet après-midi-là, elle m'apporta un morceau de pain non beurré et un peu de thé dans une tasse en émail. Le matin suivant, m'appuyant sur elle, je me rendis au réfectoire moi-même.

— Tu sais coudre ? me demanda Mary.

Je l'avais regardée repriser les vêtements élimés des autres femmes. Elle était la seule à qui l'on confiait une aiguille dans cet endroit.

— Avant d'arriver ici, j'étais couturière. C'est ma mère qui m'a appris mon métier. Il faut que tu t'occupes, Opaline.

— Je pourrais essayer, approuvai-je, moi qui n'avais jamais cousu un bouton de ma vie.

***

Très chère Jane,
Je me trouve dans des circonstances auxquelles j'ai peine à croire moi-même ; par conséquent, je ne sais trop comment je devrais te les décrire, à toi, ma plus proche amie au monde. À dire vrai, le simple fait d'imaginer notre enfance ensemble me donne l'impression que ce que je vis est irréel. Cependant, je n'ai pas beaucoup de temps alors je dois me presser pour écrire ces quelques mots – je suis internée dans un asile. Je peux t'assurer que je suis saine d'esprit et toujours en pleine possession de mes moyens. C'est Lyndon qui est derrière tout cela. Je n'ai pas besoin d'en dire plus et je suis sûre que tu comprendras. Et puis, j'ai eu un bébé, une petite fille. Elle n'a pas survécu.
S'il te plaît, aide-moi, si tu le peux.
Ton amie,

Opaline

***

Une année s'était écoulée, et l'espoir de m'évader ressemblait à un rêve lointain dont je n'arrivais pas à me souvenir.

Mary parlait de moins en moins. Elle avait développé une toux inquiétante et ne dormait plus la nuit, alors je m'asseyais avec elle, l'enveloppant dans ma couverture.

— Parle-moi de ta vie, demanda-t-elle un soir, alors que nous étions allongées dans l'obscurité. Avant que tu viennes ici.

Ma vie d'avant. Comment pourrais-je même commencer à décrire une existence qui ne ressemblait plus à la mienne ? Je craignais qu'en parler ne m'en éloigne davantage.

— Je vendais des livres.

Il y eut un silence pendant que nous nous adaptions toutes les deux à la réalité de ces mots.

— Je n'ai jamais lu de livre, répondit Mary.

Je me réjouissais que l'obscurité de la nuit cache mon expression, mélange de stupeur et de pitié. Mary ne voudrait ni de l'une ni de l'autre. Puis elle fut prise d'une quinte de toux qui dura plus de cinq minutes. Le sifflement de ses poumons me confirma qu'elle souffrait de la grippe. Sans chauffage, avec ses oripeaux élimés pour vêtements et un régime constitué de porridge et de soupe trop diluée, je craignais pour sa santé.

— Tu peux me raconter une histoire ? D'un de tes livres ?

À cet instant, j'aurais donné n'importe quoi pour lui offrir du réconfort, alors je me mis à réciter le manuscrit d'Emily Brontë, visualisant dans mon esprit le texte minuscule. Les mots me vinrent aisément, car je les avais lus d'une manière particulière. J'étais la seule à les avoir vus depuis qu'ils avaient été dissimulés dans la boîte à couture de Charlotte ; par conséquent, ils étaient entrés dans mon âme comme aucun autre texte auparavant.

Ils calmèrent Mary et, comme une enfant, elle réclama la même histoire chaque soir, tandis que son état se détériorait.

44

Martha

Lorsque je refermai le livre, je sentis la pièce s'apaiser autour de moi. Je retournai l'ouvrage et observai de nouveau la couverture, ornée de l'image de la boutique de M. Fitzpatrick. Je passai le bout de mes doigts sur le titre, doré à la feuille d'or.

— *Un lieu appelé Perdu*, murmurai-je.

Dans mon esprit, il ne faisait plus aucun doute qu'Opaline Carlisle avait écrit ce livre. J'étais presque au bout et j'essayais de rationner les pages restantes, comme un enfant mettrait de côté des carrés d'une tablette de chocolat pour la faire durer plus longtemps. J'éprouvais un sentiment doux-amer, car la seule personne à qui j'aurais aimé parler de cette œuvre me détestait sans doute. Henry.

Je me trouvais dans la bibliothèque à Trinity, où j'étais censée rédiger une dissertation sur *Persuasion* avec Logan. Il cherchait en cachette de nouveaux plats sur Instagram, alors au moins, nous étions deux à procrastiner.

— Qu'est-ce qu'il y a ? Tu te morfonds depuis ton anniversaire, observa Logan.

Il chuchotait fort et je voyais bien que les gens autour de nous n'appréciaient pas son attitude.

— Rien, dis-je, minimisant mes sentiments. J'ai juste besoin d'aide à propos de quelque chose et la seule personne à qui je peux m'adresser, c'est...

— Chut !

J'approchai ma chaise de la sienne.

— Tu vois, il y a un type qui...

— Il y en a toujours un, non ? glissa-t-il en souriant.

— Ce n'est pas ce que tu crois. Je ne... Je ne peux m'engager dans rien de sérieux pour l'instant, alors nous avons mis un terme à notre relation avant qu'elle se développe et maintenant...

Il approcha un peu plus.

— Martha, tu es face à un cas typique de « relation floue ». Crois-moi, il vaut mieux les fuir comme la peste. On ne sait jamais où on en est dans ces histoires-là.

Il n'avait pas tort. Danser avec Henry à ma soirée d'anniversaire m'avait bouleversée. J'avais eu l'impression d'être une princesse ; pour la première fois de ma vie, je me trouvais dans une maison splendide, je portais une robe féerique et je flottais entre les bras d'un prince. Il était charmant, drôle et séduisant, avec un côté étudiant ténébreux en plus. Après toutes les contusions et les fractures que j'avais subies au fil des années, après les déceptions paralysantes et les cicatrices émotionnelles, je n'avais jamais senti mon cœur se fendre comme il l'avait fait quand Henry m'avait offert le stylo Petit Prince.

— C'est juste que nous étions investis dans... des recherches, et j'ai besoin de son expertise.

— Mon conseil ? Établis tes limites, explique clairement dès le départ que vous êtes juste amis et...

— CHUUUUUUUUT !

Juste amis. Exactement. Je pouvais y arriver. Après tout, Henry n'était pas censé savoir que j'avais consulté ses pages de réseaux sociaux, ce qui était tout à fait inutile puisqu'il postait rarement des choses. La dernière photo était celle de sa nièce, qui venait de naître. L'image m'avait fait sourire mais elle m'avait aussi perturbée, car je savais que je ne ferais jamais partie de la vie d'Henry.

Logan avait raison. Après tout, Henry ne serait pas venu à ma fête s'il ne voulait pas que nous restions amis. Rien n'avait vraiment changé ; il rentrerait en Angleterre après avoir trouvé son manuscrit, et en attendant, pour une raison que j'ignorais, nous étions tous les deux attirés dans la même direction, celle de la librairie et d'Opaline. Des forces extérieures avaient décidé que nos destins étaient liés, mais nous n'avions pas nécessairement besoin d'être un couple pour les accomplir.

— Tu as raison, déclarai-je, fermant mon ordinateur et le rangeant dans mon sac. On est effectivement au XXIe siècle, répétai-je, comme si cela expliquait tout.

— Attends une seconde, dit-il, tendant la main vers le sommet de ma tête et retirant une feuille vert vif de mes cheveux.

— Oh, merci.

J'ébouriffai toute ma chevelure au cas où il y en aurait d'autres.

— Le printemps est dans l'air, observa-t-il.

Le printemps était aussi dans mon appartement. Le tronc avait commencé à se séparer du mur et les branches au plafond pendaient maintenant au-dessus de mon lit, créant une sorte de voûte. Des bourgeons avaient poussé et commençaient à s'ouvrir. Je ne songeais plus à en parler à Mme Bowden. J'aimais cet arbre et je ne voulais pas que quiconque suggère de le couper. Sur une table à tréteaux devant un magasin de livres d'occasion, j'avais déniché un ouvrage sur la vie cachée des arbres, ce qui était intéressant car j'avais justement l'impression que cet arbre se cachait dans mon sous-sol. Et, oui, j'étais ce genre de personne à présent : le genre qui achetait des livres sur un coup de tête.

***

Je fus soutenue par les mots de Logan pendant tout le trajet jusqu'au bed and breakfast d'Henry, mais une fois arrivée, je commençai à fléchir. Qui croyais-je duper, sérieusement ? Bien sûr qu'Henry me plaisait toujours, et il le saurait tout de suite. Lui rendre visite était une idée stupide. Peut-être pourrais-je en découvrir plus sur Opaline toute seule – qui avait besoin d'une personne avec une grande expérience dans ce domaine, de toute façon ?

Pendant que je réfléchissais à tout cela et que je me dissuadais de sonner à la porte, je vis deux petits chiens grimper aux rideaux de la fenêtre. Dès qu'ils me virent, ils se mirent à aboyer furieusement.

— Chuut ! fis-je, levant les mains comme s'ils étaient armés.

Je n'obtins aucun résultat. Quelques secondes plus tard, la porte d'entrée s'ouvrit.

— Bonsoir, mon chou, je n'ai aucune chambre de libre ce soir, j'en ai bien peur, me dit une femme qui semblait légèrement débordée.

Elle tira une grande bouffée de sa cigarette et ordonna sèchement aux chiens de se taire sans quoi ils n'auraient pas leur friandise, menace qui, étrangement, fonctionna.

— Non, je ne cherche pas de chambre. Je voulais juste voir si Henry était là, mais il est sûrement sorti alors je vais juste...

J'avais reculé jusqu'au trottoir, préparant déjà mon échappée.

— Henry ! UNE VISITE ! cria-t-elle, sa voix perçant l'air comme une corne de brume.

Elle m'invita à entrer.

Que pouvais-je faire ?

*
**

J'étais assise dans l'entrée, sur un siège de velours à boutons face à un petit bureau sur lequel trônait un téléphone fixe, quand je vis ses bottines marron descendre l'escalier. Il semblait surpris de me voir, ce qui était logique.

— Bonjour, dis-je.

Je lui fis un signe de la main bien qu'il soit juste devant moi.

Il ne répondit pas, ce qui me parut bizarre et me donna le sentiment que je n'aurais pas dû venir.

— Pas besoin d'être un génie pour savoir pourquoi vous êtes revenu de Londres aussi vite, commenta la propriétaire.

De meilleure humeur à présent, elle me fit un clin d'œil.

Henry pencha la tête et se frotta la nuque du plat de la main.

— Tu veux monter dans ma chambre ? suggéra-t-il.

— Allons, allons, Henry, vous connaissez les règles, railla-t-elle, et elle rit à nos dépens.

J'aurais voulu que le sol m'engloutisse. Je me levai et je cherchai un prétexte pour m'en aller.

— Tu sais, c'est sans doute plus simple à expliquer par e-mail, alors je vais t'en envoyer un. Plus tard. Désolée de t'avoir dérangé, dis-je en me dirigeant vers la porte d'entrée.

— En fait, j'allais sortir alors…

Nous marchâmes dans la rue, échangeant des banalités sur la météo et convenant tous les deux que le réchauffement climatique était tout à fait terrible. C'est étrange, la vitesse à laquelle on passe du sentiment de pouvoir tout dire à quelqu'un à l'impression d'être deux étrangers qui se croisent à un arrêt de bus.

— Je ne comptais pas te déranger encore, tu sais, étant donné la situation, mais j'ai discuté avec mon ami Logan et il a dit qu'on était au XXIe siècle, tu sais, et que les gens peuvent être amis…

Bon sang, mon discours était très maladroit. On aurait dit une enfant de cinq ans.

— Logan ? C'était le type à ta fête ?

— Oui ! C'est un très bon ami maintenant, je dois dire. Nous sommes dans la même classe.

C'était toujours aussi cool de dire ces mots.

— Je suis vraiment heureux pour toi, sincèrement. Ça fait plaisir de te voir en pleine forme.

Il cessa de marcher et gratta la poussière imaginaire sur le sol avec sa bottine.

— Ce qu'il y a, c'est que je dois me concentrer sur mon travail maintenant.

— C'est de ça que je suis venue te parler. D'Opaline.

— Ah ?

— La lettre que tu m'as montrée, adressée à Sylvia. Elle mentionnait un livre. Je crois que je l'ai peut-être.

— Quoi ?

— Et je suis presque sûre que c'est Opaline qui l'a écrit.

— Attends, quoi ? Comment ?

— Je ne sais pas, je ne peux pas tout expliquer, et je sais que ce n'est pas le manuscrit que tu recherches, alors je ne savais même pas si je devais t'en parler…

— Tu as très bien fait. Je suis content que tu m'en parles. Je suis désolé si je me montre…

Il s'interrompit.

— Ça ne fait rien, dis-je. C'est bizarre pour moi aussi. Mais peut-être qu'on pourrait, tu sais, être amis ?

Je restai là, un peu vulnérable, et il prit son temps pour formuler une réponse, qui n'était pas celle que j'attendais.

— Merde, je vais rater mon bus !

45

Henry

C'était une très mauvaise idée. Je ne savais pas du tout ce que j'allais faire quand j'arriverais à St Agnes et en plus, j'allais avoir un public. Ma camarade ne disait pas un mot, trop occupée à dévorer joyeusement un paquet de chips dont l'odeur infâme menaçait de polluer tout le bus.

Je regardais par la vitre la campagne vallonnée. C'était une journée très ensoleillée et toutes les couleurs semblaient jaillir. J'entendis quelqu'un dire que l'Irlande serait un magnifique pays si seulement on pouvait mettre un toit dessus. Je ne pouvais qu'en convenir. Nous nous dirigions vers l'ouest et le chauffeur venait de faire une halte dans un village perdu pour une pause pipi et pour que Martha se procure ses chips nauséabondes. J'avais décidé d'acheter une canette de soda à l'orange, ce que je regrettais déjà car maintenant, j'avais besoin d'une autre pause pipi.

— Peut-être qu'on ne trouvera rien du tout, dis-je. Il faut que tu revoies légèrement tes attentes. En général, dans ce genre de situation, les informations ne te tombent pas toutes cuites dans le bec.

J'étais irritable et je n'étais pas très doué pour le cacher.

Trouver le manuscrit était ma seule préoccupation à présent. Je me disais que si je ne le trouvais pas, alors j'aurais fait tout cela pour rien. Ma carrière serait en lambeaux, mais aussi, et surtout, ma réputation. J'avais mis en jeu mon statut professionnel en me fondant sur cette unique lettre d'Abe Rosenbach, qui n'avait toujours pas été expertisée correctement, d'ailleurs. D'un autre côté, tous les ouvrages que j'avais lus sur les plus grands collectionneurs de livres, comme Rostenberg et Stern aux États-Unis, ou les sœurs de Westminster, ne mettaient-ils pas en évidence le pouvoir de l'instinct et de l'intuition ?

— Ne t'inquiète pas, Henry. S'il y a bien une chose dont on ne pourrait jamais m'accuser, c'est d'avoir de grandes espérances.

Je souris.

— J'ai saisi ton allusion.

— Le livre est au programme de mon cours.

Elle rougit légèrement et je dus réprimer l'envie d'écarter sa frange de ses yeux. Il fallait que je me distraie.

— Tu sais quelque chose sur cet endroit ? lui demandai-je.

— L'asile ? Pas vraiment. Mais c'est l'idée, non ? Maintenir ces endroits dans l'ombre.

— Ainsi que les femmes. Pratique.

Elle se tourna vers moi, comme si elle souhaitait que je poursuive, et je décidai que ce voyage serait beaucoup moins compliqué si nous pouvions rester concentrés sur la question en jeu.

— J'ai fait des recherches sur d'autres femmes internées à la même époque. Tu savais que la fille de James Joyce, Lucia, avait été internée en 1932 ?

Elle répondit par un signe de tête négatif.

— Des femmes étaient placées par les hommes de leur famille pour toutes sortes de raisons, mais on dit qu'on lui avait diagnostiqué une schizophrénie. Apparemment, Carl Jung l'a traitée à un moment.

— Combien de temps l'ont-ils gardée là-bas ?

— Toute sa vie. Presque cinquante ans.

— Seigneur !

Nous restâmes silencieux un instant, la gravité de ce sur quoi nous enquêtions devenant plus réelle.

— C'était une danseuse. Avant, tu vois. À Paris. Il y a des livres dans lesquels les auteurs affirment qu'elle est devenue mentalement instable après sa rupture avec Beckett, mais je suppose qu'on ne saura jamais vraiment. Son neveu a brûlé toutes ses lettres.

Opaline avait-elle subi le même sort ? Peut-être ne découvrirais-je jamais la vérité.

— Certains experts suggèrent qu'elle aurait même écrit un roman, mais il n'a jamais été retrouvé.

— Et s'il ne veut pas être retrouvé ?

— Évidemment qu'il veut être retrouvé. Qu'est-ce que c'est que cette question ? Enfin, si on part du principe que les objets inanimés ont des souhaits, ce qui est une supposition plutôt farfelue.

Elle se renfrogna, puis regarda par la vitre. Quand elle se retourna vers moi, elle paraissait tout à fait contrariée.

— Alors, c'est tout ce qui compte pour toi ? Obtenir la gloire...

— Non, c'est plus que ça. Il s'agit d'approfondir notre connaissance de l'histoire, de redécouvrir les trésors perdus pour que nous puissions les étudier et, eh bien, c'est notre patrimoine culturel. Il nous appartient.

— Mais pourquoi aurais-tu le droit de décider de ce qui est retrouvé et de ce qui demeure perdu ?

— Quoi ?

Je n'arrivais pas à comprendre d'où ces questions venaient ni pourquoi j'avais l'impression que nous nous disputions. Elle savait ce que ma profession impliquait. Et c'était elle qui avait proposé de m'accompagner.

— Ça n'a pas d'importance, finit-elle par répondre.

— Euh, si, clairement. Tu as « trouvé » le livre que, d'après toi, Opaline a écrit.

— Je ne l'ai pas trouvé. Il m'a été... donné.

Je l'observai d'un air perplexe.

— Je n'ai pas envie d'en parler.

Moi non plus. C'était la raison principale pour laquelle j'avais accepté de la laisser venir avec moi – parce que j'avais envie de voir ce livre au bout du compte. Toutefois, la raison pour laquelle elle avait souhaité venir restait un mystère pour moi. Notre conversation était manifestement terminée, alors je fis ce que tous les gens sensés font quand ils s'embarquent dans un long trajet en bus : je fis semblant de dormir pour ne pas avoir à la regarder.

— Henry.

Cela m'aurait grandement aidé si elle ne prononçait pas mon prénom avec son charmant accent irlandais.

— Oui ?

— Nous sommes arrivés.

Le bus se traîna bruyamment jusqu'à un endroit qui faisait office d'arrêt – un emplacement avec une statue de la Vierge Marie qui montait inexplicablement la garde. L'engin émit un geignement lorsqu'il redémarra, nous laissant dans un nuage de poussière.

— C'est ici ? demandai-je, regardant vers l'allée, au-delà des grilles en fer forgé.

— On dirait, répondit Martha en montrant le petit panneau indiquant « St Agnes ».

— Tu es douée.

Elle me décocha un regard noir. Il fallait que j'arrête d'être un tel blaireau. Se pouvait-il que je sois jaloux ? Qui était ce Logan, d'abord ? Je ramenai mes pensées au présent. L'allée était bordée de pins qui avaient poussé démesurément et s'unissaient pour former un mur épais et sombre. Tandis que nous remontions le chemin sinueux, le bâtiment lui-même apparut après un virage. C'était une bâtisse grise et sombre, enfoncée dans la terre. Elle aurait pu passer pour un monastère austère sans ses barreaux aux fenêtres.

Je cessai de marcher.

— Qu'est-ce qu'il y a ? demanda-t-elle.

— C'est juste que c'est tellement… réel.

Je n'avais jamais éprouvé une sensation pareille. C'était comme si quelque chose de lourd comprimait ma poitrine. Lire des informations sur ces endroits était une chose, mais être ici en était une autre. J'espérais que mon pressentiment était faux et qu'Opaline n'avait pas été internée dans ce lieu. Martha posa la main sur mon bras, comme pour me calmer, et je repris mes esprits. Il y avait trois vieilles sonnettes à l'extérieur, et aucune ne semblait fonctionner. Je pressai les boutons et j'attendis.

— Tu as réfléchi à ce que tu allais dire ?

— Je vais demander si Opaline Carlisle était une, euh, une résidente ici.

Martha secoua la tête, me faisant clairement comprendre que cette approche était totalement nulle.

— Tu ne connais pas grand-chose à l'Irlande catholique, hein ?

— Qu'est-ce que tu veux dire ?

— Ces endroits-là ne sont pas vraiment réputés pour donner des informations facilement.

Je décidai de frapper fermement à la porte. Après plusieurs minutes, il n'y eut toujours pas de réponse.

— Bon, fis-je en tapant dans mes mains, le signe universel qu'il était temps de partir. Rentrons chez nous.

— Mais on a fait le chemin jusqu'ici !

— Oui, et maintenant, on s'en va. À quelle heure passe le prochain bus pour Dublin ?

— Tu ne peux pas partir maintenant. Mais qu'est-ce qui t'arrive ?

— Ce n'est qu'une quête futile de plus. Ça ne me rapproche pas du manuscrit, si ? Certaines personnes peuvent gâcher leur vie à courir après des ombres et je ne peux pas me permettre de devenir l'une d'entre elles.

Je refusais de rester là, à débattre avec elle. J'avais pris ma décision et je ne lui devais pas d'explication. Je me mis à marcher dans l'allée d'un pas rapide, supposant qu'elle allait finir par me suivre.

— Puis-je vous aider ?

Une femme d'une cinquantaine d'années avait ouvert la lourde porte de bois, et le ton qu'elle avait employé pour s'adresser à nous ne laissait aucun doute – elle n'avait aucune envie de nous aider. Elle arborait de courtes boucles serrées et portait un uniforme d'infirmière blanc. Je ne lui reprochais pas d'être inamicale, je l'aurais aussi été dans un tel endroit.

— Oui, j'aimerais déterminer si une femme du nom d'Opaline Carlisle a été résidente ici à une époque, dis-je en revenant précipitamment sur mes pas.

— Vous avez rendez-vous ?

Pas de salutations, rien qu'une franche animosité.

— Non, mais je...

— Vous devez prendre rendez-vous.

Elle allait fermer le battant quand je coinçai ma bottine dans la porte.

— Excusez-moi, qu'est-ce que vous faites ?

Je ne le savais pas. J'avais vu cela tant de fois à la télé que je l'avais fait sans réfléchir. Je bredouillai quelques mots incohérents. Je voulais juste retirer mon pied, mais apparemment, je n'arrivais pas à le bouger.

— Nous sommes du Département de la santé et nous effectuons une inspection surprise, intervint Martha.

Je ne pouvais même pas la regarder. Je savais que si je le faisais, je nous trahirais. Que fabriquait-elle, bon sang ?

— Je n'ai pas été informée, répondit la femme, le regard plissé et suspicieux.

— C'est le principe d'une inspection surprise.

J'ignorais qui était cette personne à côté de moi. Pour ce que j'en savais, *c'était* une inspectrice infiltrée travaillant pour le Département de la santé, tant elle était convaincante.

L'infirmière déplaça son poids d'un pied sur l'autre et eut l'air encore plus contrariée qu'à notre arrivée.

— Il me faudrait une preuve d'identité.

— M. Field, montrez-lui votre carte, m'enjoignit Martha.

Était-ce à moi qu'elle parlait ? Où allais-je trouver une carte professionnelle, nom d'un chien ? Je finis par la regarder, en essayant de faire passer le message « Qu'est-ce que c'est que ce bordel ? » dans mes yeux. Elle écarquilla les siens comme pour répondre « Fais quelque chose, bon sang ». Alors je présentai ma carte. Celle de l'université. Celle qui indiquait que j'étais un spécialiste en manuscrits rares.

— Très bien, docteur Field, dit notre interlocutrice, et elle nous fit entrer tous les deux. J'espère que ce ne sera pas long. Nous fermons à 16 heures.

Docteur Field ? C'était ce qu'elle avait vu sur ma carte ? Et pas le fait que j'étais un doctorant ?

Le lieu était étrangement calme. À l'intérieur, on aurait dit que le bâtiment se délitait lentement et que personne n'avait pris la peine de le réparer. La peinture d'un vert blafard s'écaillait et il y avait des taches d'humidité partout. De la moisissure partait des fenêtres et s'étalait sur les murs, et le linoléum gondolait sur les bords. L'odeur, mélange d'eau de Javel et de chou bouilli, était toxique. Cet endroit était vieux et peu soigné – tout comme les résidents, supposai-je.

— Nous devons simplement vérifier quelques registres, n'est-ce pas, docteur Field ?

— Euh, oui. (Je m'éclaircis la voix.) Dans le cadre de la loi d'accès à l'information, nous aimerions voir comment les registres des anciennes patientes sont, vous savez, conservés.

La femme me fusilla du regard.

— Oh. Vous n'allez pas inspecter le service ?

— Le service ? Vous avez encore des...

Je m'interrompis avant de prononcer le mot « internées ».

— Une autre fois, intervint Martha. Nous ne voudrions pas vous retarder, et c'est quelque chose que le ministre veut vraiment régler avant que la nouvelle législation entre en vigueur.

— La nouvelle législation ? demanda la femme, croyant au baratin de Martha.

— Elle sera présentée devant le Dáil[1] l'an prochain.

J'observai Martha avec admiration. C'était une révélation de la voir si confiante et si imperturbable alors qu'elle mentait comme un arracheur de dents. J'étais si impressionné que j'en oubliais presque pourquoi nous étions là.

Nous fûmes conduits dans un bureau étroit situé au premier étage, avec une fine moquette marron et une lumière vacillante. Nous découvrîmes des rangées et des rangées de meubles de classement en métal gris.

— C'est Sharon qui s'occupe de la paperasse en temps normal, expliqua l'infirmière, se dédouanant aussitôt et vérifiant de nouveau sa montre.

— Ne vous inquiétez pas, madame... ?

1. « Dáil Éireann » (« Assemblée d'Irlande ») : nom gaélique de la Chambre des députés de la république d'Irlande.

— Madame Hugues.

— Madame Hugues, dis-je, nous n'en aurons pas pour longtemps. Pourrions-nous avoir une tasse de thé en attendant ?

— Non.

Sur quoi, elle quitta la pièce et nous attendîmes tous les deux que ses pas se soient suffisamment éloignés dans le couloir.

— Mais qu'est-ce que c'était que ça, Angela Lansbury[1] ? chuchotai-je.

— Je ne sais pas ! C'est juste… sorti tout seul.

— Je n'en reviens pas que ça ait fonctionné.

— Moi non plus.

Elle était surexcitée. Nous ne savions pas comment fêter notre réussite alors nous finîmes par nous taper simplement dans la main.

— Bon, on ferait mieux de s'y mettre, déclarai-je.

Nous n'avions pas beaucoup de temps et notre tâche était colossale. Les dossiers d'admission étaient classés par dates, mais certains étaient rangés sous le nom du médecin et d'autres sous le nom de la patiente. C'était un vrai bazar. Nous convînmes de commencer par les extrémités opposées de la pièce. Je recherchais les dates – à partir du milieu des années 1920 – et Martha recherchait le nom Carlisle. Nous parlâmes peu, en dehors de quelques « Je n'en reviens pas que tu aies fait ça » venant de moi.

1. En référence à la série télévisée *Arabesque*, dans laquelle Angela Lansbury interprétait le personnage de Jessica Fletcher, détective amateur.

J'étais agréablement surpris que Martha soit si désireuse de m'aider. Ou peut-être était-ce prétentieux de ma part. Si elle avait raison et qu'elle était effectivement en possession du livre d'Opaline, alors il était logique qu'elle ait son propre lien avec cette femme mystérieuse. Après tout, comme je le lui avais dit dans le bus, il n'y avait pas besoin d'une qualification officielle pour faire une grande découverte. Avec ma chance, Martha allait sans doute trouver le manuscrit avant moi. Cette pensée me fit l'effet d'un coup de poing. J'observai Martha tandis que ses doigts fouillaient les dossiers suspendus en papier kraft. Jouait-elle avec moi depuis le début ? Se servait-elle de moi ?

— Henry. Qu'est-ce que tu fabriques ?

— Quoi ?

— On n'a pas beaucoup de temps.

— C'est vrai. Oui. Désolé.

J'ouvris un autre tiroir et je passai en revue les dossiers. Ils étaient tous trop récents. Nous étions sur le point de nous rejoindre devant le meuble du milieu quand j'entendis des pas approcher rapidement dans le couloir.

— Merde !

— Retarde-la, ordonna Martha.

Je ne réfléchis pas, je fis simplement ce qu'elle avait dit et je retrouvai l'infirmière juste devant la porte.

— J'ai appelé le ministère, et ils n'ont jamais entendu parler d'un docteur Field. En fait, ils ont dit qu'il n'y avait aucune visite surprise prévue. Alors, voulez-vous bien me dire qui vous êtes et ce que vous faites ici ?

— J'aimerais bien, madame Hugues. Mais si je le faisais, il faudrait que je vous tue.

— Excusez-moi ?

Mon Dieu, qu'est-ce que j'étais en train de dire ?

— Caméra cachée, lança Martha qui venait de sortir de la pièce, un sourire aux lèvres. Vous voyez, j'ai une caméra dans mon sac, expliqua-t-elle, montrant ce qui ressemblait à un badge sur son sac à dos.

— Je ne...

— Oh, vous avez été très bonne joueuse, vous n'êtes pas de cet avis, Henry ?

— Oui, oui, absolument, approuvai-je. Merci pour votre participation.

— Oh, je...

— Quelqu'un vous contactera bientôt. Bien sûr, nous aurons besoin de votre consentement avant d'utiliser les images pour notre émission, mais il y a un dédommagement de deux cents euros, alors pensez-y, d'accord ?

Martha me prit par le bras et nous courûmes à moitié dans l'escalier. Nous continuâmes de courir jusqu'à ce que nous arrivions à l'arrêt de bus et je dus me pencher, mains sur les genoux, pendant dix bonnes minutes, pour essayer de reprendre mon souffle. Martha riait encore quand je levai les yeux.

— Tu devrais faire du théâtre. Franchement, où as-tu appris à improviser comme ça ?

— Je ne sais pas, peut-être que Mme Bowden déteint sur moi.

Le bus s'arrêta et nous prîmes les mêmes places qu'à l'aller.

— Eh bien, c'était une sacrée expérience. Dommage qu'on n'ait pas trouvé les documents, observai-je.

— Oh, mais on les a trouvés.

Elle sortit un dossier de son sac à dos et me le donna. Je fus sans voix.

46

Opaline

Asile d'aliénés du district de Connacht, 1941

Une guerre faisait rage au-dessus de nos têtes, ou du moins, c'était ce que l'on m'avait dit. À St Agnes, tout demeurait mortellement figé. Ce lieu était comme un vide qui aspirait la vie des gens piégés à l'intérieur. La nourriture était rare ; nous subsistions grâce à des légumes qui poussaient, rabougris et sous-alimentés, dans la terre sèche du domaine. Au fil des ans, je m'étais engourdie, sans vraiment savoir quand cela avait commencé, comme la pourriture. Ma peau me démangeait et pelait, et je la grattais jusqu'au sang, rien que pour ressentir quelque chose. Au bout du compte, j'en étais arrivée à ne plus rien ressentir.

Nos rangs se réduisaient. Le goût de réformer les femmes avait quelque peu diminué depuis qu'un fou avait décidé de réformer l'Allemagne.

La guerre poussait tout le monde à remettre en question le *statu quo*. Il me semblait que les hommes en particulier avaient besoin d'une guerre pour trouver du sens à ce qu'ils avaient déjà. Pour éprouver ce vertige grisant que l'on ressent lorsqu'on est sur le point de tout perdre, avant de se réveiller et de s'éloigner du bord du gouffre. Pourquoi était-ce ainsi ?

J'étais devenue une couturière compétente grâce à l'enseignement de Mary et c'était la seule chose qui donnait à ma journée un semblant d'ordre. Je m'étais mise à broder les mots de l'histoire d'Emily Brontë, *Le Manoir de Wrenville*, sur ma jupe. Au début, je le faisais pour m'amuser, mais ensuite, c'était devenu un moyen de me souvenir que j'avais eu une vie avant cet endroit. Certaines parties du manuscrit me revenaient clairement, de manière intacte, mais je savais qu'il était impossible que je puisse me souvenir de tout par cœur. Les articulations de mes doigts étaient douloureuses car je m'efforçais de faire des points aussi petits que possible.

J'ai consacré une vie entière à fuir les frontières de ce triste lieu, pour finalement me retrouver empêtré dans ses racines noueuses et opprimé par ses tours imposantes.

Il ne restait plus que deux infirmières. Deux de plus que nécessaire, selon moi. La seule qui faisait quoi que ce soit d'utile était Daisy, une jeune fille du coin qui considérait qu'un emploi dans cet établissement était un pas en avant dans la vie. Dieu bénisse cet enfant. Elle était l'innocence personnifiée, pourtant elle avait eu son lot de difficultés. J'étais arrivée à la conclusion qu'elle était la seule beauté qui restait dans ce monde, et pour sa part, elle ne me donnait jamais le sentiment que j'étais une femme hideuse, horrible et effrayante. Elle disait apprécier cet endroit, qu'elle trouvait plus calme que son foyer bruyant qui comptait quatre frères. Nous partagions une forte aversion pour les frères.

Par une belle matinée, j'entendis des cris, des rires et des pas précipités dans le couloir. Daisy entra en trombe dans ma chambre ; j'étais allongée sur le ventre sur mon lit, la tête vidée de mes pensées. Du moins, j'avais cessé d'appeler cela des pensées. Tout ce que j'avais, c'étaient des images d'une vie passée qui s'était peut-être déroulée, ou peut-être pas. *Ai-je eu un enfant ?*

— J'ai une lettre pour vous ! s'exclama-t-elle, comme si c'était la chose la plus merveilleuse qui soit jamais arrivée.

Et elle repartit au pas de course, en zigzaguant comme un agneau de printemps. Je me relevai et regardai dehors à travers les barreaux de ma fenêtre. Le givre avait créé de beaux motifs sur le verre. Je me rendis compte que j'avais un courrier dans la main. De Jane, évidemment. Ma chère Jane, qui ne m'avait jamais abandonnée. Même si je répondais rarement, voire jamais, elle refusait de laisser mourir notre amitié.

Je parcourus la lettre de la manière désordonnée dont mes yeux fonctionnaient à l'époque, lisant de haut en bas plutôt que d'un côté à l'autre : *Ta mère est décédée.*

Ma mère était décédée, répétai-je en mon for intérieur. Je pris conscience, d'une manière abstraite, que j'étais orpheline. Sans enfant. Sans mère. Dans un monde en guerre. Mes yeux se mirent à cligner.

Et soudain, j'étais réveillée.

***

Durant toutes mes années d'internement, ma mère ne m'avait pas rendu visite une seule fois et ne m'avait jamais écrit. J'excusais son comportement car je savais qu'elle était sous l'influence de Lyndon et que, même si par miracle elle avait refusé de croire en sa version des événements, elle ne l'aurait jamais défié ouvertement. Néanmoins, elle était ma mère. Comment avait-elle pu m'abandonner alors que Jane ne l'avait pas fait, elle ? Moi, sa propre fille. Pourquoi ne m'avait-elle pas aidée ? En fait, elle était la seule personne qui aurait pu passer outre les décisions de mon frère. Pourquoi ma mère ne m'avait-elle pas aimée suffisamment pour prendre tous les risques ? Ces questions me hanteraient pour toujours. Il était vrai que j'avais été plus proche de mon père, et que ma mère n'avait jamais été affectueuse avec moi. Mais je devais supposer qu'il y avait eu un peu d'amour. Pas assez, à l'évidence.

Tandis que je me dirigeais vers le bureau du docteur Lynch avec une détermination que je n'avais pas ressentie depuis très longtemps, je remerciai brièvement ma mère de m'avoir au moins donné une excuse pour quitter cet endroit. On ne refuserait pas ma requête, assister aux obsèques de ma propre mère. Et une fois de retour au Royaume-Uni, je pourrais trouver un moyen d'obtenir ma libération, avec l'aide de Jane.

J'étais patiemment assise sur une chaise de bois face au docteur Lynch, installé dans un fauteuil de cuir devant son bureau en noyer. Ses lunettes perchées sur le bout du nez, il pelait soigneusement une pomme avec un couteau, comme si je n'étais même pas là. L'infirmière était allée s'occuper de quelqu'un qui criait au meurtre – j'étais devenue totalement indifférente à ce genre d'incidents. Satisfait d'avoir réussi à peler le fruit en un seul mouvement, le docteur finit par lever les yeux vers moi et eut l'air presque surpris de me trouver là.

— Mademoiselle Carlisle, votre examen de contrôle n'a pas lieu avant le mois prochain.

Sa manière de parler me donnait toujours le sentiment d'être une idiote. Peu importait ce qu'il disait, son ton impliquait simplement que je n'avais pas plus d'intelligence que le fruit sur son assiette. C'était quelque chose que je supportais. Jusqu'à aujourd'hui.

— Je ne suis pas ici pour un bilan de santé.

Je lui expliquai que je venais d'être informée de la mort de ma mère et que je souhaitais assister à son enterrement.

— Ah, oui, mes condoléances. M. Carlisle nous a écrit pour nous informer, oh, cela doit faire quinze jours. Votre mère a déjà été enterrée, donc vous voyez, il n'y a pas de raison que vous quittiez St Agnes.

— Je... je...

J'étais si confuse. Je glissai la main dans ma poche et pris la lettre de Jane. Vérifiant la date, je constatai qu'elle avait été écrite une semaine plus tôt.

— Pourquoi n'ai-je pas été informée ?

— Oh, vous ne l'avez pas été ? Je suis pourtant sûr d'avoir demandé à Patricia de vous transmettre le message.

Je regardai la lettre, les mots se brouillant devant mes yeux. Mes mains se mirent à trembler sous l'effet de la rage qui bouillait en moi. Je n'étais pas furieuse pour ma mère, mais parce que j'avais perdu ma dernière chance de m'évader. C'en était trop. Je me levai d'un bond et je saisis le couteau sur la table, le pressant contre l'artère de mon cou.

— Bonté divine, que faites-vous ? s'exclama-t-il, tentant de se lever de son fauteuil.

— Ne bougez pas ou je me tue, je le jure ! criai-je.

Il se figea, à moitié debout, et leva les mains en signe de reddition.

— Et n'appelez pas l'infirmière.

Il secoua la tête et continua de me montrer ses paumes tandis qu'il se rasseyait.

— Voyez-vous, docteur Lynch, que je vive ou que je meure, cela n'a plus d'importance pour moi.

Je me surpris moi-même, car je pensais chaque mot. Cela aurait été un doux soulagement d'en finir. St Agnes était comme une sorte de purgatoire, sans espoir de rédemption. Toute mon humanité m'avait été arrachée. Et pourtant, une part de moi avait sans doute inconsciemment continué à chercher une porte de sortie, car les mots qui sortirent de ma bouche ensuite semblaient avoir attendu en moi pendant très longtemps.

— Mais je crois que ça en a pour vous.

— Bien sûr que je me soucie de vous, Opaline, maintenant posez ce couteau...

— Oui, évidemment que vous vous en souciez, car tant que je vis, vous recevez une belle allocation de mon frère. N'est-ce pas exact, docteur Lynch ?

— Elle sert à payer vos soins...

J'appuyai le couteau sur ma peau, aussi fort que je pouvais le supporter.

— Allons, docteur, il n'y a que vous et moi dans cette pièce. Nous sommes toutes à moitié affamées et à peine vêtues, et il n'y a pas de chauffage à proprement parler. Vous gardez cet argent pour vous-même, n'est-ce pas ?

— Je n'apprécie pas votre insinua...

— Oh, la ferme. LA FERME ! hurlai-je.

Dans une robe en lambeaux et tachée, avec mes cheveux non lavés qui se dressaient sur ma tête, des cernes sous les yeux et un couteau contre ma gorge, je n'avais jamais eu les idées aussi claires. Il avait peur. Je le voyais.

— Si je meurs, vous cesserez de recevoir les paiements de Lyndon.

Il eut l'air secoué et regarda autour de lui. Je savais que je n'avais pas beaucoup de temps pour le convaincre.

— Nous pouvons nous aider mutuellement. Si vous me laissez partir, maintenant, je ne le dirai jamais à Lyndon et vous pourrez continuer de recevoir votre argent. Vous n'entendrez plus jamais parler de moi. Je changerai de nom, j'irai en Europe. J'ai des amis là-bas.

Je vis qu'il songeait à ma proposition.

— Personne n'a besoin de le savoir.

Il s'essuya grossièrement le visage avec sa main, puis se mordilla la lèvre. Il observa la photo encadrée sur son bureau, de sa femme et de ses enfants. Lorsqu'il reporta son attention sur moi, je levai le menton plus haut, pour lui montrer que je ne bluffais pas.

— Sinon, je me trancherai la gorge maintenant et je me viderai de mon sang sur ce tapis. Et alors vous n'aurez rien.

J'avais réussi. Il était prêt à envisager de dire oui. Ma liberté était toute proche et je pris soudain conscience que je n'étais plus si prête à enfoncer un couteau dans ma gorge. Cependant, je devais le laisser là pour l'instant.

— Oh, et puis quelle importance maintenant, de toute façon ? lâcha-t-il en se levant lentement.

Il ouvrit une autre porte sur le côté opposé de la pièce. Elle donnait directement sur un petit passage et une porte extérieure. Il la poussa d'un coup d'épaule et je vis une cour, sans doute utilisée par le personnel pour entrer et sortir, car elle débouchait sur la route et non sur la longue allée. Je reportai mon regard sur lui.

— Si votre frère découvre que...

— Il n'en saura rien, assurai-je, incapable d'empêcher ma voix de trembler.

— Alors partez.

Je compris soudain qu'il savait depuis le début. Je n'aurais jamais dû être enfermée ici. Tout cela n'était qu'un mensonge.

Un mélange de soulagement et d'envie de vengeance pulsa à travers moi. J'avais toujours le couteau dans la main. Je voulais trancher la gorge du docteur. J'imaginai la scène ; le sang qui éclaboussait les murs. La force dont je manquais physiquement, je pourrais la compenser par la violence de ma colère. Il recula, les mains en l'air. Je n'arrivais pas à croire que ma liberté était enfin devant moi. Je lâchai le couteau et me mis à courir.

47

Martha

— Tu es venue !

Je me précipitai dans ses bras. Ma mère ne quittait jamais sa maison, pas même pour aller faire les boutiques, alors jamais je ne me serais attendue à la voir sur le seuil de Ha'penny Lane.

— Comment as-tu fait ? Que s'est-il passé ?

J'avais tellement de questions.

— J'ai retrouvé ma voix.

Elle avait parlé lentement, mais avec force.

— Des larmes de joie, dis-je en essuyant lesdites larmes du bout des doigts.

— J'aurais dû m'exprimer il y a longtemps, Martha. Ma précieuse petite fille.

— Je vais bien, maman, je t'assure.

— Je sais que tu vas bien. Tu es une jeune femme pleine de ressources. Et je suis tellement fière de toi. Je voulais venir pour te le dire, même si c'est un peu tard.

— Il n'est jamais trop tard, lança la voix de Mme Bowden derrière moi. (Elle avait le chic pour apparaître au milieu des conversations des autres.) Vous ne voulez pas entrer ?

Prendre le thé avec ma mère, dans la cuisine de cette maison ancienne et majestueuse, avait l'attrait de la nouveauté. C'était Mme Bowden qui avait suggéré cette pièce car elle était plus spacieuse que mon appartement et elle nous laissa seules, heureusement. Je crus qu'elle allait venir fourrer son nez dans nos affaires, mais elle avait un certain tact quand cela l'arrangeait. Je parlai gaiement de mes cours à Trinity, des amis que je m'étais faits, de mon intérêt nouveau pour la littérature.

— Tu t'es construit une belle vie ici, souligna ma mère, posant la main sur la mienne.

— Je suis heureuse, maman. Même le fait de vivre ici avec Mme Bowden – ce n'est pas ce que j'aurais imaginé pour moi en tant que jeune femme, mais ça fonctionne. Je pense que nous nous faisons du bien mutuellement.

— C'est un ange gardien, on dirait.

Je n'étais pas sûre que je la décrirais ainsi. Je nous resservis du thé. Durant toutes les années que j'avais passées à la maison, mon père et mes frères avaient pris tout l'oxygène, mais ici, c'était comme si nous pouvions enfin respirer à pleins poumons. Ce n'est qu'en l'absence d'un élément que l'on mesure tout l'espace qu'il prend.

— Il y a quelque chose que je veux te dire, Martha.

— Tu vas quitter papa ?

Elle eut une réaction de surprise.

— Je mentirais si je disais que je n'y avais pas pensé, mais non. Ton père est... eh bien, il n'est pas parfait. Mais il est fiable, et même si parfois j'ai envie de changer bien des choses chez lui, il m'a donné un foyer dans lequel je me sens en sécurité.

Je ne l'avais jamais entendue parler de mon père de cette façon. Bien que j'aie une opinion différente, je comprenais et respectais la sienne.

— Alors qu'y a-t-il ?

— Ce n'est rien de sérieux... ce que je veux dire, c'est que ça ne va rien changer, du moins pour toi. Mais ça pourrait t'aider à comprendre le passé. Mon passé.

Elle tourna sa tasse sur sa soucoupe, choisissant lentement ses mots. C'était étrange pour elle comme pour moi d'entendre sa voix, puisque nous avions toujours communiqué en silence.

— Après Shane, j'ai commencé à prendre conscience que nous ne laissons pas le passé derrière nous. Il vit avec nous, chaque jour. Ce n'est pas simplement l'ADN dont nous héritons. Je crois qu'il y a d'autres choses qui sont transmises à travers les générations. Des souvenirs, peut-être.

Ce qu'elle s'apprêtait à me révéler était douloureux pour elle, je le voyais. J'approchai ma chaise de la sienne. L'atmosphère dans la cuisine devint d'un calme intense, comme si la pièce aussi attendait l'histoire de ma mère.

— Ma mère a été adoptée quand elle était bébé.

C'était la dernière chose à laquelle je m'attendais. Je croyais que notre histoire familiale était gravée dans le marbre. Comment était-il possible que j'aie manqué une information aussi capitale ?

— Pourquoi ne m'en as-tu pas parlé avant ?

— Je ne pensais pas que ça t'affecterait, je suppose... et puis, les mères veulent protéger leur fille. Ma mère m'a protégée, autant qu'elle a pu, mais mes grands-parents n'étaient pas des gens aimables. Comment on a pu les autoriser à adopter, je ne le comprendrai jamais. Tu sais que ta grand-mère est morte d'une pneumonie quand j'avais trois ans ?

J'acquiesçai d'un signe de tête.

— C'est l'histoire qu'on a racontée à tout le monde. La vérité, c'est qu'elle était partie à Dublin pour retrouver sa mère. Je ne connais pas tous les détails ; mon père ne m'en a parlé que sur son lit d'hôpital avant de mourir. C'était pendant les années 1960, elle lui a dit que maintenant qu'elle avait une fille, elle voulait absolument retrouver sa vraie mère. Je ne sais pas pourquoi elle pensait qu'elle vivait à Dublin, en tout cas, elle ne l'a jamais retrouvée. Il y a eu un accident, elle a glissé d'un quai de gare. Un train l'a renversée.

— Mon Dieu, maman. Je suis tellement navrée.

Elle garda la tête baissée, comme si elle voulait simplement aller au bout de son histoire.

— Après cela, mes grands-parents, les Clohessy, m'ont élevée. À contrecœur. Mon père avait un emploi et les hommes n'étaient pas censés rester à la maison à l'époque. Alors ils m'ont emmenée chez eux. Chaque jour, ils me rappelaient leur sacrifice. C'est à cette époque que j'ai perdu ma voix.

Je saisis sa main.

— Ça ne change rien, mais ça change tout, n'est-ce pas ? demanda-t-elle.

Je hochai la tête, et cette fois ce furent ses larmes que j'essuyai.

— Est-ce que tu as tenté de les retrouver ? Ses parents biologiques ?

— Non, mais j'y ai pensé. Bien des fois. Mes grands-parents refusaient d'aborder le sujet. Ils ne l'ont pas dit clairement mais j'ai eu l'impression que l'adoption n'avait pas été très officielle.

— On pourrait essayer, maintenant ?

Elle secoua la tête.

— C'est trop tard. Mais je voulais que tu sois au courant parce que c'est ton histoire autant que la mienne.

Nous continuâmes à discuter pendant des heures, en buvant d'autres tasses de thé et en vidant la boîte à biscuits. Ce ne fut que lorsque la nuit tomba que je me rendis compte que j'aurais déjà dû commencer à préparer le dîner.

— Tu restes ? demandai-je.

— Non, il vaut mieux que je parte maintenant pour pouvoir attraper le dernier train.

Après qu'elle eut enfilé son manteau et que nous allâmes dans le couloir, elle se retourna pour me regarder.

— J'aurais dû te dire chaque jour quelle merveilleuse jeune femme tu étais. J'ai parfois l'impression que je n'étais pas pleinement présente, tu comprends ? Que je faisais les choses machinalement. C'est ce qui arrive quand on cache une partie de soi. En tout cas, je voulais te le dire maintenant, pour que tu le saches : tu en as toujours fait assez, Martha. Simplement, les gens autour de toi étaient trop englués dans leur propre peine pour le voir.

Nous nous étreignîmes, juste à côté de la rambarde par-dessus laquelle Shane était tombé. Je me mis à pleurer. Je ne me contentai pas de pleurer, je sanglotai dans les bras de ma mère. Elle me serra fort et chassa les mauvais souvenirs, en me berçant d'un côté à l'autre. Derrière nous, l'escalier de bois grinça comme la branche d'un arbre et j'entendis un doux bruissement.

— On dirait que cette vieille maison essaie de nous dire quelque chose, remarqua-t-elle d'une voix enjouée, comme si elle racontait un conte à un enfant.

Je souris.

— Oui, n'est-ce pas ? répondis-je en m'essuyant les yeux avec mes manches. Je le pense aussi parfois. Peut-être que la prochaine fois, tu pourras rester plus longtemps ?

— Ça me plairait, dit-elle, puis elle descendit sur le trottoir.

Elle se retourna, me fit un signe de la main et lança :

— Et il me tarde de rencontrer Mme Bowden !

Je lui fis un signe de la main à mon tour, avant de prendre conscience que ses dernières paroles étaient étranges. Elle avait déjà rencontré Mme Bowden.

48

Henry

— Tu es au courant que tu as une énorme racine d'arbre qui pousse de ton plafond ?

— Oui.

— Et la branche qui sort du pignon ?

— Oui, aussi.

— Ah, tant mieux. Il n'y a pas que moi alors.

J'avais décidé de me rendre au 12, Ha'penny Lane en passant par mon ancienne entrée, à savoir la fenêtre du sous-sol, mais j'avais découvert qu'une très grande branche poussait à travers l'une des vitres cassées. Nous avions décidé que je devrais plutôt passer par la porte d'entrée. Je brandis le dossier contenant les documents d'Opaline, montrant de manière théâtrale qu'il y avait une bonne raison à ma visite.

— La maîtresse de maison est allée se faire coiffer, m'informa Martha.

J'étais soulagé de l'apprendre. Mme Bowden pouvait être un peu envahissante, même si, dans les faits, elle était de mon côté.

— Je crois qu'il essaie de me dire quelque chose, dit-elle en arrachant une feuille sur l'une des branches qui formaient un arc au-dessus de son lit.

Bizarrement, elle ne semblait pas perturbée.

— Oui, je crois qu'il essaie de te dire quelque chose de très important sur les fondations peu solides de la maison. Il faut vraiment faire examiner ça.

Elle chassa mes inquiétudes du revers de la main et mit la bouilloire à chauffer pour le thé.

J'avançai pour observer l'arbre de plus près.

— C'est toi qui as fait ça ?

— Quoi ?

— « Ce que tu cherches te cherche aussi. »

Ces mots étaient gravés dans l'écorce de l'arbre.

Martha se posta derrière moi et se pencha par-dessus mon épaule.

— Non, dit-elle.

Je me retournai pour voir son visage. Elle semblait différente. Comme si les ombres qu'elle portait en elle avaient été remplacées par une lumière iridescente. Elle avait l'air heureuse. Malgré l'arbre. Ou peut-être grâce à lui.

— Qu'est-ce qu'il y a ? demanda-t-elle.

— Rien. Tu as bonne mine, c'est tout.

Elle sourit et inclina la tête sur le côté. C'était un moment durant lequel l'un de nous aurait dû parler, mais ni elle ni moi n'arrivions à mettre des mots sur nos sentiments.

— Du thé ?

J'acquiesçai d'un hochement de tête.

Elle apporta deux mugs sur la petite table et prit un paquet de biscuits digestifs sur une étagère au-dessus de nous.

— Alors, qu'est-ce que tu as découvert ?

Je sortis au hasard un papier du dossier.

— Bien plus que ce à quoi je m'attendais, confiai-je. Ça a donné corps à Opaline – c'est une vraie personne pour moi, maintenant. En fait, c'est grâce à toi que j'ai décidé de changer l'angle de l'article que j'écris.

Elle sembla contente, mais aussi déconcertée. Je lui donnai la lettre, qu'elle lut à voix haute.

Très chère Jane,

J'espère que cette lettre te parviendra. La jeune fille qui travaille ici m'a promis de la poster en secret, mais on ne peut jamais être sûr de rien. Cela fait maintenant cinq jours entiers qu'il neige. Il y a quelque chose d'apaisant dans la neige ; dans la façon dont chaque flocon tombe doucement, comme en apesanteur, sans bruit. De temps à autre, une brise légère crée une bourrasque de flocons, qui tournent, tourbillonnent et s'élèvent au-delà des murs. Une évasion silencieuse. Comme j'aimerais m'évader moi aussi. Ma seule amie ici, Mary, est morte. Je l'ai trouvée dans son lit ce matin, sans vie. À cause du froid. Il s'est tellement infiltré dans mes os que je ne me souviens plus comment je me sentais avant. J'ai reçu ta lettre, dans laquelle tu me disais espérer que les gants et le châle que tu m'avais envoyés me protégeaient de la fraîcheur. Oh, très chère

Jane. Si seulement tu savais que tout ce qui a de la valeur est emporté bien avant que ça arrive jusqu'à nous autres, internées.
Le médecin doit passer demain. Je crois. Mes pensées serpentent dans un épais brouillard ces temps-ci. Cette fois encore, je vais demander à parler à mon frère. Je vais demander à être libérée car je ne suis pas folle, bien que je craigne que cet endroit ne me pousse à le devenir. La nuit, les cris sont insupportables. Pourquoi Lyndon ne répond-il pas à mes lettres ?
Cela ne me surprend pas que les médecins de cet établissement aient décliné ton offre de faire venir un spécialiste de Londres. Me faire évaluer de manière indépendante prouverait que j'ai été internée à tort, que je suis saine d'esprit. Cependant je crois qu'il est trop tard pour cela. Après avoir perdu le bébé, et maintenant Mary, dans ce théâtre d'indicibles horreurs, je préférerais que ma raison me quitte totalement. Si je ne peux pas fuir cet endroit physiquement, je dois trouver un moyen de le faire mentalement. De me dissocier de ce cauchemar. S'il te plaît, ne m'écris plus. Va et vis ta vie. Ne pense plus à ta vieille amie. Elle n'existe plus.

Opaline

— Bon sang. C'est horrible. Je n'aurais jamais cru…, commença-t-elle avant de s'interrompre soudainement.

— Je sais, tout ça est très réel maintenant.

Je rangeai la lettre et plongeai un biscuit dans mon thé. Je n'avais pas mangé depuis le déjeuner de la veille car j'avais passé toute la nuit à parcourir le dossier et à prendre des notes. Je tins le biscuit dans le thé une seconde de trop, et il s'enfonça dans les profondeurs de ma tasse. J'émis un son contrarié.

— Je vais t'en faire un autre, offrit-elle, se levant pour aller remettre de l'eau dans la bouilloire. Je n'étais pas sûre de te revoir.

— Pourquoi dis-tu cela ?

Elle haussa les épaules, mais j'insistai pour avoir une réponse.

— C'est juste que… tu as ce dont tu as besoin maintenant. Le dossier d'Opaline.

Eh bien. Je lui avais vraiment fait bonne impression, alors. Était-ce vraiment ce qu'elle pensait de moi ? Que tout ce qui m'importait, c'était le manuscrit ? Je m'apprêtai à répondre, puis je me ravisai. Quelle importance ? Il fallait que j'arrête de croire que notre relation pourrait mener quelque part. Nous étions amis, rien de plus.

— Tu ne pensais tout de même pas que je pourrais partir sans avoir vu le livre d'Opaline ?

Elle leva les yeux au ciel puis m'adressa un regard entendu. Le livre était sur son lit, et lorsqu'elle passa devant moi pour aller le chercher, je lui pris la main, sans réfléchir. Elle s'arrêta et me regarda.

— Martha, tout ne tournait pas autour du manuscrit, tu sais. Pas pour moi.

Je lui lâchai la main mais elle ne bougea pas. Un petit sourire se forma au coin de ses lèvres.

— Merci, dit-elle, presque dans un murmure.

Puis elle alla prendre le livre sur le lit et me l'apporta. Je fus surpris qu'il soit de si belle facture. J'avais vu ma part d'éditions rares et les livres qui me coupaient le souffle n'étaient pas si nombreux, mais celui-ci en faisait partie. Il était recouvert d'un tissu bleu saphir, qui faisait ressortir le titre en lettres dorées sur la couverture.

— *Un lieu appelé Perdu*, lus-je à voix haute.

Il y avait une splendide illustration d'une vieille librairie, et je sus que c'était celle que j'avais vue lors de ma première visite à Ha'penny Lane. Je n'étais pas ivre ce jour-là. La librairie avait vraiment été là. Je me sentis totalement bouleversé et mon nez commença à me démanger à cause de ce qui pourrait devenir, ce qui serait un désastre, des larmes. Je m'éclaircis la voix.

— Où l'as-tu trouvé ? demandai-je.

— C'est en quelque sorte lui qui m'a trouvée. Ça arrive parfois avec les histoires. Comme celle inscrite sur mon dos.

Son tatouage. Je voulus lui demander ce qu'il représentait, mais avant que je puisse le faire, elle me questionna sur les autres documents liés à Opaline et je me réjouis de cette distraction. Penser à la dernière fois que j'avais vu son tatouage, quand j'avais dansé avec elle, que je l'avais tenue dans mes bras, était trop douloureux.

— Ah, oui. Il y a des lots de lettres d'Opaline qui n'ont jamais été envoyées. Sa correspondance semble un peu sporadique, peut-être que certaines lettres ont franchi les grilles et d'autres non. Leur lecture n'est pas facile, je peux te le dire. Je ne sais pas comment elle a survécu. Mais elle a survécu, c'est certain – nous avons la lettre de Sylvia pour le prouver.

— Et le livre, renchérit Martha.

Même si je ne trouvais jamais le manuscrit, j'avais de quoi écrire un texte très intéressant sur une femme qui avait été l'une des marchandes de livres rares les plus en vue d'Irlande, et qui avait néanmoins été internée à cause de son frère. Apparemment, quels que soient le talent, l'intelligence ou l'indépendance d'une femme, cela n'avait pas d'importance, elle était toujours considérée comme la propriété d'un homme, dont il pouvait disposer à sa guise.

— Je crains de devoir retourner à la bibliothèque, annonçai-je.

Je me levai de manière assez abrupte et j'enfilai ma veste.

Il se passa une seconde avant que Martha réagisse. Aurait-elle voulu que je reste ? Je ne le saurais jamais, et je n'allais pas me ridiculiser en lui posant la question.

— Est-ce que je pourrais emporter le livre ? J'essaie de finir la rédaction de mon projet de thèse. Avec un peu de chance, je parviendrai quand même à décrocher un financement.

Elle hésita, alors je suggérai un échange. Les documents d'Opaline contre l'ouvrage.

— Il y a une photo à l'intérieur. Tu aimerais la voir ?

Elle hocha la tête avec vigueur. Je trouvais cela touchant qu'elle montre un tel intérêt pour une femme qu'elle n'avait jamais connue. Ce n'était pas une photo terriblement flatteuse. Plusieurs femmes étaient alignées devant une table de salle à manger, les mains jointes, l'air sérieux. Peut-être avait-elle été prise pour les familles qui finançaient leur internement ? Il n'y avait aucune inscription au dos. Martha pencha la tête sur un côté, puis me demanda si j'avais une loupe.

— Pas sur moi, non, raillai-je, mais ma plaisanterie tomba à plat. Qu'est-ce qu'il y a ?

— Ce n'est peut-être rien.

— Tu ne peux pas dire ça !

Elle plissa les yeux et approcha la photo de son visage.

— C'est sa jupe. On dirait qu'il y a quelque chose d'inscrit dessus.

— Difficile à dire, répondis-je en observant l'image granuleuse en noir et blanc.

Quand je reportai mon attention sur Martha, son expression avait changé.

— On dirait que tu as vu un fantôme.

— Hein ? Oh, ce n'est rien, je viens simplement de me rendre compte de l'heure, Mme Bowden va bientôt revenir.

Sur quoi, elle me mit pratiquement à la porte et je me retrouvai sur Ha'penny Lane, en me demandant quel épisode j'avais manqué.

49

Opaline

Dublin, 1941

— *Guten Abend, Fräulein.*

Je ne savais pas comment répondre, ni pourquoi il parlait en allemand. J'enroulai fermement l'étoffe d'un châle autour de moi, comme si cela pouvait me protéger un tant soit peu. J'avais cru entendre du bruit et j'étais descendue du grenier pour voir ce qui se passait.

Après m'être enfuie de St Agnes, j'étais revenue à Ha'penny et j'avais été soulagée de trouver la librairie encore debout. J'avais eu l'impression d'être dans un rêve, où les choses étaient à la fois familières et étranges. Comme miss Havisham dans *Les Grandes Espérances*, la librairie semblait avoir suspendu le passage du temps après mon départ forcé. La porte s'était ouverte dès que je l'avais touchée, et en posant la main sur la poignée de laiton, j'avais eu la sensation de toucher le doux museau d'un animal de compagnie perdu depuis longtemps. La bâtisse s'était délabrée et détériorée, et la plupart de mes affaires avaient disparu. Toutes les fenêtres de la librairie étaient barricadées. J'avais monté mon matelas au grenier – il faisait bien trop froid au sous-sol – et je n'avais que l'eau du robinet pour me remplir le ventre. Après l'euphorie de la liberté retrouvée, une immense fatigue m'avait envahie et je n'avais rien pu faire pour arranger ma situation. Les jours s'étaient écoulés sans aucun contact humain et à présent, j'étais face à cet homme.

Il sortit de sa poche un paquet de cigarettes et en alluma une. Il me tendit le paquet, comme si la situation était parfaitement naturelle, alors que je tremblais visiblement de peur. Malgré cela, il ne dit rien et s'appuya simplement contre le mur, l'air détendu et tranquille. C'était un homme grand, aux cheveux blond foncé gominés et aux yeux bleus perçants. Je remarquai qu'il portait un uniforme militaire et que sa veste kaki avait un aigle cousu sur la poitrine.

— Comment êtes-vous entré ? demandai-je, peu sûre de ma voix, rauque à force d'avoir été négligée.

— La fenêtre du sous-sol. Elle n'est pas verrouillée.

J'avais pourtant vérifié moi-même qu'elle était fermée. Soit il mentait, soit...

— Qui êtes-vous ?

— Josef Wolffe. *Zu ihren Diensten.*

— Je crains de ne pas parler allemand.

— Vous êtes seule.

C'était davantage un constat qu'une question. Je ne répondis pas. La vie continuait dans la rue à l'extérieur tandis que nous étions là, à nous cerner mutuellement. Amis ou ennemis ?

— Quoi que vous cherchiez, vous ne le trouverez pas ici, dis-je.

Tous les muscles de mon corps étaient tendus. Il hocha simplement la tête, comme si toute cette situation était ordinaire. Il balaya la librairie du regard, en prenant son temps, puis m'observa. Que voyait-il ?

— Je viens ici, parfois. Pour lire.

Il désigna d'un signe de tête la petite pile de livres qui était encore sur l'étagère du bas. Mes livres.

— Vous êtes chez moi. Vous n'avez aucun droit d'être ici.

Je n'avais guère l'impression d'en imposer, avec mes haillons, ma silhouette émaciée après des années de sous-alimentation et ma chevelure peu fournie.

— Je veux que vous partiez.

Après un instant, il hocha la tête pour lui-même, comme s'il avait pris une décision, puis il déverrouilla la porte d'entrée. Je me précipitai pour la refermer à clé derrière lui. Quand j'entendis le bruit de moteur d'une motocyclette s'évanouir, je relâchai enfin le souffle que j'avais retenu.

Je montai lentement l'escalier, à tâtons dans l'obscurité, mes jambes menaçant de se dérober. Je m'effondrai sur le sol du grenier avec soulagement, en m'efforçant de reprendre ma respiration ; j'écoutai ce vieux bruit familier, témoin de la présence rassurante de mes livres autour de moi. C'était peut-être le fruit de mon imagination mais je crus entendre un vent léger et de douces tapes, comme de la neige tombant contre la vitre. Dans la pénombre, j'avisai un livre dont le dos arborait le titre *Les Quatre Filles du docteur March*. Je fermai les yeux, et je me retrouvai à Concord avec Jo March et sa famille. Cette simple pensée suffit à me réchauffer. Les mots tissaient un charme magique pour m'offrir un refuge et réveiller mon âme – pour que je redevienne la personne que j'étais avant que tous ces malheurs ne se produisent.

*
**

Le soir suivant, on frappa à la porte. Je n'en tins pas compte, néanmoins les coups persistèrent. Personne ne savait que j'étais ici. J'étais affaiblie par l'épuisement et la faim, mais je me hissai à la fenêtre du grenier et j'observai la rue. Je vis une motocyclette et, devant ma librairie, Josef Wolffe, le soldat allemand, avec des paquets et ce qui ressemblait à une grande branche de sapin sous les bras. Il tapait des pieds pour essayer de lutter contre le froid. Il ne pouvait pas voir que j'étais à l'intérieur car tout était sombre, en revanche je le voyais clairement. La barbe naissante sur sa mâchoire, ses yeux qui passaient la rue en revue.

J'hésitai un instant, puis je marchai péniblement jusqu'à la porte que j'ouvris.

— Vous ne devriez pas être seule. *Es ist Heiligabend*. C'est le réveillon de Noël.

Il entra, posa les paquets et la branche de sapin géante au milieu du sol, puis retourna dehors. Je ne pus que l'observer quand il revint avec un carton et ferma la porte derrière lui. Il s'accroupit, sortit des bougies du carton et les alluma. Il chercha un endroit où les poser et je désignai l'escalier d'un geste. J'étais trop fatiguée et affamée pour protester. Il ouvrit un autre paquet qui contenait de la nourriture – pain, fromage, viande. J'allai lui arracher le pain des mains et je déchirai des morceaux pour les fourrer dans ma bouche. J'étais comme un animal sauvage, les yeux grands ouverts, mes mâchoires mastiquant rapidement la nourriture. Je m'assis sur la dernière marche de l'escalier, encore enveloppée dans ma couverture, et je le regardai déballer d'autres choses. Une bouteille de vin. Des pommes.

Aucun de nous ne parlait. Il marcha dans la librairie et trouva une caisse vide, qu'il retourna et posa près du poêle afin de s'en servir comme siège. Il cassa la branche de sapin contre son genou pour en faire des petits morceaux et utilisa du vieux papier pour faire un feu. Le bois était trop jeune pour bien brûler, mais les flammes me donnèrent aussitôt l'impression que j'avais moins froid, et l'odeur du pin était douce et réconfortante.

Il mangeait aussi, mais avec parcimonie. Il pela la pomme et me donna la chair découpée. Après quoi, il ouvrit la bouteille et me la donna.

Je ne sais pas combien de temps s'était écoulé lorsque je pris la parole.

— Pourquoi êtes-vous là ?

Il leva les yeux par-dessous ses cheveux blonds.

— Je suis un prisonnier de guerre, déclara-t-il avec un grand geste, comme s'il annonçait qu'il était de sang royal. Le gouvernement irlandais nous retient très gentiment dans l'un de ses camps à Kildare.

— Mais si vous êtes un prisonnier...

— Pourquoi ne suis-je pas en prison ? Parce que nous avons le droit de sortir pendant la journée. Je termine mes études à l'université de Trinity.

— Vous plaisantez ?

J'essayai de rire mais mes zygomatiques étaient rouillés.

— L'Irlande est un pays neutre. Nous sommes une sorte de désagrément pour eux.

Je repris du fromage et me servis un autre verre de vin. Il semblait content que j'accepte sa charité.

— J'ignorais que c'était le réveillon de Noël, dis-je.

Assis en silence, il sculptait un morceau de bois. Il ne leva pas les yeux. C'était étrange d'être en compagnie de quelqu'un sans avoir besoin de parler. Je m'adossai au mur et, pour la première fois depuis mon retour, j'observai mon ancienne librairie. Que s'était-il passé ici depuis mon départ ? Qui l'avait vidée ? Où était Matthew ? Que devrais-je faire à présent ? Je me sentis somnoler à cause de la nourriture et de la chaleur.

Le sommeil vint rapidement et profondément. Je rêvai de mon père. Il avait emmené la petite fillc que j'étais à la messe de Noël, et les notes de *Douce nuit* emplissaient l'espace voûté de l'église.

Je me réveillai en sursaut. *De la musique,* me dis-je. Un disque tournait. Je balayai la pièce du regard et je constatai que Josef était encore là, le gramophone Victrola sur le sol à côté de lui diffusant le chant de Noël qui était dans mon rêve. Il était adossé au mur, les yeux perdus dans un souvenir invisible qui adoucissait ses traits. Peut-être rêvait-il de son enfance, lui aussi. Puis, de manière presque inaudible, il se mit à chanter. *Stille Nacht, heilige Nacht.* C'était la plus belle chose que j'aie jamais entendue. Sa voix grave, qui se brisait par moments, était si pleine de tendresse que je fus au bord des larmes. Quand les violons s'éteignirent, seul le grésillement du disque se fit entendre.

— Joyeux Noël, dis-je, le tirant de sa rêverie.

Ses yeux s'écarquillèrent brièvement et quand il reporta son attention sur moi, il me fit un petit sourire.

— *Frohe Weihnachten.*

Après une pause, il se leva puis s'inclina devant moi, tourna les talons et s'éloigna.

— Le brouillard, dit-il, le dos tourné.

— Je vous demande pardon ?

— Vous vous demandez comment j'ai atterri ici. Le brouillard. Et des problèmes de moteur.

Il se retourna et alluma une autre cigarette.

— Nous avons décollé de Bordeaux. C'était à la fin de l'été, l'année dernière. Nous étions six membres d'équipage à bord d'un Condor, pour une mission de reconnaissance météorologique.

Pendant tout le temps que j'avais gâché derrière des fenêtres à barreaux, le monde était en guerre.

— Nous devions atterrir quelque part le long de la côte sud. Des policiers nous ont trouvés. Ils nous ont emmenés au camp d'internement et depuis, je suis là.

— Je vois.

— Ce n'est pas si mal. Nous avons beaucoup de libertés, vous savez.

— Vous combattiez pour ce cinglé d'Hitler ?

Il souffla de la fumée de cigarette vers le haut et poussa un grognement amer.

— Vous croyez qu'on avait le choix ?

Je secouai la tête. Je n'en savais rien. Je songeai alors à Lyndon. Aux rumeurs sur les fusillades pour cause de lâcheté.

— Je suppose que tous les Allemands ont été appelés sous les drapeaux.

— Je ne suis pas allemand.

Une voiture passa et les phares m'aveuglèrent. Je me levai.

— Je devrais peut-être rentrer, dit-il.

Il fit une brusque révérence avant d'ouvrir la porte.

— Je suis autrichien. Bonsoir, *Fräulein*.

⁂

Les semaines suivantes, Herr Wolffe laissa au sous-sol des petits colis de victuailles et du bois pour le feu. Je ne le voyais jamais arriver ni repartir. Je découvrais simplement un paquet enveloppé dans du papier brun, avec un grand W inscrit sur une petite feuille vierge. Il y avait même un paquet contenant des vêtements usés mais parfaitement mettables, et je me demandai où il avait réussi à se les procurer.

À mesure que je retrouvais mes forces, mon désir de récupérer mon ancienne vie grandissait, la vie que Lyndon avait essayé de m'arracher. Mais cela requérait de l'argent, et la seule chose de valeur que je possédais était le manuscrit Brontë. Par conséquent, je fis une chose irréfléchie – j'écrivis à Abe Rosenbach. Je lui parlai de la provenance du texte et expliquai que pour moi, le manuscrit était un brouillon du second roman d'Emily, sans aucun doute. C'était l'un des hommes les plus puissants du monde des livres rares, et le plus riche. Il accepterait de prendre un risque.

Je lui fis donc l'article dans une lettre soigneusement formulée, avant de trouver le courage d'accomplir la seconde partie de ma tâche : retrouver Matthew et mon manuscrit.

*
**

— Puis-je vous aider ?

— Oui, je... je cherche à parler avec M. Fitzpatrick. Matthew Fitzpatrick.

— M. Fitzpatrick ne travaille plus ici, j'en ai bien peur. Quelqu'un d'autre peut-il vous aider ?

Je me triturai les mains puis les enfonçai dans mes poches. Matthew avait été mon seul pilier depuis mon arrivée à Dublin. Quand je pensais à lui, j'imaginais que tout allait bien. À présent, tout semblait à nouveau aller de travers.

— Madame ? Y a-t-il quoi que ce soit que je puisse faire ?

— Où est-il ? Je veux dire, quand est-il parti ?

— Je ne suis pas autorisée à révéler des informations privées.

Mon seul ami du passé n'était plus là, et qu'en était-il de mon manuscrit ? Je devais croire que Matthew l'avait mis en lieu sûr.

— C'est qu'il gardait un objet d'une valeur significative pour moi, et je suis venue le récupérer.

— Je suis désolée. Je ne devrais sans doute pas vous le dire, mais je suppose que cela ne change pas grand-chose à présent. M. Fitzpatrick, Matthew, a été tué il y a à peine un an.

J'étais à peine capable de parler.

— M… mais ce n'est pas possible !

Elle me racontait une histoire fausse. Une histoire qui concernait quelqu'un d'autre.

— Il doit y avoir une erreur…

— Les Allemands venaient de commencer à bombarder Londres.

— Non, ça ne peut pas être vrai. Matthew n'était pas un soldat, il n'était pas dans l'armée…

— Je suis navrée, je sais que c'est difficile. Il rendait visite à de la famille là-bas. Il s'est simplement trouvé au mauvais endroit au mauvais moment.

Je ne parvenais pas à trouver un sens à tout cela. Depuis tout ce temps, Matthew avait quitté ce monde, sans même que je le sache. Mes années à St Agnes me volaient encore des choses. Je me sentais totalement dépossédée de tout ce que j'avais connu.

— Si vous pouviez me donner votre nom, je vais vérifier les registres et voir s'il y a quoi que ce soit de notable dans ses dossiers, suggéra-t-elle.

Elle s'était adoucie face à ma détresse.

— Euh, oui. Opaline Carlisle. Ou peut-être Gray, je ne suis pas sûre.

Elle fit une première vérification, puis une autre. Il n'y avait rien. Quel que soit l'endroit où Matthew avait rangé mon manuscrit, il n'avait laissé aucune trace écrite. Il avait agi comme je l'aurais voulu, avec une discrétion absolue, mais aucun de nous ne savait à l'époque ce qui allait advenir. Maintenant, je n'avais aucun moyen de récupérer le manuscrit, et à cet instant, cela n'avait plus d'importance.

***

Josef me rendit de nouveau visite et m'aida à déballer ce qui restait dans le grenier. Je retrouvai d'autres affaires, des cartons où mes livres étaient soigneusement rangés, et l'une des boîtes à musique mécaniques de M. Fitzpatrick. Elle était cassée.

— Il n'y a rien de plus triste qu'un oiseau muet, dis-je, et je la mis de côté.

Quand je levai la tête, je constatai que Josef m'observait, l'air songeur.

— Vous devez rouvrir la librairie.

Les étagères de bois semblèrent émettre un son plaintif. Il aurait aussi bien pu suggérer que j'aille sur la lune.

— Ce n'est pas possible.

— Pourquoi ?

C'était toujours si simple pour les hommes. Ils pouvaient faire tout ce qui leur plaisait.

— D'une part, personne n'est censé savoir que je suis là. Ma prison est bien plus stricte que la vôtre et si quiconque découvrait que... L'idée de retourner là-bas...

Je ne m'étais pas rendu compte que je tremblais. Il interrompit sa tâche et approcha, mettant les bras autour de moi. J'étais quelque peu surprise par cette proximité, mais c'était extrêmement agréable d'avoir à nouveau un contact humain. Avec une personne qui faisait preuve de gentillesse. Il recula avant que je ne le fasse.

— Je suis désolé.

— Il ne faut pas.

Après un instant, nous échangeâmes un sourire.

— C'est dommage, reprit-il en ouvrant un autre carton de livres. Ce devait être une merveilleuse librairie.

— Oui, en effet.

Je fermai les yeux un instant et je tentai de me rappeler à quoi la librairie ressemblait autrefois. De ressentir la chaleur des clients qui entraient et trouvaient la chose qu'ils ignoraient chercher. Pouvais-je rouvrir ? Pouvais-je me permettre de *ne pas* rouvrir ? Sans mon manuscrit à vendre, je n'avais aucun moyen de subvenir à mes besoins. Je ne pouvais pas continuer à compter sur la charité de Josef. C'était par pur hasard qu'il m'avait aidée en premier lieu. Il m'avait sauvé la vie. Peut-être avait-il raison. Quel intérêt d'avoir regagné ma liberté, si c'était pour rester enfermée ?

— Il faudrait que je sois prudente, dis-je, et son grand sourire alluma une étincelle d'espoir en moi.

⁂

La librairie commença son commerce tranquillement, sans tambour ni trompette. J'ouvrais simplement la porte, et invariablement, les gens se mettaient à déambuler à l'intérieur. J'utilisais l'argent des ventes pour reconstituer un stock de livres correct, et pour remplir mon garde-manger.

Je pouvais même me permettre d'acquérir des articles essentiels qui me semblaient maintenant être un luxe. J'achetai du savon, des sous-vêtements et une toute nouvelle paire de chaussures. Je commençais à entrevoir le bout du tunnel. J'étouffais mes craintes d'être retrouvée ; tant que Lyndon croirait que j'étais encore à St Agnes et que le docteur Lynch continuerait de toucher son argent, ils n'auraient pas de raison de me déranger. Petit à petit, je redevenais moi-même. J'étais contusionnée, mais toujours entière – et c'était déjà beaucoup.

La confiance est une chose qui arrive sans que l'on s'en aperçoive. Durant les semaines qui suivirent la réouverture de la librairie, je me mis à m'appuyer sur Josef, sur son calme et sur sa fiabilité. Il ne demandait rien en retour, et parfois, je ne comprenais pas vraiment pourquoi il revenait, jour après jour, sans jamais interroger le passé ou l'avenir. Peut-être était-ce parce qu'il n'était pas homme à se débarrasser des objets cassés. Je découvris ce trait chez lui le jour où il arriva à la librairie avec les plus petits outils que j'aie jamais vus, enroulés dans une sacoche.

— Où les avez-vous trouvés ?

— Chez le réparateur d'horloges. Il n'est pas loin d'ici.

Il avait parlé comme si la réponse était parfaitement évidente. Comme s'il était normal qu'un prisonnier de guerre puisse flâner en ville et emprunter des outils à un horloger, afin de réparer une boîte à musique ancienne appartenant à une femme qui venait de s'échapper d'un asile de fous. Je ne pus m'empêcher de glousser, ce qui l'étonna tout à fait, toutefois il ne posa pas de questions. Il n'en posait jamais. Il accomplissait simplement sa tâche.

— Vous savez comment faire ? demandai-je.

Je m'apprêtais à aller faire les courses maintenant que j'avais à nouveau un peu d'argent.

— À Salzbourg, je réparais des instruments.

Je secouai la tête, incapable d'assimiler cette nouvelle information.

— Comment ça ?

— Des orgues. Pour les églises, précisa-t-il en dévissant délicatement le boîtier qui se trouvait sous la boîte dorée.

— Vous répariez des orgues d'église ? répétai-je, et il hocha la tête sans me regarder.

— Quand j'étais enfant. Avec mon père. Ensuite j'ai étudié la mécanique à l'université de Göttingen. J'aime réparer les choses, confia-t-il, un grand sourire se dessinant sur son visage.

Comment un homme tel que lui s'était-il retrouvé dans un avion de la Luftwaffe, qui avait atterri en catastrophe en Irlande ? Pour la première fois, je me demandai s'il avait tué quelqu'un. Il avait été stationné dans la France occupée. Je regardai ses yeux observer intensément les mécanismes minuscules à l'intérieur de la boîte à musique et je le vis retirer soigneusement le petit oiseau automate posé sur le couvercle. Ses mains étaient lisses ; il avait de longs doigts, avec des ongles propres, coupés avec précision. Ses cheveux blonds avaient poussé sur le devant et comme il n'utilisait plus de gel, ils lui barraient maintenant les yeux, et il secouait la tête pour les écarter de son visage. Assis dans ma librairie, il semblait parfaitement à l'aise. Il avait apporté deux vieilles chaises de bois et une table de Dieu sait où. Josef avait un don pour trouver ce qui était nécessaire. Rien d'ostentatoire, mais des choses simples et qui suffisaient.

Il me faisait rire sans le vouloir. En fait, c'était ainsi qu'il semblait exister dans le monde. Il le rendait simplement meilleur, sans le vouloir.

*
**

Dublin, 1944

— Je vais être rapatrié.

Josef se tenait dans l'embrasure de la porte, raide de la tête aux pieds dans son uniforme.

— Quand ?

— Maintenant.

Sa voix ne trahissait aucune émotion. Je hochai la tête, comme si cette information me convenait parfaitement. Sans doute une part de moi s'y était-elle attendue. Rien ne durait jamais éternellement et la précarité de son statut dans ce pays était évidente pour nous deux. Et pourtant, nous avions créé une bulle dans laquelle le monde extérieur et ses vents changeants ne pouvaient pas nous atteindre, jusqu'à aujourd'hui. Je tenais un livre qui tombait constamment de l'étagère, peu importait où je le mettais ou à quel point il était serré entre ses voisins. *Le Comte de Monte-Cristo* d'Alexandre Dumas. Je m'y accrochais à présent, pour essayer de trouver une certaine stabilité.

— Y a-t-il quelqu'un qui vous attend là-bas ? En Autriche ?

Je ne lui avais jamais posé la question. Pour être honnête, je n'avais pas voulu connaître la réponse jusqu'à maintenant. Mais désormais, il était temps d'affronter la réalité. Cela m'aiderait peut-être à le laisser partir.

— Mon père. Il n'y a personne d'autre.

Il me regarda et je lus dans ses yeux ce que ses paroles signifiaient. Je courus vers lui, jetai les bras autour de son cou et j'enfouis le visage contre sa poitrine. C'était la première fois que nous nous touchions, et ce contact n'aurait pas dû me paraître familier, pourtant c'était le cas. J'avais l'impression d'être au seul endroit où je voulais être. Il hésita d'abord, mais après un instant, il m'encercla de ses bras et je sentis son souffle chaud sur mon cou.

Je reculai pour observer son visage. Ses yeux étaient plongés dans les miens et contenaient tout mon univers.

— *Mein Liebling*, dit-il.

Tout ce temps, nous avions gardé nos distances. Je pris soudain conscience que, du moins en ce qui me concernait, c'était uniquement par peur de perdre de nouveau une personne que j'aimais. Je m'étais persuadée que si je ne m'autorisais pas à me rapprocher de lui, il ne me manquerait pas après son départ. Comme j'avais été stupide... L'intimité n'est qu'une corde de l'instrument. Sans elle, il produit quand même de la musique.

Josef prit mes mains entre les siennes, tourna mes paumes vers le haut, puis les porta à son visage, une de chaque côté. Après quoi, il les embrassa tour à tour. La tristesse qui semblait toujours étirer les coins de sa bouche était encore présente, mais il y avait aussi autre chose. Une vulnérabilité qu'il ne m'avait pas laissée entrevoir auparavant.

J'avais l'impression que le temps avait ralenti, rien que pour ce moment, et que Josef n'allait pas disparaître brusquement de ma vie. Je relevai la tête et approchai mes lèvres des siennes. Je sentis son souffle et je le regardai fermer les yeux. Je posai très légèrement mes lèvres autour de sa bouche, puis j'en embrassai les coins, qui se soulevaient en un sourire quand il pensait que je ne l'observais pas. Il pressa fermement le bras au creux de mon dos et, lorsque je ne pus plus résister davantage, je m'abandonnai contre lui. Nous semblions ne former qu'un, et je savais que, quoi qu'il advienne, j'avais rencontré ma véritable âme sœur. C'était peut-être suffisant. Le simple fait de savoir qu'il serait là-bas, en Autriche, qu'il respirerait, qu'il vivrait, serait suffisant, il le fallait.

*
**

J'étais incapable de le regarder partir. Ce ne fut que lorsque le vrombissement de sa motocyclette s'évanouit que je retournai dans la rue. Vide, une fois de plus.

50

Martha

Tu as lu la fin du livre ?

Je clignai des yeux en voyant le message d'Henry sur mon téléphone. Il ne faisait même pas encore jour. Avait-il passé toute la nuit à lire ?

Je répondis :

Non.

En réalité, j'avais jeté un coup d'œil. Tout le monde le fait, non ? Mais il est difficile de comprendre une fin lorsqu'on n'a pas tous les éléments. *Un lieu appelé Perdu* était l'histoire d'un bâtiment qui n'avait peut-être jamais existé dans la vraie vie, et d'une gardienne potentielle qui était très probablement un personnage de fiction. La seule chose qui n'était pas mentionnée était la seule chose qu'Henry voulait désespérément trouver. Le manuscrit.

— Le manuscrit, murmurai-je.

Les feuilles de l'arbre scintillèrent et tremblèrent au moment où je prononçais ces mots. J'étendis le bras au-dessus de ma tête et je touchai le bois, qui m'était si familier à présent. Comment pouvais-je commencer à expliquer cela à Henry alors que je ne pouvais même pas me l'expliquer à moi-même ?

Nous convînmes de nous retrouver plus tard pour discuter en face à face. Nous aurions une autre conversation douce-amère, pendant laquelle je ferais comme si je n'étais pas tombée amoureuse de lui. Je poussai un gémissement et je me levai pour préparer le petit déjeuner de Mme Bowden. Dans la cuisine, j'évacuai ma frustration en cognant les poêles et les plats, et j'apportai une assiette de saucisses et d'œufs brouillés à la table de la salle à manger. J'avais enfin décidé de parler à Mme Bowden du livre d'Opaline et des documents que nous avions volés à l'asile. J'étais heureuse qu'Henry me les ait confiés, mais il avait raison – ce n'était pas une lecture joyeuse. Après avoir perdu sa fille dans cet endroit affreux, elle avait sans doute voulu se venger de son frère. À sa place, c'était ce que j'aurais voulu. Je pensai à Shane et à son accident. Mme Bowden avait à peine cillé.

Pourquoi n'était-elle pas encore descendue pour le petit déjeuner ? m'étonnai-je. Chaque matin, c'était elle qui me réveillait avec sa voix stridente et ses exigences incessantes. Et si elle avait un souci ? Tout en montant les marches, je me dis que je réagissais de manière stupide, qu'elle avait simplement fait la grasse matinée, mais je n'y croyais pas vraiment. Je frappai à la porte de sa chambre, et après un instant, j'entrai. Mes yeux s'adaptèrent à la scène devant moi. Le lit n'était pas défait et Mme Bowden n'était nulle part.

— Mme Bowden ? appelai-je. Vous êtes là ?

La porte de la salle de bains adjacente était légèrement entrouverte, mais après inspection, il s'avéra qu'elle était vide.

— Il y a quelqu'un ? lançai-je quand je fus de retour sur le palier, mais la maison était si calme que je sus que j'étais seule.

Je vérifiai si elle avait laissé un message au rez-de-chaussée, mais il n'y avait rien. Évidemment, elle n'avait pas de téléphone portable, donc je ne pouvais pas la joindre. Elle refusait que ses mouvements quotidiens soient surveillés par les grandes entreprises de technologie. Ne sachant pas vraiment quoi faire, je passai la matinée à errer de pièce en pièce, en regardant par les fenêtres toutes les cinq minutes pour inspecter la rue.

— Tu aurais le numéro de l'une de ses amies que tu pourrais appeler ? demanda ma mère quand l'inquiétude était devenue trop forte et que j'avais eu besoin de parler à quelqu'un.

— Je ne me rappelle aucun de leurs noms et il n'y a pas de répertoire ni rien.

J'en savais très peu sur cette femme, et c'était seulement maintenant que je m'en rendais compte.

— Je devrais appeler la police ? Et si elle s'était perdue quelque part et qu'elle avait oublié son adresse ?

— Est-ce qu'elle t'a déjà semblé oublier des choses ? demanda ma mère.

— Eh bien, non, mais comme tu l'as vu lors de ta visite, elle est assez âgée.

— Je ne l'ai pas vue.

J'avais l'impression que sa réponse n'était pas à la bonne place – comme lorsqu'on essaie de forcer un cube à rentrer dans un trou rond.

— Qu'est-ce que tu racontes ? Évidemment que tu l'as vue. Je vous ai présentées toutes les deux quand tu es venue l'autre jour.

Après une pause, ma mère reprit la parole.

— Elle n'était pas là quand je suis passée, tu te souviens ?

J'eus la chair de poule. Mais que se passait-il, bon sang ? Quand j'entendis sonner à la porte, je faillis sursauter.

— C'est peut-être elle maintenant, dis-je.

Je me hâtai d'aller ouvrir, mais c'était Henry.

— Puisque tu es là, tu n'as qu'à entrer, déclarai-je, puis j'informai ma mère que je la rappellerais plus tard.

Henry semblait légèrement agité, comme si quelque chose le tracassait. Nous parlâmes en même temps.

— J'ai découvert quelque chose de…

— Mme Bowden a disparu !

Il ouvrit de grands yeux.

— Disparu ?

— Je suis allée la réveiller pour le petit déjeuner. Elle n'était pas là et son lit n'était pas défait.

— Oh.

Je trouvai son ton détaché très agaçant.

— Qu'est-ce que tu voulais, au fait ? demandai-je, plus sèchement que je ne l'aurais souhaité.

— Ça n'a plus d'importance maintenant. Une autre fois, peut-être.

Il glissa la main dans la poche poitrine de son manteau.

— Je t'ai rapporté ton livre, dit-il, et il le posa sur la console.

Il s'attarda dans l'entrée.

— Tu es vraiment inquiète, hein ?

Je répondis par un haussement d'épaules. Mme Bowden était devenue comme une famille pour moi.

— Il faut que je m'occupe, décrétai-je.

Je sortis une paire de gants en caoutchouc de ma poche arrière, comme si j'étais une sorte de superhéroïne du ménage.

— Désolée, je ne veux pas être impolie.

Je crus qu'il allait partir, mais il retira sa veste.

— D'accord, qu'est-ce qu'on fait ?

— Qu'est-ce que tu veux dire ?

— Eh bien, je ne vais pas te laisser toute seule, non ? Tu aurais une autre paire ? demanda-t-il en regardant mes gants.

⁂

Je sortis toute l'argenterie et la posai sur la table de la cuisine. Henry s'installa à une extrémité et moi à l'autre. Tous les quarts d'heure, je levais les yeux vers l'horloge et je sentais mon inquiétude croître. Nous parlâmes à peine, jusqu'à ce qu'il propose de faire du thé. Je ne remarquai pas qu'il avait posé la tasse à côté de moi et je la fis tomber d'un coup de coude. Le bruit de la porcelaine qui s'écrasa sur le sol carrelé me donna envie de hurler. Je voulais qu'Henry fiche le camp et qu'il me laisse seule pour composer avec mes émotions. Sa présence ne faisait que me rappeler toutes les choses que je ne pouvais pas avoir. Je me levai pour aller chercher une serpillière et une pelle.

— Ce n'est rien, je m'en occupe, proposa-t-il.

— J'irai plus vite en le faisant moi-même, rétorquai-je d'un ton brusque.

Il recula d'un pas, levant les mains en signe de reddition. Je m'attaquai au thé renversé et à la porcelaine cassée avec toute ma colère contenue. Résultat, je me fis une coupure. L'instant suivant, Henry était agenouillé à côté de moi.

— Attends, laisse-moi t'aider, dit-il, tentant de me prendre la main.

— Ça va.

Il s'assit sur le sol.

— Tu peux laisser les gens t'aider parfois, tu sais. Tu n'as pas à tout faire toute seule.

Je n'allais pas écouter des conseils sur la façon de surmonter mes problèmes de confiance, et surtout pas de lui. L'homme qui avait fui toutes les relations de sa vie. Je me relevai et trouvai une boîte de pansements dans l'un des placards, puis j'allai m'asseoir à table.

— Tu peux me parler, tu sais, renchérit-il, appuyé contre le réfrigérateur. Nous sommes amis, n'est-ce pas ?

— Je déteste ce travail.

— Non, c'est faux.

— Si. Je déteste ce travail débile. Je ne sais pas pourquoi je suis venue ici. Et je déteste mes cours du soir et tout ce qui me rappelle ce que j'ai manqué quand... (J'avais du mal à ouvrir l'emballage du pansement mais mes pensées continuaient de défiler.) Juste au moment où je croyais avoir pris les choses en main, ma vie est à nouveau chamboulée. Et je ne comprends même pas ce que tout ça signifie. Pourquoi ce livre est apparu dans ma chambre et semble me parler. Pourquoi Shane est mort dans cette maison, comme par accident, ce qui n'a aucun sens. Ensuite ma mère qui se remet à parler, et qui m'annonce que sa mère a été adoptée, et que donc, rien ne correspond à ce que je croyais. Et Mme Bowden – je sais que tu penses que je réagis de manière excessive, mais il y a quelque chose de louche ! Rien de tout cela n'est normal, assenai-je, les mains tremblantes.

Je renonçai à déballer le pansement et je le jetai sur le sol.

— Mais tu sais ce que je déteste le plus ? ajoutai-je.

Je me tournai vers Henry, qui se tenait là, simplement, et qui me laissait déverser mes pensées enchevêtrées.

— Le fait que je doive lutter si fort contre ce que je veux vraiment, parce que j'ai trop peur de souffrir à nouveau.

Il y eut un moment de silence, pendant lequel je regrettai presque d'avoir dit tout cela à voix haute.

— Qu'est-ce que tu veux vraiment ?

Je levai les yeux vers lui, le regard embué.

— Toi.

Nous nous jetâmes dans les bras l'un de l'autre comme si c'était une question de vie ou de mort. Il me porta et m'embrassa sans retenue. Ma vie entière se focalisa sur cet instant – c'était comme régler la lentille d'un microscope pour découvrir la seule chose qui compte vraiment. L'amour.

51

Henry

Nous étions allongés dans le lit à une place de Martha, peau contre peau. Le mur entre nous s'était effondré grâce aux mots déchirants qu'elle avait prononcés dans la cuisine. C'était comme si elle avait exorcisé le passé. « La vérité vous rendra libres », à ce qu'on dit. Nous étions maintenant tous les deux à nu, et je sus à cet instant que Martha était ma destinée. Toutes les quêtes stupides, apparemment vaines, difficiles, solitaires, éprouvantes que j'avais menées dans ma vie m'avaient mené jusqu'ici, à Ha'penny Lane.

— Est-ce que ça va ? demandai-je.

Je la sentis hocher la tête contre mon torse et je l'attirai encore plus près de moi. Mon cœur semblait avoir décuplé en taille. J'avais l'impression que je pourrais soulever une voiture s'il le fallait. Il valait sans doute mieux ne pas m'y risquer, mais le sentiment était bien là néanmoins.

— Il y a quelque chose que je ne t'ai jamais dit, déclarai-je.

— Mon Dieu, tu n'es pas fiancé à quelqu'un d'autre, j'espère ?

— Très drôle. Je me fiancerai avec toi d'ici une minute si tu ne fais pas attention.

— Si tu ne fais pas attention, je pourrais bien dire oui.

— Est-ce qu'on vient de se marier ?

Elle émit un rire un peu rauque, tout contre mon oreille, ce qui était incroyablement sexy.

— Je crois que je vais renoncer à tout ce qui a trait au mariage pendant un moment, si ça ne t'ennuie pas.

— *Idem*.

Elle appuya le menton sur ma poitrine, attendant que je lui révèle cette chose que je ne lui avais jamais dite. C'était le moment.

— Je suis entré dans la librairie.

— Quelle librairie ?

— *La* librairie. Celle d'à côté.

Elle secoua légèrement la tête, essayant de trouver un sens à mes mots.

— Elle existe, Martha. Ou du moins elle a existé, pendant un instant. Le soir de mon arrivée en Irlande.

— Tu l'as vue ?

J'acquiesçai d'un signe de tête.

— Pourquoi ne me l'as-tu pas dit ?

J'affichai une expression qui voulait dire : « À ton avis ? »

— Tu croyais déjà que j'étais un détraqué.

— Ce n'est pas vrai ! s'exclama-t-elle en riant. Je croyais que tu étais un pervers.

— Eh bien, justement. Je ne voulais pas être un pervers *et* un détraqué, ça aurait pu gâcher toutes mes chances avec toi.

— Tu es en train de dire que je t'ai plu dès le départ ?

— Tu cherches les compliments ?

Elle se retourna et fit mine de se lever. Je la ramenai vers moi de sorte qu'elle se retrouva allongée sur moi, et je sentis un désir pour elle pulser dans tout mon corps.

— Je crois que je l'ai su à la minute où je t'ai vue.

Elle me donna un doux baiser et plongea les doigts dans mes cheveux. C'était comme un rêve dont je ne voulais pas sortir – après toutes ces fois où j'avais dû quitter cette maison en sachant que Martha ne serait jamais à moi, ce que je vivais semblait à peine réel.

— Attends une seconde, dit-elle, se redressant sur ses coudes et retirant, hélas, ses lèvres des miennes. Pourquoi crois-tu que la librairie t'a choisi pour que tu la voies ?

— Euh, je ne suis pas sûr qu'elle m'ait choisi…

Il m'était difficile de penser de manière logique alors que j'étais nu au lit avec elle. D'ailleurs, pendant très longtemps, j'avais cru que la librairie était un mirage induit par l'ivresse, si une telle chose existait.

Elle s'assit et enroula le drap autour d'elle. Apparemment, nous faisions une pause.

— Le livre, *Un lieu appelé Perdu*. J'ai simplement supposé que Mme Bowden l'avait mis là.

— Comme ton arbre.

Elle fit la moue. Mon ton sarcastique ne faisait plus effet.

— Je te l'ai dit, rien de tout cela n'a de sens, rappela-t-elle. Ça peut paraître fou…

— Plus fou que de voir une librairie qui n'existe pas ?

Elle m'observa, la tête penchée, comme pour me jauger.

— Le manuscrit. Il est vraiment important pour toi, n'est-ce pas ?

Doutait-elle encore de ma motivation ? Je commençai à m'expliquer mais elle m'interrompit :

— Non, je sais qu'il n'y a pas que ça, mais je suppose que tu voulais prouver quelque chose.

En entendant ces mots, tout me parut soudain tellement superficiel… Essayer de gagner l'approbation d'autres gens, courir après des réussites qui n'en étaient pas vraiment, en réalité. Ce n'était pas comme si j'avais écrit quoi que ce soit, je tombais simplement sur le travail de quelqu'un d'autre et j'essayais de trouver ma propre valeur dans une sorte de gloire de seconde main. Peut-être avais-je tout faux. Peut-être était-il temps que je gagne mon propre respect plutôt que celui de tous les autres.

— Trouver le manuscrit aurait été… (Je marquai une pause, cherchant le mot approprié.) Immense. Mais, bizarrement, découvrir la vérité sur Opaline et sa librairie et, dernier point et non le moindre, rencontrer la petite amie idéale, dont le rire affole mon cœur, a surpassé tout ça, en quelque sorte.

— Je suis ta petite amie ?

— J'aimerais bien.

— D'accord.

Sur quoi, elle me tourna le dos.

— Euh, qu'est-ce qu'on est en train de faire ? C'est une sorte de rituel d'accouplement ? Je dois tourner le dos aussi ?

Elle rit de nouveau.

— Les mots, Henry !

Son tatouage. Où avais-je la tête ? Je m'approchai, mais je ne parvins pas à déchiffrer les mots.

— Zut.

— Qu'est-ce qu'il y a ?

— Je crois qu'il me faudrait des lunettes.

Elle se pencha vers son chevet et sortit une loupe du tiroir. J'étouffai mon impression d'être un vieillard à la vue déclinante. Je commençai la lecture du texte…

> Le manoir de Wrenville est un spectre qui nous hante tous de génération en génération, écrasant chaque rêve, chaque aspiration sur son chemin. Cette terre est maudite, comme l'est la lignée de chaque enfant né ici. Je suis né dans les ténèbres et aucune expiation ne me procurerait la lumière salvatrice que j'ai recherchée en elle, ma Rosaleen chérie. Les ténèbres régneront en ce lieu jusqu'à mon dernier souffle, et bien après.

Je ne savais pas vraiment à quoi je m'étais attendu en étudiant le tatouage de Martha pour la première fois, mais ce n'était certainement pas à cela.

— Tu arrives à voir la date ?

Je cherchai avec ma loupe et je vis le nombre 1846.

— Qu'est-ce que c'est ?

Elle se tourna vers moi, les yeux grands ouverts et l'air solennelle.

— Je n'en ai jamais parlé à personne. Je n'avais jamais vraiment compris – pourquoi ça arrivait, je veux dire –, jusqu'à ce que je voie la photo d'Opaline.

Elle tendit le bras vers son chevet et attrapa son téléphone. Elle s'arrêta sur une image de la photographie ancienne que nous avions trouvée, celle d'Opaline à St Agnes, et me la montra.

— Qu'est-ce que je dois voir ? demandai-je en prenant l'appareil.

— Regarde sa jupe.

Je zoomai sur l'image et remarquai quelque chose qui m'avait échappé auparavant. Il y avait des points sur le tissu.

— Des mots, précisa-t-elle, poussant mon cerveau à passer à la vitesse supérieure. Une histoire. Celle qui est sur ma peau, elle l'a brodée sur ses vêtements.

— Mais qu'est-ce que…

Je reportai mon regard sur son dos et je vis les initiales à la fin du texte.

E.J.B.

Des picotements me parcoururent et mes poils se dressèrent.

— Henry, je crois que c'est le manuscrit d'Emily Brontë.

52

Opaline

Londres, 1946

Inspirée par *Le Comte de Monte-Cristo*, j'avais passé des mois à rechercher des informations et j'avais découvert un article de journal consacré à la famille d'un soldat qui pensait que ce dernier avait été exécuté à tort pour lâcheté. Le bataillon y était mentionné. C'était celui de mon frère. J'avais ma piste, et il ne me restait plus qu'à la suivre.

Je découvris des documents accablants, issus de deux procès en cour martiale qui s'étaient tenus à Ypres, où cinquante hommes avaient été condamnés à être fusillés par un peloton d'exécution (ou assassinés, cela dépendait du point de vue). À peine quelques jours avant la signature de l'armistice, et sachant parfaitement que les Allemands étaient sur le point de se rendre, mon frère avait ordonné que deux hommes de plus soient abattus. Je portai les documents à un certain M. Turner, journaliste collaborant avec le *Times*, qui accepta de mener l'enquête.

D'après les registres du procès, il était évident que ces hommes souffraient du « choc des tranchées ». Lyndon avait écrit de sa propre main que le choc des tranchées était une regrettable faiblesse, que l'on ne trouvait pas dans les régiments dignes de ce nom. « Il n'y a pas assez de preuves pour une condamnation », avait-il écrit, malgré tout il avait recommandé la peine de mort, afin d'envoyer un message au bataillon qui avait subi de lourdes pertes la veille. Il n'était mentionné nulle part que c'était la stratégie militaire du général qui avait conduit à ces vies gâchées. L'une des victimes était un soldat irlandais, Frank O'Dowd, fusillé pour avoir refusé de mettre son chapeau, trempé par les pluies incessantes. Il avait été drogué par un médecin afin de pouvoir traverser ses dernières heures dans les cellules de la mort. M. Turner avait pu entrer en contact avec le médecin, qui avait confirmé que O'Dowd était un engagé volontaire. « Ils ne savaient pas reconnaître les hommes courageux », lui avait confié le docteur. Il avait également confirmé qu'après le passage du peloton d'exécution, mon frère avait donné à l'Irlandais le coup de grâce, une balle dans la tête.

⁂

Je passai la nuit au Great Western Royal Hotel, à Paddington. Contrairement à tant de bâtiments de Londres, il avait été relativement épargné par la guerre, n'ayant subi que quelques dégâts mineurs sur le toit pendant les bombardements. C'était étrange d'être de retour chez moi. Je n'avais plus le sentiment de faire partie de la société et les gens me paraissaient bizarres, différents d'une certaine manière. La guerre leur avait volé tant de choses. En cela, j'aurais dû ressentir une certaine solidarité, mais ma guerre avait été bien différente. Je retrouvai M. Turner pour déjeuner et il me donna une copie de l'article qui paraîtrait dans le journal le lendemain.

Je lus le texte. Il était puissant. Turner était un journaliste exceptionnel et, plutôt que de faire de mon frère un méchant de spectacle pour enfants, ou un monstre capable de commettre de terribles actes, il l'avait présenté comme un homme très réel, qui avait choisi la brutalité plutôt que la décence humaine. Cela le rendait en quelque sorte plus vrai, plus responsable de ses crimes.

— On ne peut plus revenir en arrière maintenant, conclut-il, levant son chapeau pour me saluer avant de disparaître dans la foule.

***

— Il existe un vieux dicton : *Si tu empruntes le chemin de la vengeance, prépare deux cercueils*, dit une voix de femme, rendue plus grave par le temps et la sagesse, et néanmoins reconnaissable comme celle de ma vieille amie Jane.

— Jane ! m'écriai-je, et je l'étreignis.

Je lui avais écrit pour lui demander de me retrouver dans le hall de l'hôtel.

— C'est Confucius qui a dit cela. Es-tu sûre que tu veux aller jusqu'au bout ? demanda-t-elle, craignant que ma quête ne me détruise moi aussi.

— J'ai besoin de m'approprier mon histoire. De reprendre mon pouvoir.

Je me rendais compte maintenant que je partageais un autre point commun avec les familles de ces soldats morts. J'avais été réduite au silence par la honte. La honte de ce qui m'était arrivé, de la manière dont j'avais « laissé » cela m'arriver, et de la façon dont les gens me regardaient maintenant, comme une sorte de femme détériorée. Je me sentais souillée. En dehors de la compagnie tranquille et humble de Josef, je m'étais isolée du monde à cause de cette honte. Étais-je réellement prête à revenir ? Peut-être pas, mais dans ce cas, se sent-on jamais vraiment prêt ? Tout ce que je savais, à cet instant, c'était que j'avais suffisamment souffert en silence. Au moins, m'exprimer pourrait me donner du courage.

— Le monde a besoin de savoir qui est vraiment Lyndon Carlisle. J'ai proposé ma propre histoire. « Le commandant Carlisle, "le Faucheur", a fait enfermer sa propre sœur dans un asile de fous. »

— Bonté divine ! Le rédacteur en chef va le publier ? demanda Jane.

— Au *Times*, c'est un peu comme un club de vieux garçons. Ce que Lyndon m'a fait n'a pas d'importance, apparemment.

— C'est absurde !

— M. Turner pense que toute allusion à une faiblesse mentale pourrait ternir ma réputation et détourner l'attention de la « véritable histoire ». Ce sont ses mots.

— Il a peut-être raison, avança Jane en se mordillant la lèvre. Lyndon pourrait s'en servir à son avantage.

— Je suppose que tu as raison. Un dernier sacrifice afin que justice soit faite.

J'avais enclenché la machine à présent ; il n'y avait pas de retour en arrière possible. Avais-je peur ? Évidemment. Néanmoins, il ne s'agissait plus seulement de moi dans cette histoire. Je me sentais investie de la responsabilité d'agir pour le compte de tous ceux qui n'auraient jamais l'occasion d'obtenir justice, après ce que mon frère leur avait fait. Je rendrais une certaine intégrité au nom des Carlisle. J'avais le sentiment que c'était ce que mon père aurait voulu aussi. Le moment était venu. Je devais affronter Lyndon en face.

*
**

Alors que le jour déclinait, je me dirigeai vers mon ancienne maison familiale. L'air était calme et tranquille, et je n'entendais que le bruit de mes pas sur le trottoir – ainsi que le sang qui pulsait dans mes oreilles. J'arrivai devant le portail de la maison. Comme tout me paraissait plus petit…

Je frappai à la porte, et pendant que je patientais, j'essayai de m'imaginer que j'étais un arbre très haut, aux puissantes racines. Je laissai les muscles de mes épaules se détendre et je me concentrai sur le centre de mon ventre. C'était là que le feu brûlait, et je savais qu'il me faudrait y puiser, avec précision et intensité. Une femme ouvrit la porte.

— M. Carlisle, dis-je simplement.

— Est-ce qu'il vous attend ?

— S'il ne m'attend pas, c'est qu'il est un idiot.

Elle eut l'air déconcertée, puis elle alla transmettre le message. Je n'attendis pas d'être invitée à entrer dans ma propre maison. Je fermai la porte derrière moi et je suivis la femme dans le couloir parqueté menant au petit salon.

— Excusez-moi, madame, vous devez attendre ici.

— J'ai suffisamment attendu, rétorquai-je, passant devant elle avec aisance.

Il dînait à table et faillit s'étouffer avec sa soupe lorsqu'il me vit.

— Que diable...

— Surpris de me voir, mon frère ?

Il ne pipa mot. Il détestait être vu dans une position désavantageuse. Il attendrait d'évaluer la situation avant de préparer sa contre-attaque. Je n'étais pas préparée à ce qu'il ait l'air tellement plus vieux – plus vieux que son âge. Il était devenu frêle, sa peau était fine comme du parchemin et affreusement rouge autour de ses cicatrices. Ses mains étaient noueuses, presque recroquevillées sur elles-mêmes, et il était quasiment chauve.

— Tu te demandes pourquoi je suis ici et non pas dans ma cellule à St Agnes ?

Il tapota le coin de sa bouche avec une serviette qu'il posa sur la table. La domestique tourna autour de moi telle une mouche en été, jusqu'à ce qu'il lui fasse signe de nous laisser.

— *Comment a-t-elle fait ?* C'est sûrement la question que tu te poses. Et qu'en est-il du docteur Lynch ? Il prend toujours ton argent chaque mois, n'est-ce pas ?

Il plissa les yeux et se leva de table. Malgré sa faiblesse, il pouvait encore jouer les officiers impressionnants. Il me fallut faire appel à toute ma volonté pour ne pas reculer.

— Comment oses-tu te montrer ici ?

Je sentais presque son souffle sur ma peau tant il était près de moi.

— Je n'ai plus peur de toi. Que pourrais-tu me faire de plus ?

— Si nous le découvrions ?

Je soutins son regard. J'avais envie de le frapper, mais j'avais quelque chose de plus terrible que la violence dans mon arsenal.

— Tu voulais m'effacer ? Moi, la petite fille, la préférée de Père ? Eh bien, permets-moi de te féliciter. Cette fille n'existe plus. La femme qui se tient devant toi maintenant est une créature bien différente, dont le but est la destruction. À savoir, la tienne.

— Suis-je censé être ému par ce spectacle ? Car je te l'assure, je ne le suis pas.

Je me mis à tourner autour de lui comme une lionne autour de sa proie.

— Dans quelques heures, le monde entier saura ce que tu as fait. L'encre est en train de sécher sur le papier au moment où nous parlons.

— Quel papier ? De quoi parles-tu, femme ?

— Le *Times*. Ils étaient très intéressés par ton passé. En particulier par ton surnom, le Faucheur.

Je vis une lueur d'inquiétude dans son regard.

— Les journaux publient toutes sortes de choses, sans se soucier de leur véracité. Et tu ne feras que révéler que tu es une idiote faible d'esprit dont la place est dans un asile.

— Ah oui, je te le concède. Aussi injuste cela soit-il, je savais que mon histoire seule ne suffirait pas pour détruire ta réputation. Elle pourrait la ternir, peut-être, mais pas l'annihiler comme je le souhaite. Non, Lyndon, les journaux du matin parleront de tes crimes sur le champ de bataille et de ces hommes que tu as assassinés, prétendument pour leur lâcheté. La plupart des traces écrites ont été détruites, mais j'ai rassemblé assez de preuves de tes actes méprisables pour faire de toi un paria aux yeux de tous les gens que tu connais, et un ennemi pour tous les autres.

Il écarquilla les yeux l'espace d'un instant.

— Ces pitoyables sous-hommes ne méritaient pas de porter l'uniforme. Ils étaient une honte pour leurs familles, pour leur pays.

— J'ai la preuve que les hommes que tu as fait fusiller n'étaient pas des déserteurs. Des témoins sont prêts à certifier que tu as assassiné ces hommes. Leurs familles méritent la justice.

— Je leur ai rendu justice !

Sa voix avait tonné comme un canon dans sa cage thoracique.

— C'est exactement ce que je soupçonnais. Tu es vraiment fou.

Nous n'étions tous que des pions sur un échiquier pour lui. Des pièces sans importance qu'il pouvait déplacer à sa guise.

— Eh bien, c'est l'hôpital qui se moque de la charité. D'ailleurs, c'étaient des appelés, et non de vrais soldats.

Je savais qu'il cherchait à me provoquer.

— Certains n'étaient que des jeunes garçons, le savais-tu ? Alors oui, peut-être ont-ils été pris de panique face à tous ces morts, mais ce n'étaient pas des déserteurs.

— Oh, mais je t'en prie, Opaline, dis-nous-en plus sur ton expérience de la vie sur un champ de bataille. Éclaire ma lanterne sur de telles questions.

— Je sais que je n'ai pas le droit de juger si quelqu'un doit vivre ou mourir.

— Je devrais peut-être te parler des milliers d'hommes qui sont morts de froid cet hiver-là ? De ceux, encore plus nombreux, décimés par le choléra. De l'indescriptible souffrance de millions d'hommes, les meilleurs de l'Empire, étendus dans ces tranchées boueuses pendant des semaines, sous la pluie, le froid, le vent – affamés et épuisés par l'incessante pluie de balles envoyées par l'ennemi. Des bombardements et des massacres terribles qui se poursuivaient sans fin. Des morts et des blessés évacués afin que de nouveaux soldats affrontent une armée mieux équipée et mieux préparée. Des douches de boue noire qui s'abattaient sur la campagne sauvage et primitive. Vingt mille hommes ont été tués le premier jour dans la Somme. C'était comme si la fin du monde était arrivée, et chaque homme avait dû l'affronter avec pour seul soutien son camarade à ses côtés. Dans les tranchées, ils mangeaient quand la nourriture leur parvenait, et mouraient de faim quand elle n'arrivait pas jusqu'à eux. Là, ils tuaient et étaient tués, ils étaient enterrés dans des tombes peu profondes, à moitié dévorés par les rats. Et ceux-là comptaient parmi les chanceux.

Je ne m'étais pas attendue à cela. Il n'avait jamais parlé de la guerre avant, et s'il l'avait fait, les choses auraient pu être différentes, peut-être.

— Malgré tout, cela n'excuse pas...

— Aucun de nous ne pouvait échapper à l'horreur. Nous devions défendre le roi et le pays. Alors j'ai fait ce que j'avais à faire.

— Comment ? En tuant tes propres soldats avant que l'ennemi ne puisse s'en charger ?

— En faisant un exemple de leur lâcheté. Les armées sont gouvernées par la peur. Crois-tu que les volontaires avaient conscience du carnage qui les attendait ? Ne penses-tu pas que chaque homme là-bas voulait de toutes les fibres de son être quitter cet enfer ? À ton avis, qu'est-ce qui fait avancer les hommes vers leur mort ?

Je l'ignorais.

— Le sens du devoir. De l'honneur. Ces fouines que, manifestement, tu tiens tant à défendre, ne possédaient aucun des deux. Ils étaient des lâches finis.

— Si tu crois réellement à l'honneur, tu sais, au fond de ton cœur, ou si tu n'en as pas – et je doute que tu en aies un –, alors dans ta conscience, que tu as eu tort. Les familles de ces hommes ont porté la honte trop longtemps, et tout cela pour quoi ? Même si ces hommes éprouvaient de la peur face à un ennemi terrifiant, est-ce un crime qui mérite la mort ? Tu aurais pu leur pardonner. La plupart des officiers l'ont fait. Mais pas toi. Pourquoi dois-tu écraser quiconque n'est pas à la hauteur de tes exigences ? Pourquoi dois-tu humilier et tourmenter…

— Assez !

Il s'éloigna de moi et prit une carafe en cristal pour se servir un verre. Je m'efforçai de me calmer. Mes jambes tremblaient et j'avais aussi besoin d'un remontant.

— Il n'y en a toujours que pour ta douleur, ta souffrance, lâcha-t-il. Tu ne penses jamais à personne d'autre.

Je ne pris pas la peine de répondre. Cela n'aurait pas servi à grand-chose.

— Ne peux-tu pas imaginer un instant la souffrance que j'ai endurée à cause de cela ?

Il montra la partie de son corps qui était brûlée. Puis il sortit de ses poches divers flacons de pilules qu'il jeta sur la table.

— Ils font à peine effet, dit-il, plus calme à présent. J'ai fait mon devoir là-bas. J'ai mis mon corps en péril et qu'ai-je récolté en retour ?

— On t'a donné des médailles, non ?

— Ah ! Des médailles. Je voulais du respect. Je voulais un avenir. Une famille. Aucune femme ne m'approchait quand elle voyait mes cicatrices. Je n'étais plus en mesure de subvenir aux besoins d'une épouse et d'enfants, de toute manière. Un spécimen inutile. Je devais supplier pour décrocher un emploi. Sais-tu à quel point cela a été humiliant ? De te demander cette seule et unique chose ?

— Épouser Bingley ? demandai-je.

— Et tu étais là, à exhiber ta liberté devant moi. La liberté pour laquelle j'avais payé !

— Lyndon, si seulement tu m'avais parlé de cela avant, j'aurais pu t'aider.

— Qu'est-ce que tu aurais pu faire ? Tu n'étais bonne qu'à une chose, et tu ne voulais même pas m'obéir sur ce point.

— T'obéir ?

Cette pensée me fit presque rire. Quel droit avait-il ? Il se comportait toujours comme s'il avait de l'autorité sur moi et je suppose que notre différence d'âge banalisait son comportement. Plus maintenant.

— À t'entendre, je te dois quelque chose, et crois-moi, mon frère, je ne te dois rien.

— Tu me dois tout ! Tu serais morte si je n'avais pas été là.

— Mais enfin, de quoi parles-tu ?

— Ta mère ne voulait pas te garder. À ce jour, je ne suis toujours pas certain que tu sois de moi. C'était une traînée française.

C'était comme si je venais de m'égarer dans la conversation de quelqu'un d'autre. Ses paroles n'avaient aucun sens pour moi.

— Ma mère ?

Il alla vers le buffet, prit un cigare dans une boîte argentée et l'alluma avec un briquet rond en marbre. Ses yeux se plissèrent tandis qu'il tirait sur le cigare avant de souffler la fumée dans l'air figé.

— Autant que tu sois au courant, maintenant que Mère et Père sont tous les deux décédés. Tes grands-parents.

Je secouai la tête. Rien de tout cela ne semblait vrai.

— Je ne vais pas écouter cette folie, déclarai-je en tournant les talons.

— Tu n'es pas si éprise de vérité, finalement ?

Je m'arrêtai net.

— Je croyais que tu étais venue pour rétablir les faits, pour mettre en lumière tous mes péchés passés ? Eh bien, autant que tu saches tout dans ce cas.

J'avais la nausée. Un sentiment terrible montait dans mes veines et dans ma poitrine. Je me rendis compte que je savais ce qu'il allait dire ; j'avais toujours su la vérité, quelque part au fond de moi, mais je ne m'étais jamais autorisée à la voir.

— Et quand ce torchon publiera ta version des événements demain, tu sauras que tu as trahi ton propre père.

Je me retournai et le regardai droit dans les yeux.

— Non, répliquai-je en secouant la tête de nouveau. Ce n'est pas possible.

— Nous visitions l'Europe, durant l'été 1900. Ma grand-mère – ton arrière-grand-mère – avait payé le voyage. J'étais avec quelques amis de l'université, pour faire le Grand Tour, comme c'était la coutume pour un jeune homme. J'avais vingt ans, comme toi lors de ta propre escapade sur le continent.

Le fait qu'il nous compare me hérissait. Je n'avais rien à voir avec lui.

— Nous visitions la Côte d'Azur. Cette femme s'est mise à ma disposition…

— Tais-toi !

Je plaquai les mains sur mes oreilles. C'en était trop. Mais Lyndon avança vers moi et ramena mes bras le long de mon corps.

— C'est dans l'ordre des choses, Opaline. Les jeunes hommes doivent jeter leur gourme. Mais les filles comme elle savent reconnaître une opportunité. Avant mon départ, elle est venue me trouver, disant qu'elle était enceinte et qu'elle n'avait pas les moyens d'élever un enfant. Je lui ai répondu qu'elle n'obtiendrait rien de moi, mais elle connaissait mon nom et elle a sans doute trouvé notre adresse. Un an plus tard, elle s'est montrée chez nous et t'a laissée sur le pas de la porte, comme un cadeau indésirable.

Je pleurais à présent, mais cela ne l'empêcha pas de poursuivre.

— J'ai suggéré un placement à l'orphelinat, mais Père, étant l'homme faible qu'il était, tenait à ce que nous te gardions. Je m'en suis lavé les mains. J'avais ma carrière dans l'armée. Alors ils t'ont élevée comme leur propre fille, et depuis, tu es pour moi une épine dans le pied.

J'avais cessé de lutter alors il lâcha mes bras, puis il retourna vers le buffet et servit deux grands verres de brandy. Quand il m'en donna un, je le bus en deux grosses gorgées.

— Père n'était pas mon vrai père ?

Nous restâmes face à face, en silence, tandis que nos mots se décantaient.

— Comment s'appelait-elle ?

— Qui ?

— Cette femme. Ma... mère.

— Comment diable le saurais-je ? Ça fait plus de quarante ans. Céline, ou quelque chose comme ça. Ou était-ce Chantal ?

Je lançai le verre de cristal sur lui, mais il atteignit le buffet et se brisa en mille morceaux.

— Tu es réellement méprisable. Tu n'as de sentiments pour personne d'autre que toi. Tu m'as enfermée dans cet... cet endroit pendant toutes ces années. Le docteur Lynch savait-il que tu étais mon père ? Mon Dieu, tout s'explique maintenant.

— Je t'ai rendu service. Je voyais que tu prenais le même chemin que ta mère, en tombant enceinte alors que tu n'avais pas la bague au doigt. Alors je me suis débarrassé du bébé. Et c'est ainsi que tu me remercies ?

J'étais si furieuse et bouleversée qu'il me fallut plusieurs instants avant de comprendre ses paroles.

— Comment savais-tu que je perdrais le bébé ?

— Je te demande pardon ?

— Le bébé. Elle était mort-née. Tu as dit que tu t'étais débarrassé d'elle, mais il était impossible que tu saches ce qui allait se produire.

Il se servit un autre verre.

— Lyndon, qu'as-tu fait ?

— J'aurais dû la mettre dans un sac et la noyer comme le chaton non désiré qu'elle était.

Je sentis monter une rage en moi qui faillit m'aveugler. J'enfonçai les ongles dans mes paumes. J'avais envie de le tuer.

— De quoi parles-tu, nom de Dieu ? m'exclamai-je d'une voix grave que je reconnus à peine.

— Mais elle avait plus de valeur pour moi vivante. Un garçon aurait bien sûr valu davantage, mais elle m'a tout de même rapporté une belle petite somme.

Il me regarda et sourit. Il se moquait de mon ignorance. Tout comme il le faisait quand nous étions jeunes et que, étant la petite sœur, j'étais toujours plus longue à la détente.

— Tu ne te doutais de rien, n'est-ce pas ? lança-t-il avant d'avaler une gorgée de brandy, l'air triomphant. Notre bon vieux papa a gardé ce secret pour lui.

Je pris un couteau sur le buffet et m'élançai vers lui.

— Dieu me vienne en aide, Lyndon, si tu ne me dis pas la vérité immédiatement, je t'arrache les yeux.

— Doucement, jeune fille, tu pourrais blesser quelqu'un avec ça.

Il se rassit nonchalamment sur sa chaise à bras.

— Je l'ai vendue. À un couple qui voulait désespérément un enfant. Lynch a tout arrangé. Il l'avait déjà fait, apparemment.

— Elle est en vie ?

Je peinais à respirer et je m'appuyai contre le dossier d'une chaise pour me soutenir.

Il ne répondit rien. Apparemment, ma réaction n'était pas celle qu'il avait prévue.

— Tu sembles soulagée.

— Mon Dieu, tu n'en as vraiment aucune idée, n'est-ce pas ?

— Aucune idée de quoi ?

— De ce que signifie aimer !

Je me redressai un instant, puis je mesurai l'étendue de son inhumanité.

— Tu as vendu ta propre petite-fille.

Je jetai la copie de l'article de M. Turner sur la table, puis je tournai les talons.

— Tu ne vas pas me demander où elle est ?

— Tu me le dirais, si je te le demandais ?

Il afficha un sourire suffisant.

— Tu me connais bien, petite Opale.

Cette expression me perturba. Seul Armand m'appelait ainsi.

— À partir de demain, tout le monde saura exactement ce que tu es, conclus-je.

Je sortis de la pièce en parvenant à rester droite. Dans l'entrée, je passai devant la domestique qui m'adressa un regard étrange. J'étais perdue dans un labyrinthe d'émotions et de souvenirs qui ne semblaient plus correspondre à rien. Ma fille était vivante. C'était la seule chose à laquelle j'avais besoin de m'accrocher.

Lorsque j'atteignis la porte d'entrée, j'entendis un coup de feu. Je m'arrêtai. Puis un cri de femme retentit. Je ne me retournai pas. J'ordonnai à mes pieds d'avancer, l'un devant l'autre, jusqu'à ce que je sois dans la rue et que j'emmagasine de l'air dans mes poumons. Je savais que j'étais face à un choix. Je pouvais laisser cette terrible série d'événements devenir ma nouvelle histoire – une histoire que je serais condamnée à porter en moi pour l'éternité – ou je pouvais la laisser mourir avec lui. C'était un choix qu'il me faudrait faire chaque jour, jusqu'à la fin de ma vie.

53

Martha

La nuit était tombée. Je me sentais à l'abri dans notre petit cocon. C'était un tel soulagement de laisser Henry m'aider, de partager avec lui toutes les choses que je ne voulais plus porter toute seule. Nous savions que nous avions été attirés ici tous les deux pour une bonne raison – quelque chose de spécial qui conférait une magie scintillante à chaque baiser, à chaque caresse. J'avais peine à croire qu'il était à moi, que ces yeux n'étaient que pour moi seule. Il me murmura des mots doux dans le cou, explora ma peau avec ses doigts et, de manière adorable, il s'endormit dans mes bras.

Mme Bowden n'était pas revenue et, ayant eu un étrange pressentiment, je n'attendais plus son retour. Appelez cela de l'intuition, mais je me disais qu'elle en avait toujours su davantage sur ce bâtiment qu'elle ne l'avait laissé croire. Elle en savait davantage sur moi, également. Qui était-elle ? Pour quelle chose m'avait-elle testée ? Ses amies du dîner étaient-elles au courant ? Tout cela était-il une sorte de comédie ? Je n'avais pas encore toutes les pièces du puzzle, mais je ne pouvais plus entretenir l'illusion que mon arrivée à Ha'penny Lane était un pur hasard.

Je pris conscience de quelque chose d'autre, quelque chose de merveilleux. Je pouvais à nouveau lire Henry. Ses histoires étaient maintenant aussi claires pour moi que le jour de notre rencontre. Même s'il dormait, j'étais en train de lire ses retrouvailles avec son père, et malgré ses émotions complexes, je mesurais à quel point cela avait compté pour lui. Peut-être n'était-ce pas du tout l'amour qui bloquait ma capacité à lire les gens. Peut-être était-ce le contraire de l'amour, pour moi-même. Pour rester avec Shane, malgré la façon dont il m'avait traitée, j'avais dû m'abandonner, d'une certaine manière. Faire taire la voix intérieure qui savait que quelque chose n'allait pas, ignorer mon instinct qui me soufflait que je ne méritais pas cela. Que ma vie avait bien plus de potentiel que celle de devenir le punching-ball de quelqu'un d'autre. J'avais perdu ma capacité à lire Shane lorsque j'avais cessé de me voir et de voir mes propres besoins. De la même façon, j'avais perdu mon don avec Henry quand j'avais refusé de voir à quel point je l'aimais. À quel point j'avais besoin de lui.

Je le sentis bouger à côté de moi. Ses cheveux, légèrement humides sur son front, sentaient le papier et la brise d'automne. Je sortis prudemment du lit, en m'efforçant de ne pas le réveiller, et je me faufilai jusqu'à l'étage pour prendre mon livre sur la console de l'entrée. Je pris place dans l'un des fauteuils Queen Anne de Mme Bowden et je lus les toutes dernières pages.

> Perdu n'est pas un lieu dépourvu d'espoir. C'est un lieu de patience, d'attente. Perdu ne veut pas dire parti pour toujours. Perdu est un pont entre deux mondes, où la douleur de notre passé peut être transformée en puissance. Tu as toujours détenu la clé de ce lieu particulier, mais maintenant tu es prête à en déverrouiller la porte.
> Chaque personne qui se trouve ici apporte un cadeau spécial et si tu les utilises, tu peux dépasser tes peurs. Une histoire transmise à travers la mémoire, des vies qui se révèlent à toi sans mots, des livres qui soufflent doucement leur savoir dans ton oreille, des jouets mécaniques qui prennent vie sous des mains douces, un objet sauvé et qui renaît dans une nouvelle vie – toutes ces choses constituent la vraie magie qui règne entre ces murs. Il y a ici une énergie qui peut se transformer en ce qu'elle veut. Elle est restée cachée de tous, sauf des croyants véritables, une minuscule graine qui contient tout ce qui a été autrefois et qui peut être à nouveau.
> Es-tu prête à franchir le seuil et à revendiquer ton droit de naissance ?

Mon corps semblait stable et bien ancré, comme un arbre aux racines profondes, tandis que mon esprit était léger et flottait dans la brise. Ce livre parlait de mon parcours. Je n'aurais jamais choisi ce qui s'était passé avec Shane, cependant cela m'avait menée ici, lorsque je m'étais lancée dans ma quête d'un avenir meilleur. Opaline avait raison – je me sentais puissante. Non pas de manière égocentrique, mais d'une manière calme, sage. C'était comme si j'étais enfin prête à m'approprier ma vie.

Puis je me souvins de quelque chose qu'Henry avait dit, ou plutôt qu'il n'avait pas dit. Mon instinct me disait que c'était important. J'étais prête à connaître toute la vérité.

***

— Qu'est-ce que tu étais venu me dire ? demandai-je, assise sur le lit à côté de lui.

Il s'étira et bâilla.

— Quoi ?

— Quand tu es arrivé aujourd'hui, tu as dit que tu avais trouvé quelque chose ?

Il s'appuya sur un coude et cligna des yeux, comme s'il était en mode redémarrage.

— Ah, oui, ne bouge pas.

Il sortit du lit et enfila son boxer avant d'aller chercher sa veste à l'étage. J'eus froid dès l'instant où il partit et je souris.

— Tout va bien, murmurai-je.

Je devais me rassurer, me répéter qu'éprouver ces sentiments était sans danger. Ce ne serait pas facile d'apprendre à lui faire confiance. Je commençais à peine à me faire confiance.

— Le bébé d'Opaline, dit-il, revenant en trombe dans l'appartement. Elle n'est pas morte du tout. Ils le lui ont juste fait croire.

Il s'assit au bord du lit et me tendit le certificat usé par le temps. C'était un document d'adoption non officielle d'une petite fille. Le prénom inscrit était Rose.

— Mon Dieu, comment ont-ils pu lui faire ça ?

— L'argent, j'imagine. C'était assez commun à l'époque.

Henry serra ma main et je me réjouis qu'il soit là. Je ne pouvais pas affronter ça toute seule.

— Mes yeux me jouent des tours. Tu peux me lire le nom du couple ?

— Clohessy. Est-ce que je le prononce bien ?

Je commençai à claquer des dents à cause du froid.

— Eh, qu'est-ce qu'il y a ? demanda-t-il, m'attirant vers lui et mettant les bras autour de moi.

— M… ma grand-mère a été adoptée par un couple dont le nom était Clohessy.

54

Henry

— Comment se fait-il que tu sois si calme ? Le nom de ta grand-mère était Rose Clohessy. Je veux dire, combien de Rose Clohessy auraient pu naître cette année-là ? C'est une énorme coïncidence, non ?

Je mesurais à quel point j'étais agité tandis que je faisais les cent pas dans son appartement, en comparaison avec sa pose presque zen sur le lit.

— Je ne suis pas certaine que j'emploierais le mot « calme » pour décrire mon état, Henry, répliqua-t-elle, impassible face à ce rebondissement monumental dans son ascendance familiale.

— Tu es en train de digérer l'information. Bien. D'accord.

C'était insensé. J'avais rencontré la femme de mes rêves, pour découvrir ensuite qu'elle portait le manuscrit disparu d'Emily Brontë *sur sa peau*, et maintenant, apparemment, qu'elle était l'arrière-petite-fille d'Opaline Carlisle, l'une des plus grandes vendeuses de livres rares du XXe siècle. Un fait dont, jusqu'à maintenant, elle ignorait absolument tout.

Quand j'allais raconter ça à la faculté… J'avais enfin mon sujet de thèse !

— C'est à ça que tu penses ?

— Hein ? Quoi ? Attends, comment as-tu…

Je n'avais pas parlé à voix haute, si ?

Elle se leva et se rhabilla avec un empressement qui suggérait une autre activité que celle que je préférais.

— Évidemment que tu devrais écrire sur le sujet. Tout le monde doit connaître l'histoire d'Opaline. Et c'est toi qui dois la raconter.

— D'accord, comment savais-tu que c'était à ça que je…

— C'est un don, Henry, et je ne compte plus le cacher.

J'essayai de faire comme si cet aveu n'était pas du tout déconcertant, puis je tentai immédiatement de n'avoir aucune pensée, de peur qu'elle ne l'arrache à mon cerveau. Les branches de l'arbre s'agitèrent sous l'effet d'une brise imperceptible et la porte s'ouvrit lentement dans un grincement théâtral.

— Quant au manuscrit d'Emily, personne ne va y croire, n'est-ce pas ?

Elle avait raison. Nous n'avions aucune preuve de son authenticité. Mais *nous* savions, et c'était suffisant. Cette prise de conscience me stupéfia. Être reconnu n'avait plus d'importance pour moi à présent.

— Il faudra que tu te contentes d'être le seul à le voir, dit-elle avant de déposer un baiser sur ma joue.

— Je crois que ça me va.

Ça m'allait très bien.

— Bien, si on essayait ? suggéra-t-elle en enfilant ses chaussures.

— D'escalader l'Everest ? De dîner dans ce nouveau restaurant asiatique ?

Apparemment, je n'avais pas le même don qu'elle.

Elle repoussa mon bras et m'offrit un sourire renversant.

— De trouver la librairie. Tu as lu la dernière page, n'est-ce pas ?

Je tentai de convoquer les mots dans mon esprit.

L'âme de la nuit se retourna...

— Je ne suis même pas sûr de ce que ça veut dire... « l'âme de la nuit » ?

— Ne sois pas si littéral, repartit-elle avec une assurance nouvelle que je ne lui avais encore jamais vue, et qui lui allait bien. Si je dois devenir la gardienne de la librairie, et tout ce qui s'est produit ici depuis mon arrivée me le crie, alors j'ai besoin de croire. J'ai été dans le déni si longtemps... Je suppose que je n'ai jamais osé espérer...

Elle s'interrompit, la voix rauque d'émotion. Je mis les bras autour de sa taille et je lui conseillai de ralentir, d'inspirer.

— Tu es tellement unique. Il n'y a que toi qui ne le vois pas.

Je penchai la tête et laissai mes lèvres goûter à la douceur de sa bouche, le parfum sucré de son souffle m'attirant vers elle.

— Simplement, je ne sais pas vraiment où est ma place dans cette histoire, soulignai-je, m'écartant à contrecœur.

Stupides pensées.

— Tu es le seul qui ait vu la librairie. Ça doit vouloir dire quelque chose.

C'était vrai. La recherche du manuscrit m'avait conduit jusqu'ici et maintenant, j'avais trouvé un trésor que j'avais ignoré chercher. Martha me prit par la main et m'emmena à l'étage. Aucune lampe n'était allumée, mais les pièces étaient éclairées par une lune immense qui brillait à travers les fenêtres.

— Et Mme Bowden ? demandai-je quand nous atteignîmes le rez-de-chaussée et que nous nous dirigeâmes vers le premier étage.

— Je ne crois pas qu'elle va revenir.

Toute trace d'anxiété avait disparu de sa voix. Que se passait-il ? Elle s'arrêta un instant et se tourna vers moi.

— Tu trouverais ça étrange…

— Martha, dis-je en la prenant par les épaules, je crois que nous n'en sommes plus à ce stade, pas toi ?

Elle sourit et secoua la tête, comme pour chasser ses derniers doutes.

— À part nous, il n'y a personne qui ait vraiment rencontré Mme Bowden. J'ai demandé à mes amis de l'université – aucun d'eux ne l'a vue le soir de ma fête d'anniversaire. Même ma mère ne l'a pas vue.

— D'accord. Bon. Ça, c'est étrange.

— À part Shane, ajouta-t-elle, et son front se plissa tandis qu'elle se perdait dans les souvenirs troublants du passé. Pourquoi cela ? murmura-t-elle pour elle-même, de manière presque inaudible.

Je commençais à souhaiter ne pas l'avoir vue non plus. Était-elle un fantôme ?

— Je ne crois pas qu'elle soit un fantôme.

— Donc, tu lis mes pensées à volonté maintenant, c'est ça ? Je ne sais pas si ça me plaît !

Martha sourit et m'assura que son « don » n'était pas aussi raffiné.

— Je lis les histoires des gens, pas chacune de leurs pensées. Même si, parfois, tes pensées sont faciles à lire, concéda-t-elle, approchant de moi dans l'obscurité.

Nous nous embrassâmes encore parce que, eh bien, toute occasion était bonne à prendre.

Une petite porte au bout du couloir, qui ressemblait à la porte d'entrée d'une maison de gnome, requit que nous nous contorsionnions peu dignement pour la franchir. Un grenier ordinaire, où Noël se cachait pendant onze mois de l'année, était éclairé par la lumière laiteuse de la lune qui filtrait à travers des demi-fenêtres. Des draps recouvraient des formes inconnues, et un miroir psyché au bout de la pièce reflétait un autre jeune couple, qui entrait dans la pièce par une porte tout aussi minuscule. Je me souvins d'un livre que j'avais déniché au fond d'un bac à bonnes affaires dans un magasin caritatif près de Camden. Cela parlait des souvenirs des bâtiments, et du fait que les murs en sont imprégnés. *Ils n'oublient jamais ce que nous, simples mortels, égarons.* Je n'y avais plus repensé, jusqu'à maintenant.

— Il y a un message, remarqua Martha, prenant une enveloppe sur laquelle était inscrit son prénom.

Martha,
J'ai joué de nombreux personnages différents dans les histoires des autres. Votre histoire était ma préférée, et ce chapitre sera le plus beau jusqu'à maintenant. Afin que quelque chose existe, vous devez y croire fermement. Invitez votre cœur à voir ce que vos yeux ne peuvent pas voir. Suivez votre chemin et emmenez l'universitaire, cela me plaît quand il est là.

B.

— C'est elle qui a écrit ça ? demandai-je.

— Elle ?

— Oui. Mme Bowden.

— Je ne crois pas que Mme Bowden soit la personne que nous croyons qu'elle est.

— Qu'est-ce que tu veux dire ?

Elle posa la lettre et prit une grande inspiration avant d'afficher un sourire.

— Vous n'êtes jamais partie, n'est-ce pas ?

J'attendis un instant et je balayai du regard le petit espace du grenier. À qui parlait-elle ?

À dire vrai, je ressentais un mélange d'émotions. Content d'être là avec Martha, stupide d'avoir espéré que quelque chose de surnaturel se produise, inutile parce que je ne savais pas du tout ce que nous faisions. J'avais effectué toutes les recherches, mais Martha semblait avoir la capacité d'avancer à l'instinct, simplement. C'était comme dans la chanson *The Whole of the Moon*.

— « Moi, je parlais des ailes. Toi, tu t'es simplement envolée[1]. »

— C'est un poème ?

— Non, une chanson, dis-je en la prenant par la main.

Je ne pouvais pas me trouver dans la même pièce qu'elle et ne pas la toucher.

— Ça parle de la lune, d'un type qui est un idiot et d'une fille qui... sait tout, simplement.

— On dirait exactement nous !

— Exactement. Je savais que cette phrase te plairait.

Elle noua les bras autour de mon cou et nous restâmes là, comme si nous dansions sans musique.

— Tout ça n'est pas trop bizarre pour toi, dis-moi ?

Ses mots étaient étouffés car elle avait parlé contre l'épaule de mon pull en laine.

---

1. En V.O. : « *I spoke about wings. You just flew* . » *The Whole of the Moon* est une chanson du groupe britannique The Waterboys.

— Si c'était le cas, je te l'aurais dit quand l'arbre a commencé à pousser dans ton appartement.

Elle poussa un grognement, ce qui nous fit rire tous les deux.

— J'ai l'impression d'être dans un rêve, dit-elle.

Moi aussi. Mais les rêves avaient pour habitude de se terminer. Je décidai en mon for intérieur que pour notre rêve, il en serait autrement.

— Il y a une autre porte !

Elle se libéra de mes bras et se précipita à l'autre bout de la pièce.

En y regardant de plus près, je constatai qu'il y avait effectivement une autre porte. Elle se trouvait exactement à l'endroit où j'avais cru voir le miroir psyché, avec nos reflets à l'intérieur. Je clignai lentement des yeux. C'était bien une porte. Pas de doute.

Après environ trente secondes durant lesquelles je l'avais suivie aveuglément dans le noir, je demandai :

— Comment sommes-nous censés savoir où nous allons ?

Nous étions à l'intérieur de ce qui ressemblait à l'avant-toit de la maison.

— Tu ne peux pas le savoir. Tu dois seulement me faire confiance.

— Mais tu ne sais pas où nous allons, toi non plus ? questionnai-je d'une voix essoufflée.

J'étais maintenant à moitié accroupi car je venais de me cogner la tête contre une poutre du plafond.

— Tu m'as demandé un jour de te faire confiance et tu ne m'entends pas me plaindre là-dessus, me rappela-t-elle.

Je gardai le silence pendant une minute environ, jusqu'à ce que j'aie l'impression que nous montions.

— Je vérifie juste que tu es au courant que nous allons vers le haut, bien que nous soyons dans le grenier.

— Je suis au courant.

Elle tendit le bras derrière elle pour me tapoter la tête. Cela ne m'aida pas.

— Tu te rappelles le livre, quand il parle d'un escalier retourné ?

Je m'en souvenais, mais je pensais que c'était une sorte de conte de fées pour enfants, pas une carte pour se repérer dans... dans quoi exactement ?

— Oui, mais tu ne crois pas vraiment que nous allons trouver la librairie ?

Sa voix semblait s'éloigner.

— On ne peut pas trouver quelque chose qui n'a jamais été perdu !

Génial. Même Martha parlait par énigmes maintenant. C'était l'influence de Mme Bowden. Et où diable était cette femme ? Je n'eus pas le temps de réfléchir de manière rationnelle car le passage se rétrécit et je sentis que j'éraflais la peau de mes mains.

— Est-ce le bon moment pour mentionner que je suis claustrophobe ? demandai-je aussi nonchalamment que je le pus, omettant courageusement de commenter le fait que l'escalier semblait nous emmener en bas à présent, dans une étroite spirale.

— Je crois que ce sont les racines de l'arbre. Pas toi ?

Bien sûr que c'est ça, marmonnai-je sous cape. Je veux dire, ça avait l'air parfaitement logique si on venait de prendre une drogue dure. Ou si on portait le nom de famille Pevensie et qu'on venait de tomber sur une armoire pleine de manteaux de fourrure. Je fus soudain conscient de mes propres pensées – un flot continu de sarcasmes. Comme Martha l'avait souligné, n'était-ce pas moi qui étais entré tout droit dans la librairie le soir de mon arrivée ? Pourtant, j'avais immédiatement mis ça sur le compte d'une hallucination due à l'ivresse.

Mon esprit ne me laissait pas croire. Martha ne subissait pas la même résistance, et je décidai que si je ne pouvais pas croire à tout cela, je pouvais au moins croire en elle.

— « L'âme de la nuit se retourna. »

— Pardon ?

— Cette phrase du livre. Elle signifiait qu'il faut croire au fait qu'on finira exactement où on doit être.

— Je crois que c'est déjà mon cas, répondis-je, mais je ne savais pas si elle m'avait entendu.

À peine avais-je prononcé ces mots que je vis une lumière, littéralement, au bout du tunnel. Mon cœur se mit à battre la chamade.

55

Opaline

Dublin, 1952

L'espoir porte un costume de plumes,
Se perche dans l'âme et inlassablement
Chante un air sans paroles...

Je laissai le livre de poèmes d'Emily Dickinson tomber dans mon giron et je remarquai les fenêtres en vitrail de la boutique, dont les couleurs peignaient désormais l'image d'un oiseau et d'une cage ouverte. Je conclus une sorte de pacte avec l'univers : si je gardais la porte de mon cœur ouverte, un jour, ma petite fille la franchirait. En attendant, je me trouvai une occupation qui me donnait l'illusion de faire quelque chose pour hâter ce jour. Je me mis à écrire un livre. Un livre pour enfants. *Un lieu appelé Perdu*. Je savais qu'il y avait une étrange magie entre ces murs. Peut-être pas le genre que l'on trouvait dans les spectacles itinérants ou sous un chapiteau, mais quelque chose de bien plus subtil que ça.

Je commençai à éteindre les lumières, m'attardant sur cette tâche. J'avais le sentiment indéfinissable que quelqu'un, quelque chose, était proche. Quelqu'un que je connaissais. Quelqu'un que j'aimais. Mais je ne pouvais pas me fier à ce sentiment. Je m'y refusais. Même quand j'entendis frapper contre la porte vitrée, je ne me retournai pas. Je ne pouvais pas affronter la déception de m'être trompée. Je posai les mains sur le bureau et laissai mon poids s'y appuyer, en fermant les yeux très fort. Mon cœur désobéit à mon esprit et, sans prendre ma décision de manière consciente, je me retournai.

Il était là.

Josef. La neige tombait doucement sur sa tête et sur ses épaules.

Un soupir de soulagement s'échappa de mes lèvres et j'aurais pu jurer que les livres sur les étagères soupirèrent aussi. La librairie l'avait laissé entrer quand je m'étais échappée de St Agnes et que j'avais eu le plus besoin de lui. À présent qu'il était de retour, tout semblait à nouveau rempli d'espoir. Il approcha de la porte et je fis de même. Nous étions uniquement séparés par un fin panneau de verre. Mon regard chercha ses yeux, ses lèvres, tout son corps. Était-il réel ?

— Est-ce que tu vas me laisser entrer ? demanda-t-il avec un sourire en coin. Il fait un peu froid.

Je m'esclaffai et le son de mon rire m'évoqua des cloches argentées, des cloches qui n'avaient pas sonné depuis des années. J'ouvris la porte et nous restâmes tous les deux sur le seuil, le vitrail au-dessus de nous affichant une explosion de fleurs.

— Tu es revenu pour de bon ?

— Mon père est décédé cet automne.

Je posai la main sur mon cœur.

— Je suis désolé.

— Je peux réparer certaines des vieilles boîtes à musique qui se trouvaient dans le grenier. Tout ce qui est cassé...

— Tu as déjà réparé ce qui était brisé dans ce lieu, dis-je, et je me jetai dans ses bras.

— Tant de nuits, j'ai rêvé de toi et de ce lieu.

Il m'étreignit comme si rien ne pouvait jamais plus nous séparer.

— Cette librairie est enracinée dans mon cœur, confiai-je. Je dois trouver un moyen de la maintenir en vie. Pour ma fille.

Il recula et chercha sur mon visage des réponses.

— Elle est en vie. Mon bébé est en vie.

Il s'apprêta à parler, mais aucun mot ne sortit de sa bouche. La joie dans ses yeux suffisait.

— Je t'en prie, entre, dis-je enfin.

Il n'avait pour seul bagage qu'un grand sac de voyage en toile, un livre dépassant de la poche avant. Cuir rouge, pages aux tranches dorées. Il m'était très familier, mais le voir était si inattendu que je n'osais espérer.

— Pour toi, dit-il, suivant mon regard, et il me donna l'ouvrage. Je l'ai déniché dans une vieille librairie en Autriche.

Je pris le livre usé par le temps dans mes mains, et je sentis la magie de l'enfance se précipiter pour venir me saluer. Je cherchai l'inscription et je fus bouche bée quand je la vis. Alfred Carlisle. Mon *vrai* père.

— Comment as-tu… ?

— *Mein Liebling*, je t'en supplie, cesse de parler et embrasse-moi.

56

Martha

Cette nuit-là, je fis un rêve très étrange. Je marchais dans un vieux village d'Italie, chaud et poussiéreux sous le soleil d'été. J'entrai dans une vieille bâtisse sombre et fraîche, tapissée de vieux livres du sol au plafond. Il y avait là un homme qui me tendit une clé, puis, en un éclair, je me retrouvai à Ha'penny Lane. Tout était pareil et néanmoins différent. Une femme se trouvait dans la maison, une inconnue familière. Elle m'expliqua qu'elle m'attendait. Et que la librairie aussi m'attendait.

— Réveille-toi, dit-elle. Réveille-toi.

Dans la lumière matinale, je vis les mèches châtain clair d'Henry sur l'oreiller à côté de moi. S'il avait été déçu de ne pas trouver la librairie, il ne l'avait pas montré. Le passage étroit nous avait conduits directement à mon appartement. Ce n'était pas un chemin secret vers une autre dimension, juste un vieux tunnel pour les domestiques ou quelque chose de ce genre.

Henry m'avait emmenée au lit en déclarant qu'il avait déjà trouvé tout ce qu'il voulait. Quant à moi, j'avais trouvé plus que je n'en avais jamais rêvé, pourtant j'avais le sentiment que quelque chose était incomplet.

— L'arbre !

— Je suis réveillé, je suis réveillé, marmonna Henry en réponse à mon cri, un œil encore fermé et les cheveux en bataille.

— Il a disparu.

— D'accord. Le fait même que l'arbre ait poussé ici était bizarre pour commencer, mais ça, c'est juste… Qu'est-ce que tu fais ?

J'étais en train de m'habiller. Prestement.

— Alors, tu ne viens pas ?

Henry cligna des yeux, puis enfila à contrecœur son jean. J'ouvris la voie et je courus dans l'escalier.

— Martha ? Est-ce que ces mots ont toujours été sur les marches ? *On trouve des choses étranges…* ! cria-t-il.

Mais j'avais trouvé quelque chose d'encore plus étrange.

Je m'étais attendue à trouver le couloir du 12, Ha'penny Lane au sommet de l'escalier, là où il avait toujours été. Au lieu de quoi, je me retrouvai dans un lieu à l'existence duquel je n'avais encore jamais cru, jusqu'à présent – la Librairie d'Opaline. La lumière du jour filtrait par la vitrine, dessinant des rayons de soleil, faisant scintiller les particules de poussière qui tombaient comme des confettis. J'osais à peine respirer, de peur que toute la bâtisse ne s'évapore. Lentement, je laissai mes yeux s'adapter à ce qui se trouvait face à moi. Il y avait des bibliothèques de bois qui montaient jusqu'au plafond, tapissées de mousse verte, du lierre grimpant le long des bords. Des feuilles tombées glissaient en silence sur le sol carrelé, et au-dessus de nos têtes étaient suspendues des montgolfières miniatures. C'était comme si cet endroit venait de se réveiller d'un long sommeil, tel Rip Van Winkle, et qu'il se débarrassait d'années d'hibernation. Je clignai des yeux, mais il ne disparut pas. Un parfum de bois chaud et de papier flottait dans l'air, ainsi qu'une douce fragrance semblable à celle d'une pomme dorée de septembre. L'espace était plein de livres anciens et de curiosités aux couleurs vives, tous attendant notre venue.

J'étais arrivée chez moi.

Henry me heurta au sommet de l'escalier puis découvrit la vue.

— Je t'en prie, dis-moi que tu vois la même chose que moi et que je ne suis pas en train d'avoir une hallucination.

— C'est réel, Henry.

Je me tournai vers lui et lui souris.

— Je la vois, mais je n'arrive pas à y croire, murmura-t-il. Comment est-ce possible ?

Je pris une grande et profonde inspiration, et je m'efforçai de me souvenir des dernières phrases du livre d'Opaline.

— Peut-être que c'était moi qui étais perdue tout ce temps, et pas la librairie.

Je tendis la main vers Henry, et il la serra fort.

Son sourire était magnifique et sans réserve, comme celui d'un petit garçon.

— Regarde ça, dit-il, désignant d'un geste les vitraux au sommet des fenêtres, qui ne ressemblaient à rien que je connaisse et qui pourtant m'étaient inexplicablement familiers.

— Est-ce que c'est...

Henry approcha et montra un dessin tout au bord du vitrail. Une femme, portant un long manteau et un pantalon, aux cheveux très courts, qui tenait la main d'un soldat.

Épilogue

Dehors, la pluie s'était calmée, et l'amoncellement de nuages gris qui s'était déployé au-dessus de la ville telle une couette bosselée se déchirait pour révéler de petites fenêtres irrégulières de ciel bleu.

— Tout ça, c'est vraiment vrai ? demanda le petit garçon, glissant ouvertement un biscuit dans sa poche pour plus tard.

— Chaque mot, répondit Martha.

Elle se remit à manier les enveloppes et les lettres. Il était temps de reprendre le travail.

— Qu'est-ce qui est arrivé à la maison et à la vieille dame ?

— La maison au numéro 12 ? Elle est toujours là. Mais quelqu'un d'autre y vit maintenant.

Il hocha la tête, comme si cette explication était parfaitement satisfaisante.

— Alors le livre vous a dit que vous alliez devenir libraire ?

Elle réfléchit un instant.

— Je suppose, oui, d'une certaine manière.

Il fronça les sourcils, l'air très concentré.

— Qu'est-ce qu'il y a ?

— J'aimerais bien trouver un livre qui me dirait quel métier je suis supposé faire quand je serai vieux.

— Quand tu seras grand, rectifia-t-elle. En fait, je crois que ce livre t'a déjà trouvé.

— Comment ça ?

— Tu sais déjà ce que tu veux devenir.

— Ah bon ?

Elle hocha patiemment la tête.

— Tu n'as pas senti ton cœur faire un bond ? À un certain moment de l'histoire, quand je t'ai parlé de Matthew Fitzpatrick ?

— Ah, *ça*.

— Oui. Ça !

Il descendit du tabouret et marcha sur le carrelage en traînant des pieds, jusqu'à l'endroit où il avait abandonné son cartable. Il le hissa sur son épaule, comme s'il contenait tous les soucis du monde.

— Le maître dit que c'est une idée stupide.

— Les idées stupides sont les meilleures, si tu veux mon avis.

Il lui adressa un regard intrigué. Il avait presque l'impression qu'elle lui lançait un défi. Les adultes l'écoutaient rarement, et quand c'était le cas, ils ne l'encourageaient pas à croire à des idées stupides, certainement.

— Ce qu'il y a avec les livres, dit-elle, c'est qu'ils nous aident à imaginer une vie plus grande et plus belle qu'on ne pourrait en rêver.

Sur ces mots, la clochette au-dessus de la porte de la librairie tinta et un homme de grande taille, dont les cheveux lui barraient les yeux, entra en trombe dans la boutique. Il se dirigea droit vers Martha et lui donna une bise prolongée sur la joue, ce que le petit garçon trouva dégoûtant.

— Qu'est-ce qu'on a ici ? finit-il par demander.

— Est-ce qu'on le lui dit ? demanda Martha au petit garçon. Est-ce qu'on lui dit qui tu es *vraiment* ?

Il sembla un peu incertain au départ, puis parut gagner en confiance et bomba le torse.

— Je suis magicien ! annonça-t-il.

— Vraiment ? demanda Henry.

— Oui, confirma Martha. Et pour son premier tour, il va faire disparaître le livre de magie qu'il a passé toute la matinée à lire.

Elle fit signe à l'enfant d'aller le chercher.

— C'est gratuit ? demanda le petit garçon.

— Le premier est toujours gratuit, répondit-elle.

Quelques instants plus tard, il l'avait rangé dans son cartable. Il fila vers la porte d'entrée, des étincelles sous les talons et, dans l'étrange lumière matinale, ce qui aurait pu être confondu avec une cape flottant dans son sillage.

— Tu l'as fait, une fois de plus, déclara Henry, glissant le bras autour de la taille de Martha.

— Qu'est-ce que j'ai fait, monsieur Field ?

— Vous avez rendu quelqu'un heureux, madame Field. Très heureux.

Cette fois, ils s'embrassèrent pendant si longtemps qu'ils durent fermer la librairie.

⁂

Et c'est ici que cette histoire s'achève. Même s'ils n'ont jamais retrouvé le manuscrit d'Emily Brontë. À ce jour, il est caché dans le coffre d'une banque irlandaise, attendant le moment de faire partie de l'histoire de quelqu'un d'autre.

Remerciements

Tout d'abord, je tiens à remercier mon éditrice, Charlotte Ledger. L'enthousiasme qu'elle a manifesté pour ce livre a apporté une énergie très positive au processus de création, et travailler avec elle a été une expérience de rêve. À toute l'équipe de One More Chapter et de HarperCollins UK, ma reconnaissance perpétuelle pour votre passion et votre savoir-faire, qui ont permis de faire de ce livre un objet de toute beauté.

Merci aussi à Gillian Green, qui m'a encouragée durant les premiers chapitres de ce roman, et à Sophie Hannah pour son retour et ses conseils réconfortants.

Ma plus profonde gratitude va à ma famille, particulièrement à mes parents, dont l'amour et la générosité ont été constants et sans faille. Et à ma sœur qui, comme par hasard, est aussi écrivaine, pour sa thèse inspirante et sa croyance infinie en ce livre.

Enfin, chère lectrice, cher lecteur, je vous suis reconnaissante pour votre foi, pour avoir pénétré dans le monde de *La libraire disparue* et pour l'avoir laissé prendre vie dans votre cœur.

14404

Composition
NORD COMPO

Achevé d'imprimer à Barcelone
par CPI Black Print
le 7 avril 2025

Dépôt légal avril 2025
EAN 9782290406359
OTP L21EPLN003730-631708

ÉDITIONS J'AI LU
82, rue Saint-Lazare, 75009 Paris

Diffusion France et étranger : Flammarion